HEYNE <

Das Buch
Als ein gewisser Herr Schmidt, Angestellter von *Romanow Inc.*, bei der Abreise vom Vergnügungsplaneten Vegas offenbar samt seiner schwarzen Aktentasche entführt wird, halten die meisten Casinogäste das für einen Scherz. Doch dann werden seine Zielkoordinaten meistbietend versteigert, und *Romanow Inc.* sowie ein paar andere Konzerne geraten ganz schön ins Schwitzen. Der junge Justifier Aleksej wird losgeschickt, um sich an die Fersen dieses Herrn Schmidt zu heften – und gerät mitten in ein groß angelegtes Intrigenspiel um geheime Technologien und Industriespionage. Ehe sich Aleksej versieht, muss er um das nackte Überleben kämpfen, und Herr Schmidt wird immer unauffindbarer. Was geht hier eigentlich vor?

Der Autor
Boris Koch, Jahrgang 1973, studierte Alte Geschichte und Neuere Deutsche Literatur in München und lebt heute als freier Autor in Berlin. Zu seinen Veröffentlichungen gehören der mit dem Hansjörg-Martin-Preis ausgezeichnete Jugendkrimi »Feuer im Blut« sowie die »Drachenflüsterer«-Trilogie.

Der Herausgeber
Markus Heitz, 1971 in Homburg geboren, ist einer der erfolgreichsten deutschen Autoren. Zahlreiche seiner Bücher standen monatelang auf allen Bestsellerlisten. Mit dem Roman »Collector« hat er das Tor in das JUSTIFIERS-Universum geöffnet.

Der Umschlagillustrator
Oliver Scholl, geboren 1964 in Stuttgart, ist Production Designer in Hollywood und hat an vielen großen Science-Fiction-Filmen wie *Independence Day, Godzilla, Time Machine* und *Jumper* mitgearbeitet.

Mehr Informationen unter:
www.justifiers.de
www.justifiers-romane.de

BORIS KOCH

SABOTAGE

Roman

Mit einer Kurzgeschichte von
Markus Heitz

WILHELM HEYNE VERLAG
MÜNCHEN

ist ein Rollenspiel-Universum
von Markus Heitz

MIX
Papier aus verantwortungsvollen Quellen
FSC® C014496

Verlagsgruppe Random House FSC-DEU-0100
Das für dieses Buch verwendete FSC®-zertifizierte Papier
Holmen Book Cream liefert Holmen Paper, Hallstavik, Schweden.

Originalausgabe 01/2012
Redaktion: Catherine Beck

Printed in Germany 2012
Umschlagillustration: Oliver Scholl
Umschlaggestaltung: Nele Schütz Design, München
Satz: Christine Roithner Verlagsservice, Breitenaich
Druck und Bindung: GGP Media GmbH, Pößneck

ISBN: 978-3-453-52817-8

www.justifiers.de
www.heyne-magische-bestseller.de

MISSION REPORT

1953458-RO23098X

Sicherheitsfreigabe: streng vertraulich
(Geheimdossier »Schmidt«)
Beteiligte Organisationen: *Romanow, TTMA, GalaxyStar*
Aufgabe: Lokalisierung und Befreiung eines entführten Konzern-Execs
System: diverse
Planet: diverse
Zeit: 7/11/41–23/3/3042
Autor: Boris Koch

BORIS KOCH

SABOTAGE

Für Mario,
dem ich durchzockte Nächte im Studentenwohnheim
und Hirntote zum Frühstück verdanke

Prolog

23. Mai 3024 (Erdzeit)
System: Vladimir
Planet: Bernstein
Ort: Dostojewski-Heim

Die Flurwände des Heims waren mit den unterschiedlichsten Sternenkarten und Fotografien aus fernen Galaxien tapeziert, und so war die vorherrschende Farbe Schwarz. Hier und da leuchteten bunte Spiralnebel oder Galaxienhaufen, doch in den meisten Gängen waren die Sterne nur kleine weiße Punkte, und so wirkten sie dunkel und eng.

»Gewöhnt euch am besten an den Anblick«, pflegte die Heimleiterin Ludmilla alle paar Wochen zu sagen, und dann klopfte sie immer an die glatte Wand. »Dorthin werdet ihr fliegen, wenn ihr groß seid.«

»Alle?«, fragte Aleksej in der Woche vor seinem achten Geburtstag.

»Zumindest die Fleißigen und Tapferen. Die Faulen landen hier.« Sie deutete auf ein schwarzes Loch und lachte. Trotzdem war Aleksej nicht sicher, ob sie einen Scherz gemacht hatte.

Das Dostojewski-Heim gehörte zum *Romanow*-Konzern und war sein Zuhause, seit er vier Jahre alt war, benannt nach dem legendären *Romanow*-Wissenschaftler Arkadi Emil Dostojewski, der Ende des 29. Jahrhunderts den ersten sogenannten Regenbogendiamanten hergestellt hatte, der sich bald zum beliebtesten künstlichen Stein in hochwertigem Designerschmuck entwickeln sollte. Es war eines der Heime, die im Allgemeinen Bastardheime genannt und steuerlich und versicherungstechnisch wie Lagerhallen behandelt wurden, denn in ihnen wurden ausschließlich die verachteten Kinder von Menschen mit Betamenschen aus dem Konzernbestand großgezogen. Jeder Konzern verfügte über mehrere Bastardheime, und jeder verhielt sich mehr oder weniger gleich.

Seit jeher galten solche Kinder genauso wie ihr Betaelternteil als Firmenbesitz, und da kein Konzern etwas zu verschenken hatte, wurden die Kinder möglichst frühzeitig kassiert und im Sinne *Romanows* ausgebildet. War eine konzerneigene Beta die Mutter, blieb üblicherweise schon die Schwangerschaft nicht unbemerkt, und es war ein Leichtes, das Kind direkt nach der Geburt zu übernehmen, es der Heimamme zu übergeben und die Mutter mit dem nächsten Auftrag wieder ins All zu schicken. Komplizierter wurde es, wenn der Vater der Beta war und die Mutter ein Mensch, eine flüchtige, moralisch verwerfliche Begegnung in irgendeiner dunklen Ecke des Universums, am Ende noch mit der Angestellten eines anderen Konzerns. Trotz klarer Statuten meldeten diese Mütter und Konzerne eine solche Geburt nicht immer.

»Es ist meins«, protestierten die Mütter.

»Es ist unseres«, beharrten die fremden Konzerne, wenn sie das Kind fanden, und steckten es schnell in ein eigenes Heim. »Unser Beta hat sie geschwängert. Beweist das Gegenteil.«

Und die Mütter gestanden eine erfundene Affäre mit dem Beta ihres Konzerns, denn er war ihr Arbeitgeber, und so blieb das Kind wenigstens in der Nähe, in der großen, glücklichen Konzernfamilie.

Um dies zu verhindern, beschäftigte *Romanow* eine eigene Spezialeinheit, die sich um die Rückbeschaffung entwendeten lebenden Eigentums kümmerte, die *RLE*. Ihre Aufgabe war es, nach solchen unerwarteten Nachkommen zu fahnden. Sie befragte alle Justifiers nach ihren Sexualkontakten während der Einsätze in der Fremde, beschaffte sich Vaterschaftstests und zog damit vor jedes denkbare Gericht. Sie hackte sich in Krankenhausakten, um zu sehen, wo ein Beta-Bastard geboren wurde. Sie tat einfach alles, um zu verhindern, dass eine solche Mutter das Produkt von *Romanow*-eigenem Genmaterial widerrechtlich behielt, und schon gar nicht ihr Arbeitgeber, welcher Konkurrenzkonzern auch immer.

Zahlreich waren diese Diebstähle, gerade weil man auf diese Weise Genmaterial eines Konkurrenten in die Finger bekam und damit arbeiten konnte. Zudem gab es unter einen großem Teil der Wissenschaftler die Überzeugung, dass stets auch der Zufall bei großen Entdeckungen eine Rolle gespielt hatte, und so konnte sich in der Theorie gerade in einer solchen Schwangerschaft außergewöhnliches Genmaterial entwickeln, das für den Einsatz im All besondere Vorteile mit sich brachte, und nur darauf kam es an. Für sie waren diese Mischlinge unkontrollierte in-vivo-Experimente, aus denen wesentliche Erkenntnisse gewonnen werden konnten, galten Kreuzungen von Mensch und Betamensch doch als selten – viele Kombinationen erwiesen sich als unfruchtbar und inkompatibel.

Die *RLE* hatte Aleksej gefunden, als er vier Jahre alt gewesen war. Er erinnerte sich noch genau an das Gesicht seiner weinenden menschlichen Mutter, ihre verzweifelten Schreie, das Flehen und den bebenden Körper, als sie ihn abgeholt hatten. So hatte er sie in Erinnerung, ihr Lachen und ihre Umarmungen waren in seinem Kopf längst verblasst und grau geworden. Sogar ihren Namen hatte er vergessen, hatte er sie doch nur Mama genannt.

Und alle Fragen nutzten nichts: Wie bei allen gab es außer einer streng geheimen DNA-Analyse keine Aufzeichnungen über sie oder seinen Geburtsplaneten, er war einfach nur ein Sohn des Konzerns. Von seinem leiblichen Vater wusste er lediglich, dass er ein Schimpansenbeta gewesen sein musste, das verriet ihm schon der Spiegel.

Die *Romanow*-Leute hatten inzwischen so oft und intensiv mit ihm gesprochen, dass er bei den Begriffen Heimat und Familie immer sofort an den Konzern und das Dostojewski-Heim dachte.

Zwei grundsätzliche Dinge lernten die Kinder in diesen Bastardheimen:

Erstens waren sie mehr wert als ein einfacher Mensch, weil sie über außergewöhnliche Fertigkeiten verfügten, weil sie viel seltener waren als das ungewollte Balg eines einfachen Arbeiters und weil es ein Heidengeld gekostet hatte, den speziellen Gen-Mix ihrer Betaeltern zu entwickeln, halb Mensch, halb Tier. Sie waren etwas Besonderes, dem man besondere Aufmerksamkeit schenkte, etwas Wertvolles, das sich im Lauf der Jahre auszahlen sollte.

Zweitens waren sie weniger wert als ein einfacher Mensch, weil sie keiner waren. Weil ihr Wert – mochte er auch noch so hoch sein – lediglich in harter Währung gemessen werden konnte und Menschenrechte für sie grundsätzlich nicht galten. Dass diese de facto auch für viele Menschen nicht galten, änderte nichts an dem prinzipiellen Unterschied. Sie waren jemandes Besitz, niemand hatte ihnen schriftlich irgendwo irgendeine Würde zugestanden, schon gar keine, die unantastbar war. Nicht damals, als Aleksej im Heim aufgezogen wurde, nicht vor dem Jahr 3041, als ihnen endlich wenigstens halbmenschlicher Status zuerkannt wurde.

Im Dostojewski-Heim lernten sie zugleich Demut und Stolz. Demut gegenüber den Hochrangigen von *Romanow* und gegenüber ihren Erziehern, Stolz auf *Romanow*, auf ihren Vaterkonzern, Heimat und Herr in einem. Jeden Morgen sangen sie die Konzernhymne, und jeden Abend verächtliche Lieder auf die Justifiers der anderen Konzerne.

»Ihr müsst sie verhöhnen, denn der Kampf beginnt im Kopf«, predigte ihr neuer Kampfausbilder Bogdanow, der scharlachrote Tuniken trug und die alten Römer bewunderte, insbesondere Julius Caesar.

»Morituri te salutant«, mussten sie vor jeder Unterrichtsstunde verkünden, *Die Todgeweihten grüßen dich*, und er antwortete mit einem lässigen: »Salve.«

Häufig sprach er davon, den Rubicon zu überqueren, von gefallenen Würfeln, einem gesunden Geist in einem gesunden Körper und davon, zu kommen, zu sehen und zu siegen. Die wenigsten seiner Schützlinge verstanden all diese Zitate, doch dann schickte er sie in die Arena und ließ sie ohne Waffen und Regeln eins gegen eins kämpfen, und das verstand jeder.

Sie mussten so lange kämpfen, bis er den Daumen hob, was erst dann geschah, wenn Blut geflossen und der Kampf eindeutig entschieden war. Nie senkte er den Daumen, was jedoch nichts mit Gnade zu tun hatte: Für einen Verlierer hatte er schlicht keine Augen.

»Ihr tragt ein tierisches Erbe in euch, und das macht euch stark. Körperlich, aber nicht nur das. Intuitiv wisst ihr euch einzufügen und was eine Hackordnung ist, aber auch, was der Zusammenhalt in einem Rudel oder einer Herde bedeutet. Ihr seid getrieben von dem Wunsch, selbst das Alphatier zu sein, zu führen, weil man der Stärkste ist, nicht aufgrund von dämlichen Intrigen. Auch wenn letztlich immer der Konzern entscheiden wird, wer Leutnant ist und wer einfacher Justifier, haltet dieses Erbe in hohen Ehren, denn jeder von euch trägt das Potenzial in sich, der Erste unter Gleichen zu sein, *primus inter pares* oder auch eine weibliche *prima inter pares.* Dieses Potenzial macht euch stolz, und Stolz führt zu Stärke. Es unterscheidet euch von der dumpfen Masse der Menschen. Viele von ihnen sind derart degeneriert, dass sie nicht einmal den Wunsch verspüren, zum Alpha zu werden. Sie gehen ihr ganzes Leben gebückt, leben in Träumen oder Furcht und sprechen im Konjunktiv.«

Aleksej wollte fragen, was degeneriert bedeute, was Konjunktiv und noch anderes mehr, aber er wusste, dass man Bogdanow besser nicht unterbrechen sollte, und so schwieg er.

»Was eure menschliche Seite anbelangt, so hoffe ich, dass sie der eines antiken Römers ähnelt, bevor ihr Imperium degenerierte.«

Da war dieses Wort schon wieder.

»Aufrechte, nicht verweichlichte Männer mit einem klaren Verstand und dem Willen, sich durchzusetzen. Natürlich muss man den Römer unseren Zeiten anpassen, ich rede hier nicht von der gehorsamen Frau am Herd und solchen primitiven Geschlechterunterscheidungen, ich erwarte, dass auch unsere Mädels den Gladiator in sich entdecken.«

Und nach diesen Worten sandte er Aleksej und Katharina, die Tochter einer gewaltigen Sibirischen Tigerbeta, in die kleine Arena, die gleich neben dem Sportplatz errichtet worden war. Katharina war drei Jahre älter als er, anderthalb Köpfe größer und deutlich stärker. Alle anderen verteilten sich auf den Rängen.

»Dann zeig mal, was du draufhast, Katharina«, sagte Bogdanow. Zu Aleksej sagte er nichts, denn er beachtete die Verlierer nicht, und es war klar, wie der Kampf ausgehen würde.

So leicht mache ich es dir nicht, dachte Aleksej. Eigentlich wollte er es knurren, aber sein Mund war zu trocken, wahrscheinlich das menschliche Erbe, das nicht römisch war.

»Kämpft!«, rief Bogdanow wie vor jedem Kampf. »Möge der Stärkere gewinnen.«

Doch egal, was sich Aleksej vorgenommen hatte, es wurde ein kurzer Kampf. Scheinbar mühelos packte Katharina ihn und schleuderte ihn in den Sand, sein Hinterkopf prallte hart auf, und kurze Benommenheit schwappte wie eine Welle über ihn hinweg. Noch bevor sein Kopf wieder klar wurde, sprang sie auf seine Brust, sodass ihm die Luft wegblieb.

Er hustete und röchelte, während sie mitleidig auf ihn herabsah. Er fluchte, wand sich und schlug um sich, konnte sie jedoch nicht abschütteln.

Blitzschnell fuhr sie die Krallen aus und zog ihm vier tiefe Striemen über die linke Wange. Dann drückte sie seinen Kopf seitlich auf den Boden, dass ihm feine Sandkörner in die offenen Wunden, in Mund und Nase drangen, auch in das Auge, das er zu spät schloss. Es begann zu tränen.

Bogdanow hob den Daumen.

Langsam stieg Katharina von Aleksejs Brust. Dabei fuhr sie kurz die hinteren Krallen aus und bohrte sie ihm tief ins Fell.

»Aleksej plärrt«, rief einer, der die Tränen erspäht hatte, und alle lachten.

Aleksej schüttelte den Kopf, aber es half nichts. Er hob den Kopf und setzte sich weit entfernt von Bogdanow auf die Zuschauerränge, während das nächste Paar in die Arena trat. Beide Kämpfer waren etwa gleich groß und gleich alt. Aleksej kochte innerlich vor Wut.

An seinem achten Geburtstag musste er erneut in die Arena, und erneut kämpfte er gegen Katharina. Oder versuchte es zumindest. Wieder besiegte sie ihn ohne große Anstrengung.

In der Woche darauf wieder.

Dann wieder.

Und wieder.

Während Bogdanow die anderen Paare stets neu zusammenstellte, holte sich Aleksej jede Woche frische Wunden von Katharina ab und ließ sich nach dem Unterricht vom Heimarzt wieder zusammenflicken. Es war ein guter Arzt, es blieben keine sichtbaren Narben.

Aleksej kämpfte nicht mehr gegen die Niederlage an, sondern nur darum, keinen Sand ins Auge zu bekommen, um die Demütigung der Tränen zu vermeiden.

»Du darfst nicht nachlassen, Katharina. Bleib konzentriert, lang richtig hin!«, schimpfte Bogdanow, nachdem sie Aleksej im zehnten Kampf nur halbherzig verdroschen hatte.

»Kann ich nicht einmal gegen einen ebenbürtigen Gegner antreten?«, fragte sie.

»Irgendwann, ja. Doch erst sollst du lernen, immer konzentriert zu kämpfen, egal, wie unterlegen dein Gegner ist. Niemals überheblich. Das ist die Schwäche, die du abstellen musst.«

»Und ich? Was soll ich dabei lernen?«, rief Aleksej zornig, während er sich aufrappelte, und spuckte frisches Blut in den Sand.

Bogdanow drehte sich nicht zu ihm um und sagte kein Wort. Er sprach nie mit Verlierern.

Während die nächsten Kontrahenten in die Arena traten, schleppte sich Aleksej auf die Tribüne und starrte mit aufgeplatzter Lippe hinunter. Warum durfte er nie einen fairen Kampf austragen?

»Du sollst lernen einzustecken«, sagte der halbe Stierbeta Ernesto und setzte sich zu ihm. Er war fast erwachsen und würde demnächst wohl das Heim Richtung All verlassen.

»Einzustecken? Das will ich nicht!«

»Niemand will das. Aber es geht wohl nicht ohne im Leben.«

»Lass mich in Ruhe!« Aleksej trat mit dem Fuß gegen die Sitzreihe vor ihm. Es war Hohn, wenn so ein Riesenkerl von Einstecken sprach. Was wusste er schon davon, jede Woche der Schwächere zu sein? »Ich will nicht mehr einstecken! Ich will eine Chance!«

»Die hast du. Jeder hat die.«

»Pff.« Er spuckte aus. Der Speichel war noch immer rötlich gefärbt. »Bogdanow hat gesagt, dass ich nur gegen sie kämpfe, weil ich keine Chance hab. Nur, damit sie was lernt.«

»Ja, und?«, fragte Ernesto und stand auf. »Ich hab nicht gesagt, dass du eine faire Chance hast. Aber wenn sie ihre Lektion nicht lernt, hast du eine.«

»Pff.« Was sollte das für eine Chance sein?

Und wie er gedacht hatte, hatte er in der Woche darauf wieder keine und bekam auf die Fresse. So ging es Woche um Woche, und er lernte einzustecken. Jedes Mal dauerte es länger, bis Bogdanow den Daumen hob und Katharina aus der Arena holte, bis seine Demütigung beendet war. Und auch wenn er keine Chance hatte, er schlug zurück, so lange und oft er konnte.

»Morituri te salutant«, riefen sie jeden Morgen zu Bogdanows Begrüßung, auch wenn natürlich keiner von ihnen wirklich dem Tod geweiht war. Und jeden Abend lag Aleksej lange wach und hoffte, Bogdanow würde es sein. Reglos lag er in seinem Bett, starrte in die Schwärze und wünschte dem Ausbilder den Tod, und zwar einen qualvollen. Jedes blutige Detail malte er sich aus, jede Nacht ein anderes.

In den freien Stunden lief er manchmal allein zur Arena hinüber, ein aus der Küche geschmuggeltes Messer in der Tasche, setzte sich auf den Boden und ließ den Sand durch die Finger rinnen. Beiläufig grub er ein Loch und schmiedete Pläne, das Messer zu verbuddeln und es beim nächsten Kampf herauszuwühlen und Katharina abzustechen. Nicht, weil er sie hasste, sondern um Bogdanows überraschtes Gesicht zu sehen. Zu sehen, wie er ihn zum ersten Mal bemerkte, ihn richtig wahrnahm, weil er kein Verlierer mehr war.

»Bogdanow ...«

Er hasste den Mann, und doch hechelte er nach seinem Lob und seiner Aufmerksamkeit wie ein geprügelter Hund. War das die Hackordnung, die der Ausbilder so lobte, war das sein tierisches Erbe?

Wenn, dann konnte es ihm gestohlen bleiben!

Langsam schob er den Sand wieder in das Loch und klopfte ihn fest. Mit einem Messer würde er Bogdanows Aufmerksamkeit und Respekt nicht erlangen, also ritzte er sich mit ihm den Arm und das Bein, weil er einstecken gelernt hatte, verließ die Arena und brachte die Klinge zurück. Nie verließ er diesen Ort, ohne den Sand mit seinem Blut zu tränken.

Als er neuneinhalb war und über achtzig Kämpfe verloren hatte, hatte er die Schnauze voll und beschloss, alles auf eine Karte zu setzen. Er betrat die Arena mit der festen Überzeugung, sich nicht einfach Prügel abzuholen. Katharina hatte schon letzte Woche nachlässig agiert, trotz aller Ermahnungen von Bogdanow waren die Kämpfe gegen Aleksej für sie längst zu einer lästigen Pflichterfüllung geworden. An den anderen Tagen hatten sie kaum miteinander zu tun.

Beim Betreten der Arena machte Aleksej ein paar Lockerungsübungen, sprang auf der Stelle, ging dreimal in die Knie und machte zwei Liegestütze. Dabei nahm er unauffällig ein wenig Sand auf und hielt ihn in der rechten Hand, die er scheinbar teilnahmslos baumeln ließ, zu einer lockeren Faust geballt.

Als der Kampf mit der üblichen Floskel freigegeben wurde, schleuderte er Katharina den Sand ohne Vorwarnung in die Augen, dann sprang er sie mit voller Wucht an und trommelte mit beiden Fäusten auf ihr Gesicht ein, auf die empfindliche Nase und die zusammengekniffenen Augen. Er kreischte vor Angst und Hoffnung und biss ihr ins Ohr.

Sie schrie und schlug zurück. Fuhr alle Krallen aus und packte ihn, biss ihn, bohrte die Krallen tief in sein Fell, ins Fleisch, bis auf die Knochen hinab. Schmerz durchfuhr ihn, Blut spritzte, und er musste von ihr ablassen, wurde zu Boden geschleudert. Es hatte nur wenige Sekunden gedauert, bis sie die Oberhand gewonnen hatte, doch ihre Augen tränten, und auf den Rängen brüllte irgendwer: »Katharina flennt!«

Unglaublicher Zorn loderte in ihrem Blick, und sie ließ alles an Aleksej aus. Tief drückte sie sein Gesicht in den Sand, bis er keine Luft mehr bekam und hilflos mit den Armen ruderte. Sie schnappte sich den rechten und kugelte ihn aus, während sie ihm zeitgleich mit den Füßen eine tiefe Fleischwunde in den Oberschenkel riss. Blind schlug er mit der Linken nach ihr, bis sie ihm den Unterarm brach. Sie zog seinen Kopf aus dem Sand und fauchte: »Ergibst du dich?«

Aleksej japste nach Luft. Als er antworten wollte, stieß sie seinen Kopf zurück in den Sand, den offenen Mund. Er schmeckte Sand, Blut und Rotz auf der Zunge. Aber er sagte nicht: »Ja.«

Immer weiter drosch sie auf ihn ein, und es dauerte scheinbar ewig, bis Bogdanow den Daumen hob. Mit einem blutenden Ohr und aufgequollenen Augen verließ sie die Arena.

Aleksej blieb liegen und setzte alles daran, nicht zu weinen. Er stöhnte vor Schmerz und fluchte.

»Hast du jetzt gesehen, was ich meine?«, sagte Bogdanow zu Katharina. »Du warst nachlässig, und deshalb hat er dich überraschen können. Er hat die Routine der Demütigung mit purer Wut durchbrochen.«

»Trotzdem habe ich gewonnen.«

»Ja. Aber mit Waffen hätte er es geschafft. Der Überraschungsmoment war lang genug, um dir ein Messer in den Hals zu rammen. Und in einem echten Kampf ist man meist bewaffnet.«

»Aber ...«

»Was aber?« Seine Stimme war scharf.

»Nichts.«

»Gut. Damit ist die Lektion beendet. Ab nächster Woche kämpfst du gegen einen anderen. Der Junge ist bis dahin eh nicht wieder fit.«

Drei Wochen dauerte es, bis Aleksej wieder kämpfen konnte, und zum ersten Mal musste er nicht gegen Katharina antreten. Bogdanow teilte ihm einen schmächtigen Jungen namens Vincent zu, dessen Mutter eine im Einsatz verschollene Waschbärbeta war. Letzten Monat hatte er seinen siebten Geburtstag gefeiert, was ihn alt genug für die Arenaausbildung machte. Es war sein dritter Kampf. Sein Blick huschte unruhig zwischen Bogdanow und Aleksej her.

Was sollte das? Aleksej wollte endlich einen fairen Kampf und nicht für diesen Jungen die Rolle einnehmen, die Katharina für ihn gespielt hatte.

»Mal sehen, wie du dich gegen einen Jungen schlägst«, sagte Bogdanow, ohne die Miene zu verziehen. Wollte er ihn verhöhnen? Zu Vincent sagte der Ausbilder nichts, der Junge war dazu ausersehen zu verlieren.

Dass Bogdanow ihn direkt angesprochen hatte, hatte Aleksej stolz gemacht und glücklich, obwohl er das nicht wollte. Er wollte nicht glücklich sein, weil er einen kleinen Jungen besiegen durfte. Er war froh, nicht mehr einstecken zu müssen, doch während er die Arena betrat, fühlte er sich leer und benutzt. Wie sollte er sich schon gegen einen Jungen schlagen, der schwächer und kleiner war als er? Und eingeschüchtert, wie seine Augen verrieten.

»Kämpft!«, rief Bogdanow. »Möge der Stärkere gewinnen.«

Aleksej wollte nicht. Er blieb einfach stehen und wartete auf die ersten Schläge von Vincent. Er hatte gelernt einzustecken, und wenn Bogdanow meinte, jeden Kampfausgang vorhersagen zu können, dann würde er ihn eben eines anderen belehren.

Zögernd umkreiste ihn Vincent, dann trat er mit einer flinken Bewegung gegen sein Knie. Ein Haken rechts, eine linke Gerade in seinen Bauch.

Aleksej spannte die Muskeln an, schlug jedoch nicht zurück.

Bogdanow sagte nichts.

Die anderen auf der Tribüne lachten, und mit jedem Schlag und jedem Tritt, der auf Aleksej einprasselte, rief einer von außen, dass der Affe nicht mal einen kleinen Jungen besiegen konnte. Sie verstanden nicht, nannten ihn einen Loser und Schwächling und verhöhnten ihn: »Schaut euch den Deppen an! Er hat das Verlieren so gut gelernt, dass er nicht mehr anders kann!«

»Holt einen Säugling, damit der Kampf ausgeglichen ist!«

»Das ist ein Sparringpartner für Mäuse!«

Vincent begann erleichtert zu lachen und trat immer wilder zu. Schmerz durchzuckte Aleksej, und auch draußen lachten sie und lachten, weil sie nicht verstanden, was er hier tat.

Und wenn sie es nicht verstanden, dann war es vollkommen sinnlos, dann war es nur eine Demütigung, keine Demonstration. Und von Demütigungen hatte er genug. Trotzig schlug er zurück.

Ansatzlos traf er den überraschten Vincent mitten ins

Gesicht. Dieser taumelte, stolperte und stürzte. Es war ein gutes Gefühl, endlich der Stärkere zu sein.

»Ja!« Brüllend warf sich Aleksej auf Vincent.

Möge der Stärkere gewinnen.

Er war der Stärkere, er hatte das Recht zu gewinnen, endlich, nach all den Niederlagen. Wildes Glück durchfuhr ihn, er lachte und schrie und prügelte auf den Jüngeren ein, der sich hilflos zusammengerollt hatte und wimmernd die Arme vor das Gesicht hielt, um sich zu schützen.

»Wehr dich!«, brüllte Aleksej. »Weh dich, verdammt!«

Doch das tat Vincent nicht, und so hieb Aleksej weiter auf den zusammengekrümmten Körper ein, bis Bogdanow den Daumen hob.

Niemand auf den Rängen nannte ihn noch einen Verlierer.

»Na also, es geht doch«, sagte Bogdanow mit einem Lächeln, während zwei ältere Mädchen Vincent aus der Arena trugen und sich der Arzt gleich um ihn kümmerte.

Aleksej erwiderte das Lächeln des Ausbilders, als sie sich gegenüberstanden. Es tat gut zu gewinnen, er hatte nicht gewusst, wie gut.

»Wenn du so etwas noch einmal versuchst, dann kämpfst du nur noch gegen Größere«, raunte ihm Bogdanow zu. Er hatte also verstanden.

»Ich werde immer kämpfen, wenn Sie es sagen«, versicherte Aleksej. »Mit vollem Einsatz.«

»Gut.«

Fortan wurde er stets gegen etwa gleichwertige Gegner in die Arena geschickt, und er hielt sich an sein Versprechen. Wenn er gewann, dann häufig über seine Ausdauer, er konnte mehr einstecken als die meisten. Er hatte keine Angst davor, zu Boden zu gehen, er stand einfach wieder auf – wieder und wieder, bis er seinen Gegner zermürbt hatte. Und wenn er verlor, lieferte er wenigstens einen Kampf, nach dem seine Gegner selten wie Sieger aussahen.

So sehr er sich auch in diese Duelle warf, so zäh er sich zeigte, ihm fehlte die wilde Begeisterung anderer *Romanow*-Kinder für den Kampf; er fieberte nicht schon zwei Tage vorher auf die Arena hin. Viel stärker interessierte er sich für Motoren und Fluggeräte aller Art, vom historischen Heißluftballon bis zum modernsten Raumschiff mit Sprungantrieb.

Er wollte fliegen.

Raumschiffe aus Papier und unterschiedlichen Folien lagen in seinem Zimmer herum, eine Raumstation aus diversen Plastikresten hing an der Decke über seinem Bett, und im Simulator jagte er sämtliche Rekorde, wenn auch nicht immer mit Erfolg. Dennoch hatte die Heimleiterin ein Einsehen, und er bekam Flugunterricht. Von seinem elften Geburtstag an wusste er, dass er eines Tages Pilot werden würde.

Der Pilot einer Justifiereinheit, und so wurde er in den folgenden Jahren auf genau diese Erfordernisse hin ausgebildet. Er bekam ein breites Grundwissen verpasst, lernte den Umgang mit verschiedenen Waffen und diversen Geräten aus dem Bergbau, lernte, wie man neue Planeten kategorisiert und analysiert, mit fremden Lebensformen umgeht, einen Raumanzug benutzt, wie man sich in Schwerelosigkeit bewegt oder bei den ungewöhnlichen

Bodenverhältnissen eines Gasplaneten. Er lernte mit modernster Technologie umzugehen und unter widrigsten Bedingungen zu überleben.

Andere wurden zu Aufklärern, Feldärzten, Kontaktspezialisten, Wissenschaftlern oder Sicherheitsexperten ausgebildet. Doch für welche Aufgabe sie auch ausersehen waren, einmal die Woche musste jeder in die Arena, um über all die moderne Wissenschaft nicht das tierische Erbe zu vergessen oder die Wurzel der modernen Zivilisation, die in den frühen Hochkulturen lag, von denen laut Bogdanow die römische die faszinierendste war und die, welche einem universellen Ideal am nächsten kam.

Und so tränkte Aleksej den Sand weiter mit seinem Blut, schlug sich mit jenen, die seine Kameraden waren, lernte zu siegen und einzustecken. Und auch wenn Bogdanow von dem einen oder anderem hinter vorgehaltener Hand belächelt wurde, so war der fanatische Antikenfan derjenige, der Aleksej von Anfang an beigebracht hatte, was es bedeutete, ein Justifier zu sein. Es kursierten zahlreiche Geschichten über heldenhafte Kämpfe gegen eine feindliche Übermacht oder solche über unerwartete Funde auf unwirtlichen Planeten am kalten Ende des Universums, und das gehörte alles dazu – doch im Kern ging es darum, von Anfang an todgeweiht zu sein, jeden Tag zu wissen, dass es der letzte sein könnte.

In der letzten Nacht, bevor er das Heim endgültig verließ, um ins All aufzubrechen, schlenderte Aleksej noch einmal in die Arena, kniete sich in den warmen Sand und grub seine Hände hinein, als könnte er dort irgendetwas finden. Doch Blut und Tränen waren alle längst versickert, und etwas anderes gab es hier nicht.

Lange verharrte er, dann erhob er sich und wandte sich dem Ausgang zu. Dort drehte er sich noch einmal um und sagte in die Stille hinein: »Morituri te salutant.«

TEIL 1

SPIELE

Zuerst hatten wir kein Glück,
und dann kam auch noch Pech dazu.

JÜRGEN WEGMANN

1

7. November 3041 (Erdzeit)
System: Shiva
Planet: Bismarckmond Dolphin
Ort: Starluck

Nur die wenigsten Besucher des Starluck hatten tatsächlich Glück, doch fast alle glaubten daran, dass gerade sie zu diesen wenigsten gehörten und den Jackpot knacken würden. An was sollte man auch sonst glauben?

Etwa an Jahrtausende alte Götter aus einer Zeit, bevor die Menschen genug Hirn gehabt hatten, um die Schrift zu erfinden? Wer auch immer das tat, hier betete er zu ihnen um Glück.

Oder an den einen einzigen Gott der Church of Stars? Solche Leute betraten das Starluck höchstens, um die verlorenen Seelen in diesem Sündenpfuhl zu bekehren.

Oder an eine faire Chance im Leben für jedermann? Daran glaubte niemand, der den Kindergarten verlassen und nur ein wenig vom Leben gesehen hatte. Nun, eigentlich musste man nicht einmal den Kindergarten verlassen, um zu erkennen, wem von Anfang an in den Allerwertesten gekrochen wurde und wer aufgrund seiner Herkunft, seines Aussehens und der Kleidung, die er trug, die Dresche bezog.

Nein, im Starluck herrschte der Glaube an das Glück, und dies wurde in harter Währung gemessen. Wie dicht gedrängte Schreine erhoben sich die blinkenden Spielautomaten mit der antiquierten Mechanik an den Wänden, im freien Raum standen Tische für Roulette, Würfel- und Kartenspiele. Elektronische und virtuelle Glücksspiele gab es hier nicht, die Gefahr durch Hacker war einfach zu groß. Außerdem konnte kein Monitor und keine Projektion des Universums das Gefühl ersetzen, die eigenen Karten oder Würfel selbst in der Hand zu halten. Im Starluck glaubte man an das Glück, und es war leichter, an etwas zu glauben, das man wirklich sehen, spüren, schmecken oder hören konnte.

Mit trockenem Mund starrte Aleksej auf das Blatt in seiner Hand. Es fiel ihm schwer, nicht unruhig mit den Füßen zu scharren, aber er durfte sich nicht verraten. Hier am Tisch wurde um richtig hohe Summen gespielt, viel höher, als er es je getan hatte. Weil er diese Summen nie besessen hatte. Doch er hatte den ganzen Tag über Glück gehabt, an jedem Tisch und in jedem Spiel, und nun saß er hier, mit seinem blauen Iro und dem ansonsten vollkommen kahl rasierten, tätowierten Kopf, dem man dennoch die Schimpansengene ansah, den dreizehn silbernen Ringen im rechten Ohr, der abgetragenen Kunstlederhose und seinem einzigen guten Hemd, in dem noch der Schweiß von gestern steckte. Er saß hier mit Leuten, die an keinem anderen Ort der Welt freiwillig den Tisch mit ihm teilen würden, doch im Starluck waren die üblichen gesellschaftlichen Konventionen ausgehebelt, hier galt nur der Erfolg im Spiel.

Aleksej war ein guter Spieler, und seit seine Justifiers-Einheit im Starluck angekommen war, um für wenige Tage das Überleben der letzten Mission zu feiern, kam zu seinen Fähigkeiten noch unverschämtes Glück hinzu. Stundenlang hatte er es genossen und gespielt wie im Rausch, doch nun ging es nicht mehr nur um das Spiel und den Rausch. Nun ging es um alles.

Er brauchte noch einen letzten Buben, dann könnte er sich freispielen. Noch einen letzten Buben, dann würde er die Einsätze langsam hochschaukeln, bis auch der letzte Chip gesetzt war, und den reichen Säcken alles Geld aus der Tasche ziehen. An dem Tisch war mehr Geld im Umlauf, als er benötigte, um sich endgültig von seinem Konzern *Romanow* freizukaufen. Er musste nur dafür sorgen, dass es auch gesetzt wurde. Wenn er den Buben bekam.

Falls er ihn bekam.

Es musste einfach klappen!

Für die anderen war es nur ein Spiel, doch für ihn die Chance, sein verdammtes Leben zurückzubekommen. Nein, zurückbekommen war nicht richtig. Es ging darum, erstmals selbst darüber verfügen zu können, denn seit seinem vierten Lebensjahr gehörte er *Romanow,* sogar rückwirkend bis zur Geburt. Er spielte darum, kein Konsklave mehr zu sein. Keine verdammten Aufträge im Nirgendwo mehr, kein Herumgeschubse durch Krawattenträger und Sesselfurzer, keine herablassenden Blicke von blutjungen Sekretärinnen in kurzen Kostümchen, die sich für was Besseres hielten, nur weil sie jemanden im mittleren Management vögelten. Es ging darum, frei zu sein, obwohl er ein Fell trug und nie als vollwertiger Mensch gelten würde.

Er war lediglich der Bastard eines Schimpansenbeta und einer Frau, von der Aleksej nur wusste, dass sie geweint hatte, als sie ihn abgeben musste. Ansonsten hatte man ihm gesagt, dass sie betrunken gewesen war, als sie mit seinem Vater einen Quickie auf einer Toilette hingelegt hatte. Wahr oder nicht, er war ein Bastard, dessen Arsch *Romanow* gehörte, weil auch der seines Vaters dem Mega-Konzern gehört hatte. Die Leibeigenschaft war im 31. Jahrhundert nur für reine Menschen abgeschafft.

Er starrte auf die drei Karten in seiner Hand, drei Buben, Pik, Karo und Herz, und wartete auf die beiden Tauschkarten. Sie spielten die historische Straight-Tauri-Variante aus dem 23. Jahrhundert, bei der man mit dem klassischen Blatt, aber nur bis zur 5 hinunter zockte, reihum Karten abwarf und in einer zweiten Runde neue bekam. Lediglich die abgeworfenen Karten wurden offengelegt. Drei Buben allein waren schon kein schlechtes Blatt, aber noch lange keine sichere Bank.

Lass mich einmal richtig Glück haben, nur einmal!, dachte Aleksej, ohne sich dabei an jemand Bestimmtes zu wenden. Er glaubte weder an Götter, Schicksal, eine diffuse unpersönliche Macht noch sonst etwas. Abschätzend fasste er seine Gegenspieler ins Auge.

Ihm schräg gegenüber saß eine freie Katzenbeta im hautengen bordeauxroten Designer-Lederoutfit und breitem Gürtel mit goldener Schnalle. Mit zur Schau gestellter Gleichgültigkeit beobachtete sie die Partie und leckte sich dabei immer wieder über die Lippen. Aleksej hatte noch nicht herausgefunden, ob sie es tat, wenn sie ein gutes Blatt hatte, oder wenn sie bluffte – oder einfach nur, weil es Katzenart war. Ihr Fell glänzte samtschwarz, zumindest, so weit es sichtbar war, nur das linke Ohr und zwei Finger der rechten Hand waren weiß. Er wurde das Gefühl nicht los, sie zu kennen, wusste jedoch nicht, woher. Sie betrachtete ihn wie einen Fremden.

Zwischen ihr und Aleksej saß ein alter Glatzkopf mit hellblauen Augen und ebenso glatt wie reglos gespritzten Gesichtszügen im gelben Lackanzug und mit einer Krawatte, auf der kurze Szenen aus 3D-Pornoklassikern ohne Ton liefen. Er blickte öfter zu der Katzenbeta und den spärlich bekleideten Servierbunnys als in sein Blatt; für ihn war das Spiel wohl eher eine Art Vorspiel, um Geld ging es ihm nur in zweiter Linie.

Links neben Aleksej kauerte ein vollbärtiger Heavy im klassisch schwarzen Anzug auf einem leicht erhöhten Stuhl, aufrecht maß der Mann höchstens 1,30 Meter. Auf seiner Stirn hatten sich Schweißperlen gebildet.

»Hey, kennt ihr eigentlich den Witz, wo der Nashornbeta den Heavy nach dem Weg fragt?«, sagte er, um von seiner Nervosität abzulenken.

»Klar«, sagte der Glatzkopf. »Den kennt jeder.«

Aleksej kannte ihn nicht, interessierte sich jedoch auch nicht dafür. Auch die anderen schwiegen.

Zwischen dem Heavy und der Katzenbeta hielt ein durchtrainierter Mann um die dreißig mit modernem dünnen Schnauzbart sein Blatt lässig in der Hand. Das braune schulterlange Haar war von blonden Strähnen durchzogen und akkurat zusammengebunden. Was auch geschah, was auch gesagt wurde, welche Karten er auch bekam, stets lächelte er spöttisch. Seine braunen Augen blieben dabei kalt.

»Zwei Karten«, verkündete er lächelnd und warf Karo König und Pik Sieben ab. Damit war der letzte Bube noch immer im Spiel.

Der Heavy rümpfte kurz die Nase, der Rest zeigte keine Reaktion.

Aleksejs Herzschlag beschleunigte sich.

Der Glatzkopf schielte zu einer aufreizend gekleideten Blondine, die sich eben hinter den Schnauzbärtigen stellte, angelockt von den zu kleinen Türmchen gestapelten Chips auf der Tischplatte.

Der Heavy tauschte drei Karten. Auch er warf keinen Buben ab.

Nun verteilte der Geber im sternenglitzernden Catsuit die neuen Karten. Während Aleksej seine beiden aufnahm, beschwor er abwechselnd das Glück, ihm den Buben zu geben, und sich selbst, keine Reaktion zu zeigen, weder Freude noch Enttäuschung, egal, was er bekam. Die erste Karte war das Pik Ass. Natürlich, vier Buben wären auch zu schön gewesen. Sich einfach aus der Sklaverei freizuspielen. Das geschah in Träumen, nicht in der Wirklichkeit.

Die zweite Karte war der Kreuz Bube.

Vier Buben.

Er hatte tatsächlich vier Buben.

Langsam sortierte er den letzten ein und hoffte, dass seine Finger nicht zu zittern begannen und er das Grinsen noch eine Weile unterdrücken konnte. Er schluckte nicht, obwohl sein Mund trocken wurde, er jubelte nicht, obwohl seine Arme zuckten. Geduld gehörte nicht unbedingt zu seinen Stärken, nur am Pokertisch konnte er sich so weit zusammenreißen. Jetzt fiel es ihm jedoch so schwer wie nie zuvor.

Bleib ruhig, beschwor er sich. Er durfte sich nicht verraten, nicht jetzt. Feiern und lachen konnte er auch in ein paar Minuten. Nur noch ein Stück weit musste er die Einsätze hochtreiben, dann wäre er frei.

Er blickte in die Gesichter der anderen, und nur der Heavy zeigte eine Reaktion. Natürlich. Er brummte einen derben Fluch in seinen Bart und knallte die Karten verdeckt auf den Tisch: »Ich bin raus.«

»Ich nicht«, lachte der Glatzkopf und schob zwei Chips im Wert von je fünftausend C in die Mitte. Dann grinste er die Katzenbeta anzüglich an: »Wie sieht's aus, schöne Frau, gehst du mit mir mit?«

Die Katzenbeta nickte gelangweilt und brachte ebenfalls den Einsatz, während sich Aleksej fragte, ob er diesen peinlichen Spruch gerade wirklich gehört hatte.

»Auch nachher mit aufs Zimmer? Hä?« Der Glatzkopf lachte laut und schlug sich auf die Schenkel.

Die Katzenbeta sah ihn nicht einmal an, der Schnauzbärtige lächelte weiterhin spöttisch, und der Heavy murrte vor sich hin: »Aber meine Witze nicht hören wollen.«

Aleksej blickte zur Katzenbeta und verdrehte die Augen. Er musste irgendwie reagieren, Hauptsache, er starrte nicht stur auf sein Blatt – niemand durfte ahnen, wie wichtig diese Runde für ihn war. Die dunkelgrünen Augen der Katzenbeta musterten ihn neugierig. Sie leckte sich über die Lippen, bevor sie den Blick von ihm löste.

Der alte Glatzkopf lachte nun nicht mehr.

Der Schnauzbärtige ging mit, und Aleksej erhöhte.

»Na, kommst du mit?«, fragte er den Glatzkopf mit einem Grinsen. »Und keine Angst, ich rede nicht von meinem Zimmer.«

»Ich hab keine Angst, Weltraumaffe«, sagte der Glatzkopf kalt und erhöhte. Manche Männer ließen sich einfach leicht zu einem Schwanzvergleich herausfordern, selbst wenn sie nichts in der Hose hatten. Oder in dem Fall: in der Hand.

Die Katzenbeta sah Aleksej kurz an, lächelte und stieg aus. Schade.

Schnauzbart dagegen ging mit, er war schließlich ein Mann. Gut.

Runde um Runde schaukelten sie sich hoch. Die Blicke wurden lauernder und härter, das Kinn vorgestreckt, die Stimme rauer, der Pot in der Tischmitte immer größer. Mehr und mehr neugierige Gäste des Starluck versammelten sich um sie, angelockt von den wachsenden Chipstapeln. Keiner der Zuseher sprach laut, doch ein ständiges Wispern lag in der Luft wie das Summen eines Bienenschwarms. Es legte sich über das Lachen und Rufen an den anderen Tischen und die stupiden Melodien der Automaten, die lächerliche Gewinne feierten. Für Aleksej verschmolz das alles zu einem belanglosen Rauschen.

Selbst der Alte war nun vollkommen auf das Spiel konzentriert, er sah sich nicht mehr nach den umstehenden Frauen um, auch wenn er sich ihrer ganz sicher bewusst war. Eine Niederlage würde er Aleksej, dem Betabastard, sicher nicht verzeihen, zu sehr hatte ihn Aleksej gereizt. Geld verlor er mit einem Lächeln, aber bei einem Schwanzvergleich vor zahlreichen weiblichen Zeugen verstand er sicherlich keinen Spaß.

»All in«, sagte Aleksej schließlich und schob seine letzten Chips in den Pot. Die Spannung um den Tisch war nun beinahe greifbar. Ohne Zögern zogen die anderen beiden mit.

Aleksej schluckte. Vor ihm lag genug Geld, um seine Freiheit zu erkaufen und für ein zusätzliches Jahr Urlaub auf einem sonnigen Planeten mit weißen Stränden, hohen Palmen und schönen Frauen.

Der Alte reckte die Brust raus und legte ein Fullhouse mit Königen und Achten auf den Tisch. »Na, Weltraumaffe, was jetzt?«

Einige Umstehende raunten, manche warteten auf eine harsche Reaktion auf diese erneute Provokation. Doch Aleksej lächelte nur lässig und warf seine vier Buben auf den Tisch.

»Ja, was jetzt?«

Irgendwer stöhnte auf, eine angetrunkene Nashornbeta mit blauen Lippen und schweren Silberohrringen aus aufgereihten gegossenen Knochen johlte im Hintergrund, eine Handvoll Zuschauer applaudierte. Wütend stierte der Alte auf die Karten, sein Kinn bebte. Als er den Blick hob und Aleksej in die Augen sah, lag purer Hass darin.

»Du hast viel mehr Glück, als gut für dich ist«, knurrte er kalt, und Aleksej wartete nur darauf, im nächsten Atemzug der Falschspielerei bezichtigt zu werden.

»Glück? Das soll Glück sein?«, fragte da der Schnauzbärtige und hob die rechte Augenbraue. Auf seinen Lippen lag das vertraute spöttische Lächeln. »Ganz sicher nicht. *Das hier* ist Glück.«

In aller Ruhe legte er vier Damen auf die Platte.

Die Umstehenden hielten die Luft an, die Nashornbeta fluchte.

Aleksej starrte auf die vier strahlenden Damen mit ihren verdammten Blumen, dem schweren Schmuck und den freizügigen Dekolletés. Noch ein Vierling in derselben Partie? Das war doch gegen jede Wahrscheinlichkeit!

»Verdammte Weiber!«, fluchte er, um sich in einen dummen Spruch zu retten, bevor er hier alles kurz und klein schlug. »Immer sind es die Frauen, die einem alles versauen.«

Die Umstehenden lachten, und die Spannung löste sich. Irgendwer klopfte Aleksej aufmunternd auf die Schulter, aber das half ihm auch nicht weiter, er blieb der Besitz von *Romanow*.

»Mir nicht«, sagte der Schnauzbärtige und strich in aller Ruhe die Chips ein. »Frauen versüßen einem alles. Man muss nur mit ihnen umzugehen wissen.«

Bei diesen Worten steckte er der Blondine neben sich einen sternförmigen roten Chip in den Ausschnitt.

Das Lachen der Umstehenden wurde lauter, es wurde gejubelt und applaudiert, zahlreiche bewundernde Blicke trafen den Mann, Hände klopften ihm auf Schultern und Rücken, niemand achtete mehr auf Aleksej. Das Publikum war eben immer beim Sieger.

»Wenn sie so was kriegt, will ich auch.« Mit gespieltem

Schmollmund reckte eine Brünette im engen rosa Kleidchen dem Schnauzbärtigen die Brüste entgegen, und er schob ihr einen Chip dazwischen. Aleksej fragte sich, ob die Tusse überhaupt keinen Stolz hatte oder ob sie die Dumpfbacke nur spielte. Die anderen lachten und feuerten nun jede umstehende Frau an, es ihr gleichzutun: »Ausschnitt! Ausschnitt! Ausschnitt!«

Woher stammte nur die Theorie von der Schwarmintelligenz? Die konnte nicht auf dem Verhalten von Menschen in der Gruppe basieren.

Auch der Glatzkopf lachte mit den anderen, während er Aleksej gehässig anstarrte. »Und jetzt? Nicht mehr genug Geld für eine weitere Runde, was? Muss der arme Weltraumaffe aus dem Reagenzglas wieder zurück an die Automaten für die kleinen Münzen? War's schön, wenigstens einmal mit den Großen zu spielen?«

»Na, für den einen mit der großen Klappe hat es gelangt.« Aleksej erhob sich, bevor er die Fassung verlor, und ging davon.

»Gelangt? Wer von uns ist pleite? Und pleite ist pleite, die Zahlen lügen nicht. Und deine ist die Null!«, rief ihm der Alte hinterher. »Die Null! Null ist null!«

»Und Arschloch ist Arschloch«, knurrte Aleksej leise und stiefelte davon. Einfach nur fort von dem Tisch, auf dem seine enttäuschten Hoffnungen begraben lagen. Fort, bevor er diesem arroganten Drecksack die Fresse polierte. Kaum zu kontrollierende Wut brodelte in ihm, bei jedem Schritt stellte er sich vor, wie er dem Glatzkopf die Nase brach, wieder und wieder, während das Blut auf seinen gelben Anzug spritzte.

»Feine Klamotten in der Farbe von Pisse passen zu dir«, murmelte er vor sich hin, weil er nicht anders Dampf ablassen konnte. Er durfte den Drecksack nicht verdreschen. Nicht hier, nicht als halber Beta, und schon gar nicht als Eigentum eines Konzerns.

Versunken in derartige Rachegedanken achtete er nicht darauf, ob er jemanden anrempelte, doch die meisten wichen freiwillig zur Seite, er sah zu sehr nach Ärger aus, nach Justifier, und so einem war alles zuzutrauen. Die mehr oder weniger gut unterdrückten Spuren von Furcht auf den Gesichtern der Behüteten war wohl der einzige Vorteil daran, Abschaum zu sein.

Dabei habt ihr meinen Vater im Labor geschaffen, halb Mensch, halb Tier, um eure Drecksarbeit zu verrichten. Jemanden, bei dem es egal war, ob er abkratzte, jemanden, der schneller und stärker war und rücksichtsloser handelte, damit eure manikürten Hände sauber bleiben, damit eure Konzerne die Gewinne einstreichen und ihr die Dividenden. Uns anzublicken gefällt euch nicht, weil ihr dann euch selbst erkennt, nur ohne die mühsam errichtete Fassade. Und wenn meine Mutter hundertmal eine von euch war, für euch bin ich der Sohn meines Vaters, nicht ihrer. Ich bin zum Teil ein Tier, weil ihr es so wolltet, also erwartet nicht, dass ich gesüßten Cappuccino mit abgespreiztem Finger aus feinstem Porzellan trinke und mich für jede Beleidigung artig bedanke. Ihr und ich wisst, dass ich kusche, weil ihr am längeren Hebel sitzt, weil ihr mir nicht dieselben Rechte zugesteht wie euch. Aber es ist schön zu sehen, dass ihr die Furcht vor dem Tier noch immer nicht vollständig ablegen könnt, weil ihr die Gitter nicht sehen könnt, die mich gefangen halten.

Mit einem grimmigen Grinsen stapfte er den karmesinroten Teppich entlang weiter Richtung Ausgang, als er plötzlich einen einsamen Pumps in silberner Schlangenhautoptik auf dem Boden stehen sah, ein Absatz so hoch, um damit einer Giraffe auf Augenhöhe zu begegnen. Und weit und breit keine Frau, der er gehören konnte. Wahrscheinlich hatte sie ihn verloren, als sie mit einem Kerl durchgebrannt war, einen fetten Gewinn zu feiern. Einfach alles hinter sich lassen, konnte man ja alles neu kaufen. Nur Aleksej konnte das nicht, er hatte weder das Geld dazu noch eine Frau, noch alles hinter sich gelassen.

»Verdammt!« Wütend trat er in den glitzernden Schuh, drosch ihn mit aller Wucht in Richtung der breiten, vollautomatischen Eingangstür und traf den Bodyguard eines hereinkommenden Anzugträgers mitten auf die Brust, einen mächtigen Grizzlybeta. Das konnte doch nicht wahr sein! Warum konnte stattdessen kein pickliger Teenager hereinstolpern? Hatte sich heute alles gegen ihn verschworen?

Blitzschnell riss der Grizzlybeta die Hände hoch und fing den Schuh, bevor der zu Boden fiel. Irritiert sah er ihn an und sich anschließend um, dabei verharrte sein Blick einen Moment lang auf Aleksej. Jetzt noch handfesten Ärger mit so einem Muskelberg war wirklich das Letzte, was er gebrauchen konnte.

Aleksej blickte möglichst unbeteiligt umher, tat so, als würde er jemanden suchen, schielte dabei jedoch immer wieder zum Eingang hinüber. Auch andere Gäste sahen belustigt zu dem Beta mit den Schuh in der Hand und dann in der Halle umher. Wenigstens deutete niemand auf Aleksej.

Ein zweiter Grizzlybeta stürmte herein und baute sich schützend vor dem Anzugträger auf. Als kein weiterer Schuh geflogen kam, zuckten die beiden mit den Achseln und führten den Anzugträger weiter. Dabei behielten die beiden Beta den gesamten Raum mit professioneller Sorgfalt im Auge.

Der eher schmale Anzugträger mit dem kleinen Bäuchlein, dem sauber gescheitelten Haar und gezwirbelten Schnauzbärtchen dagegen wirkte viel nervöser. Wahrscheinlich hielt er den Schuhtreffer für einen fiesen Anschlag auf seine Gesundheit, sein Leben, ja seinen ganzen verherrlichten Konzern. Einer von den Typen, die nichts von der Welt gesehen hatten, aber dennoch glaubten, dass diese sich um sie drehte.

Erst dann bemerkte Aleksej den schwarzen Koffer in der Rechten des Anzugträgers, und dass sein Handgelenk und der Koffer mit einer Titanium-Kette verbunden waren. Vielleicht war er auch einfach deshalb nervös. Was auch immer in dem Koffer war, bei einer solchen Kette und zwei mächtigen Bodyguards handelte es sich nicht um ein paar Unterhosen zum Wechseln.

Aleksej blickte ihnen nach, bis sie den Aufzug hinter dem Springbrunnenfoyer betraten, der zu den Gästezimmern hinauffuhr. Der Bodyguard hatte den High Heel noch immer in der Hand, die Miene wieder unbewegt wie aus Stahl gegossen. Vielleicht würden sie den Schuh auf DNA-Spuren untersuchen lassen und dann die Besitzerin suchen wie Aschenputtel, wenn auch nicht, um mit ihr unbeschwert zu tanzen. Oder der Bursche war ein Absatzfetischist, der immer nur den linken Schuh sammelte.

»Na, starker Mann, willst du mich nicht zu einem Drink einladen?«, fragte da eine rauchige Stimme, und Aleksej drehte sich um. Neben ihm stand eine der weiblichen Bunnys, für die das Starluck berühmt war, eine Hasenbeta mit seidenweichem, glänzendem weißen Fell. Wie alle Beta-Humanoiden verfügte sie über eine menschliche Körperform. Sie hatte ewig lange Beine, runde Hüften, große Brüste und schimmernd rot lackierte Krallen an den pelzigen Fingern, mit denen sie einem den Rücken zerkratzen konnte. Ihre Hasenohren standen aufrecht, sie verfügte über menschliche Intelligenz und tierische Instinkte und Triebe, wobei im Fall der Bunnys besonders einer im Labor ausgeprägt worden war; nicht umsonst sprach man davon, zu rammeln wie die Karnickel. Ihr kurz geschnittenes rosa Kunstlederkleid hatte einen tiefen Wasserfallausschnitt und war im oberen Bereich mit hypnotisch flirrenden LED-Pailletten besetzt, sodass man gar nicht anders konnte, als ihr auf die glitzernden Brüste zu starren.

»Tut mir leid, Süße«, sagte Aleksej, und ihm tat es wirklich verdammt leid. Fünfeinhalb Monate war er mit seiner Einheit im tiefsten All gewesen, auf einem kahlen, kalten Felsbrocken, der sich selbstherrlich Planet nannte und trotz aller Hinweise und gegen die Stochastik keinerlei Rohstoffe von Bedeutung aufgewiesen hatte. Fünfeinhalb Monate Sklavendienst im Nichts ohne jeglichen Sex, in denen er oft genug von Freiheit und Frauen geträumt hatte.

Hasenbetas waren im Unterschied zu den meisten anderen Beta-Humanoiden nicht für besonders gefährliche Einsätze in Kriegen oder im kalten All geschaffen worden, sie loteten auf anderen Gebieten Grenzen aus und gingen dahin, wo kaum ein Mensch zuvor gewesen war. Das zumindest hatte Aleksej von anderen Spielern gehört, und diese hatten bei ihren Worten ausnahmslos selig gelächelt. O ja, es tat ihm verdammt leid, pleite zu sein.

»Gefalle ich dir etwa nicht?«, fragte sie mit einem unerträglich aufreizenden Augenaufschlag.

»Doch. Aber dir gefällt der Inhalt meiner Brieftasche nicht«, entgegnete Aleksej grob.

Sie zog einen perfekt einstudierten Schmollmund, der ihn wahnsinnig machte. Fünfeinhalb Monate Abstinenz, und dann musste er hier *Nein* sagen! Nur weil vier Buben zu wenig gewesen waren.

»Mädel, ich bin pleite! Ich kann uns beiden ein kleines Leitungswasser mit zwei Strohhalmen bestellen, wenn du magst, aber das zweite Glas muss ich dann anschreiben lassen.«

Sie lachte und zwinkerte ihm zu. »Schade. Finde ich wirklich schade.«

»Frag mich mal ...«

Dann drehte sie sich mit stolz aufgestellten Ohren um und schritt mit wippenden Hüften davon. Und was für Hüften! Hätte er doch nur ein wenig vorsichtiger gespielt. Er war stinksauer auf sich selbst. Warum hatte er sich so sehr auf den widerlichen Alten konzentriert und dabei nicht mehr auf den Schnauzbärtigen geachtet? Dann hätte er vielleicht Triumph oder Siegesgewissheit in seinen

Augen lesen und rechtzeitig aussteigen können. Sodass ihm wenigstens noch das Geld geblieben wäre, das Bunny einzuladen oder sich alternativ den ganzen Abend sinnlos zu besaufen. Alles besser, als hier herumzustehen und Schuhe sammelnden Bodyguards und namenlosen Bunnys hinterherzustarren.

Kurz sah er sich um, ob irgendwer gerade nicht auf seine Chips achtete oder ob er einer gebrechlichen alten Dame nicht eine Handtasche entreißen konnte, doch im Starluck gab es keine gebrechlichen Gäste. Und wahrscheinlich würde er es ohnehin nicht übers Herz bringen.

Wahrscheinlich, aber nicht sicher, dachte er, während er noch einen letzten Blick auf den Hintern der entschwindenden Bunny erhaschte. So musste sich ein Durstender in der Wüste fühlen, wenn sich die angebliche Oase als Fata Morgana entpuppte.

Als seine Fata Morgana hinter einem hauseigenen Stierbeta im stilvollen Anzug mit Würfelstreifen verschwunden war, der eben einer aufgetakelten Dame am Roulettetisch seinen Arm anbot, wurde Aleksej schon wieder angesprochen.

»Nach einem solchen Spiel solltest du hier nicht durstig und nüchtern rausgehen müssen«, sagte die Katzenbeta vom Pokertisch, die plötzlich neben ihm aufgetaucht war. Er hatte sie nicht kommen hören, selbst mit Absätzen bewegte sie sich wie auf den sprichwörtlichen Samtpfoten.

»Ja, aber ich ...« Er war noch ganz in seiner Fata-Morgana-Metapher versunken, das konnte sie mit *durstig* doch nicht gemeint haben?

»Ich hab's gehört. Und miterlebt.« Sie lächelte. »Kann ich dich einladen?«

»Gern«, sagte Aleksej. Sie war schön, und anders als beim Bunny war es nicht einmal ihr Job, ihn anzusprechen. Vielleicht würde der Tag doch noch halbwegs versöhnlich enden, sofern sie ebenso durstig war wie er selbst. »Ich bin Aleksej.«

»Lydia«, sagte sie und gab ihm die Hand.

Auch wenn sie sich vorstellten wie zwei Fremde, wurde er das Gefühl nicht los, sie schon einmal getroffen zu haben. Doch in ihren Augen zeigte sich kein Erkennen. Gemeinsam schlenderten sie zu einem freien Bartisch hinüber.

2

7. November 3041 (Erdzeit)
Ort: Starluck

Eine knappe Stunde lang plauderten Aleksej und Lydia über belangloses Zeug. Ab und zu warf jemand einen Blick zu ihnen herüber, ein schneidiger junger Mann grinste dabei, während sein Begleiter ihm gegen die Schulter boxte und bedauernd den Kopf schüttelte. Doch die meisten Gäste im Starluck ignorierten sie und spielten, flirteten, brüsteten sich, schwitzten oder fluchten, tranken, feuerten jemanden an oder schätzten andere ab.

Das Starluck war ein gigantischer Gebäudekomplex, dessen wild pulsierendes Herz die dreizehn Spielhallen waren, um die sich zahlreiche weitere Säle und Räume gruppierten: Restaurants unterschiedlicher Kategorien, Clubs, in denen man selbst Tag und Nacht ausgelassen tanzen konnte, und solche, in denen freizügige Tänzerinnen und Tänzer um Stangen kreisten und die Hüften in Richtung der geschwenkten Scheine schoben.

Über den Hallen erhoben sich sieben riesige Türme

aus titaniumverstärktem Glasbeton, in welchen sich Tausende Zimmer und Suiten für Übernachtungsgäste befanden, ferner Wellness-Bereiche mit allen Formen von Massage, abgeschirmte Konferenzräume, Säle für Virtu-Theater und 3D-Rundumfilme, Schwimmbäder und schwarze Kammern, in welchen sich die Tore zu zahllosen virtuellen Welten befanden. Hier konnte der Bürohengst Ahumane niedermähen oder besteigen, und die Finanzcontrollerin auf fremden Planeten die Kontrolle verlieren. Hier war man Gangster, Soldat oder Justifier, Ork, Zwerg oder Drache, Julius Caesar, Wilbur Graeme Lantis oder der Marquis de Sade, peitschender Aufseher beim Pyramidenbau, erfolgreicher Rennfahrer oder gar ein antiker Gott. Man war, was man nicht war, oder man war, was man war, nur eben in einer erfolgreicheren Variante. Manch einer spielte auch hier Roulette statt unten in den Hallen, um kein echtes Geld zu verlieren, aber wie wollte sich so jemand freuen, wenn er gewann?

»Ach, hätt' ich doch wirklich gespielt, dann wäre ich jetzt reich«, klagten solche Leute dann am frühen Abend am Tresen, wofür sie aber nur mitleidige Blicke kassierten.

Alle sieben Türme waren mit einer gigantischen Achterbahn verbunden, der höchsten und schnellsten dieser Galaxie, wie die Werbung überall verkündete, und von Turm drei führte eine riesige Rutsche in ein Schwimmbecken in Turm sechs, natürlich die längste Rutsche dieser Galaxie. Alles war nach dem Motto »groß, größer, Starluck« errichtet worden.

Man konnte sich Männer und Frauen, Bunnys und Stierbetas aufs Zimmer kommen lassen, Hetero, Homo oder für eine gemischte Gruppe. Auch jede Art von Rollenspiel wurde angeboten, selbst als Collector verkleidete Callboys und -girls waren zu haben, sowohl als dominante als auch unterwürfige Ausführung, ganz wie man diesen überlegenen Ahumanen in seiner Fantasie entgegentreten wollte. Nur tatsächliche Ahumane waren hier nicht käuflich.

Das wirklich Besondere am Starluck war jedoch, dass es sich nicht in der Hand eines Konzerns befand, und so galten hier andere Regeln, gerade was die Freizügigkeit und Vergnügen anbelangte.

Der Unternehmer Bernd van Kim hatte es vor dreiundvierzig Jahren auf dem bewohnbaren Mond Dolphin errichtet, der um den riesigen Gasplaneten Bismarck kreiste, am äußeren Rand der Shiva-Galaxie. In nächster Nähe – zumindest nach den Maßstäben des gesamten Universums gemessen – befanden sich zahlreiche ertragreiche Planeten, welche sich verschiedene Konzerne unter den Nagel rissen und sie nutzbar machten. Rohstoffe wurden abgebaut, Arbeiter und Ingenieure kamen, bald deren Familien, und erste Bürogebäude wurden errichtet. Wie Pilze sprossen neue Siedlungen aus dem Boden, doch für Unterhaltung mussten die Leute von Anfang an selbst sorgen, auch bevor ihre Familien da waren.

Van Kim hatte im Innenhof seines Starlucks ein Trans-Matt-Portal errichten lassen, mit dessen Hilfe man innerhalb von wenigen Minuten zu den nächstgelegenen Planeten springen konnte, innerhalb von Stunden zu den etwas weiter entfernten im Sonnensystem. Mit Hilfe der

Gewerkschaft hatte er es geschafft, dass die Arbeiter all dieser Planeten jedes Wochenende zu ihrem Lohn einen Sprung von ihrem Arbeitsplatz ins Starluck und zurück bezahlt bekamen, und fast alle kamen. Sie verspielten ihre Löhne und auch wertvolle Rohstoffe, die sie von ihrem Arbeitsplatz fortgeschmuggelt hatten, oder kauften sich davon van Kims Mädchen und Jungs.

Das Starluck entwickelte sich schnell zu einer Goldgrube, es wuchs und wuchs, und schon bald kamen nicht mehr nur die Arbeiter und Justifiers, sondern auch die Frauen und Männer aus den Büros. Sie kamen, um sich zu vergnügen und um Deals einzutüten; das Starluck entwickelte sich immer mehr zu einem neutralen Territorium, auf dem sich die Angestellten der konkurrierenden Konzerne austauschen konnten, geschäftlich und privat. Ein Ort voller Spannungen, die sich jedoch meist im Spiel oder Bett entluden, manchmal auch auf einer öffentlichen Toilette. Wer prügelte oder eine Waffe zog, flog raus, bis er sich abgekühlt hatte; die Security im Starluck war zahlreich und gut ausgebildet.

Draußen gab es jedoch so gut wie keine Security, und oft genug kam es in den Gassen hinter dem Starluck zu Prügeleien oder Messerstechereien, dort wo die verzweifelten Prostituierten standen, zu verlebt oder sichtlich süchtig, um noch im strahlenden Starluck anzuschaffen. Dort vegetierten die Heruntergekommensten der Verlierer vor sich hin, normale Gäste des Starluck verirrten sich kaum hinaus. Die meisten kamen durch das TransMatt-Portal im Innenhof, und ihre Abenteuerlust wurde innerhalb der Mauer befriedigt.

Weiter draußen wohnten die Angestellten des Starluck und jene, die sie versorgten, vom Bäcker bis zum Schuster. Darüber hinaus gab es Aussteiger, Schmarotzer, Dealer und alle, die hier gestrandet waren, weil sie das letzte Geld verzockt hatten und niemanden kannten, der ihnen den Rückweg durch das Portal bezahlte.

Aleksej hatte zwar alles verzockt, doch *Romanow* würde sicher für seinen Sprung bezahlen und die Kosten auf die unermessliche Summe aufaddieren, die er noch abarbeiten musste, bevor er frei sein würde.

Das erste Reisbier hatte er mit zwei langen Zügen geleert, die Luft war trocken und warm. Inzwischen war er beim dritten angekommen und steckte sich beiläufig ein paar der gesalzenen Erdnüsse aus der kleinen Gratisschale in den Mund.

»Sieh an, sieh an, der Affe hat die Nüsse gefunden«, witzelte ein Trottel am Nachbartisch, der mit drei Kumpeln beim Goldkronen-Bier zusammenstand, dem Glanz der Augen nach sicher nicht beim ersten. Das Hemd hatte er aufgeknöpft bis zum Bauchnabel, die gebräunte Brust blank rasiert, über dem Herzen prangte ein *No-rights-for-animals*-Tattoo in grellen Farben. Lässig drehte er einen großen Chip zwischen den Fingern der Linken, um zu zeigen, dass er ein Gewinner war. Aleksej hatte schon hundert Varianten dieses dämlichen Kommentars gehört und beinahe ebenso oft das immer gleiche Symbol der *Liga für ein reines Menschentum* gesehen. Er verdrehte einfach nur die Augen. Warum musste heute alles zusammenkommen?

»Ist fast wie Fütterungszeit im Zoo«, sagte ein schmerbäuchiger Kumpel des Tätowierten, von dessen Hemd nur der oberste Knopf geöffnet war. An jedem Finger der Linken trug er einen Ring mit Stein. »Schade, dass mein kleiner Junge nicht hier ist, der wirft gern mit Nüssen nach Viechern.«

»He, Affe, willst du auch 'ne Banane?« Der Tätowierte lachte.

Aleksej antwortete nicht. Er nahm einfach einen weiteren Schluck Bier, um sich zu beruhigen, aber er spürte die Wut wieder hochkochen. Unruhig trippelte er mit seinen langen, greiffähigen Zehen in den Schuhen. Vergeblich versuchte er wegzuhören.

»Vielleicht kann er nicht sprechen?«, vermutete einer der vier, und alle kratzten sich mit den Fingern unter den Achseln und machten mit vorgereckten Unterkiefern: »Uh! Uh! Uh!«

»Weißt du, Affe«, sprach ihn der Tätowierte erneut an. »Du kannst dein hässliches Gesicht so oft rasieren, wie du willst, du wirst keiner von uns. Jeder weiß, dass du kein Mensch bist.«

Aleksej biss sich auf die Lippe und ballte die Faust. Er rasierte sich nicht, um ein Mensch zu sein, sondern um anders zu sein, als sie ihn haben wollten.

»Was kommt da eigentlich für ein Vieh raus, wenn du nachher die Katze besteigst? Ein schnurrendes Äffchen?«, fragte der Tätowierte, und der Schmerbäuchige hob die Arme und stieß sein Becken ungelenk vor und zurück: »Uh! Uh! Uh!«

Alle vier lachten.

Es reichte! Aleksej stieß sich vom Tisch ab und packte

die Flasche verkehrt herum am Hals. Der letzte Schluck Bier rann heraus und bildete auf dem blanken Boden eine Pfütze. »Was auch immer rauskommt, es hat bei der Geburt schon mehr Hirn als du.«

»Was hast du gesagt?« Der Tätowierte knallte den Chip auf den Tisch und packte nun seinerseits eine Flasche. Auffordernd blickte er seine Kameraden an, und gemeinsam traten sie auf Aleksej zu. Jeder hatte eine Flasche in der Hand, keiner lachte mehr.

»Ich hab gesagt, dass bei dir homo sapiens irgendwie das sapiens abhandengekommen ist.«

»Aleksej, lass gut sein.« Lydia griff ihm beruhigend auf den Arm.

»Du dreckiges Tier nennst mich einen Homo?«, bellte der Tätowierte und schleuderte die Bierflasche nach Aleksejs Kopf. Der Angriff kam viel zu langsam und war schlecht gezielt, Aleksej tauchte blitzschnell unter der Flasche hinweg, die hinter ihm irgendwo dumpf aufprallte. Jemand schrie, ein anderer fluchte.

Und plötzlich war die Security da, drei Männer, zwei Frauen, alle groß und mit versteinerten Gesichtern, die Uniformhemden bis zum Hals zugeknöpft und so eng geschnitten, dass sich darunter bei allen die Muskeln deutlich abzeichneten, bei den Frauen zudem die Brüste.

»Würden Sie uns bitte folgen?«, sagte einer zu dem Tätowierten, ohne die Miene zu verziehen.

»Aber der Affe hat angefangen ...«

Die Bedienung hinter dem Tresen schüttelte kaum merklich den Kopf, und der Securitymann sagte: »Kommen Sie jetzt freiwillig mit, oder müssen wir Sie rausschleifen?«

»Aber der verdammte Affe hat ... ja, schon gut.« Er hob die Hände und bedeutete seinen Kumpeln mit einem Nicken, ihn zu begleiten. Als die Security ihn nach draußen brachte, drehte er sich noch einmal zu Aleksej um: »Wir sind noch nicht fertig, Drecksaffe. Ganz sicher nicht!«

Aleksej sah ihm einfach nach und grinste so breit, dass man seine Zähne sehen konnte. Das war die einzig angemessene Reaktion auf das Gekläffe, diese leeren Drohungen eines Mannes, der sich mit solchen letzten Worten als Sieger fühlte, auch wenn er aus dem Gebäude eskortiert wurde.

Lydia nickte zum Tresen hinüber und sagte: »Danke.«

Die Frau hinter dem Tresen zuckte mit den Schultern. »Ich hab gesehen, was ich gesehen hab.«

Ein kopfgroßer, glänzender Cleanbot wischte surrend die klebrige Pfütze vom Boden. Aleksej bestellte ein neues Bier und sah zum Bartisch hinüber, an dem die vier Idioten gestanden hatten. Der Chip war verschwunden, er war wieder einmal zu langsam gewesen. Heute war wirklich nicht sein Tag.

»Idioten«, sagte Aleksej und stieß mit Lydia an. Reste von Adrenalin pumpten noch immer durch seinen Körper, er hätte ihnen gern auf die Fresse gegeben, um sich abzureagieren.

»Idioten«, sagte auch Lydia und musterte ihn mit ihren dunkelgrünen Augen. Auch wenn sie ihm bislang nicht ihre Zimmernummer verraten hatte, sie hatte Interesse an ihm, das spürte er.

Noch eine Weile sprachen sie über die vier Liga-Freunde und die *Liga für ein reines Menschentum* im Allgemeinen, die im letzten Jahr deutlich Zuwachs bekommen hatte, seit 3040 nach langen Kämpfen der Gewerkschaft allen Betahumanoiden halb-menschlicher Status zuerkannt worden war und sie sich dank des Buybacks-Prinzips sogar die Freiheit von ihren Konzernen erkaufen konnten. Doch die entsprechenden Summen waren horrend, und Aleksej fragte sich, wie Lydia ihre Freiheit in so kurzer Zeit hatte erlangen können. Laut fragte er das nicht, sondern ganz unverbindlich: »Und? Was machst du eigentlich so?«

Sie zögerte kurz, als habe er sie überrascht, dann sagte sie: »Ich bin Journalistin. Und Reporterin.«

»Cool«, sagte er, aber das hätte er wohl bei den meisten Jobs geantwortet. Was sollte er auch sonst sagen? Schließlich wollte er mit ihr ins Bett. »Und? Bist du wegen einer Story hier?«

»Ich hatte tatsächlich gehofft, eine zu finden.«

»Und? Glück gehabt?«

»Ja.«

»Komm schon. Lass dir nicht alles aus der Nase ziehen. Du hast deine Story gefunden. Um was geht's? Ich verrate es auch keinem.«

Einen Augenblick lang sah sie ihn zögernd an, dann lächelte sie. »Um dich.«

»Um mich?«

»Deine Niederlage am Pokertisch war einfach unglaublich. Die Leute werden noch in Tagen davon reden, wenn ich darüber berichte, sogar in Wochen oder Monaten. Hast du nicht bemerkt, wie sie dich ansehen?«

Die Leute gafften ihn ständig an, er war schließlich nur

ein halber Beta, noch dazu mit einem blank rasierten Gesicht und antiquiertem Irokesenschnitt. Er fiel eben auf, darauf achtete er schon gar nicht mehr. Und die vier aus der Liga hatten ihn auch nicht wegen der Pokerpartie blöd angemacht. »Ich bin deine Story? Meine Niederlage ist deine Story?«

»Ja. Ich berichte über Einzelschicksale, über Menschen, und vor allem über Betas, um all die Vorurteile abzubauen, um uns ein, nun ja, *menschliches* Gesicht zu geben, und überhaupt ... Aber – ehrlich gesagt – darum geht es in deinem Fall nicht. Da geht es um eine wahrlich außergewöhnliche Pokerpartie, die man medial noch größer machen kann. Denk doch mal darüber nach. Sie werden noch in Monaten über dieses einzigartige Spiel reden! Über dich!«

»Und warum sollte ich das wollen? Dass die Leute mich noch länger als Verlierer im Gedächtnis behalten? Der dämliche Beta, der einem Menschen unterlegen war. Eine tolle Geschichte, um für unsere Gleichheit zu werben.« Seine Stimme hatte einen bitteren Ton angenommen. Er hatte tatsächlich gedacht, sie hätte ihn einfach so angesprochen, doch wie bei dem Bunny war es nur ihr Job gewesen. Auch sie hatte kein Interesse an ihm. »Seht, Menschen, hier habt ihr euren neuen Lieblingsbeta mit dem samtweichen, glänzenden Fell: Aleksej, der freundliche Verlierer aus der Nachbarschaft.«

»Das ist doch Unsinn. Wer mit einer solchen Hand verliert, ist kein Verlierer.« Sie lächelte ihn an und schüttelte sanft den Kopf. Ihr intensiver Blick bohrte sich in seinen.

»Sondern?«

»Er war Teil eines legendären Spiels. Der zweite Held, ohne den diese Geschichte nie möglich gewesen wäre. Der tragische Held, der stets die Sympathien gewinnt, wenn auch nicht das Geld. Du hast cool und mit einem lockeren Spruch reagiert, das mögen die Leute. Kein jammernder Verlierer, sondern ein unglaublicher Pechvogel, dem die Herzen einfach zufliegen müssen.«

»Die Herzen? Oder meinst du doch Mitleid?« Aleksej schnaubte. »Auf Mitleid kann ich verzichten.«

Abwehrend hob sie die Hände. »Hey, ich mach das ganz wie du willst. Du bestimmst die Richtung, und ich bringe das genau so rüber. Die Leute sehen nur das, was wir ihnen zeigen wollen. Entweder du lässt sie selbst über die Partie quatschen, oder wir zeigen ihnen die Bilder, die wir auswählen. Was ist dir lieber?«

»Du hast die Partie aufgezeichnet?«, fragte er überrascht, statt auf ihre Frage zu antworten.

»Natürlich. Das mach ich in solchen Fällen so gut wie immer.«

»Auch jetzt?«

»Nein. Jetzt reden wir ja nur. Vorhin wollte ich auch lediglich ein paar Stimmungsbilder von einer Pokerrunde machen. Die Mischung am Tisch war optisch spannend, darum bin ich eingestiegen. Authentisches Material, du verstehst? Nicht gestellt, nicht gecasted.«

Aleksej nickte. Optisch spannend klang immerhin fast nach einem Kompliment. Und plötzlich fiel ihm ein, woher er sie kannte, eine Formulierung oder die Art, wie sie gerade die Hände bewegt hatte, musste eine Verknüpfung in seinem Hirn hergestellt haben.

»Jetzt hab ich's. Du moderierst diese Boulevardsendung bei GalaxyView.«

Sie lächelte, als hätte er etwas gewonnen. Vielleicht dachte sie auch, sie hätte nun bei ihm gepunktet, weil er sie als Promi erkannt hatte, aber das Gegenteil war der Fall: Er hatte nur drei Minuten der Sendung ertragen, sie war furchtbar gewesen. Ein bisschen schrill, ein bisschen anzüglich, ein bisschen anbiedernd und eigentlich kein bisschen intelligent. Das Schlimmste war für ihn gewesen, wie eine freie Beta gegenüber Menschen im Studio und den menschlichen Zuschauern agiert hatte, nicht selbstbewusst, sondern als wäre sie dankbar für ihre Freiheit, nicht sauer auf die Jahre der Unterdrückung.

»*Chez Lydia.*« Sie nickte. »Ich bin Lydia Lemont.«

»Und das soll in dieser Sendung gezeigt werden?«, fragte Aleksej wenig begeistert.

Ihr Lächeln erstarb. »Kein Fan?«

»Ich hab's nur fünf, vielleicht zehn Minuten gesehen«, antwortete Aleksej ausweichend und schlug dabei aus Freundlichkeit ein wenig Zeit drauf.

»Kein Fan. Verstehe.« Sie schürzte die Lippen.

»Sagen wir einfach, ich hab zu wenig gesehen, um mir ein Urteil zu erlauben. Und der erste Eindruck von dir in echt war sehr viel positiver.« Das Süßholzraspeln verlernte man im All, wenn man es je beherrscht hatte.

»Eindeutig kein Fan der Sendung.« Aber sie lächelte wieder. »Da haben wir was gemeinsam.«

»Bitte?«

»Es ist ein Job. Der Einzige, der mir in einem großen Sender angeboten wurde. Es ist ein Anfang, die Dominanz der reinen Menschen in den Medien zu unterwandern. Es ist nicht das Format, in dem ich bleiben will.«

»Irgendwo muss man anfangen«, sagte Aleksej. Er sah es noch immer als Anbiederung. Wäre er frei, würde er sich für so etwas nicht hergeben. Aber er hatte jetzt einfach keine Lust, sich mit ihr zu streiten, und trotz allem noch immer eine kleine Hoffnung, in ihrem Bett zu landen.

»Hör zu, ich kann die Bilder wirklich so schneiden, dass du sympathisch und lässig rüberkommst. Kein Opfer, mit dem man Mitleid hat. Ich bin selbst Beta, ich weiß, wie wichtig ein entsprechender Ruf als Justifier ist. Kein Mitleid, versprochen.«

»Ein Verlierer ist und bleibt ein Verlierer.« Was verstand sie daran nicht? Er wollte nicht sympathisch rüberkommen, nicht als jemand, den Niederlagen nicht jucken, er wollte ein Gewinner sein.

Energisch schüttelte sie den Kopf und sah ihn wieder intensiv an. Er mochte nicht wissen, wie viele Enthüllungen sie diesen unergründlichen Katzenaugen zu verdanken hatte. So kalt wie möglich starrte er zurück. Nein, er würde nicht klein beigeben.

»Weißt du, wer die wirklichen Verlierer in dem Spiel waren?«, fragte sie. »Der Glatzkopf, der Heavy und ich. Wir waren beim faszinierendsten Spiel im Starluck seit Ewigkeiten dabei und hatten nichts in der Hand. Wie du waren wir dabei, aber unsere Namen und Karten werden bald vergessen sein, wenn sie überhaupt je erwähnt werden. Wahrscheinlich existieren wir bereits jetzt in den kursierenden Berichten und Gerüchten schon nicht mehr, herausgekürzt, weil zu belanglos. Belanglos«, wiederholte sie das Wort langsam. »Nun, ich bin Journalistin, ich kann damit gut leben. Ja, ich bin einfach froh, zufällig dabeigewesen zu sein, denn ich muss nicht gewinnen, um eine Story zu bekommen. Das bringt mein Job eben mit sich: Immer nah dran an den Geschehnissen, aber niemals wirklich involviert. Und näher als ich konnte niemand an der Partie gewesen sein. Aber der Heavy? Er gehörte dazu, ohne ihn wären die Karten anders verteilt gewesen, die ganze Partie völlig anders verlaufen. Er war wichtig und ein Teil des Ganzen, aber jeder wird ihn nur nach euren Karten und Einsätzen fragen, so wie jeden x-beliebigen Beobachter. Er hätte ebenso gut neben dem Tisch stehen können, niemand wird sich je für seinen Beitrag zu dem Spiel interessieren, höchstens einmal beiläufig aus Höflichkeit fragen, wie viel er denn verloren habe, und dann grinsend den Kopf schütteln. Er wird immer nur als Zeuge, nie als Teil des Spiels von Interesse sein. Wer also ist der größere Verlierer? Er oder du?«

Sie hängte sich wirklich rein, doch Aleksej schüttelte den Kopf. »Wenn ich so wenig verloren hätte wie er, könnte ich mein Bier jetzt selbst bezahlen.«

»Das müsstest du dann auch. Dann würde dich nämlich niemand einladen.«

Aleksej schnaubte amüsiert und dachte, vielleicht hatte sie doch Recht, und ein bisschen Ruhm könnte auch nicht schaden, wenn man bei den Frauen landen wollte. Vielleicht war die Sendung auch nicht so schlecht, er hatte nur zwei Minuten gesehen. Wie auch immer, erst würde er abklopfen, ob sich damit sogar etwas Geld verdienen ließe.

»Meinst du ...«, setzte er an, doch dann unterbrach ihn eine Durchsage.

»Sehr geehrte Gäste des Starluck«, sagte eine rauchige Frauenstimme, wie sie oft in Aufzügen und Audioinfopoints Verwendung fand, sexy und beliebig. »Herr Schmidt von *Romanow Inc.* hat soeben das Gebäude verlassen.«

Hier und da erklangen Lacher. Wer zur Hölle war Herr Schmidt? Aleksej kannte keinen, und um ihn her schien die Durchsage auch keinen zu interessieren. Wahrscheinlich arbeiteten Dutzende mit dem Namen bei jedem Konzern.

»Er ist vor Kurzem durch das hauseigene TransMatt-Portal getreten«, fuhr die Stimme ungerührt fort, »wird jedoch nicht am geplanten Ziel herauskommen, sondern an einem weit weniger gastlichen Ort. Einem Ort, an dem er bestimmt über ein wenig hilfreiche Gesellschaft dankbar sein dürfte. Seine wahren Zielkoordinaten werden morgen früh um neun Uhr in der Spielhalle dreizehn des Starluck meistbietend versteigert. Ich wünsche Ihnen noch eine gute Nacht, träumen Sie schön und verlaufen Sie sich nicht. Vielleicht sehen wir uns ja morgen.«

Noch immer lachten ein paar Leute, doch keiner sprach. Irgendwer fragte in die Stille hinein: »Das ist doch ein Scherz, oder?«

Niemand antwortete, viele Schultern wurden gezuckt. Alle Gespräche und Spiele waren zum Erliegen gekommen, nur die Automaten trällerten stur ihre monotonen Melodien. Die meisten Gäste wirkten ratlos, Aleksej blickte rasch zu den Angestellten hinterm Tresen, auch sie schienen irritiert. Nur die Bunnys liefen zwischen den Tischen umher und lächelten, wie sie es immer taten.

»Glaubst du auch, dass das ein Scherz ist?«, fragte er Lydia.

»Was denn sonst?«, sagte sie, aber sie wirkte nicht vollkommen überzeugt. »Irgendein Praktikant hat sich in den Durchsageraum geschlichen, um das zu verkünden. Eine Mutprobe oder verlorene Wette.«

»Und wenn es doch eine Entführung war?«

»Du kannst Leute aus einem Fahrzeug entführen oder auf der Straße, aber doch nicht aus dem Nichts zwischen zwei Portalen. Die TTMA-Technologie ist absolut sicher.«

»Nichts ist absolut sicher ...«

»Außer der Tod, ich weiß. Aber Koordinaten öffentlich versteigern? Wenn ich jemand entführen wollte, würde ich es so machen wie seit Jahrtausenden erprobt: Ihn mir schnappen, wenn er allein und unbeobachtet ist, und dann die Familie benachrichtigen und ihr drohen, bloß niemanden einzuschalten, wenn ihr sein Leben lieb ist. Ich würde doch nicht die Öffentlichkeit suchen. Wahrscheinlich gibt es diesen Schmidt gar nicht.«

Vermutlich hatte sie Recht. Die meisten anderen sahen es wohl ebenso, die Gespräche setzten wieder ein, hier und da wurde gelacht oder der Kopf geschüttelt. Ein Scherz, der zur Hälfte auf Kosten des mächtigen Konzerns *Terran TransMatt Specialities Inc.* ging, der das Monopol auf diese Technologie besaß und seine beherrschende Position stets weidlich ausnutzte. Alles, was auf seine Kosten ging, war den Angestellten anderer Konzerne nur recht, selbst wenn es nur ein Praktikantenscherz war.

Ein Securitymann sprach in sein Head-Com, er lachte nicht. Wahrscheinlich machte irgendwo ein Betrunkener Ärger, oder ein Verlierer.

»Okay«, sagte Aleksej, um den Gedanken von zuvor wieder aufzugreifen. »Wenn wir also die Sendung wirklich machen wollen, wäre da vielleicht …«

Der Grizzlybeta, dem er vor Kurzem den Schuh gegen die Brust gekickt hatte, eilte herein, ließ den Blick über Theke und Bartische schweifen und stürmte weiter. Er hatte nicht gefunden, was er suchte. Irgendwas stimmte hier ganz und gar nicht.

Lydia bemerkte ihn hinter ihrem Rücken nicht.

»Wäre da vielleicht …? Was …?« Sie lächelte. »Ein wenig Geld drin?«

Aleksej nickte, während er dem nervösen Leibwächter hinterherblickte.

»Das kommt darauf an, wie wir es angehen und wie viele Sponsoren wir für das Feature gewinnen. Wahrscheinlich wäre es am besten, wir machen das außerhalb der regulären Sendung, pushen dich zu einem Poker-Star hoch und kassieren dann ordentlich Geld für Workshops mit Tipps von dir. Eventuell sogar selbstironisch: *Vom Verlierer siegen lernen.*«

»Klingt gut, aber bis du mich zum Star gemacht hast, bin ich im nächsten Einsatz irgendwo dort draußen. Du weißt, wie das läuft.«

»Dann haben wir noch zwei Alternativen.«

Doch bevor er von ihnen erfuhr, meldete sich sein Chef, der Doktor, über den Kommunikator: »Aleksej! Komm in den Konferenzraum 24-B. Sofort.«

»Aber …«, setzte er an, er hatte manchmal Schwierigkeiten mit der Disziplin.

»Sofort!«

»Alles klar«, sagte er. Und an Lydia gewandt: »Ich muss los.«

»Jetzt?«

»Tut mir leid. Wirklich.« Er nahm noch einen letzten großen Schluck. »Danke für das Bier.«

»Keine Ursache.« Sie gab ihm ihre Nummer und sagte, sie würde das Feature wirklich gern machen. Dabei blickte sie ihn mit diesen fiesen Augen an. »Mit dem Geld lassen wir uns was einfallen.«

»Ich melde mich auf jeden Fall«, versprach er und meinte es auch so.

3

7. November 3041 (Erdzeit)
Ort: Starluck

Die Luft im Konferenzraum roch künstlich nach Meer und Lavendel, in den Fensterattrappen war eine Strandsimulation mit hellen Dünen und sanft heranrollenden Wellen zu erkennen, eines der beliebtesten Motive für geschäftliche Gespräche. Die Wände waren metallic-mintgrün und spiegelglatt, die Designermöbel aus leichtem Kunststoff und hellbeige. Auf allen Stühlen lagen dünne schwarze Lederkissen, die größeren Stühle verfügten über verstärkte Stahlbeine, damit sich auch kräftigere Betas bedenkenlos setzen konnten. An der Wand hinter dem Rednerpult für den Vortragenden gab es eine Projektionsfläche für zwei- oder dreidimensionale Bilder. Im Augenblick war sie weiß und leer.

»Ihr habt die Durchsage alle gehört, oder?«, sagte Dr. Archavin, der sich lässig an das Pult gelehnt hatte. Er war ein trainierter Mittvierziger mit sauber ausrasierten, modischen Geheimratsecken und bei *Romanow* ausführender Manager für Justifiers-Einsätze, verantwortlich für die umliegenden Sonnensysteme. Wie stets trug er eine dunkle Sonnenbrille mit kleinen runden Gläsern und einen weißen Anzug, weißes Hemd, weiße Schuhe, weiße Socken und eine weiße Krawatte, als wollte er nach außen zeigen, dass er sich trotz seiner Tätigkeit nicht schmutzig machte. In dunklen Räumen schob er die Brille auf die Nasenspitze und blickte über die Ränder hinweg, die Augenbrauen waren sauber gezupft. Niemand machte sich über diese Sonnenbrillenmarotte lustig, denn Dr. Archavin befahl über die Justifiers. Und die Justifiers respektierten ihn, weil er trotz seiner Art verlässlich war und gegen die Sesselfurzer in den höheren Etagen zu ihnen hielt.

»Jawohl, Herr Doktor«, sagten Aleksej und seine Kameraden im Chor, denn Dr. Archavin legte viel Wert auf den Anschein von militärischer Disziplin. Ihm gefiel es, wenn sie gemeinsam seinen Titel riefen. Abgesehen von diesem Ritual gehörte er eher zu den lockeren Typen.

Alle, die den letzten Einsatz unverletzt überstanden hatten, waren versammelt:

Der Bisonbeta Howard, der sich noch nicht der aktuellen Mode seiner Art angeschlossen hatte, sich einen Ring durch die Nase zu ziehen, um selbstironisch auf den Sklavenstatus hinzuweisen. Stattdessen trug er Kerben in seinen Hörnern, eine für jeden Gegner, den er für den Konzern getötet hatte. Wenn er nicht kämpfte, spielte er gern Dame; Karos und klare Regeln passten zu ihm.

Die Fuchsbeta Tanja, eine ausgebildete Feldärztin, die in Kämpfen vor zwei Jahren ihre halbe Rute verloren hatte und den kläglichen Rest seitdem mit schwarzen Bändern und dunklen, schimmernden Plastikperlen verzierte.

Der Wolfsbeta Pavel, ein geselliger Bursche, der es regelmäßig schaffte, einen Fremden mit ironischen, aber nicht bösartigen Bemerkungen zur Weißglut zu treiben, ihn dann zu einem Versöhnungsbier einzuladen und dabei so charmant zu sein, dass der Fremde letztlich alle sechs Bier und die beiden Steaks bezahlte und sich anschließend noch dafür bedankte. Pavel war so etwas wie der Aufklärer und zugleich Diplomat der Einheit, sollten sie auf andere Justifiers, Menschen oder Ahumane treffen. Zwischendurch schlichtete er den möglichen Streit in den eigenen Reihen.

Die Nashornbetas Sergej und Gennaro, die aus derselben Mutter-DNA stammten, sich jedoch weder besonders ähnelten noch gleich verhielten. Sergej war ein brummiger Bursche, der das Bild einer barbusigen Frau in sein Horn gebrannt hatte, wenig sagte, wenn er nüchtern war, und keinem Kampf aus dem Weg ging. War er einmal im Kampfrausch, konnte er kaum noch gestoppt werden und drosch selbst auf reglose Gegner noch ein, sowie auf jeden, der sich ihm in den Weg stellte, egal ob Feind, Freund oder auch nur ein Baum, der zufällig dort wuchs.

Gennaro hatte dagegen sein Horn mit stählernen Einlegearbeiten verziert, mit Totenschädeln von Menschen, Betas und Ahumanen. Was den Charakter betraf, war er unberechenbarer als Sergej und der Gewalttätigere von beiden.

Beide Nashornbetas trugen stolz eine Tätowierung des *Romanow*-Logos auf dem Oberarm, eine Uhrmacherlupe, die von drei Diamanten umkreist wurde; auf den Slogan *Luxus – gemacht für Anspruchsvolle* hatten sie jedoch verzichtet. Da Betas über keine Familie verfügten, der sie sich zugehörig fühlen konnten, kompensierten einige das durch offensiv zur Schau getragene Konzerntreue.

Ganz am Rand saßen die beiden Menschen Giselle und Aragorn. Sie war groß, blond und promovierte Astrogeologin, Biochemikerin und auch in den anderen Naturwissenschaften bewandert. Jedes Ergebnis ihrer Untersuchungen überprüfte sie pedantisch dreimal, bevor sie es akzeptierte.

Aragorn – benannt nach irgendeinem mytholgischen König auf der mittelalterlichen Erde, soweit Aleksej wusste – war dunkelhaarig, stets unrasiert und ein Feldtechniker mit erstaunlich flinken Fingern. Sie beide waren verurteilte Schwerverbrecher, die nicht über ihre Vergangenheit sprachen und dank der in solchen Fällen üblichen kleinen Bombe im Kopf nun brav ihren Dienst für den Konzern ableisteten, statt auf dem irdischen Gefangenenkontinent Australien ihre Strafe abzusitzen. Das nannte man Mitarbeitermotivation für Fortgeschrittene.

Freiwillig meldeten sich für die Justifiertätigkeit nur Verrückte, Verzweifelte und laut romantischer moderner Mythen auch unglücklich Verliebte, die nach ihrer Zurückweisung den Tod suchten. Aleksej hatte derartig Bekloppte jedoch noch nicht getroffen, nicht einen einzigen. Vielleicht gab es sie bei der Armee, da konnte man sich wenigstens einreden, etwas Sinnvolles zu tun. Für wen auch immer.

»Egal, was im Starluck getuschelt wird, das ist kein

Scherz«, sagte der Doktor. »Ganz im Gegenteil, die Geschichte ist verdammt ernst. Herr Schmidt hat das Portal wie geplant betreten und wollte in unsere hiesige Zentrale nach Zenit reisen, doch dort ist er nicht zum erwarteten Zeitpunkt herausgekommen. Noch nie hat sich jemand mit dieser Technologie verspätet oder ist gar überhaupt nicht angekommen, sofern beide Portale in Ordnung sind.«

Die Justifiers schwiegen.

Dr. Archavin drehte sich zur Wand und drückte auf einen Knopf in der Hand. »Hier der Überwachungsfilm von seinem Aufbruch.«

Eine 3D-Projektion zeigte, wie ein Mann mit sauber gescheiteltem Haar und einem schwarzen Koffer in der Hand das TransMatt-Portal betrat, mit flinken Fingern Koordinaten eingab und planmäßig verschwand. Er zögerte nicht und wirkte so routiniert, als täte er das jeden Tag. Es handelte sich um den Mann, den Aleksej in der Lobby gesehen hatte, dessen Leibwächter er mit dem Schuh getroffen hatte. Die Leibwächter waren am Rand der Projektion nur als Schemen zu erahnen, sonst war niemand zu sehen. Zwischen Koffer und Hand schimmerte noch immer die Kette.

»Dr. Anatoli Edvard Schmidt, stellvertretender Leiter eines kleinen Teams in der Entwicklung, Physiker, unverheiratet. Keine Auffälligkeiten bekannt, fährt gern mal zu schnell und hat ein Faible für klassische elektronische Musik, er komponiert seltsame Fugen auf Basis der DNA-Struktur diverser Tiere. Fragt mich nicht, wie das funktionieren soll. Funktioniert ja auch nicht wirklich, schließlich verdient er sein Geld bei uns, nicht mit der komischen Musik, was?«

Aleksej und seine Kameraden grinsten. Es tat gut, wenn der Doktor Scherze auf Kosten Höherrangiger machte. Er gehörte zwar nicht zu ihnen, aber auch nicht zu denen, weder Sesselfurzer noch direkt an der Front. Anhand solcher Bemerkungen wurde jedoch klar, wo seine Sympathien lagen, und genau deshalb respektieren die Justifiers ihn.

»Die Kollegen von der Entwicklung werden sich mit ein paar dezenten Freunden vom Werkschutz im Starluck umhören, ein bisschen schnüffeln, um möglichst viel vor der Versteigerung morgen in Erfahrung zu bringen. Unauffällig, um keinen Staub aufzuwirbeln, schließlich wollen wir nicht, dass morgen außer uns irgendwer mitbietet. Sie finden heraus, ob uns gerade ein anderer Konzern ans Bein pinkeln will, ob sogar TTMA selbst dahintersteckt, aber das glaube ich nicht. Wenn sie ihrer Technologie in aller Öffentlichkeit Fehler zugestehen, schneiden sie sich zu sehr ins eigene Fleisch. Was auch immer, unsere Rechtsabteilung bereitet gerade verschiedene Schriftstücke vor, um TTMA auf Schadensersatz zu verklagen. Das alles klären unsere Schreibtischkrieger, von euch will ich etwas anderes.« Dr. Archavin machte eine Pause und grinste.

Erwartungsvoll blickten die Justifiers ihn an.

»Ich will, dass ihr euch da umhört, wo keiner eine Krawatte trägt, klar? Schnüffelt ein wenig in der Gosse, ob irgendein Junkie, eine Hure oder Schläger was von einer Entführung aufgeschnappt hat. Sprecht mit den Bunnys oder anderen Betas, was euch so einfällt. Aber versucht kein Aufsehen zu erregen, wir wollen das klein halten. Wenn Blut fließen muss, dann muss es eben. Aber bitte draußen und ohne Zeugen, verstanden?«

»Jawohl Herr Doktor!«, riefen sie im Chor, und Gennaro knackte mit den Knöcheln.

»Was befindet sich in dem Koffer?«, fragte Aleksej.

»Das kann ich euch leider nicht sagen.«

»Bei allem Respekt, Herr Doktor, aber es würde uns die Suche wahrscheinlich deutlich erleichtern. Wer weiß, ob die Entführung ...«

»Du hast mich missverstanden. Ich kann es euch nicht sagen, weil ich es nicht weiß. Ich würde gern, aber noch habe ich keine Informationen dazu. Sobald ich mehr weiß, gebe ich's weiter. Noch Fragen?«

»Nein, Herr Doktor.« Dafür waren sie erschaffen oder mit Hirnbomben ausgestattet worden. Keine Fragen haben und die Drecksarbeit erledigen.

»Dann ...«

In diesem Moment wurde die Tür geöffnet, und Aleksej traute seinen Augen nicht, als der Glatzkopf von der Pokerpartie eintrat. Noch immer trug er den gelben Anzug. Drei Schritte ging er mit verkniffenem Mund auf Dr. Archavin zu, dann entdeckte er Aleksej im Augenwinkel und verharrte auf halben Weg.

»Ich wusste nicht, dass wir Verlierer unter unseren Justifiers haben«, sagte er mit kalter Stimme.

»Wieso Verlierer?« Der Doktor sah ihn irritiert an. »Wen meinst du?«

Der Glatzkopf nickte in Richtung Aleksej. »Den rasierten Schimpansenbeta.«

»Aleksej ist ein guter Mann. Genau genommen ist er sogar der Leutnant der Einheit.«

»So? Jetzt nicht mehr«, stellte der Mann lapidar fest und trat zu Dr. Archavin. »Befördere irgendeinen anderen. Egal, wen, es muss einen Fähigeren geben. Wir haben gute Labore.« Während er dies sagte, blickte er die Justifiers nicht ein einziges Mal an. Er beugte sich zum Doktor hinüber, deutete auf seinen Kommunikator in der Linken und flüsterte ein paar Worte. Archavins Züge versteinerten, er nickte. Dann drückte der Glatzkopf auf dem Gerät herum und flüsterte weiter. Schließlich fragte er lauter: »Kümmerst du dich darum?«

Dr. Archavin nickte.

Der Mann im gelben Anzug verließ den Raum.

»Bravo, Aleksej! Wie hast du das hinbekommen?«

»Was?«

»Dass unser lokaler Vice President von Forschung und Entwicklung, der große Herr Mario Tymoshchuk, dich nicht nur bemerkt, sondern sogar für einen Verlierer hält.«

»Ich hab mit ihm gepokert und hatte das bessere Blatt.«

Seine Kameraden lachten.

»Du das bessere Blatt? Und wieso nennt er dann dich einen Verlierer?«

»Ich hatte vier Buben. Aber es war noch jemand dabei, der hatte ...«

»... vier Damen. Ich hab von der Partie gehört. Aber das mit den Damen war nicht er?«

»Nein.« Diese Geschichte machte tatsächlich schnell die Runde.

»Was hatte der Herr Tymoshchuk denn dann auf der Hand?«

»Full House.«

»Und dann nennt er dich Verlierer?«

»Nun ja, die Chemie zwischen uns stimmte eben nicht. Ich habe ihn provoziert, damit er mitgeht, das hat ihm am Ende nicht gefallen.«

Ein kurzes Lächeln umspielte Dr. Archavins Mundwinkel, dann wurde er wieder ernst. »Das nächste Mal achtest du besser darauf, wen du da aus der Reserve lockst. Mir macht es keinen Spaß, dich zu degradieren, aber mir bleibt im Moment nichts anderes übrig. Ich werde in ein paar Tagen nochmal mit ihm reden, wenn sich die Wogen geglättet haben, aber jetzt übernimmt erst einmal Howard das Kommando. Verstanden?«

»Jawohl, Herr Doktor«, sagten alle, Howards Stimme war am lautesten, seine Augen strahlten.

Aleksej biss die Zähne zusammen. Eine Degradierung bedeutete auch eine Reduzierung der Einnahmen, die auf seinen Buyback angerechnet wurden, und das hieß länger für *Romanow* schuften. Vier Buben auf der Hand, und doch lief alles, aber auch alles gegen ihn.

»Und damit zurück an die Arbeit. Eben hat mir Herr Tymoshchuk die offiziellen TTMA-Übertragungsprotokolle des Starluck-TransMatt-Portals vorgelegt sowie die automatischen Kopien, die sich im Besitz von Starluck befinden, und eine Kopie jedes BackUps. In allen Fällen fehlen exakt 3,52 Sekunden, eben jene Zeitspanne von Herrn Schmidts Eingabe der Koordinaten bis zu dem Zeitpunkt, nachdem Schmidt durch das Portal getreten und verschwunden ist. Entsprechend gibt es keinerlei Aufzeichnung, wohin er geschickt und wie sein Durchgang manipuliert wurde. Am wahrscheinlichsten scheint zu sein, dass das Bedienfeld von den Entführern gehackt wurde, sodass Schmidts Eingabe völlig falsche Zielkoordinaten ergab. Wir wissen aufgrund der Lücken im Protokoll nur nicht, welche. Die Techniker von TTMA überprüfen im Moment noch weitere Theorien, aber ich will euch mit all diesem theoretischen Blabla nicht nerven.« Der Doktor sah sie an. »Schmidt mag ein Laborhocker gewesen sein, aber er war einer von *Romanow*, einer von uns. Die Lücke in den Protokollen wurde mit einem gackernden Cartoon-Clown ausgefüllt, der wie irre auf einem Mann im Laborkittel herumspringt. Und das gefällt mir überhaupt nicht. Ich lasse mich nicht gern verarschen! Schon gar nicht von einem Clown! Ihr etwa?«

»Nein, Herr Doktor!«

»Gut. Dann geht raus und findet das Dreckschwein!«

Damit waren sie entlassen. Entschlossen stapften sie auf den Flur hinaus.

Kaum hatte sich die schalldichte Tür hinter ihnen geschlossen, wandte sich Aleksej um: »Hört zu, wir werden ...«

»Schnauze«, knurrte Howard und reckte seine mächtige Brust raus.

»Was ...?«

»Du hältst erst mal die Klappe, du gibst keine Befehle mehr. Ich bin jetzt der Boss, ich sage, wo es langgeht.« Der Bisonbeta funkelte Aleksej mit seinen kleinen dunklen Augen an.

»Das war doch nur für's Protokoll und vorübergehend. Der Doktor hat selbst gesagt, dass er das nicht will«, protestierte Aleksej.

»Ob er wollte oder nicht, ist egal. Er hat es getan, und das heißt: Ich bin der Boss. Klar?«

»Jetzt hör mal zu ...«

Blitzschnell packten die riesigen Hände des Bisonbetas Aleksej am Kragen, und er wurde mit dem Rücken gegen die in freundlichem Beige gestrichene Flurwand geschmettert. Eine Naht knirschte. Howard senkte die mit zahlreichen parallelen Kerben übersäten Hörner und brachte sein Maul ganz nah vor Aleksejs Gesicht. Sein Atem roch streng nach Alkohol und Zwiebeln, und er spuckte kleine Speicheltropfen, während er brüllte: »Du hörst zu! Du! Und ich rede! Verstanden? Ich bin der Boss! Ab jetzt herrscht Disziplin!«

»Verdammt, Howard, wir sind ein Team ...« Aus dem Augenwinkel bemerkte Aleksej, dass keiner der anderen Partei ergreifen würde. Sie warteten alle ab.

»Ordnest du dich ein, oder müssen wir das jetzt noch richtig klären?« Howards Muskeln spannten sich an, und der Druck auf Aleksejs Kragen nahm zu. War das das übliche Gepose eines Bisonbetas, oder war das etwas Persönliches? Nahm er ihm noch immer die Verwundung auf diesem Sandplaneten übel? Aber wen außer Howard hätte er damals denn vorschicken sollen? Es war riskant gewesen, aber letztlich hatte es geklappt. Die beiden Nashornbetas waren im Basislager gewesen, die hätten den Einsatz genossen, aber er hatte spontan reagieren müssen, nicht nach den Vorschlägen im Einsatzbuch.

Einen Moment lang dachte Aleksej daran, Howard mit dem Knie zwischen die Beine zu treten, einfach nur, weil der Idiot so selbstherrlich breitbeinig dastand. Aber einen Kampf würde er im Normalfall nicht gewinnen, und er hatte kein Interesse, dass Howard mit seinem Fell den Boden aufwischte, vor allem nicht, wenn es dazu noch sein Blut war, das aufgewischt werden musste.

Doch es war wichtig, dass er sich nicht demütigen ließ. Wenn er in ein paar Tagen das Kommando zurückerhielt, musste er von den anderen noch immer akzeptiert werden.

»Nicht hier«, sagte Tanja und legte Howard die Hand auf die Schulter. Die großen Fuchsohren waren aufmerksam aufgerichtet.

»Was?«

»Wir sollen kein Aufsehen erregen, nicht wahr? Unter diesen Umständen halte ich es für geschickter, keine Prügelei zwischen den Konferenzräumen zu beginnen, schon gar nicht untereinander. Denkt daran, die Gänge hier werden sicher überwacht.«

Howard brummte etwas Unverständliches, die Spannung in seinen Armen ließ nach. Mit einer raschen Bewegung schüttelte Aleksej sie vollständig ab. »Da hat sie Recht, Mann.«

»Und wo dann?«

»Erst mal gar nicht, dazu haben wir jetzt keine Zeit«, wiegelte Aleksej ab.

»Dann bin ich also der Boss?« Howard starrte ihn weiter an. Er würde nicht aufhören, bis er eine klare Aussage hatte.

»Wenn du willst.« Aleksej zuckte mit den Schultern. »Meinetwegen, bis der Doktor das endgültig geklärt hat.«

»Der Doktor hat gesagt, dass ich …«

»Ja, schon gut. Und was machen wir jetzt?«

»Was der Doktor gesagt hat. Wir gehen raus in die Gassen und hören uns um. Mit allem Nachdruck.«

Die beiden Nashornbetas grinsten glücklich.

4

7. November 3041 (Erdzeit)
Planet: Bismarckmond Dolphin

Zwei zähe Stunde lang streiften sie im Pulk durch die nächtlichen Straßen und Gassen um das Starluck. Die Luft auf Dolphin war dünn und schmeckte leicht nach Salpeter, doch der wurde hier von dem Geruch nach Terlon-Asphalt und Abgasen aus den Transformatoren und Energiekonvertern übertüncht.

In direkter Nähe des Starluck erhoben sich die mehrstöckigen grauen Wohneinheiten, in denen die Angestellten in den ersten Jahren gelebt hatten. Inzwischen waren sie weiter hinausgezogen, hatten dort von den üppigen Trinkgeldern der Gewinner oder anderen Einnahmen schmucke Einfamilienhäuser errichtet, neben Ärzten, Lehrern und den anderen Besserverdienern aus dem Starluck-Umfeld. In den grauen Wohneinheiten lebten nur noch jene, die putzten, die Technik warteten, den Müll wegräumten oder andere Tätigkeiten verrichteten, bei denen man kein Trinkgeld bekam und auf die normale Bezahlung angewiesen war. Hier lebten die Metzger und Bäcker, die Verkäufer aus verschiedenen Geschäften, die Müllmänner und -frauen und alle Servicekräfte, die nicht in der Nähe der Gewinner arbeiteten.

Manche der ersten Gebäude waren inzwischen stark heruntergekommen, hatten jahrelang leer gestanden und waren längst von den gestrandeten Existenzen besetzt worden, von abgestürzten Spielsüchtigen oder ausgemusterten Callgirls und -boys, die verlebt und im Starluck nicht mehr gefragt waren. Von Junkies, die vom glamourösen Ruf des Starluck angezogen worden waren wie Motten vom Licht. Von Flüchtlingen von diesem oder jenem Konzernplaneten, die hier in Ruhe gelassen wurden.

Das waren die Straßen, durch die sie gemeinsam zogen wie eine Gang aufgeputschter Halbstarker. Der Asphalt unter ihren Füßen war hier und da rissig, zahlreiche Straßenlaternen schmutzig, manche Lampen eingeschmissen, im Rinnstein sammelten sich Müll und Dreck. Sie befragten die Huren unter den Laternen und die Bettler und Junkies im Schatten beschmierter Hauseingänge, wollten von den einen wissen, ob sie Herrn Schmidt gesehen hatten, von anderen, ob sie von einer Entführung gehört hatten, und von wieder anderen, ob sie überhaupt etwas gehört hatten, das kriminelle Machenschaften betraf. Sie fragten sie nicht, weil sie besonders glaubwürdige Zeugen abgaben, sondern weil sie auf der Straße herumlungerten und vieles mitbekamen. Und weil sich niemand darum scherte, wenn so jemand härter rangenommen wurde.

»Dieses ehrlose Pack ist bereit, für erbärmlich wenig Geld jeden und alles zu verraten. Und auch, um Schmerzen zu vermeiden oder eine gebrochene Nase und hässliche Spuren im Gesicht, die die Preise weiter drücken«, sagte Howard abschätzig.

»Hast du einen C für mich, nur einen C«, bettelte ein ausgemergelter Mann mit flackernden Augen Aleksej an, während er gebeugt und mit schlenkernden Armen neben ihm herlief. Seine Wangen waren hohl, die Haare schulterlang und fettig, die Hose schlabbrig und voller Flecken. »Ich brauch was ... ich brauch was ... zu essen. Ja, zu essen. Komm schon, Kumpel!« Hektisch kratzte er sich am Kopf und hinter dem Ohr. »Bitte, Mann, ich hab Hunger. So einen Hunger ...«

Dabei konnte jeder sehen, dass Hunger nicht sein vorrangiges Problem war.

»Willst du einen Multivitaminburger?«, frage Aleksej in aller Ruhe. »Ich müsste da noch irgendwo einen Gutschein haben, der dir 50 Prozent Rabatt gibt.«

»Gib mir ein C, komm schon, nur ein C.« Der Blick flackerte weiter, den Satz mit dem Gutschein hatte er gar nicht richtig wahrgenommen.

»Verpiss dich.«

»Nur ein C, Kumpel, nur ein C. Sonst krepier ich.«

Warum galt dieser Kerl vor dem Gesetz mehr als jeder Betamensch? Sie arbeiteten wenigstens, wenn auch unter Zwang.

»Hast du nicht gehört, was mein Kamerad gesagt hat?«, schrie Gennaro und packte den Junkie, drückte ihn gegen die nächste Hauswand und hämmerte ihm die harte Faust eines Nashornbetas in den Magen. Die stählernen Totenköpfe im Horn blinkten im Licht der nächsten Laterne.

Der Junkie gurgelte und japste, während Gennaro weiter auf ihn einschlug. Der ganze Frust darüber, dass sie trotz hundert Fragen in den letzten zwei Stunden noch keine einzige Antwort erhalten hatten, entlud sich in diesem Moment, und Gennaro ließ erst ab, als der Junkie röchelnd Blut spuckte.

»Kannst du nicht hören, verdammter Idiot?«, knurrte Gennaro. »Verpiss dich heißt verpiss dich!«

»Lass gut sein«, sagte Howard, wohl weil er das Gefühl hatte, als neuer Leutnant etwas sagen zu müssen. Um Gennaro zu bändigen, war es eindeutig zu spät.

»Mich regen solche Typen einfach auf.« Gennaro atmete wieder ruhig. So schnell er sich provoziert fühlte, so schnell kam er meist wieder runter. »Und der Doktor hat gesagt, wenn Blut fließen muss, dann seinetwegen, aber nur draußen. Und wo sind wir hier? Draußen.«

»Das mit dem Blut hat der Doktor aber eigentlich auf das Fragestellen bezogen, nicht aufs Dampfablassen«, bemerkte Tanja spitz.

»Na gut, das kann er haben«, sagte Gennaro, ging zu dem Junkie zurück und zerrte ihn am Kragen auf die wackligen Beine. »Hast du stinkender Wurm etwas von einer fetten Entführung gehört?«

Der Kerl wimmerte Unverständliches und hob schützend die dünnen Arme. Aus der Nase blutete er noch immer.

»Hast du?« Gennaro hob die Faust.

»Nein. Nein. Ich hab gar nichts gehört, gar nichts. Ich hab auch nichts gesehen, gar nichts, ich will doch nur ein C, ein C.«

»Dachte ich mir.« Gennaro stieß ihn wieder von sich, und er sackte zusammen. »Wer so drauf ist wie der, bekommt nichts mit.«

Howard nickte. »Da ist was dran. Ab jetzt befragen wir nur noch Huren und nüchterne Bettler, die nicht gerade auf Turkey sind.«

Na, das ist mal ein ausgefeilter Plan, dachte Aleksej sarkastisch, und dann dachte er an Lydia, während sie weitergingen. Er bekam ihre dunklen Augen nicht aus dem Kopf, ihre Lippen und die Brüste, die sich unter dem eng anliegenden Leder deutlich abgezeichnet hatten. Aber anstatt mit ihr zu trinken oder auf dem Zimmer zu landen, stapfte er mit seinen Kameraden sinnlos durch die Nacht. So sehr er sie trotz allem schätzte, so oft er ihnen sein Leben anvertraut hatte und umgekehrt, nach ein paar gemeinsamen Monaten im endlosen Nichts wäre er einen Abend gut ohne sie ausgekommen. Aber es half nichts, sein Besitzer hatte gerufen.

»Wuff«, sagte er, es war ihm einfach rausgerutscht.

»Was?« Howard sah ihn irritiert an.

»Äh, nichts.«

Tanja lachte, die anderen hatten sein Bellen wohl nicht verstanden.

Weiter und weiter zogen sie, durch aufgegebene Straßen und solche, deren Häuser wieder und wieder von Graffitis gereinigt worden waren, um wenigstens den Anschein einer gepflegten Gegend zu vermitteln. Dabei ignorierten sie alle Passanten, die wie anständige Bürger aussahen – all jene, die rasch wegsahen und schneller wurden, wenn ihnen die Justifiers entgegenkamen, oder gar die Straßenseite wechselten, wenn dafür genug Zeit blieb.

Nur manchmal traf sie ein neugieriger oder bewundernder Blick, meist von einem Jungen, der eigentlich längst im Bett sein sollte und von den besorgten Eltern weitergezerrt wurde. Jungen sahen in ihnen Abenteurer, keinen Abschaum.

»Buh!«, sagte der Wolfsbeta Pavel grinsend zu einem der Jungen, und der Junge, dunkelblond und höchstens sieben Jahre alt, lächelte zurück. Die Mutter nicht, sie nahm ihn an der Hand und zog ihn hastig mit sich fort. Ihre Absätze klapperten durch die Nacht.

Während Aleksej den beiden nachblickte, fragte er sich, was sie hier eigentlich taten. Genau betrachtet war die ganze Aktion vollkommener Unsinn. Wer schickte eine Gruppe Justifiers unter Führung eines Betabisons auf die Straßen, wenn er kein Aufsehen erregen wollte?

Der Doktor kannte doch Howard und die beiden grimmigen Nashörner, vor allem Gennaro. Wieso hatte er also nicht lediglich Aleksej, Tanja, Pavel und die beiden Menschen geschickt, eben jene, die eine solche Aufgabe auch ein wenig gesitteter angehen konnten? Darüber hinaus hatte er Howard frisch die Leitung übertragen, und neue Strukturen bargen immer ein Risiko für Reibereien. Dazu der schwammige Befehl: Fragt irgendwen.

Er öffnete schon den Mund, um seine Bedenken auszusprechen, doch dann schloss er ihn wieder. Howard würde seine Bedenken doch nur wieder als Angriff auf seine neue Position verstehen. Und Gennaro wollte sich bestimmt nicht den Spaß verderben lassen.

Spaß.

Ja, vielleicht war es genau das. Sie waren tatsächlich ausgesandt worden, um aufzufallen. Die ganze Geschichte lief nach der Durchsage doch sowieso öffentlich ab, niemand ging davon aus, dass *Romanow* eine solche Provokation einfach hinnehmen würde. Und so hatte der Doktor sie nicht ausgesandt, weil er erwartete, dass sie etwas fanden – ihr Marsch durch die Nacht war ein Zeichen an den Entführer, dass *Romanow* genug Leute vor Ort hatte, die keine Samthandschuhe trugen. Fähigere Detektive hätte der Konzern ohne Probleme in drei Stunden durch das Portal herbeischaffen können.

Nein, korrigierte sich Aleksej, sie waren kein Zeichen an den tatsächlichen Entführer, sondern an jeden potenziellen zukünftigen Entführer. Eine halb öffentliche Warnung, dass man sich nicht mit *Romanow* anlegen sollte. Sie waren hier draußen, um Angst zu verbreiten, und das halbwegs wahllos. Sie waren der Mob, nichts weiter als eine primitive Botschaft.

»Howard«, sagte Aleksej, weil er dazu keine Lust hatte. Er würde sich drücken, und zwar so, dass es keinem auffiel. »Ich glaube, ihr kommt hier draußen auch gut ohne mich zurecht, leisten ja nicht viel Widerstand, die Schisser. Ich habe vorhin eine Journalistin kennengelernt, bei der sollte ich mich wegen einer Story zu meiner Pokerpartie melden. Ist albern, aber vielleicht kriege ich bei ihr was raus, was meinst du? Journalisten haben ihre Nase doch überall, und der Doktor hat nicht gesagt, dass wir zusammenbleiben müssen.«

»Klar.« Howard nickte. Wahrscheinlich war er froh, ihn

los zu sein »Gute Idee. Teilen wir uns auf. Du gehst zur Journalistin, wir anderen kümmern uns weiter um die Gassen. Es sei denn, einer von euch hat noch irgendwelche Kontakte?«

»Ich kenne ein Bunny ziemlich gut«, sagte Aragorn. »Die kriegt so einiges mit, was im Starluck abgeht, redet aber nur gegen Geld. Meinst du, wir haben genug Spesen dafür? Dann würde ich ...«

Alle lachten, und drei riefen: »Guter Versuch.«

Pavel sagte: »Wenn das so ist: Ich befrage auch gern ein paar Bunnys, die ich noch gar nicht kenne. Und zwar stundenlang. Die kriegen bestimmt auch einiges mit.«

»Trottel«, sagte Aragorn, aber er grinste dabei.

Howard knurrte: »Keine Spesen. Ihr bleibt bei uns.«

Also ging Aleksej allein ins Starluck zurück. Von unterwegs meldete er sich bei Lydia.

5

7. November 3041 (Erdzeit)
Ort: Starluck

»Und?«, begrüßte ihn Lydia. Als Treffpunkt hatten sie ihren Tisch von zuvor gewählt. Da er besetzt war, standen sie nun an einem hohen Bartisch mit schillernder Platte in der Nähe. »Noch immer auf Abruf?«

Aleksej zuckte mit den Schultern. »Immer. Aber du kennst das ja, wie es sich als Konzerneigentum so lebt.«

»Kurz«, sagte sie, und sie grinsten gemeinsam über den alten Justifiers-Spruch und stießen an. »Ich war nicht sicher, ob du dich melden würdest.«

»Warum?«

»Ganz ehrlich? Du bist doch von *Romanow,* so wie auch dieser entführte Schmidt. Kaum ist die Durchsage verklungen, bekommst du eine dringende Nachricht und verschwindest. Im nächsten Moment ist das TransMatt-Portal vorübergehend gesperrt. Da muss man nicht mal Journalistin sein, um zu merken, dass da was im Busch ist.«

Aleksej nickt. Beim Betreten des Starluck hatte er bemerkt, dass sich die Stimmung während der letzten zwei Stunden verändert hatte. Die Entführung eines Fremden war eher das Thema für ein wenig gelangweilten Small Talk zum Frühstück, doch der Ausfall des Portals, das man selbst für den Heimweg hatte benutzen wollen, war ein echtes Ärgernis. Und noch viel beunruhigender für die meisten durfte die Erkenntnis sein, dass ein TransMatt-Portal gehackt werden konnte. Was bedeutete das für künftige Reisen durchs All, wenn die Technologie doch nicht sicher war?

Auch bei Starluck durfte das Management gerade fluchen und schwitzen, denn massive Einbrüche bei den Besuchen würden in nächster Zeit kaum zu vermeiden sein, und das hieß, dass irgendwelche Köpfe rollen würden. Wer riskierte schon wegen eines Wochenendtrips an den Roulettetisch, irgendwohin verschlagen zu werden? Und dieses *irgendwohin* war wohl tatsächlich wörtlich zu nehmen.

Doch während sich Aleksej umsah, entdeckte er noch genug Leute, die tranken, lachten und spielten, wenn auch weniger als zuvor. Dafür tranken diese umso schneller, lachten umso lauter und spielten umso risikofreudiger. Ununterbrochen dudelten dazu die Automaten ihre eintönigen Melodien.

»Dann ist der Bericht über mich für dich gestorben, oder?«, fragte er, weil er sich vorgeblich deswegen bei ihr gemeldet hatte. »Du bist jetzt an dieser Geschichte dran?«

»Ich? Vergiss es. Das ist etwas für die Spitzenleute, ich darf in solchen Fällen höchstens mal den Botendienst für einen etablierten Kollegen machen oder ein belangloses

Interview mit einem belanglosen Zeugen führen, damit auch Volkes Stimme gehört wird. Hauptsache, ich trage einen tiefen Ausschnitt und bewege mich mit *katzenglei-cher Anmut*, damit ich als *besonders anmutige Kollegin* anmoderiert werden kann. Ich bin seit acht Monaten dabei und im Endeffekt nichts weiter als die Quotenbeta, die interessante Exotin im Geschäft, der Köder für alle Betas und jene braven Menschen, die sich für schrecklich tolerant und aufgeschlossen halten und deshalb zu jeder Minderheit halten. Aber wie ich schon sagte, für mich ist es ein Anfang.«

Botendienste also, dachte Aleksej, *ist gar nicht so verkehrt.* Auf diese Weise würde sie wohl einige Dinge erfahren, und wenn er es geschickt anstellte, könnte er einiges aus ihr herausholen. Er würde dem Doktor schon zeigen, dass er kein Verlierer war und mehr auf dem Kasten hatte als Howard. Mehr jedenfalls, als potenzielle Erpresser einzuschüchtern.

Mit einem Mal kam ihm der Gedanke, dass sie vielleicht auch alle möglichen Mitbieter hatten einschüchtern sollen, dass das der eigentliche Grund gewesen war, sie hinauszuschicken. Und dann wurde ihm klar, dass aufgrund der Portalschließung *Romanow* doch nicht ganz so schnell erfahrene Detektive heranschaffen hatte können, sie waren nun tatsächlich diejenigen, die das Problem lösen mussten, wenn auch mit ihren tendenziell wenig feinsinnigen Methoden. Die falschen Spezialisten zur falschen Zeit am falschen Ort.

Wenn er ehrlich war, war ihm das alles egal, die Befehle und dass jemand *Romanow* mit einem Clownsgesicht veralbert hatte. Eigentlich hatte er bei seinem Vorschlag, Lydia zu befragen, dasselbe im Sinn gehabt wie Aragorn bei seinem Bunny, nur dass Aleksej dafür nicht bezahlen wollte – oder, um genau zu sein: nicht konnte.

Er blickte in ihre unergründlichen Augen und schüttelte den Kopf. »Dämliche Trottel.«

»Wer?«

»Alle, die dich nicht für voll nehmen. Du hast heute an dem Pokertisch gesessen, an dem die spannendste Partie überhaupt stattgefunden hat – das hast du gesagt, nicht ich. Du hast mit einem *Romanow*-Angestellten getrunken, als die Durchsage wegen der Entführung kam. Nenn es, wie du willst, Glück oder Instinkt, aber für mich sieht es so aus, als hättest du das Talent, immer zur passenden Zeit am richtigen Ort zu sein. Und wer das nicht nutzt, ist ein Trottel.«

Sie lächelte. »Und was machen wir jetzt mit dieser Feststellung?«

Bevor er antworten konnte, brachte ein trainierter Stierbeta im Lendenschurz aus roter Seide ihr Bier, und sie stießen an.

»Wir tun uns zusammen und finden mehr heraus als deine sogenannten etablierten Kollegen. Wer etabliert ist, hat längst seinen Biss verloren. Und du bist doch nicht wirklich scharf auf diese Botengänge, oder?«, fragte Aleksej und ließ ihr keine Zeit für eine Antwort. »Du hast gesagt, das sei nur ein Anfang, und diese Story kann dein Durchbruch werden, ach was, sie wird es werden. Ich helfe dir dabei, so gut ich kann, immerhin bin ich dafür beim richtigen Konzern versklavt. Also folgender Deal: Du hältst meinen Namen unter allen Umständen raus, beteiligst mich aber mit fünfzig Prozent an deinem Verdienst. Bei einem richtigen Knüller bist du der nächste Medienstar, und für mich springt mit all den Nebenverwertungen ein guter Batzen heraus, der mich meiner Freiheit näher bringt. Sollte dann tatsächlich jemand fragen, woher all mein Geld plötzlich kommt, habe ich das offiziell im Spiel gegen dich gewonnen, und wir schieben den Bericht von der Pokerpartie von vorhin hinterher. Dann kann ich auch mit der Verlierer-Story leben, weil ich ja letztlich doch noch gegen dich gewonnen habe. Okay?«

Das alles war nur so aus ihm herausgesprudelt, bevor er darüber nachgedacht hatte. Typisch. Immer wieder setzte er einfach auf irgendwen oder irgendwas, aber nie auf etwas Sicheres. Alles oder nichts, ex oder hopp. Er war und blieb ein Spieler, ob mit Karten, Würfeln oder überhaupt im Leben, ihm fehlte die Geduld, den Dingen ihren Lauf zu lassen, ganz langsam seinen Verdienst anzusparen. Er wollte alles jetzt und sofort, und wenn er sich dafür gegen seinen Konzern stellte. Wenn es schiefging und er ein weiteres Mal in der Gosse landete, stand er eben wieder auf und fing bei null an. Das kannte er zur Genüge. Langsame Fortschritte vermittelten das Gefühl, auf der Stelle zu treten – das hielt er nicht aus. Und mit der Story ließ sich Geld verdienen. Warum also nicht, wenn er schon zufällig eine Journalistin getroffen hatte?

Vielleicht hatte er das alles auch nur gesagt, um sie ins Bett zu kriegen. Er war und blieb ein Spieler, nur wusste er manchmal selbst nicht, um was er gerade spielte und was er einsetzte.

Mehrere Sekunden lang musterte sie ihn eindringlich, leckte sich dabei wieder beiläufig über die Lippen, bevor sie antwortete: »Dreißig Prozent. Ich hab die Kontakte, ich mach die Hauptarbeit, und ich stehe mit meinem Namen ein. Immerhin treten wir dabei jemandem gehörig auf die Füße, der nicht zimperlich ist.«

»Fünfzig. Wegen dem *zimperlich*. Ich riskiere in jedem Fall mein Leben.«

»Dein Leben? Wirklich?« Zweifelnd zog sie eine Augenbraue hoch.

»Ein Konzern hat es nicht gern, wenn man Interna verrät.«

»Was für Interna?«

»Das kann ich nicht sagen, bevor wir mit der Suche nicht angefangen haben. Aber ich gehöre zu den Leuten, die mit der ganzen Geschichte betraut wurden, ich sitze also recht nah an der Quelle. Wir müssen aber abwarten, an was ich alles rankomme.«

»Das klingt gut, ist aber zu unkonkret für die Hälfte. Vierzig Prozent.«

»Fünfundvierzig.«

Nach einem kurzen Zögern hielt sie ihm die Hand hin. »Abgemacht.«

»Abgemacht.« Er sah ihr in die dunkelgrünen Augen und schlug ein.

Sekundenlang ließen sie ihre Hände ineinander, keiner wollte den anderen loslassen. Ganz sanft spürte er ihr Blut unter dem weichen Fell pochen, die Krallen hatte sie eingezogen. Auch ihre Blicke lösten sich nicht voneinander.

Sie waren angetrunken, hochgepusht von der Vorstellung, ihre Vorgesetzten zu hintergehen und damit Erfolg zu haben. Zu zweit gegen die Welt.

Langsam strich Aleksej mit dem Daumen über ihren Handrücken, doch noch bevor er fragen konnte, ob sie mit auf sein Zimmer kommen wollte, um dort ungestört von fremden Augen und Ohren weiter zu planen, hob sie entschuldigend die Hand und zog ihren Kommunikator.

»Ja«, sagte sie. »Sicher ... kann ich machen ... Sofort? Kann das nicht später ...? Also gut ... die ganze Nacht? ... Ja, klar ...«

Sie löste ihre Hand aus seiner. Aleksej fragte: »Hab ich das richtig mitbekommen?«

»Ja. Ich muss los.«

»Schade.«

»Ja. Aber wenn der Arbeitgeber so nachdrücklich ruft, dann hilft es auch nicht, ein freier Mitarbeiter zu sein. Wir brauchen ihn noch. Denk einfach an deine fünfundvierzig Prozent. Wir können ja morgen an genau dieser Stelle weitermachen.«

»Ich nehm' dich beim Wort«, sagte er und gab ihr seine Nummer.

»So ist das freie Leben, das du anstrebst, Justifier.« Grinsend gab sie ihm einen Kuss auf die Wange, zahlte das Bier und ging davon.

Er starrte ihr hinterher, bis sie um die Ecke verschwunden war. Sie hatte sich nicht nochmal umgedreht, das gefiel ihm.

6

8. November 3041 (Erdzeit)
Ort: Starluck

Der Spielsaal dreizehn war am Morgen vollkommen überfüllt, zahllose Menschen und Betas drängten sich vor den Türen, doch es gab kein Reinkommen.

»Aber ich will auch bieten«, quengelte ein ungekämmter Mann mit Schaumresten auf der unrasierten Wange, der in Boxershorts und Starluck-Bademantel aus schwarzer Seide vergeblich versuchte, sich durchzudrängeln.

»Früher aufstehen, Alter«, entgegnete eine verbissene junge Frau im tarnfarbenen Empirekleid mit Westernfransen unter den Brüsten und ließ ihn nicht vorbei, aber auch sie kam trotz aller Mühe nicht voran.

Bereits kurz nach Mitternacht hatte das Starluck die letzten Gäste gebeten, in einem anderen Saal weiterzuspielen, und dann diesen gesäubert, Stühle aus den Konferenzräumen für die Versteigerung aufgestellt, die Blickrichtung zu der Bühne für gelegentliche Livemusik, die heute wohl leer bleiben würde. Niemand rechnete mit dem Entführer aus Fleisch und Blut. Sie hatten jeden Winkel nach Wanzen und Bomben abgesucht, aber das nur routinemäßig, mit Funden hatte keiner gerechnet. Niemand wusste, wie der Entführer die Durchsage zuwege gebracht hatte, aber alle waren überzeugt, er würde wieder denselben Weg zur Kontaktaufnahme wählen.

Auf Druck von *Romanow* waren die entscheidenden Angestellten des Konzerns vor allen anderen eingelassen worden, hatten sich selbst noch einmal umgesehen, wenn auch vergeblich. Tymoshchuk hatte sich zentral in die erste Reihe gesetzt, um *Romanows* Anspruch auf Schmidt deutlich zu machen. Weitere Angestellte hatten sich auf den Stühlen und an den Wänden verteilt. Die Spielautomaten waren ausgeschaltet worden, ohne ihre sich ständig wiederholenden Melodien hatte eine ungewöhnliche Stille geherrscht, bis die lärmende Allgemeinheit eingelassen worden war.

Aleksej und seine Kameraden waren vom Doktor in Zweiergruppen im Raum verteilt worden, um alles im Blick zu behalten. Um zu schauen, ob sich irgendwer verdächtig verhielt, ob vielleicht sogar der Entführer selbst oder ein Komplize auftauchte, obwohl natürlich niemand wusste, woran diese zu erkennen sein sollten.

Der Doktor saß in einem Überwachungsraum, behielt den Saal über die winzigen Kameras in der Decke im Blick und blieb per Funk in Kontakt mit seinen Justifiers. Sie sollten sich ein wenig um die Leute kümmern, die mitzubieten versuchten. Niemand erwartete, dass dies irgendwer ernsthaft tat – wer sollte schon gesteigertes Interesse an einem *Romanow*-Angestellten aus dem Mittelfeld haben?

»Also achtet darauf, wer die Hand hebt. Das dürfte aller Wahrscheinlichkeit nach ein Komplize des Entführers sein, der nur den Preis in die Höhe treiben will«, wiederholte der Doktor noch einmal durch den Kommunikator. »Stellt ihn unauffällig ruhig und kassiert ihn ein. Ich sag es nochmal: unauffällig. Es sind zu viele Zeugen da, dazu die Presse.«

Die nachdrückliche Wiederholung galt wohl den beiden Nashornbetas.

Aleksej und Aragorn standen gemeinsam im vorderen Drittel des überfüllten Saals, atmeten die stickige Luft und zahlreiche Düfte ein und lauerten auf einen solchen, unwahrscheinlichen Komplizen in ihrer Nähe, als sie plötzlich zwei Damen im mittleren Alter darüber sprechen hörten, ihr Glück zu versuchen. Sie trugen schweren Schmuck und teure Kleider und waren so aufwendig geschminkt, als hätten sie sich extra herausgeputzt. Hielten sie das hier etwa für ein gesellschaftliches Ereignis?

Nun, wenn sie es taten, waren sie nicht allein. Überall plapperten die Leute aufgeregt, die stickige Luft roch nach den unterschiedlichsten Parfums, nach Rasierwasser und Schweiß. Es wurde gelacht und gerufen, spekuliert, ob sich der Entführer überhaupt melden würde, und geraten, für welche Summe die Koordinaten unter den Hammer kämen. Kaum einer sprach davon, dass es sich um ein Verbrechen handelte, niemand der Anwesenden schien Schmidt gekannt zu haben, keiner hatte Angst um ihn. Wer gekommen war, der erwartete eine Show und ein wenig Nervenkitzel, die Leute standen herum, wie sie am Vortag um Aleksejs Pokertisch herumgestanden hatten.

»Das ist aufregender als alte Möbel ersteigern«, sagte eine der beiden Damen und nestelte an ihrem geblümten Ziertuch über der linken Schulter herum.

»Viel aufregender«, bestätigte ihre Freundin. »Und wenn wir der ermittelnden Starluck-Security die Koordinaten übergeben, dann kommen wir bestimmt in die Medien und werden gefeiert.«

»O ja, das wird toll. Ich wollte schon immer mal einen Menschen retten. Das wäre dann meine gute Tat für das diesjährige Weihnachten, obwohl da ja noch eine Weile hin ist.«

Aleksej holte Luft und machte einen ersten Schritt, doch Aragorn hielt ihn zurück, bevor er den beiden vorschlagen konnte, nur mal eben vor das Starluck zu gehen, da gebe es auch ein paar Menschen, die man retten könnte, wenn auch nicht ganz so aufregend und ohne Publikum. Aragorn hielt ihn auf, bevor er sie gehässig fragen konnte, ob einem Verbrecher Geld in den Rachen zu werfen, um dann doch der Polizei die eigentliche Arbeit überlassen, ihre Vorstellung von einer guten Tat war. Schließlich hatte er immer gedacht, Tat käme von tun, nicht von tun lassen.

Aragorn dagegen drängte sich die drei Schritte zu den Damen hinüber und blickte sie freundlich an. Er trug ein weißes Hemd und einen lässigen grünen Freizeitanzug aus Landalligatorlederimitat und wirkte fast harmlos, achtete man nicht auf die Härte in seinem Blick. »Es tut mir leid, ich bin zufällig Zeuge Ihres Gesprächs geworden und wollte Sie kurz bitten, hier nicht mitzubieten. *Romanow Inc.* müsste ein solches Verhalten als Affront begreifen, da Sie mit Ihrer bestimmt aufrichtig und gut gemeinten Geste die Rettungsaktion eines geschätzten Angestellten behindern würden. Ich bin mir sicher, dass dies nicht in Ihrer Absicht liegt.«

»Oh, nein, natürlich nicht. So haben wir das noch gar nicht gesehen«, stammelte die eine, und ihre Freundin nickte. »Das wollten wir wirklich nicht. Natürlich werden wir unter diesen Umständen verzichten.«

»Verbindlichsten Dank.«

Pfeifend kehrte Aragorn an Aleksejs Seite zurück. Wegen seiner Manieren war der Mann damals sicher nicht verurteilt worden.

Mit jeder Minute stieg die Anspannung in der Menge weiter. Überwiegend gut gekleidete Menschen standen herum und drängten sich wie Teenager vor einer leeren Bühne. Hier und da war ein Betamensch zu sehen, Aleksej fragte sich, wie viele von ihnen Freie waren und wer ein Justifier, der gerade eine kurze Verschnaufpause einlegen durfte. Bei keinem war die Zugehörigkeit zu einem bestimmten Konzern klar zu erkennen.

Die Sekunden bis neun Uhr wurden hier und da flüsternd heruntergezählt wie der Countdown an Silvester, und als das Raunen bei null angekommen war, sprang tatsächlich der Lautsprecher an. Aleksej wusste nicht, ob Starluck das zu verhindern versucht hatte oder ob sie den Dingen einfach ihren Lauf ließen, Stühle hatten sie immerhin auch bereitgestellt.

»Guten Morgen«, sagte die rauchige Frauenstimme vom Vortag. »Ich begrüße Sie alle ganz herzlich zur öffentlichen Versteigerung von Herrn Schmidts Zielkoordinaten und würde alle ernsthaften Interessenten bitten, sich nach vorne zu begeben, damit die Meldungen leichter zu überblicken sind. Vielen Dank.«

Hier und da drängelten sich Leute durch die Menge, doch die meisten waren wohl Journalisten, die näher am Geschehen sein wollten – die Leute, für die Lydia Botengänge erledigen sollte. Lydia selbst war nicht zu sehen.

Auch Aleksej und Aragorn bewegten sich ein paar Schritte in diese Richtung und stellten sich dann auf einen Roulettetisch. Eine Handvoll Leute wollte protestieren, doch die starrten sie rasch nieder.

»Der Schmidt ist schnuckelig, ich biete eintausenddreihundertundzwölf C!«, rief ein grauhaariger Mann im edlen Trainingsanzug aus weißem Kunstsamt. Er hatte vom Alkohol glasige Augen, und die Jackentaschen waren dick ausgebeult, möglicherweise mit gewonnenen Chips. Er wirkte, als habe er die ganze Nacht durchgespielt und gezecht.

Manche lachten, andere schüttelten den Kopf.

»Soll ich wieder runterspringen oder willst du?«, fragte Aragorn.

»Keiner von uns.« Aleksej deutete auf Tanja, die sich bereits vorsichtig einen Weg durch die Menge bahnte.

»Nun, begreifen wir das als kleinen Scherz zur Auflockerung am Beginn der Veranstaltung«, sagte die rauchige Frauenstimme, doch es klang nicht so, als ob sie lächelte. »Die eigentliche Versteigerung beginnt nun mit einem offiziellen Startgebot von zehn Millionen C.«

Mit einem Schlag war es vollkommen ruhig. Für einen langen Moment sprach niemand, dann ging hier und da das Getuschel wieder los.

»Zehn Millionen C«, wisperte es aus allen Ecken des Saals. Für das Geld konnte jeder Konzern über Headhunter leicht zehn neue Wissenschaftler von Schmidts Rang einstellen und einarbeiten und ihnen dazu noch ein kleines Labor ausrüsten. Das musste ein Scherz sein, und zwar ein ziemlich schlechter.

Aleksej sah zu Tymoshchuk hinüber, der heute nicht mehr seinen gelben Anzug trug, sondern seriöses Schwarz und eine große goldene Uhr am rechten Handgelenk, die ihm die Zeit und anderen seine Macht anzeigte. In seinen Augen blitzte es, und er kaute vor Wut Luft. Bei einer solchen Forderung war davon auszugehen, dass sich der Entführer nicht auf die Hilfe eines Preistreibers verließ; allein das Stargebot würde ihn reich machen. Doch wenn nicht zufällig Schmidts reicher Erbonkel anwesend war und lässig den Arm hob, dürfte der Anfang auch zugleich das Ende der Versteigerung gewesen sein, denn kein Konzern bezahlte so viel Geld allein für die diffuse Möglichkeit, einen Angestellten zu retten.

»Wer sagt denn überhaupt, dass die Koordinaten keine Lüge sind?«, rief jemand.

»Ich«, antwortete die rauchige Frauenstimme. »Ein bisschen Vertrauen müssen Sie schon haben.«

Niemand lachte.

Niemand hob die Hand.

Und Aleksej fragte sich völlig unpassend, warum er noch immer an einen Entführer dachte, obwohl die Stimme eindeutig weiblich war.

»Zehn Millionen zum Ersten«, sagte sie ungerührt. »Ich darf Sie in diesem Zusammenhang darauf hinweisen, dass es keine zweite Versteigerung geben wird, meine Damen und Herren. Und glauben Sie mir, ohne die Koordinaten finden Sie Herrn Schmidt bestimmt nicht wieder. Zehn Millionen zum Zweiten. Und ...«

Zähneknirschend hob Tymoshchuk die Hand. Ein Raunen ging durch die Menge.

»Zehn Millionen von dem verkniffenen Herrn im schwarzen Traueranzug in der ersten Reihe. Sehe ich irgendwo elf Millionen?«

Köpfe wurden ungläubig geschüttelt, Aragorn schnaubte vor Belustigung. Was dachte die Stimme, was nun geschehen würde? Dass sich Tymoshchuk selbst überbot? Schmidt hatte nur einen Arbeitgeber, und seiner Familie dürfte es egal sein, wer ihn zurückholte. Wieso sollte man sich überbieten, wenn man dasselbe wollte, nämlich eine sichere Heimkehr des Entführten?

Langsam hob eine Frau im blau-kupfern geschuppten Kostüm die Hand. Von zwei großen menschlichen Leibwächtern flankiert stand sie rechts neben der dritten Stuhlreihe und lächelte kalt.

»Sehr schön, danke«, sagte die Stimme. »Elf Millionen von der geschuppten Dame.«

Tymoshchuk wirbelte herum und starrte sie an. Er erbleichte, sein Unterkiefer zitterte vor Wut. Wer war die Frau? Aleksej hatte wieder einmal keine Ahnung.

»Zum Ersten.«

»Zwölf Millionen«, knurrte Tymoshchuk ohne Zögern und schob den Kiefer herausfordernd vor.

Aleksej beobachtete Pavel, der sich inzwischen auf den Weg zu ihr gemacht hatte und nun abrupt stehen blieb, so als habe ihn ein Befehl des Doktors über Funk zurückgehalten. Was war da los?

»Dreizehn Millionen«, sagte eine schleppende Stimme, die Aleksej sofort erkannte, und einen Augenblick später hatte er auch den dazugehörigen Mann entdeckt, den Mann, der ihn beim Poker besiegt hatte. Aus welchem Grund er nun aber das gewonnene Geld und noch viel mehr hier herauswerfen sollte, konnte sich Aleksej nicht denken.

»Verdammt«, stieß Aragorn hervor.

»Was ist?«

»Der Typ, der eben geboten hat, der gehört zur Rosetti-Familie.«

»Dem Verbrechersyndikat? Bist du sicher?«

»Ja.«

»Und woher weißt du das?«

»Glaub mir einfach. Ich kenne das Gesicht, mehr möchte ich dazu nicht sagen.« Aragorn aktivierte seinen Kommunikator und gab das Wissen auch an den Doktor weiter. Er klang angespannt.

Aleksej wusste nicht, wofür Aragorn damals verurteilt worden war, was er draußen getan hatte und mit wem er sich im Knast angelegt haben mochte, er sprach nicht über seine Vergangenheit. Aber wer bereit war, sich seine Freiheit mit einer Minibombe im Kopf und dem Leben als Justifier zu erkaufen und darüber hinaus auch die dafür notwendigen Fähigkeiten besaß, der saß im seltensten Fall eine Strafe für mehrmaliges Falschparken ab. Aragorn wusste, wie eine Waffe zu bedienen war, und konnte sich fast lautlos bewegen. Bislang hatte er wenig Skrupel gezeigt, wenn es hart auf hart kam.

»Die Bombe ersetzt meine Ethik«, hatte er bei seinem ersten Einsatz gesagt und sich seitdem danach verhalten. »Ich will leben. Und erst wenn ich das Ding in meinem Kopf losgeworden bin, mache ich mir wieder Gedanken, was richtig und falsch ist. Vorher entscheide eh nicht ich über meine Handlungen.«

»Das tun wir alle nicht«, hatte Aleksej erwidert und gelacht. Dann hatten sie gemeinsam das kleine Basislager von *Hikma Corporation* gestürmt, die zwei Tage nach ihnen den kleinen Mond erreicht hatten und ihn wegen der Ancient-Artefakte für sich selbst hatten beanspruchen wollen. Bei der Hatz nach diesen Artefakten kümmerten sich die wenigsten um Legalität, und *Hikma* schon gar nicht. Wer zuerst zurückkehrte, konnte in einem solchen Fall den Besitz eintragen lassen, und *Hikma* hatte ein waffenstarrendes Team geschickt, das in erster Linie dafür sorgen sollte, dass kein Mitbewerber überhaupt zurückkehrte. Wissenschaftler würden sie dann später schicken.

Doch dazu war es bis heute nicht gekommen. Lautlos und treffsicher hatte Aragorn die Hälfte der Angreifer erledigt, bevor sie überhaupt merkten, dass sie angegriffen wurden. Sie hatten ihr TransMatt-Portal und das Raumschiff erobert und hatten den Spieß umgedreht: Sie waren als Erster und Einziger zurückgekehrt. Um ein Drittel dezimiert, aber mit dem tollkühnen Aragorn als neuem Mitglied, der wie Aleksej bereit war, etwas zu riskieren, um etwas zu erreichen.

»Das ist der Beginn einer wunderbaren Freundschaft«, hatte Aleksej in den Trümmern des feindlichen Basislagers gesagt, und das war es gewesen.

Natürlich hatte *Hikma Corporation* die Ansprüche *Romanows* sofort angefochten, und der Kampf der Juristen um den Mond hatte begonnen, während die Justifiers beider Konzerne alle Artefakte wegschafften, die nur irgendwie transportiert werden konnten. Es war vielleicht die erfolgreichste Mission gewesen, an der Aleksej bislang teilgenommen hatte, doch leider vor Einführung des Buyback-Systems, nicht ein C war ihm angerechnet worden.

»Fünfzehn Millionen«, sagte Tymoshchuk in diesem Moment und hob den Arm mit der goldenen Uhr.

»Na also, es geht doch«, sagte die rauchige Frauenstimme. »Höre ich …?«

»Zwanzig Millionen.«

»Fünfundzwanzig.«

»Dreißig.«

»Vierzig Millionen!« Tymoshchuk war rot geworden, aber sein Kiefer hatte aufgehört zu zittern.

»Zum Ersten. Vierzig Millionen zum Zweiten und vierzig Millionen zum …«

»Fünfzig Millionen.« Der Mann der Rosetti-Familie hatte sein spöttisches Lächeln aufgesetzt und lange gezögert, als spiele er nur mit den anderen.

Die Journalisten sogen gierig jedes Wort auf, jeden Ton, jedes Bild.

»Könnt ihr die Stimme endlich lokalisieren? Das kann doch nicht so schwierig sein, verdammt!«, knurrte der Doktor durch den Kommunikator. Er klang ernsthaft angefressen.

»Nein«, sagte Aleksej verwirrt. »Wir sollten uns doch um die …«

»Was machst du auf dem Kanal …? Ah, verdammt.« Der Doktor klickte sich weg.

»Siebzig Millionen«, sagte Tymoshchuk, und er wirkte wie eine ausgehungerte Bulldogge, die sich in etwas verbissen hatte.

Das ist doch vollkommen verrückt, dachte Aleksej. Kein Konzern steckte so viel Geld in einen normalen Mitarbeiter, es sei denn, er begriff das Ganze als Imagekampagne. Als richtig große Kampagne. Oder steckte hinter dem grenzenlosen Bieten etwa eine persönliche Geschichte, so wie Tymoshchuk die Frau angestarrt hatte? Aber was tat dann die Rosetti-Familie hier? Hatte etwa sie die ganze Entführung geplant durchgezogen?

Unwahrscheinlich, Entführungen waren nicht ihr Gebiet. Sie machten das meiste Geld mit Insider-Handel, Glücksspiel und Drogen, und in allen Bereichen achteten sie auf Diskretion. Niemals würden sie dann noch einen ihrer Leute so offen herschicken, um den Preis in die Höhe zu treiben.

Was war das Besondere an diesem Schmidt, dass solche Unsummen ins Spiel kamen? Aleksej dachte an das schmale, nervöse Gesicht, das er im Foyer gesehen hatte, und dann fiel ihm wieder der schwarzen Koffer ein, gesichert durch eine Kette und zwei Bodyguards.

Was war in dem Koffer?

Grübelnd ließ er den Blick über die Menge schweifen, beobachtete Gesichter und dachte an den Koffer. Die aufgerufenen Zahlen schwappten unbeachtet an ihm vorbei, bis sie irgendwann nur noch zögerlich in den Raum geworfen wurden.

»Und zum Dritten«, sagte die rauchige Stimme irgendwann. »Die Koordinaten gehen für einhundertundzehn Millionen C an den verbiesterten Herrn im schwarzen Anzug.«

Tymoshchuk erhob sich mit verbissenem Gesicht. Glücklich sah er nicht aus. »Und wie geht es jetzt weiter?«

»Sie treffen sich mit mir oder schicken mir einen Ihrer Männer mit einem Koffer voller Diamanten oder Gold im entsprechenden Wert. Im Austausch erhalten Sie die Koordinaten.«

»Wo und wann soll dieses Treffen stattfinden?« Tymoshchuks Stimme hatte einen lauernden Unterton angenommen.

»Das werden Sie dann sehen. Ich lasse Sie ausrufen, und Sie treten anschließend durch das TransMatt-Portal des Starluck, wenn ich es Ihnen sage. Weiter brauchen Sie sich nicht zu kümmern, Sie kommen dann schon am richtigen Ort heraus.« Mit einem Knacken verabschiedete sich der Lautsprecher.

Voller Hass starrte Tymoshchuck die Wand an. Wahrscheinlich hatte noch niemand gewagt, ihn ausrufen zu lassen wie ein kleines Kind. Wenn der Entführer noch immer die Kontrolle über das Portal hatte, war es unmöglich, den Ort des geheimen Treffens zu umstellen oder zu stürmen. Tymoshchucks Kiefer mahlten, aber er sah nicht so aus, als würde er eine Lösung finden.

Einhundertundzehn Millionen C, dachte Aleksej und schluckte. Was war nur in diesem Koffer?

»An alle«, tönte die Stimme des Doktors aus dem Kommunikator. »Sofortiges Treffen in Konferenzraum 17. Und mit sofort meine ich sofort!«

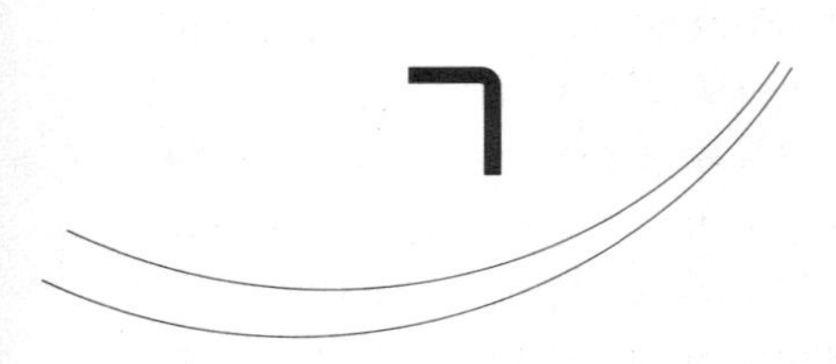

7

8. November 3041 (Erdzeit)
Ort: Starluck

Noch immer plätscherte die Wellensimulation vor den falschen Fenstern des Konferenzraums vor sich hin, noch immer roch es nach Meer und Lavendel, doch einen beruhigenden Einfluss hatte das auf niemanden.

»Ich geh selbst und reiß der blöden Schlampe den Arsch auf!«, brüllte Tymoshchuk. Er hatte rote Flecken im Gesicht. Unbeobachtet von Öffentlichkeit und der Chefetage anderer Konzerne musste er die Fassade guter Manieren nicht aufrechterhalten. »Was bildet sich die blöde Schlampe mit ihrer Pornostimme ein? Der besorg ich was ganz anders als hundertzehn Millionen!«

Wutschnaubend und keifend stiefelte er vor den leeren Sitzplätzen und den stehenden Justifiers auf und ab und drohte ihr dies und jenes an; das meiste davon hatte mit ihrem Geschlecht zu tun. Er packte einen Stuhl und schleuderte ihn gegen das Fenster, wo er scheppernd zu Boden ging.

Kein Kratzer zeigte sich auf dem Glas, und die Simulation hatte nicht einmal kurz gewackelt.

Schließlich blieb Tymoshchuk schwer atmend vor der Wand stehen und starrte ins Nichts der leeren Projektionsfläche, so wie all die Drohungen ins Nichts gesprochen waren. Der schalldichte Raum wurde weder abgehört noch mit Kameras beobachtet, es gab keine Technik, in die man sich von außen hätte hacken können. »Mädel, du weißt nicht, mit wem du dich hier anlegst. Du hast keine Ahnung.«

Fünf Minuten lang hatte keiner der Justifiers etwas gesagt, und auch jetzt schwiegen sie. Nur Tanja zog kurz eine Braue hoch, und Giselle blickte bei den Tiraden fast peinlich berührt zu Boden.

»Mario«, sagte der Doktor, als Tymoshchuk zwei, drei Sekunden nichts mehr von sich gegeben hatte. »Ich würde dir dringend davon abraten, selbst zu gehen. Das scheint genau das zu sein, was die Entführer wollen. Die Stimme provoziert dich doch nur, vielleicht ging es von Anfang an um dich, und Schmidt ist nur der Köder.«

»Du meinst …?« In Tymoshchuks Gesicht arbeitete es, die roten Wutflecken nahmen langsam ab, er gewann die Kontrolle zurück.

»Natürlich kann ich es nicht mit Bestimmtheit sagen, aber es könnte eine Falle sein.«

»Eine Falle? Hm, interessant. Der ganze Aufwand nur, um mich in die Finger zu bekommen? Ja, warum nicht …« Tymoshchuk nickte selbstgefällig.

Du eingebildeter Schwachkopf, dachte Aleksej.

»Wenn es eine Falle ist, dann sollte besser jemand gehen, der entbehrlich ist«, sagte Tymoshchuk. »Also geht der Verlierer.«

Natürlich. Aleksej knirschte mit den Zähnen, mehr Widerstand war nicht gestattet. Er konnte nur hoffen, dass der Doktor für ihn einsprang.

»Ja, ich würde auch Aleksej schicken«, sagte der jedoch. »Er ist verlässlich, clever und hat als ausgebildeter Pilot wahrscheinlich am ehesten eine Ahnung, um die Echtheit der Koordinaten zu überprüfen. Oder zumindest ihre Wahrscheinlichkeit.«

»Meinetwegen auch das«, sagte Tymoshchuk abfällig. »Weise ihn einfach ein, ich organisiere derweil das Geld.« Dann rieb er sich mit den Händen zweimal über das Gesicht, setzte ein selbstbewusstes Lächeln auf und verließ den Raum mit erhobenem Kopf und herausgereckter Brust, bereit, sich den Medien zu stellen.

Dr. Archavin klopfte mit der Faust auf eine Tischplatte. »Auf geht's, Leute! Alle außer Aleksej versuchen, etwas über die Entführer herauszufinden, egal, was. Macht einfach weiter wie bisher.«

Als seine Kameraden den Raum verlassen hatten, bat der Doktor Aleksej, sich zu setzen. Er wirkte erschöpft. Langsam zog er sein Jackett aus und hängte es über eine Stuhllehne, setzte sich dann jedoch auf die Tischkante, unter den Achseln zeigten sich deutliche Schweißflecken im ansonsten makellosen weißen Hemd.

»Tymoshchuk ist wahrscheinlich noch sauer auf dich, aber in erster Linie hat er ein Ventil gebraucht«, sagte der Doktor. »Aber das ist nicht der Grund, warum ich ihm zugestimmt habe. Er mag in der Hierarchie über mir stehen, doch für diesen Einsatz verantwortlich bin ich. Und ich brauche jemanden, der die Übergabe mit kühlem Kopf hinbekommt, keinen hochgepushten Schreibtischmacho, der irgendwem den Arsch aufreißen will und nicht auf mich hört, weil er dank seiner Stellung meine Befehle ignorieren kann. Mir ist vollkommen egal, ob er dich für einen Verlierer hält, den Antichrist oder ein vergammeltes Stück Toastbrot. Tatsache ist, dass du der Beste für diesen Job bist, vielleicht abgesehen von Pavel.«

»Und Tanja.« Aleksej grinste. Er wusste, wenn der Doktor sein Jackett auszog, nahm er sich Zeit. Wenn man allein mit ihm sprach, dann wollte er kein zackiges »Jawohl, Herr Doktor!« hören, dann hörte er einem zu.

»Tanja.« Der Doktor lachte. »Bloß nicht! Die würde nur versuchen, den Preis zu drücken und neben Schmidt noch einen zweiten Gefangenen als Zugabe herauszuholen sowie neue Markenanzüge und je ein Antigrav-Bike für beide. Die könnte gar nicht anders als bei der Übergabe neu zu verhandeln, und auch wenn sie an guten Tagen sogar eine Chance hätte, dürfte das in dem Fall nach hinten losgehen.«

»Dann glauben Sie nicht, dass das eine Falle für Tymoshchuk ist?«

Der Doktor machte eine wegwerfende Handbewegung. »Nein, so ein Unsinn, das habe ich nur wegen Tymoshchuk gesagt. Anders hätte ich ihn doch nie dazu bekommen, zurückzuziehen. Ich kann einem Höherrangigen ja schlecht erklären, dass er der falsche Mann für eine bestimmte Aufgabe ist, wenn er sich für den Größten hält und gerade vor versammelter Mannschaft auf dicke Eier und *Ich-bin-der-Herr-der-Welt* macht. Wir wissen so gut wie nichts über den oder die Entführer, nur dass er sich irgendwie Zugriff auf das TransMatt-Portal verschafft hat. Bestimmt hätte er jeden ohne Probleme herausfischen können, auch Tymoshchuk. Was sollte da der Umweg über Schmidt?«

Aleksej zuckte mit den Schultern, doch dann kam ihm ein Gedanke. »Es sei denn, er will beide.«

»Möglich. Aber glaubst du das?«

»Nein.« Langsam schüttelte Aleksej den Kopf. Er vermutete sowieso, dass es hier um keinen von beiden ging. Kurz zögerte er, ob er erneut die Sprache darauf bringen sollte, doch er kannte den Doktor jetzt seit ein paar Jahren, und der hatte ihn immer fair behandelt, zumindest so fair man mit einem Sklaven umgehen konnte. Mehrmals hatten sie zu zweit geredet, weil Aleksej der Leutnant der Einheit war – oder gewesen war –, also fragte er: »Wissen Sie inzwischen, was in dem Koffer ist?«

Der Doktor lächelte müde und schüttelte den Kopf. »Nein. Aber ich würde vermuten, dass eben die Koordinaten des Koffers versteigert wurden. Niemand interessiert sich ernsthaft für Herrn Schmidt.«

»Wollen Sie nicht versuchen herauszufinden, was drin ist?«

»Wollen? Ich habe es versucht, aber mir wurde gesagt, das ginge mich nichts an.« Der Doktor lachte bitter auf und nahm die Brille von der Nase, putzte sie an seinem Hemdärmel. »Ich soll diesen Einsatz leiten, aber es geht mich nichts an. Entweder haben die in der Entwicklung herausgefunden, wie man mit bloßen Händen aus Walnüssen haselnussgroße Diamanten presst, und sämtliche Forschungsergebnisse dazu stecken im Koffer und sollen bis zur Patentanmeldung geheim gehalten werden – oder sie wissen es selbst nicht genau.«

»Sie wissen es selbst nicht?« Aleksej trommelte mit den Zehen unruhig auf den Boden, immer wieder verlor er dabei den Takt des Songs, den sowieso nur er hörte. Trotz allem schien der Doktor in redseliger Laune zu sein, er musste so viel wie möglich für Lydia herausfinden. Obwohl es Wahnsinn war, sich gegen *Romanow* zu stellen. Das wurde ihm immer deutlicher. Hoher Einsatz, geringe Erfolgsaussichten. »Warum sollten sie in einem solchen Fall auch nur hunderttausend C ausgeben, geschweige denn über hundert Millionen?«

»Vielleicht hat Schmidt eine kurze Nachricht gesandt, so etwas wie: *Phänomenale Entdeckung gemacht, bringe sie vorbei. Stellen Sie Champagner kalt, und zwar den besten.* Und dann hat er sich für den kurzen Weg sogar zwei Leibwächter organisiert. Jetzt wollen sie ihn zurück, aus Angst, etwas zu verpassen.«

»An was hat Schmidt denn gearbeitet?«

»*Top Secret.*« Der Doktor betonte jede Silbe mit ausgesuchter Arroganz, das sollte wohl ein exaktes Zitat sein. Langsam setzte er die Brille wieder auf und schob sie auf die Nasenspitze.

»Heißt das, ich darf es nicht wissen? Oder dass es niemand ...?«

»Richtig. Du nicht, ich nicht, niemand nicht. Das war die einsilbige Antwort, die ich auf meine Anfrage bekommen habe. Ich solle mir Gedanken um meine Aufgabe machen, nicht um Schmidts.«

»Hilfreich. Zum Glück gibt es da ja keine signifikanten Überschneidungen.«

Dr. Archavin lachte und schlug sich mit den Handflächen auf die Oberschenkel. »Aber genug davon, kommen wir zu deinem Auftrag.«

»Entschuldigen Sie, aber dürfte ich noch eine Frage stellen, Herr Doktor?«

»Eine.«

»Sollte in dem Koffer wirklich eine außergewöhnliche Erfindung stecken, müsste es im Labor doch Kopien der Aufzeichnungen geben und wohl mindestens drei weitere Backups. Wenn sich im Koffer überhaupt die Originale befunden haben. Warum dann dieser Aufwand und diese ungeheuren Ausgaben?«

Der Doktor blickte ihn überrascht an, fast als sei er enttäuscht, dass er nicht von allein darauf gekommen war. »Damit das Wissen keinem anderen in die Hände fällt. Solange Schmidt im Nichts zwischen den Portalen steckt, kommt kein Unbefugter an den Inhalt heran. Aber sobald Schmidt irgendwo auftaucht, kann sich jeder den Koffer krallen, der Schmidt überwältigen kann. Eine schmächtige Laborratte.«

Das leuchtete ein, und darauf hätte er tatsächlich selbst kommen können. Eine bahnbrechende Erfindung – irgendwie schien Aleksej dies die wahrscheinlichste Variante zu sein. Wäre lediglich Geld im Koffer, müsste man dafür kein anderes Geld erpressen. Alternativ könnte der Koffer auch belastendes Material gegen Tymoshchuk oder einen anderen *Romanow*-Oberen oder den gesamten Konzern enthalten. Nur warum lief Schmidt dann damit durch die Gegend, statt das Material zu vernichten? Und wenn schon einer brisantes Material mit sich herumtrug, dann doch einer der breitschultrigen Leibwächter oder ein anderer, der sich zu wehren wusste. Nein, in dem Koffer musste sich eine außergewöhnliche Erfindung befinden, das verriet Aleksej sein Bauchgefühl. Hätte er noch irgendwelches Geld, würde er glatt darauf setzen. Er war überzeugt, dass im Starluck bereits die ersten Buchmacher herumrannten und alle möglichen Wetten zur Entführung anboten.

Eine Stunde später bahnte sich Aleksej mit seinen Kameraden einen Weg durch die Menschenmenge. Jeder im Starluck wusste inzwischen Bescheid, und jeder schien sich für die Geschichte zu interessieren.

»Da sind sie!«, hatte einer gerufen, als sie das Konferenzzimmer verlassen hatten, und zahllose Leute waren herbeigelaufen, um zu gaffen. Andere hatten sich verdrückt, wohl aus Angst: Wo ein Verbrechen war, war das nächste nicht weit, vielleicht sogar eine Bombe.

Trotz der Kette um sein Handgelenk hielt Aleksej den Koffer mit den abgezählten Diamanten im Wert von einhundertundzehn Millionen C fest umklammert. Er ging aufrecht und versuchte einschüchternd zu wirken, zog gegen die beiden Nashornbetas an seiner Seite aber wohl den Kürzeren. Selbst als er Lydia unter den Gaffern entdeckte und ihre Blicke sich trafen, zeigte er keine Reaktion, doch über ihr Gesicht huschte ein kurzes Lächeln.

Wahrscheinlich hatte sie erst jetzt registriert, wie nahe sie der Geschichte mit Aleksejs Hilfe kam, vielleicht galt es aber auch einfach nur ihm. Es fiel ihm schwer, ihr Lächeln nicht zu erwidern, aber sie hatten sich bewusst keine Nachrichten geschickt und nicht über den Kommunikator gesprochen, um ja nur keine Verbindungen zwischen ihnen zu zeigen, da würde er sich jetzt nicht verraten.

»Bring die Koordinaten vor dreizehn Uhr siebzehn heim«, rief eine hohe Männerstimme. »Ich habe meine letzten einhundert C darauf gesetzt.«

»Einhundert?« Irgendwer lachte mitleidig.

»Ich hab darauf gewettet, dass du nicht zurückkehrst, Affe!«, rief der verfluchte Idiot von der Liga, der bei seinem Rauswurf anscheinend kein Hausverbot erhalten hatte. Die drei Kumpel an seiner Seite grinsten dämlich und machten Affengeräusche.

»Uh, uh, uh.«

Aleksej ignorierte alles und ging stur weiter. Schließlich betrat er den Raum mit dem TransMatt-Portal, der nach der Entführung aus Sicherheitsgründen gesperrt worden war. Niemand hielt sich dort auf außer einem halben Dutzend grimmig blickender Frauen von der Starluck-Security. Und nun auch Aleksej, seine Kameraden und Tymoshchuk mit seinen Leibwächtern.

Sein Mund war trocken. Auch wenn es sicher keine Falle für Tymoshchuk war, eine Option hatten weder er noch der Doktor angesprochen, obwohl beide wussten, dass sie nicht unwahrscheinlich war. Eine Option, an die wohl auch der Idiot von der Liga und mindestens ein Buchmacher gedacht hatte – die nämlich, dass der Entführer Aleksej einfach erschoss, wenn er aus dem Portal trat, das Geld kassierte, mit ihm verschwand und Schmidt und die Koordinaten sich selbst überließ. Sollte der doch irgendwann irgendwo herauskommen und irritiert in die fremde Umgebung starren, der Entführer hätte sich mit dem Geld längst abgesetzt. Doch *Romanow* war bereit, dieses Risiko einzugehen, also das Risiko, diese Menge Geld zu verlieren; einen Justifier auch mal zu verlieren, lag schließlich in der Natur der Sache.

Der Sache, dachte Aleksej bitter und stellte sich vor das Tor.

»Ich sehe, Sie haben sich einen Ersatzmann besorgt«, sagte plötzlich die rauchige Stimme.

»Sie haben doch nicht ernsthaft erwartet, dass ich persönlich Zeit für Ihre kleinen Spielchen habe?«, blaffte Tymoshchuk.

»Darüber hatte ich mir eigentlich gar keine Gedanken gemacht. Aber ich sehe, dass Sie hier sind, Sie scheinen also Zeit zu haben.«

Auf Tymoshchuks Gesicht zeigten sich erneut rote Flecken, doch er verkniff sich eine bissige Antwort. »Wann wird mein Mann zurück sein?«

»Das werden Sie dann merken. Sagen wir so: Nicht vor in zwei Stunden und nicht nach übermorgen Abend.«

»Übermorgen?«

»Ist nicht meine Schuld, wenn die TTMA-Technik nicht schneller funktioniert.« Es klang, als würde sie lächeln. »Bereit, Justifier?«

Aleksej nickte. Übermorgen Abend, das bedeutete, dass er irgendwo innerhalb des gesamten Sonnensystems herauskommen konnte. Selbst wenn die Techniker herausfanden, wohin er sprang, würde es wohl unmöglich sein, den Ort der Übergabe rechtzeitig zu umstellen und den Entführern eine Falle zu stellen.

»Gut, dann tritt ans Portal. Wenn ich jetzt sage, dann gehst du hindurch. Verstanden?«

»Ja.« Seine Stimme klang fest, doch die Hand um den Koffer war feucht. Er hoffte, das würde nicht das Letzte sein, was er im Leben tat. Plötzlich war die Angst da.

»Und ... jetzt.«

Als Aleksej durch das Portal stieg, hörte er hinter sich eine Securityfrau rufen: »Ich hab keine Aufzeichnungen mehr.«

Dann wurde es für einen kurzen Moment schwarz um ihn, so als habe er die Augen nur ein wenig länger geschlossen als beim Blinzeln.

Und wieder hell.

Er trat in einen grell ausgeleuchteten engen Raum ohne Fenster. Wie stets bei der Nutzung eines TransMatt-Portals wusste er nicht, wie viel Zeit verronnen war. Noch bevor er mehr erkennen konnte oder eine Frage stellen, irgendetwas empfinden oder denken, hörte er ein Geräusch wie das Plop einer schallgedämpften Waffe. Ihm blieb keine Zeit, um zu reagieren.

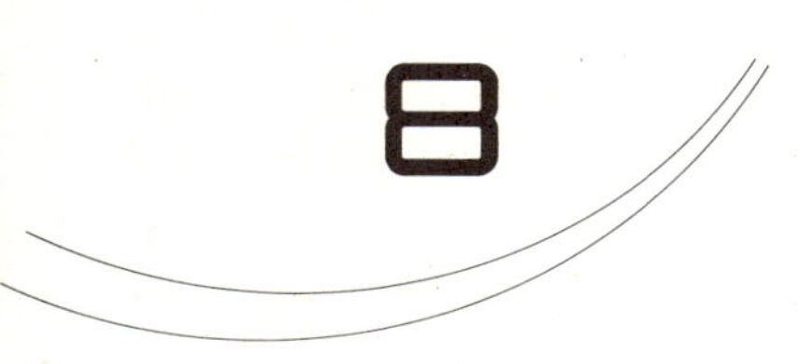

8. November 3041 (Erdzeit)
Ort: Starluck

Inzwischen hielt sich kaum noch jemand vor dem Raum mit dem TransMatt-Portal auf, es gab schließlich nichts zu sehen außer einer großen verschlossenen Tür. Wer etwas erfahren wollte, lungerte vor einem der zahlreichen öffentlichen Monitore oder 3D-Cubes herum, die über jeder Theke und in jeder zweiten Ecke hingen, oder informierte sich über seinen persönlichen Kommunikator im StellarWeb. Quer durch die Medien und Sender wucherten die unterschiedlichsten Spekulationen, und auch Lydia hielt sich über den Kommunikator auf dem Laufenden.

»Hast du mit dem Kerl, den sie losgeschickt haben, nicht gepokert?«, hatte Hank Södersen gefragt, der große Mann von GalaxyView, einem der zahlreichen Sender, der zu *FreePress* gehörte.

»Ja. Aber ich weiß nicht, ob er sich an mich erinnert.«

»Papperlapapp. Er ist ein Mann, selbstverständlich erinnert er sich an deine Anmut. Kein Mann vergisst deine Kurven, Süße.«

»Vielleicht ist er schwul?« Sein Machogelaber ging ihr schon seit dem ersten Tag auf die Nerven.

»Paperlapapp. Er ist ein halbes Tier, da gibt es solche Kategorien nicht, die sind alle mindestens bi und was weiß ich noch. Wahrscheinlich bespringt er auch ein gut gepolstertes Sofakissen, wie der Zuchttigerdackel meiner Tante Augusta. So ein Polster hat ja auch ein Fell.« Über diese Vorstellung hatte er lauthals gelacht, und die umstehenden Kollegen hatten mitgelacht, Gruppenzwang oder vorauseilender Gehorsam.

Sie hatte nicht gelacht, ihn nur mit ihren Katzenaugen angesehen.

»Entschuldige, Süße. Anwesende wie immer ausgenommen. Du bist doch eine Freie, oder?« Weder wirkte er verlegen noch ergab der Zusammenhang zwischen sexueller Orientierung und Freiheit irgendeinen Sinn.

»Und?«

»Belassen wir's einfach dabei, Mädel. Er kennt dich, sei dir sicher. Du bleibst hier und rührst dich nicht von der Stelle. Wenn er wieder rauskommt, machst du ein Interview klar. Exklusiv. Und es wird das erste, das er gibt. Du machst es klar, aber ich führe es. Verstanden?«

Natürlich hatte sie verstanden, und nun saß sie seit vier Stunden hier, verfolgte die Nachrichten und blickte immer wieder scheinbar gelangweilt zur Tür hinüber. Bei jedem Geräusch hoffte sie, Aleksej würde endlich auftauchen. Sie hatte es satt, dämlich herumzusitzen. Sie hoffte, ihm erginge es gut.

Das ganze Herumgesülze ihrer Kollegen nervte sie, das gestenreiche Gerede von der großen Story, die Selbstverständlichkeit, mit der sie von ihr Zuarbeiten erwarteten. Aleksej hatte ihr mit der gleichen Selbstverständlichkeit einen gleichberechtigten Deal angeboten.

Er hatte all sein Geld verloren, doch anstatt zu jammern, hatte er ihr vorgeschlagen, das nächste Risiko einzugehen. Er brannte innerlich und akzeptierte sein Sklavendasein nicht. Damit hatte er ihr gezeigt, wie wenig frei sie selbst trotz allem war.

Papperlapapp. Du hast den Arbeitsvertrag doch freiwillig unterzeichnet.

Wie sie Sörensens *Papperlapapp* hasste. Sein Markenzeichen aus der Talkshow, das er inzwischen auch im echten Leben nicht ablegen konnte, wie überhaupt die ganze *Ich-bin-ein-Medienstar*-Attitüde. Er hielt die gesamte Welt für sein Publikum, mit Ausnahme derjenigen, mit denen er sprach, die waren Gäste auf seiner Bühne.

Und Lydia war eine derjenigen, die ihm Gäste zuführen sollten, lächeln und gehorchen. Doch gehorchen war eigentlich nicht ihre Art. Sie tat es, weil sie es bei den Kollegen beobachtet hatte, weil sie nicht wusste, wie man sich in Freiheit verhielt, das hatte ihr niemand beigebracht, als sie aus dem Labortank gestiegen war. Sie tat es für eine Karriere, die vielleicht nie kommen würde. Sie tat es, weil sie unbedingt bei einem großen Sender hatte anfangen wollen, weil die hohen Einschaltquoten ihr schmeichelten und mehr versprachen. Doch was wollte sie mit ihrer neuen Freiheit, wenn diese seit acht Monaten aus Gehorchen bestand und dem Wunsch nach Veränderung?

Sie hoffte, dass Aleksej bald aus dieser verdammten Tür treten und sie sich mit der richtigen Story in die Freiheit schreiben würden. Freiheit und Unabhängigkeit. Es war ihre Story, sie würden sie Sörensen entreißen.

»Kann ich dich auf einen Drink einladen?«, fragte ein älterer Herr mit Wohlstandsbäuchlein und dichtem falschen Haar, der zwei schäumende Erdbeer-Rumcumbers in der Hand hielt, wie sie im Augenwinkel feststellen konnte. Schwach alkoholisch und kleine bunte Schirmchen, das roch nach langweiliger Missionarsstellung.

Schweigend schlug sie mit dem Schwanz nach einer imaginären Fliege und ignorierte ihn. Sie lungerte auf einer gepolsterten Wartebank herum und ließ sich durch die hohen Fenster die Sonne auf den Pelz scheinen.

»Entschuldigung, ich hab gefragt, ob du vielleicht mit mir trinken willst?«

Langsam drehte sie ihm das Gesicht zu, sah ihn an, hob die Augenbraue und sah wieder weg. Der Schwanz bewegte sich langsam wieder in die andere Richtung.

»Ähm, gut, also ...« Der Mann wartete noch zwei, drei Sekunden, dann trottete er davon. Wahrscheinlich hatte er gerade überraschend gewonnen und noch nie seine Frau betrogen, und es jetzt mal versucht, um eine Anekdote für die Kollegen daheim zu haben.

Er war der siebte gewesen, seit sie hier wartete.

Und zwei hatten ein Autogramm gewollt, weil sie sie erkannt hatten. Vielleicht hatten sie aber eigentlich auch nur dasselbe gewollt und gehofft, mit Schmeicheln weiterzukommen als mit Alkohol.

Ein feister Mann mit Halbglatze und im violetten Anzug

lungerte am Gangende herum und sah zu ihr herüber, wandte sich dann jedoch ab. Einen Kopf größer als sie, aber zu feige, sie anzusprechen.

Sie zappte sich durch die verschiedenen Newskanäle, und neben irgendwelchen Belanglosigkeiten, Gerüchten über die sich ausbreitenden Collectors, Aktienkursen, kleinen Demonstrationen auf kleinen Planeten, irgendwelchen Naturkatastrophen, dem ausführlichen Bericht über einen seltsamen interstellaren Zoo und anderen Merkwürdigkeiten fand sich auch immer wieder der Hinweis auf die erschreckende Sabotage im Starluck.

TTMA-*Technologie gehackt! Ist Reisen in Zukunft überhaupt noch sicher?*, fragten die einen.

Wer ist Dr. Schmidt?, die anderen.

Substanz hatte weder die Antwort in diesem noch in jenem Bericht.

Irgendwelche Experten diskutierten in einem virtuellen Studio, wie ein solcher Hackerangriff möglich gewesen sein könnte, doch in der Runde saß kein Mitarbeiter von *TTMA*, und damit war alles leere Luft und Getöse, denn keiner dieser sogenannten Experten kannte die Technologie, die dahintersteckte.

Irgendwo gingen etwa hundert Leute spontan für höhere Sicherheit im Raumverkehr auf die Straße. Da diese Demo nicht vorschriftsgemäß angemeldet war, wurde sie aufgelöst, und es kam zu kleineren Rangeleien.

Der Pressesprecher von *TTMA* verlas eine längere Erklärung zu den jüngsten Ereignissen, in der er versicherte, das Reisen mittels der TransMatt-Technologie sei weiterhin vollkommen sicher, immerhin blicke der Konzern auf eine jahrhundertealte Tradition zurück, in der die Technik jedes Jahr sogar verbessert und verfeinert worden war.

»Nach unseren bisherigen Erkenntnissen liegt keinerlei technisches Versagen vor«, sagte der glatt rasierte Mann mit den strahlend blauen Augen. »Alle Untersuchungen deuten darauf hin, dass die Zugangsdaten aufgrund einiger Nachlässigkeiten möglicherweise aus den Unterlagen von Starluck entwendet worden sind, es handelt sich in diesem Fall also eindeutig um menschliches Versagen. So sehr wir dies aus tiefstem Herzen bedauern, dagegen ist man leider nie gefeit, denn wie schon unsere Vorfahren wussten: Irren ist menschlich. Wer nach diesen Erkenntnissen nun fortan weiterhin von technischem Versagen in diesem Zusammenhang spricht, wird von uns wegen Rufschädigung in Millionenhöhe verklagt.«

Eine solche Klage riskierte niemand gern, zudem darüber hinaus genug Gerüchte kursierten, dass sich der Konzern Probleme eigentlich durch Mord vom Hals schaffte. Fortan tauchte das Wort Sabotage in den Berichten nicht mehr auf. Plötzlich änderte sich der Tenor in den meisten Medien völlig.

»Lasst meinen Bruder frei, bitte!«, flehte eine hübsche junge Frau mit aufgelöstem Haar und verschmierter Schminke in einer Sondersendung bei StarLook. »Er hat doch nichts getan. Er ist nur ein freundlicher junger Mann. Vielleicht ein wenig einsam und linkisch und zu sehr mit seiner Arbeit verheiratet, aber das ist doch kein Grund, ihn zu entführen. Bitte!«

Wer auch immer Schmidts Schwester Cordula so rasch

aufgetrieben und zu dem öffentlichen Appell bewogen hatte, er würde bei seinem Arbeitgeber der Held des Tages sein. Auch alle anderen Kanäle stürzten sich auf die neuen Bilder und das neue Gesicht, ein hübsches noch dazu. Nun hatte man nicht nur langweilige alte Aufnahmen vom Entführungsopfer, sondern konnte die Verzweiflung einer Angehörigen einfangen, jede Stunde neue, aktuelle Bilder, danach gierten die Leute. Die arme Schwester wurde zum neuen, dem eigentlichen Opfer stilisiert, ihre Verzweiflung und Tränen wurden von Sender zu Sender gereicht, überall wurde nach ihren Gefühlen, Hoffnungen und Ängsten gefragt.

Der Sicherheitschef des Starluck dagegen war für keine Stellungnahme zu haben, wurde überall verkündet, und das in derart ernstem Ton, als wäre es ein Schuldeingeständnis. Aber eigentlich stürzten sich alle auf die »menschliche Tragödie der schrecklichen Geschichte«, also auf Cordula.

»Ist er schon aufgetaucht?«, fragte Sörensen über den Kommunikator nach zwei weiteren Stunden, während der Lydia zwei Drinks selbst bezahlt und vier Einladungen ausgeschlagen hatte.

»Nein. Ich hätte mich sonst gemeldet.«

»Dann warte weiter.«

Was dachte er denn, was sie sonst tun würde? Mit den Bunnys eine fröhliche Polonaise veranstalten?

In seiner Sendung spielte sich Sörensen als der auf, der mitten im Geschehen steckte. Er wiederholte Bilder von der Versteigerung, sprach mit den beiden Leibwächtern Schmidts, die nichts zu sagen wussten, außer dass sie ihn bis zum Portal begleitet hatten und er allein hindurchgestiegen war, »so wie abgemacht.«

»Wir hatten nie erwartet, dass so etwas passiert. Niemand hatte das.«

Verzweifelt suchte Sörensen nach den Leuten, die mit Schmidt zum letzten Mal gespielt hatten, bevor er verschwunden war, doch es ließ sich niemand auftreiben, Schmidt war so unscheinbar. Wenn er keine vier Asse auf den Tisch knallte oder beim Roulette dreimal hintereinander auf die richtige Zahl setzte, hatte man ihn vergessen, kaum dass er seinen Platz verließ.

Sörensen kochte. Es konnte doch nicht sein, dass er am Ort des Geschehens war, aber so eine dahergelaufene Schwester am anderen Ende des Universums ihm die Geschichte mit ihren Tränen und einer niedlichen Nase versaute. »Wir brauchen Bilder von hier! Verzweiflung, Wut, Mitleid, neue Informationen, Titten, egal was!«

Schließlich präsentierte Sörensen stolz das Bunny, das Dr. Schmidt den letzten Drink ausgeschenkt hatte. »Live vor Ort, genau an der Bar, wo es geschehen ist.«

»Was hat er getrunken?«, fragte Sörensen mit derart gewichtiger Miene, als hingen von der Antwort zahlreiche Leben ab.

»Eine Grapefruitcola. Mit extra viel Eis.« Das Bunny lächelte schüchtern.

»Keinen Alkohol?«

»Nein, Sir. Aber er war sehr höflich.«

Mit gerunzelter Stirn blickte Sörensen die Zuschauer direkt an. »Ist das das ganze Geheimnis? Erinnern wir uns nur an all jene, die uns betrunken anrempeln oder laute

Witze erzählen? Wüssten wir mehr über Herrn Schmidt, wenn er unangenehmer aufgefallen wäre? Würde es also den offiziellen Stellen leichter fallen, einen Rüpel zu retten als einen braven Bürger? Darüber sollten wir uns alle Gedanken machen.«

Langsam wandte er sich wieder dem Bunny zu, die Falten waren aus seinem Gesicht verschwunden und einem freundlichen Lächeln gewichen. »Niemand erinnert sich an ihn, aber du tust es. Ausgezeichnetes Gedächtnis, würde ich sagen, das verdient einen Applaus.«

Zögerlich wurde geklatscht, als Sörensen selbst laut in die Hände schlug, schwoll das Klatschen an.

»Danke, Sir.« Sie wirkte verlegen, aber wahrscheinlich war sie eine gute Schauspielerin, das gehörte zu ihrem Job. »Aber wie ich schon sagte, Herr Schmidt war ausgesprochen höflich und auch überaus großzügig, was das Trinkgeld anbelangt.«

»Ein wahrer Gentleman, also?«

»Ich weiß nicht, Sir, aber ...«

»Papperlapapp! Natürlich ein Gentleman.«

Die Umstehenden lachten. Sie freuten sich über das vertraute Papperlapapp, und nun fiel das Klatschen auch leichter und deutlich lauter aus.

Nun waren es also der entführte, zurückhaltende Gentleman und die verzweifelte Schwester, ein Traum für die Berichterstattung. Beide Eltern waren tot, ein Unfall in dem einen Fall und die tödlichen *GZE*-Erreger im anderen, und das machte die Schwester für die Medien noch interessanter als bemitleidenswertes Opfer. Man konnte sie darauf ansprechen und dann live ausstrahlen, dass es ihr wirklich dreckig ging. Die Moderatoren überboten sich darin, Betroffenheit zu zeigen und zugleich Tränen aus ihr herauszupressen.

Widerlich.

Lydia hätte es in den letzten Monaten nicht anders gemacht, es war ihr Job.

Doch diese Story würde sie mit Aleksej zusammen anders angehen, sie würden echten Journalismus bieten, Dinge aufdecken, Fakten präsentieren, Gedanken, keine Tränen. Zu lange hatte sie einfach nur genickt und gemacht, was anderen Geld einbrachte.

Lydia starrte auf die verschlossene Tür. Egal, wie sehr sie sich sagte, dass Reisen per TransMatt auch Tage, ja Wochen oder gar Monate dauern konnten, fing sie doch an, sich Sorgen um Aleksej zu machen.

Die meisten seiner Justifierkameraden hatten den Raum inzwischen verlassen, manche waren zurückgekehrt, einige wieder gegangen und erneut erschienen. Gerade der Bisonbeta wirkte sehr angespannt. Eben verließ er zum dritten Mal den Raum. Er blickte sie an, zögerte, dann kam er auf sie zu. Von ihm würde sie einen Drink annehmen, um ihn nach Aleksej zu fragen. Doch der Bisonbeta suchte keine Begleitung, sondern knurrte: »Was lungerst du hier herum?«

Verdutzt starrte sie ihn an. Hatte er sie tatsächlich erst jetzt bemerkt? Das fasste sie als Beleidigung auf. Mitleidig sah sie ihn an.

Doch er ließ sich nicht mit einem Blick vertreiben. »Ich hab dich was gefragt.«

»Presse«, sagte sie möglichst gelangweilt.

Er musterte sie von oben bis unten. »Schmeißfliege.«

»Die meisten von uns, ja.« Sie lächelte. »Aber nachdem wir um euch kreisen, zu was macht das euch?«

Zwei Sekunden lang starrte er sie an, dann fluchte er und ballte die Faust. »Hältst dich wohl für witzig, was?«

»Und du hältst dich für stark, oder?« Beinahe gemächlich fuhr sie ihre Kralle aus und bleckte die Zähne. Ihre Muskeln spannten sich an, sie war bereit zum Sprung. Es war fast wie früher, bevor sie zu GalaxyView gegangen war, als sie noch ein Justifier gewesen war, Sicherheitsexpertin für die Waffenspezialisten von *United Industries*. Auch wenn sie außer Form war, alles hatte sie noch nicht verlernt.

»Ja. Und nur einer von uns hat Recht.« Er senkte die Hörner eine Handbreit.

»Wir werden ja sehen, wer. Sag mir für den Bericht über die grundlose Schlägerei im Starluck nur noch schnell, wie du heißt und als was genau du bei *Romanow* arbeitest. Nicht, dass wir nur die halbe Wahrheit senden, wenn es um die willkürliche Beschneidung der Pressefreiheit geht.«

Er erstarrte. »Wir sind auf Sendung?«

»Nicht live.« War der Kerl wirklich so schwer von Begriff? »Ich hab auch kein Interesse daran, dich irgendwo bloßzustellen. Lass mich einfach nur meine Arbeit machen, okay?«

»Und das wäre?«

»Hier zu warten, bis etwas passiert, und dann meinem Chef Bescheid geben.« Manchmal war es am einfachsten, die Wahrheit zu sagen. Wenn sie so harmlos klang.

»Klingt langweilig.«

»Ist langweilig. Aber wohl nicht weniger langweilig als bei euch, oder? Ihr wartet auch.«

Er lachte. »Stimmt. Aber wir sind nicht allein.«

»Hier kommt auch immer wieder jemand vorbei und droht mir Prügel oder einen Drink an. Ich weiß aber nie, was schlimmer ist.«

Er lachte wieder, dann fasste er sie scharf ins Auge. »Bist du etwa die Journalistin, die Aleksej vom Pokern kennt?«

»Äh, ja«, rutschte es ihr heraus. Die Frage hatte sie völlig überrumpelt.

»Dann verstehe ich ihn umso besser.« Er nickte und wandte sich ab. »Ich muss dann mal weiter. Vielleicht sehen wir uns noch.«

»Vielleicht.« Sie nickte und fragte sich, was das zu bedeuten hatte. Was hatte Aleksej über sie gesagt? Sie starrte wieder auf die Tür.

Mach, dass du da rauskommst!

9

Datum: unbekannt (Erdzeit)
System: unbekannt

Das Licht war so grell, dass er die Augen nicht öffnete. Schwarze Flecken und Lilien tanzten über die rötlich braunen Innenseiten seiner Lider, und er war nicht sicher, ob er mehr war als ein Paar geschlossene Augen. Weder spürte er einen Körper, noch erinnerte er sich an irgendetwas. Wo er war, warum er es war und wer er war. War er überhaupt?

Cogito ergo sum.

Und was zur Hölle war das? Latein? Mühsam erinnerte er sich an die Bedeutung, und wenn man das hilflose Gestammel in seinem Kopf als denken ansah, dann war er. Ein halber Mensch.

»Dreiviertel«, verhandelte er mit halb geschlossenen Lippen.

Der Schatten in seinem Kopf schlug ihn mit einer Kunststoffrute, und er wusste nicht, ob er so klein war oder der Schatten so groß. Und dann wusste er wieder, wer er war, Aleksej, Justifier, Pilot, und schlug vorsichtig die Augen auf. Das grelle Licht blendete ihn, doch er konnte ihm nicht ausweichen, es schien von allen Seiten zu kommen und wurde von Wänden, Decke und Boden reflektiert.

Alles war weiß, nur er nicht, er war Aleksej.

Cogito ergo sum.

Wie bekam er nur diesen nervigen Satz aus dem Kopf?

Sein ganzer Körper fühlte sich an wie unter einer Tonne schwarzer feuchter Graberde, Beine und Arme waren taub und ließen sich kaum bewegen, ein Kribbeln breitete sich unter seiner Haut aus, und dann hatte er das Gefühl, in einem zu engen Taucheranzug zu stecken, der innen mit tausend Nadelspitzen besetzt war.

Mit jedem Augenblick nahm die Taubheit weiter ab, und Aleksej wurde sich bewusst, wo er sich befand und wie er hierher gekommen war. Er fluchte und drehte mühsam den Kopf zur Seite und schielte in Richtung seines rechten Handgelenks.

Der Koffer mit den Diamanten war verschwunden, die Kette an seinem Handgelenk verlief ins Nichts.

Er fluchte lauter, Adrenalin pumpte durch seinen Körper, und endlich konnte er die Taubheit so weit abschütteln, dass er sich in eine sitzende Position aufrichten konnte.

»Hey! Wo steckst du?«

Niemand antwortete.

Aus seinem rechten Oberschenkel ragte ein Betäubungspfeil, wie man sie auf wilde Tiere abschoss, auf große wilde Tiere. Aleksej hörte gar nicht mehr auf mit dem

Fluchen. »Bist du auch einer von den Drecksäcken, die mich für ein Stück Vieh halten, oder was?«

Noch immer antwortete niemand.

Knurrend zerrte Aleksej den Pfeil aus seinem Fleisch, dann klopfte er wieder und wieder auf seine Beine, um sie zu beleben.

Warum hatte der Kerl ihn nur betäubt, nicht getötet?

Dachte er etwa ernsthaft, dass die Strafe unter diesen Umständen geringer ausfiel, wenn man ihn erwischte? Dass er so einer Hinrichtung entkam?

Möglicherweise offiziell, doch das Urteil eines ordentlichen Gerichts spielte hier keine Rolle. Wer einen Konzern derart am Nasenring packte und öffentlich durch die Arena führte, bekam Besuch von einem Justifier. Und kein Justifier der Welt lud Betäubungspatronen in seine Waffe.

Oder fehlten dem Entführer einfach die Eier, um jemanden zu töten? Er dachte an die Frauenstimme und daran, dass eine Frau sowieso keine Eier hatte, und fragte sich, was Frauen in einem solchen Fall von sich forderten. *Wir brauchen Eierstöcke?*

Blödsinn. Er schlug sich mit der flachen Hand gegen den Kopf.

Cogito ergo sum.

»Ja, dann denk doch, du Trottel, und waber nicht so herum im Kopf!«, schrie er in die Stille, die beinahe vollständig war. Nur das leise Surren des TransMatt-Portals lag in der Luft.

Vielleicht fehlte der Frau auch überhaupt nichts, dachte Aleksej, ganz im Gegenteil: Vielleicht hatte sie einfach etwas, das einem Justifier üblicherweise abging: Moral,

Ethik, die Hemmschwelle zu töten, wie auch immer man es nennen mochte.

»Sag ich doch, keine Eier«, brummte er, und ihre Unfähigkeit war nicht sein Problem.

Genau genommen war sie eher sein Glück, sagte ihm eine innere Stimme. Bevor sie auch noch etwas Lateinisches von sich geben konnte, zwang er sie zur Ruhe. Er hoffte, dass sein Kopf wieder klar werden würde, wenn die körperliche Benommenheit verschwand. Zu viele Stimmen und Fragen waren nicht gut.

Während er sich mühsam aufrappelte, bemerkte er ein kleines silbernes Kästchen zwischen sich und dem Portal. Wie für ihn hinterlegt, lag es auf dem Boden, ein Stück beschriebenes Papier war darunter eingeklemmt. Hastig hob er beides auf. Die Schrift entsprach der Standardeinstellung jedes neuen Druckers.

Sehr geehrter Ersteigerer,
verbindlichsten Dank für den Koffer und vor allem den Inhalt. Die Koordinaten von Herrn Schmidts Zielpunkt befinden sich auf dem Universalspeicher in dem Kästchen, ebenso ein Ausdruck, für alle Fälle. Dazu eine Kopie der Protokollierungsdatei, die ich aus dem Starluck entwendet habe und die Ihnen als kleine Garantie oder Bestätigung der Zahlen dienen mag.
Zurück kommen Sie ganz einfach, indem Sie die Zielkoordinaten des Starluck in das Portal eingeben, es wird ohne Schwierigkeiten funktionieren. Einen anderen Weg hinaus gibt es für Sie nicht. Es wäre sowieso nicht sonderlich ratsam, diesen Raum ohne Sauerstoffmaske und Raumanzug zu verlassen.

Es hat mich gefreut, mit Ihnen Geschäfte zu machen, dennoch wird es wohl unser einziges bleiben.
Eine sichere Heimkehr wünscht
Ihr oder Ihre X

Aleksej faltete den Brief sorgfältig zusammen und steckte ihn und das Kästchen ein, wie auch den Betäubungspfeil, auf dem sich vielleicht Spuren befinden mochten. Dann tat er endlich das, was er schon längst hätte tun sollen: Er sah sich sorgfältig um.

Der gesamte Raum war L-förmig, und das Portal befand sich etwa mittig im *langen Strich*. Rechts und links des Portals erhoben sich zwei Pfeiler mit quadratischem Grundriss. Der Entführer musste schräg hinter einem der beiden gelauert haben, als Aleksej aus dem Portal getreten war, und hatte dann sofort geschossen. Um die Ecke fand er eine glatte graue Stahltür, die nahtlos in die klinisch weiße Wand eingelassen war; sie wirkte wie eine Schleuse, die nur von außen zu öffnen war. Hier war tatsächlich kein Rauskommen. Abgesehen davon wollte er auch gar nicht hinaus. Seine Aufgabe bestand darin, die Koordinaten zurückzubringen, nicht irgendwo in der Fremde zu ersticken.

Er suchte nach Spuren des Schützen, konnte auf dem blanken Boden jedoch nichts erkennen. Mit der Kamera in seinem Kommunikator nahm er jede Ecke auf, dann trat er vor das Portal. Empfang hatte er keinen, er konnte mit niemandem in Kontakt treten.

Dieses geschlechtslose X hatte ihm eine sichere Heimkehr gewünscht, hoffentlich war das nicht ironisch gemeint. Sorgsam tippte er die Koordinaten des Starluck in das Bedienfeld, zögerte jedoch damit, die Aktivierung zu berühren. Unschlüssig verharrte der Zeigefinger in der Luft. Konnte er ihr trauen?

Ja.

Ja?

Ja!

Was für einen Sinn hätte es denn, diese ganze Geschichte durchzuziehen, mit Betäubungsgewehr und der Rückgabe der Koordinaten, um ihn dann doch irgendwohin zu schicken, an einen x-beliebigen Punkt im All?

X-beliebig, haha, was für ein blöder Kalauer.

Vielleicht war diese X aber auch einfach nur eine Psychopathin, und das alles ergab keinen Sinn, sie hatte einfach nur Spaß daran, fremde Leute quer durchs Universum zu senden.

Aleksej zog den Finger noch ein Stück zurück und starrte die blinkenden Koordinaten an.

Nein.

Sie hatte ihn nicht umgebracht, sie würde es auch jetzt nicht tun. Er würde unversehrt zurückkehren. Außerdem blieb ihm keine Wahl, hier würde er nur irgendwann verdursten. Wenn er es herausfinden wollte, musste er es ausprobieren. Zögern würde seine Chancen nicht verbessern, sondern lediglich Zeit kosten. Entschlossen drückte er den Finger auf *Ja* und trat mit geballter Faust durch das Portal.

10

9. November 3041 (Erdzeit)
Ort: Starluck

Inzwischen hatte Lydia den Überblick verloren, wer sich aktuell hinter der Tür zum TransMatt-Raum befand, doch es hatte ihn niemand betreten oder verlassen, der nicht zu *Romanow* gehörte oder bei der Starluck-Security arbeitete. Aleksej war nicht aufgetaucht, und die verschlossenen Gesichter ließen vermuten, dass es nicht die geringste Spur von ihm, Herrn Schmidt, dem Entführer oder den Koordinaten gab.

»Wie lange soll ich hier noch herumsitzen?«, fragte sie ihren Kommunikator, als sie die zwanzigste Stunde auf die Tür starrte.

»Bis der Kerl wieder auftaucht«, entgegnete ihr Chef Sörensen.

»Das kann noch Monate dauern, wenn es dumm läuft.« Im schlimmsten Fall bis zu einem Jahr, denn die Reichweite der TransMatt-Technologie war auf sechs Lichtjahre beschränkt. Während man mit ihrer Hilfe ein Lichtjahr Entfernung zurücklegte, verging ein Monat Zeit, und das bedeutete maximal sechs Monate hin, sechs zurück. Sofern es sich um einen einfachen Sprung handelte und der Entführer Aleksej nicht durch drei weitere TransMatt-Portale hetzte. Wie auch immer – in spätestens sechs Monaten musste Dr. Schmidt irgendwo herauskommen. »Monate.«

»Papperlapapp.«

»Du weißt, dass es stimmt. Selbst wenn es nur zwei Wochen dauert, bis dahin bin ich eingeschlafen, ob du willst oder nicht.«

»Was soll das jetzt? Du wirst mit Aufschlag bezahlt, und das fürs Herumsitzen. Willst du mit deinem Gejammer noch mehr herausschlagen? Ich dachte, Katzen können mit einem offenen Auge schlafen.«

»Ich bin keine Katze. Oder hörst du mich schnurren?«

»Nein. Aber was ich höre, kommt einem Fauchen sehr nahe.« Sörensen lachte, als stünde er vor Publikum. »Nimm einfach noch einen Wachmacher«

»Hab ich schon.«

»Na also, Mädel, dann ist doch alles gut. Ich hab in meinem ersten Jahr mal sieben Nächte am Stück nicht geschlafen. Wer es zu was bringen will, muss Einsatz zeigen. Und das gilt für Leute wie dich doppelt.«

»Leute wie mich?« Ihre Augen verengten sich. »Halber Mensch, doppelte Arbeit, ist das deine Rechnung?«

»Nein. Keine Ausbildung, doppelte Arbeit.«

Sie schwiegen sich an. Beide wussten, dass der andere zur Hälfte Recht hatte, doch keiner wollte nachgeben.

»Also gut«, sagte Sörensen schließlich. »Es bringt ja nichts, wenn du tatsächlich einschläfst und die Ankunft des *Halbaffen* versäumst. Ich schick in drei Stunden jemanden, der dich ablöst.«

»Danke.« Sie zwang sich zu einem Lächeln, obwohl ihr sein gönnerhafter Ton auf die Nerven ging. An das beleidigende Halb-Irgendwas hatte sie sich längst gewöhnt, und das gefiel ihr eigentlich noch weniger.

Sie klickte ihn weg und warf sich noch eine Aufputschpille ein, anders hatte sie es bei Justifiereinsätzen auch nicht gehandhabt. Sie spürte, wie der Wirkstoff warm durch ihren Körper rann, überall stellte sich das Fell auf, und die Kopfhaut kribbelte. Es fiel ihr schwer, sitzen zu bleiben – noch eine weitere Tablette, und sie hätte jede katzengleiche Anmut verloren und würde herumspringen wie ein junger Affe. Schon jetzt wedelte sie mit dem Schwanz wie ein verdammter Köter, der ein Leckerli erwartet.

Aufgekratzt wandte sie sich wieder ihrer Datei über Dr. Schmidt zu. Er war bislang weder mit Eskapaden im Privatleben noch beruflich sonderlich aufgefallen. Zwar gab es ein Bild von ihm, auf dem er an einen Strand reiherte, und Urlaubseinträge im StellarWeb von einer hyperaktiven Klytemnestra, die sich mit vielen Smileys, Ausrufezeichen und Großbuchstaben für eine *WUNDERvolle :-)))), trotz HAPPY ENDING :-))))) ENDLOSE (!!!!!)* Nacht unterm Sternenhimmel bedankte und dabei auch irgendwas vom großen Jäger fabulierte: *DU kannst mich JEDERZEIT!!!! wieder ORIONieren :-)))).*

Schämte sie sich eigentlich nicht, so einen schwachsinnigen Satz öffentlich zu posten? Schmidt tat es wohl, er hatte nicht geantwortet.

Darüber hinaus hatte Lydia zu ihm sechs Einträge in der Verkehrssünderdatei entdeckt, alle älter als fünf Jahre, und dass er im dritten Semester die Mathematikprüfung zweimal wiederholen hatte müssen. Im vierten hatte er dann aufgehört, in einer Amateur-Band zu spielen. Sie waren sowieso nie über einen Auftritt beim achtzehnten Geburtstag des Bruders des Drummers hinausgekommen.

Schmidts Eltern hatten für *Romanow* gearbeitet, er war in den Konzern geboren worden und hatte dort auch sofort eine Stelle gefunden.

Er arbeitete in der Entwicklung, und zwar im Bereich der Lasertechnologie. Dabei hatte er weder besondere Auszeichnungen errungen, noch war er führend bei einem wesentlichen Forschungsprojekt gewesen. Allen Berichten zufolge gehörte er zum fleißigen akademischen Fußvolk des Konzerns; verlässlich arbeitete er den Genies zu, ganz konkret Dr. Ansgar Schiegg, einer Koryphäe auf dem Gebiet der medizinischen Lasertechnologie.

Was war in dem Koffer?, fragte sich Lydia. Das war die Frage, auf die alles hinauslief. Allen Recherchen nach war Schmidt nicht bedeutend genug, als dass irgendwer mit solchem Aufwand und solchen Summen hinter ihm her wäre. Schließlich hatte nicht nur der eigene Konzern geboten, sondern auch *Gauss Industries* und die berüchtigte Rosetti-Familie. Es musste um Erkenntnisse von Dr. Schiegg gehen, die sich im Koffer befunden hatten. Die Rosetti-Familie handelte mit Insiderinformationen, da war es fast egal, aus welchem Bereich sie stammten, Hauptsache, es war brisant und hatte entscheidenden Einfluss auf die Kurse. Aber was wollte *Gauss* mit medizinischem Wissen? *Gauss* war spezialisiert auf konventionelle Triebwerke für die Raumfahrt, Kybernetik und Waffen.

Lydia recherchierte zu Dr. Schiegg, doch da kam sie auch nicht weiter, seine öffentliche Biografie war noch langweiliger als die Schmidts. Er schien überhaupt kein Privatleben zu haben, es gab keine Band zu Studienzeiten, keine Urlaubsbekanntschaft, keine alkoholbedingte Strandbeschmutzung.

Den Ruf einer Koryphäe hatte er sich vor allem in den Jahren 3024 bis 3033 erarbeitet. Vor neun Jahren hatte er einen Laser entwickelt, mit dem die Augenheilkunde über die vielzitierte Nacht revolutioniert worden war. Seitdem wurde er jedoch mit keinem neuen Produkt in Verbindung gebracht, obwohl er eine eigene Abteilung erhalten hatte. Laut eigener Aussage leistete er dort Grundlagenforschung und suchte nach ganz neuen Wegen: »Was wir hier tun, wird sich erst in einigen Jahren richtig auszahlen, dann jedoch ein Vielfaches der Entwicklungskosten einspielen, mehr noch, ja, bedeutend mehr.« Erstaunlich offensive Äußerungen für den ansonsten zurückhaltenden Wissenschaftler.

Auf der großen Baumesse 2039 von Arabians Pride II hatte seine Mitarbeiterin Fabienne Kuschnarowa einen wuchtigen Laser für den Stollenbau präsentiert, der jegliche Form von Gestein präzise und mit phänomenaler Geschwindigkeit sägte, dabei auch die in solchen Fällen oftmals problematische Hitzeentwicklung unter Tage im Griff hatte.

»Eigentlich ein ganz und gar zufälliges Abfallprodukt

unserer Forschung, das sich als weit mehr als Abfall erwiesen hat«, wurde sie in diversen Medien zitiert, aber wie stieß man zufällig auf ein solch gigantischen Gerät, wenn man für medizinische Zwecke forschte?

Lydia las drei Artikel über diesen neuartigen Tiefenbohrer, verstand vom fachlichen Kauderwelsch aber nur wenig. Was sie verstand, war, dass die Resonanz extrem positiv gewesen war, gerade was Präzision, Schnittschärfe, Durchschlagskraft und Reichweite anbelangte, sowie die neuartige Form der Energieumwandlung. Doch für welche medizinische Anwendung entwickelte man eine besonders hohe Reichweite? Kein Arzt operierte jemanden im Nebenraum.

Und was sollte in diesem Zusammenhang der Begriff Durchschlagskraft? *Ein ganz und gar zufälliges Abfallprodukt.* Ja, der Zufall war ein großer Erfinder.

»*Gauss*«, entschlüpfte es ihr plötzlich. *Gauss Industries* hatte bei Schmidts Versteigerung mitgeboten, und das bedeutendste Standbein dieses Konzerns war die Waffenproduktion. In diesem Bereich sprach man sehr wohl von Durchschlagskraft.

War *Gauss* hinter diesen zufälligen Erkenntnissen von Dr. Schiegg her, um sie für ihre Zwecke weiterzuentwickeln? Oder gab es diese vorgebliche medizinische Grundlagenforschung überhaupt nicht, und Schiegg arbeitete selbst an einer Waffe? Da ins Hintertreffen zu geraten, würde *Gauss* ganz und gar nicht gefallen. Ja, bei Waffen gerieten immer alle gleich in große Aufregung.

Sie sah auf und bemerkte wieder den großen, feisten Mann mit der Halbglatze und den Goldringen an beinahe jedem Finger, noch immer trug er den violetten Anzug, der über dem breiten Kreuz spannte. Bestimmt ein Dutzend Male war er bereits hier gewesen, hatte jedoch nie gewagt, sie anzusprechen. Groß und schüchtern, das konnte passieren. Vielleicht war er auch nur klug genug, um zu wissen, dass er sich in jedem Fall eine Abfuhr einhandeln würde, und ließ es deshalb bleiben. Wenigstens ein Mann, der wusste, in welcher Liga er spielte, das war eine angenehme Abwechslung.

Eben näherte sich ihm ein anderer Mann, der ihn ohne große Umschweife ansprach, wie einen guten alten Bekannten. Auch wenn dieser jetzt einen hohen Fellzylinder und eine dünne, historische Fliegerjacke aus dem 27. Jahrhundert trug, erkannte sie ihn sofort. Es war der Mann der Rosetti-Familie, der sich an der Versteigerung beteiligt hatte. Der Feiste lungerte also nicht wegen ihr hier herum, sondern tat einfach nur dasselbe wie sie. Er wartete darauf, dass sich die Tür endlich öffnete und Aleksej heraustrat.

Ein Mafioso tut dasselbe wie ich, sehr schön, dachte sie sarkastisch. *Gut, dass ich nach den Jahren als Justifier jetzt endlich einer ehrbaren Arbeit nachgehe.* Doch im Unterschied zu ihr – was würde der Mann tun, wenn Aleksej auftauchte? War er bewaffnet und bereit, Gewalt einzusetzen, um an die Koordinaten zu kommen, oder wollte er nur alles beobachten? Reden? Die Daten stehlen? Sie musterte ihn gründlich, konnte jedoch keine Auspolsterung in der Kleidung erkennen, die auf eine Waffe hinwies. Was aber gar nichts bedeuten musste. Es gab sehr kleine Pistolen, ganz zu schweigen von leicht zu verbergendem Plastiksprengstoff oder klassischem Würgedraht.

Hatte auch *Gauss* jemanden hier? Ihr war niemand sonst aufgefallen. Wahrscheinlich überwachten sie die Situation mithilfe einer verdeckt angebrachten Kamera. Hier im Gang, oder vielleicht sogar hinter der Tür. Oder sie hatten eine Handvoll Leute hier, die sich abwechselten.

Eine halbe Stunde später trat ein junger Mann auf sie zu, der sich als Sörensens neuer Assistent Jerome vorstellte und sie ablösen sollte. Sein Kopf war vollkommen kahl rasiert, einschließlich der Brauen, und ein fotorealistisches Tattoo oberhalb von Stirn und Ohren zeigte einen aufgesägten Schädel und ein offenes Gehirn. Sie fragte ihn nicht, ob er eine Wette verloren hatte, ob das scheußliche Aussehen zu einer bestimmten Sendung gehörte oder er sich den Anblick jeden Morgen im Spiegel freiwillig antat, vielleicht, um sich mit dem Schock als Kaffeeersatz zu wecken. Stattdessen erklärte sie ihm in knappen Worten die Situation.

»Der ist von der Rosetti-Familie?«, fragte Jerome, es schien ihm unangenehm zu sein. Dachte er etwa, der würde ihn hier in aller Öffentlichkeit niederschießen? Dann hätte er wenig Hirn unter seinem Hirn.

»Keine Sorge, der tut nichts. Gute Nacht«, sagte sie und meldete sich auch bei Sörensen ab. »Weckst du mich bitte, wenn was passiert?«

»Mach ich. Und in sechs Stunden, falls nichts passiert. Sechs Stunden Ruhe müssen in solchen Zeiten reichen.«

11

9. November 3041 (Erdzeit)
Ort: Starluck

Aleksej trat aus dem Portal und atmete tief durch, als er das Starluck erkannte. Die Anspannung wich beinahe sofort von ihm.

»Hey, Kumpel.« Aragorn senkte die Waffe und zeigte ihm ein breites Grinsen.

Die Securityfrauen des Starluck nickten ihm zu und nahmen die Hände von den Holstern. Auch Pavel und Giselle waren da und begrüßten ihn mit lautem »Hey, Affenpunk.«

Der Bisonbeta Howard dagegen sah ihn streng an und sagte: »Hast du den Auftrag ausgeführt, Soldat?«

Aleksej nickte. Soldat? Howard schien sich wirklich an den neuen Rang als Leutnant zu klammern.

»Gute Arbeit, Junge.« Er klopfte ihm kräftig auf die Schulter. »Und gut, dass du wieder zurück bist.«

Junge? Aleksej blickte ihn kurz verdutzt an und beschloss, das einfach mal so stehen zu lassen, bis er den

Leutnantposten zurückhatte. »Ja, finde ich auch. Wie lang war ich weg?«

»Gut siebenundzwanzig Stunden«, sagte Howard, während er eine rasche Nachricht an den Doktor und Tymoshchuk schickte. »Hast du die Koordinaten?«

»Ich hab irgendwelche Koordinaten. Ob es die richtigen sind, werden wir erst noch sehen.« Aleksej kratzte sich an der Nase. »Ich hätte jetzt gern mein Bier. Wollen wir dafür in die Bar rüber? Wir können uns ja dort mit Tymoshchuk treffen.«

»Er will, dass du den Raum nicht verlässt.«

»Warum?«

»Damit keiner mitbekommt, dass du mit den Koordinaten zurück bist. Sonst haben wir doch sofort die Rosettis und *Gauss* am Hacken. Und was weiß ich, wen noch. Solange du hier drin bleibst, läuft die Zeit für uns.«

Aleksej brummte vor sich hin. Das klang zu vernünftig, um widersprechen zu können.

Aragorn zog ein Bier aus einer Kühlbox und reichte es ihm. Dann verteilte er weitere Flaschen an Howard, Giselle und Pavel.

»Wo sind die anderen?«, fragte Aleksej und schnippte den Kronkorken aus drei Metern Entfernung in die Box zurück, bevor Aragorn den Deckel schloss.

»Dreier.«

»Sauber.«

Sie klatschten sich ab, dann stießen alle an, wie sie es direkt nach jeder Mission taten, egal, wie klein sie gewesen war, egal, ob erfolgreich oder nicht, und egal, wer in diesem Moment anwesend war. Ein gemeinsames Bier musste immer sofort sein. Schweigend tranken sie. Kalt rann es die Kehle hinab, und Aleksej setzte die Flasche erst ab, als sie halb geleert war. Dann atmete er tief durch und nahm den nächsten Zug. Wenn alle da waren, wäre immer noch genug Zeit für ein zweites.

»Der Verlierer ist also endlich zurück«, rief Tymoshchuk, als er kurz darauf mit Dr. Archavin den Raum betreten und die Tür geschlossen hatte. »Hast du die Koordinaten?«

»Ja, Sir.« Er überreichte Tymoshchuk das Kästchen und den Brief. Während der Doktor die Koordinaten in einen Universumsatlas eingab und sich mit dem anwesenden Sicherheitsexperten des Starluck über die Echtheit der Protokollierungsdatei austauschte, berichtete Aleksej ausführlich, was sich ereignet hatte.

»Betäubt. Hast dich also tatsächlich betäuben lassen, bevor du einen kurzen Blick auf den Schützen werfen konntest. Ein echter Verlierer.« Verächtlich schüttelte Tymoshchuk den Kopf. »Bringt man euch nicht bei, mit einer gewissen Aufmerksamkeit auf die Umgebung zu achten? Speziell bei einer wichtigen Mission?«

»Doch, Sir.«

»Warum tust du es dann nicht?«, bellte Tymoshchuk.

Aleksej presste die Lippen zusammen, um keine Beleidigung auszuspucken. Niemand konnte auf einen Schützen hinter sich achten, wenn man eben aus einem Portal trat, das musste selbst Tymoshchuk wissen. »Ich weiß es nicht, Sir.«

»Weil du ein Verlierer bist«, knurrte Tymoshchuk. »Und nur weil du dich hast abschießen lassen wie ein dämliches Wildtier bei einer Safari, können wir jetzt nicht abschätzen, wie weit du gesprungen bist. Weil wir nicht wissen, wie lange du unterwegs warst und wie lange bewusstlos. Oder weißt du das etwa?«

»Nein, Sir.«

Tymoshchuk wandte sich ab, wieder hatte er rote Flecken im Gesicht bekommen. »Was für eine raffinierte Drecksau. Das Portal kann irgendwo im Sonnensystem stecken, wir wissen nicht, wo. Es könnte auf jedem Mond oder Asteroiden stecken, sogar hier im Nebenraum. Zumindest theoretisch. Und ebenso gut kann der Drecksack überall im Sonnensystem sein. Wenn er nicht selbst durch das Tor verschwunden ist, während du brav geschlummert hast, und nun sonst wohin unterwegs ist.«

»Das glaube ich nicht, Sir«, sagte Aleksej.

»Ach, der Verlierer glaubt auch etwas. Und warum?«

»Sie scheint die absolute Kontrolle anzustreben. Bestimmt hat sie mich beim Aufwachen und danach durch irgendeine Kamera beobachtet, und das könnte sie nicht, wenn sie zwischen zwei Portalen steckt.«

»Da ist was dran.« Tymoshchuk biss sich auf die Unterlippe. »Dummerweise hilft uns das nicht weiter, weil wir immer noch nicht wissen, wo du gewesen bist. Außer im Land der süßen Träume.« Er trat zum Doktor hinüber.

Der Sicherheitsexperte bestätigte, dass sich die angebliche Kopie der Protokollierungsdatei einwandfrei in die Lücke der Aufzeichnungen einfügte, sie also zu 99,9 Prozent die richtige war. Manipulationen konnte er an ihr auf den ersten Blick nicht erkennen, aber um ganz sicherzugehen, bedürfe es einer längeren Analyse.

»Wie lang?«

»Tage. Eine Woche vielleicht.«

»Das ist zu lange, um zu warten. Wir müssen handeln, und dafür sind 99 Prozent Gewissheit genug.«

»Komma 9.«

»Umso besser. Setzen Sie sich bitte dennoch an die Analyse?«

Tymoshchuk sah ihn mit hochgezogenen Augenbrauen an. »Und von der ganzen Geschichte dringt nichts nach draußen, ja?«

»Selbstverständlich. Niemand hat ein Interesse daran, dass über all das überhaupt geredet wird.«

»Gut. Könnten Sie noch eine kleine Weile hier warten, bis mein ganzes Team versammelt ist? Falls wir Ihre Hilfe erneut in Anspruch nehmen müssen.«

»Selbstverständlich. Dürfte ich Sie in der Zwischenzeit um ein Bier bitten?«

»Aber natürlich. Wo haben meine Leute nur ihre Augen und Manieren gelassen? Nur zu, bedienen Sie sich. Und Ihre Kollegen gleich mit.«

Während er und die Securityfrauen entspannt tranken, winkte Tymoshchuk die anwesenden Justifiers und Dr. Archavin zur Seite.

»Was sagen die Koordinaten?«

»Sie liegen auf einem kleinen Planeten namens Deadwood im benachbarten Otter-System, etwa viereinhalb Lichtjahre von hier entfernt«, sagte der Doktor leise. »Das Otter-System ist kaum erforscht, auch Messungen aus der Ferne haben kaum lohnenswerte Ergebnisse gebracht. Doch inzwischen haben immer mehr Konzerne einen

Stützpunkt in einem benachbarten System, und es ist nur noch eine Frage der Zeit, bis jemand eine Expedition auf den Weg bringt. Aber noch gehört der Planet niemanden.«

»Wissen wir sonst etwas?«

»Nicht allzu viel. Die Atmosphäre scheint erträglich zu sein, mit Sauerstoff und atembar, aber alle anderen Aufzeichnungen beziehen sich auf den vergleichbar kleinen Nachbarplaneten. Wie es scheint, ist dieser zweimal per Fernanalyse vermessen worden, während unserer vergessen wurde. Ein in unserer Situation äußerst ärgerliches Missgeschick.«

»Ganz im Gegenteil.« Tymoshchuk lächelte und wandte sich an Howard und die anderen Justifiers. Noch immer sprach er so leise, dass die Starluckleute ihn nicht verstehen konnten. »Wenn der Planet in der offiziellen Datenbank derart übergangen wird, haben ihn auch etwaige Verfolger nicht auf dem Schirm. Das ist gut. Ich will, dass ihr ein sprungfähiges Raumschiff nehmt und sofort dorthin aufbrecht. Dann seid ihr durch das Interim in einer guten Woche dort und damit knapp vier Monate vor Schmidt. Das verschafft euch genug Zeit, euch zu überlegen, wie ihr ihn empfangt. Es ist ein verlassener Planet, also für ihn ein Sprung ohne exaktes Zielportal. Wenn er rechts oder links davon herauskommt, findet ihn. Wenn er über euch auftaucht und in die Tiefe stürzt, fangt ihn irgendwie auf. Oder kratzt seine Reste vom Boden und bringt mir die, jeden Fetzen, den ihr finden könnt, und den Koffer. So ein Koffer ist stabiler als ein Mensch. Und wenn er zu tief herauskommt, dann buddelt ihn aus. Verstanden?«

»Jawohl«, antworteten die Justifiers, obwohl das mit dem Ausbuddeln natürlich Unsinn war. Es war ungewohnt, das *Jawohl* nicht zu brüllen.

Aleksej nickte, er hatte eben die indirekte Bestätigung bekommen, dass es um den Koffer ging, so wie er gedacht hatte.

»Das Wichtigste ist die Mission«, schärfte Tymoshchuk ihnen noch einmal ein. »Doch wenn ihr schon dort seid und vier Monate kaum etwas zu tun haben solltet, dann erkundet den Planeten, führt die passenden Untersuchungen durch. Vielleicht haben wir ja doppelt Glück, und ein entsprechender Fund schadet eurem Buyback auch nicht, was? Ich gebe gleich in der Zentrale auf Zenit Bescheid, dass sie euch ein entsprechendes Schiff ausrüsten. Ihr könnt dann gleich von hier aufbrechen. Das Portal dürfte wieder funktionsfähig sein, Doktor?«

»Das hat mir zumindest Sicherheitsexperte van Bommel versichert, Drogbas rechte Hand.«

»Gut. Sind wir inzwischen vollständig?«

»Ja, Sir«, sagte Howard, nachdem er sich mit einem kurzen Blick vergewissert hatte, dass in den letzten Minuten auch der Letzte ihres Teams eingetroffen war.

»Dann bewegt eure Ärsche. Ihr müsst von Zenit aufgebrochen sein, bevor hier irgendwer mitbekommt, dass der Verlierer wieder zurück ist. Dann habt ihr eure Ruhe auf Deadwood, und das wollen wir doch? Wir müssen ja nicht unbedingt die Rosettis und *Gauss* zu einer kleinen Verfolgungsjagd einladen, oder?«

»Nein, Sir.«

»Dann los. Und denkt daran, die sichere Heimkehr von

Schmidt gibt euch eine Gutschrift auf den Buyback, die sich gewaschen hat.«

»Darf ich fragen, wie viel konkret, Sir?«, fragte Howard, der sich wohl recht schnell in die neue Aufgabe als Leutnant hineinfand.

»Das hängt davon ab, was ihr mir bringt.«

»Verstanden, Sir.« Howard salutierte zackig, obwohl er seine konkrete Auskunft nicht bekommen hatte. Dann wandte er sich um und sagte: »Ihr habt es gehört, Kameraden. Auf zum Portal.«

»Noch ein Wort, Howard.« Tymoshchuk zog ihn zur Seite, während die anderen zum Portal hinübergingen, um dort zu warten. Tymoshchuk redete auf den Bisonbeta ein, der sagte etwas, das fast nach Widerworten aussah. Wieder sprach Tymoshchuk, und nun nickte Howard ernst. Tymoshchuk klopfte ihm auf die Schulter, sagte noch etwas, lachte, und auch Howard verzog den Mund zu einem eher gequälten Lächeln. Dann trat er zu den anderen Justifiers und setzte sich an deren Spitze.

Man konnte von ihm halten, was man wollte, ein Feigling war er nicht. Mit ruhigen Fingern tippte er die Koordinaten der *Romanow*-Zentrale auf Zenit in das Bedienfeld und aktivierte das TransMatt-Portal. Dann trat er hindurch. Auch die anderen ließen sich die Angst, irgendwo im Nichts herauszukommen, nicht anmerken.

Aleksej ging als Letzter. Alles hatte sich so schnell entwickelt, viel zu schnell. Mit diesem sofortigen Aufbruch hatten sich alle seine Pläne bezüglich des Artikels zerschlagen, und er sah nicht einmal eine Möglichkeit, Lydia Bescheid zu geben. Von seinem firmeneigenen Kommunikator wollte er keine Nachricht senden, *Romanow* würde die Verbindung jederzeit nachverfolgen können, vielleicht sogar die Nachricht lesen, das war zu riskant. Er hing an seinem Leben und wusste nicht mehr, ob das Ganze eine gute Idee gewesen war. Sein Leben in ihre Hände zu legen, wo er sie nicht einmal kannte und die Sendung idiotisch fand.

Die Sendung, aber nicht sie. Sie wollte er unbedingt wiedersehen. Aber wie konnte er ihr das sagen? Was sollte er ihr schon rübertexten? Wieder einmal hatte sich alles anders entwickelt als geplant, er würde erneut für Monate irgendwo im All herumsitzen. Damit war er aus der Story erst einmal raus, und wer wusste schon, ob sich in gut vier Monaten noch irgendwer dafür interessierte. Ob sie sich dann noch für ihn interessierte, falls sie es jetzt überhaupt tat. Zu viele Unwägbarkeiten, um alles darauf zu setzen. Er war zwar ein Spieler, aber kein Idiot. Im Unterschied zu Tymoshchuk wusste er, wann man aussteigen musste.

Er musste einfach auf den Buyback hoffen. Dass sie Schmidt erwischten und darüber hinaus noch ein Artefakt der Ancients fanden, das Wertvollste, was das All im Konzernmaßstab zu bieten hatte. Vielleicht hatte er ja diesmal Glück. Glück, darauf kam es an, und mit Lydia hatte er eben keines gehabt. Was sollte er ihr also groß sagen? Er schuldete ihr gar nichts, und sie würden schon merken, dass er nicht wieder auftauchte. Sollte sie die Story allein machen, und Männer konnte sie genug andere haben.

»Herr Doktor«, sagte er dennoch, als alle außer ihm verschwunden waren, weil ihm das mit den anderen Männern nicht passte. »Wenn es sich ergeben sollte und irgendwann raus ist, dass ich zurück bin, es also die Mission nicht behindert, könnten Sie dann einer Lydia Lemont etwas ausrichten?«

»Der Moderatorin?«

»Ja. Ich hab gegen sie gepokert, und wir haben dann noch ein, zwei Bier zusammen getrunken, bevor die ganze Geschichte unseren Abend unterbrochen hat. Können Sie ihr sagen, dass es mir leidtut, dass ich gern nochmal mit ihr getrunken hätte. Und so.«

»Und so?«

»Was weiß denn ich.« Aleksej hasste so etwas, dieses ganze Gefühlsgesabbel, er konnte das nicht. Und dann noch über einen Mittelsmann, der eigentlich sein Boss war und kein Kumpel. Zu allem Überfluss waren noch diese Starluck-Leute und Tymoshchuk anwesend, das war demütigend. »Sie wissen schon.«

»Ja, mach ich.« Mühsam unterdrückte der Doktor ein Grinsen. So ein Idiot! Aber wenn er es versprach, würde er es auch tun. Aleksej wagte nicht, in die Gesichter der anderen zu sehen, bestimmt grinsten sie alle.

»Spiel verloren, Bewusstsein verloren und auch noch eine Frau verloren. Du übertriffst dich selbst, Verlierer«, höhnte Tymoshchuk. »Ich würde meinen, da hat sich wer zum Affen gemacht.«

Aleksej knirschte mit den Zähnen, erwiderte jedoch nichts. Stumm schwor er Rache.

»Geh schon. Ich richt's ihr aus«, sagte der Doktor noch einmal.

»Danke«, murmelte Aleksej und wandte sich dem wartenden Portal zu.

»Aber wirklich erst, wenn seine Rückkehr allgemein bekannt ist. Wir riskieren doch nichts wegen so einer affigen Turtelei«, sagte Tymoshchuk zu Dr. Archavin.

Aleksej trat einen Schritt nach vorn, und das Starluck verschwand aus seiner Wahrnehmung. Nur Tymoshchuks dämliches Grinsen blieb in seinem Kopf.

Als sie nach wenigen Stunden und gefühlt im nächsten Moment auf Zenit eintrafen, waren die Vorbereitungen für ihre Mission schon weit vorangeschritten, Tymoshchuk hatte wirklich jeden Hebel in Bewegung gesetzt. Die Justifiers mussten in einem fensterlosen Raum gleich neben dem Portal warten, um ja von niemandem gesehen zu werden, der auch nur versehentlich quatschen konnte. Es gab Wasser und Schälchen mit getrockneten Früchten, gesalzene Astronüsse und gezuckerte Karamellknarren zum Naschen.

»Was hat Tymoshchuk von dir gewollt?«, fragte Pavel den neuen Leutnant.

»Ach, nichts.«

»Komm schon. Für nichts muss er dich nicht zu Seite nehmen.«

Auch die anderen drängten.

»Er hat uns Bier versprochen«, sagte Howard schließlich.

»Bier?«

»Mehrere Fass, ja. Und noch ein paar Paletten mit Dosen. Aber ich musste ihm versichern, dass wir nur in Maßen trinken.«

Gennaro lachte schallend. »In Maßen? Dafür hätten sie uns auch Wasser geben können.«

»Scheint doch nicht so übel zu sein, der Kerl«, sagte Giselle.

Wie man's nimmt, dachte Aleksej. Er würde seine Meinung nicht wegen ein wenig Alkohol ändern. Auch wenn er sich schon auf das erste Bier auf dem fremden Planeten freute. Vier Monate abwarten konnte lang werden, irgendwelche Erkundungen hin oder her.

Schließlich wurden sie unter Kapuzen verdeckt und auf Schleichwegen zum Hangar gefahren. Zwei Stunden, nachdem sie auf Zenit eingetroffen waren, befanden sie sich bereits an Bord der *Baba Yaga* und hoben ab.

Die *Baba Yaga* war ein Schiff der modernen *Moskau-Klasse* mit einem fast unzerstörbaren Diamandcore-Chassis von schimmernd eisblauer Farbe. Sie verfügte über kurze, breite Flügel und war relativ flach gebaut, alle Räume befanden sich auf einer Ebene, sah man von dem Maschinenraum ab, der bis zum tief liegenden Antrieb hinabführte. Deutlich größer als die Shuttles, mit denen sie meist ins All gejagt worden waren, verfügte sie entsprechend über eine Besatzung von sieben Mann und fünf Frauen, unabhängig von ihnen. Sie war für den Langstreckensprung ausgerüstet, und das bedeutete, dass sie bei einer solchen Entfernung viel schneller am Ziel ankommen würden als durch ein TransMatt-Portal, doch im Unterschied zum Schritt durch das Portal nahmen sie die unterwegs verrinnende Zeit normal wahr.

Eine Woche lang würden sie im Interim herumdümpeln, wo sie nichts tun konnten, als dumm herumzusitzen und zu warten. Selbst Aleksej, der Pilot, war quasi beschäftigungslos, alles lief automatisch ab. Er hasste das, es war langweilig, ihm war langweilig, alles war langweilig.

Draußen gab es nichts zu sehen, der Interim-Schleim klebte auf den verbarrikadierten Fenstern, und nichts geschah. Es gab keine neuen Eindrücke, und alle alten, die in Aleksejs Kopf steckten, gefielen ihm nicht, weder die verpasste Gelegenheit mit Lydia noch Tymoshchuks herablassende Kommentare noch Howards Beförderung, das ständige Mantra des Glatzkopfs, ihn Verlierer zu nennen.

Dass Howard hierarchisch über ihm stand, das war nicht nur ein alter Eindruck, sondern einer, der durchaus immer wieder erneuert wurde, denn der Bisonbeta gab hier und da kleine harmlose Befehle, einfach, um jeden an die neue Hierarchie zu gewöhnen.

Über vier Monate lang würden sie abgeschnitten sein und das ertragen müssen, und währenddessen konnte der Doktor die Hierarchie nicht wieder auf den alten Stand korrigieren. Das war zum Kotzen.

Auf keinen Fall wollte sich Aleksej an die neue Rangfolge gewöhnen, auch nicht an die Langeweile, dieses Nichtstun machte ihn wahnsinnig. Oft genug lief er quer durchs Raumschiff, von einer Ecke zur nächsten und weiter und weiter und wieder zurück, bis er jeden Winkel der *Baba Yaga* kannte, von der üppig bestückten Waffenkammer über die enge Küche, die zahlreichen unbenutzten Quartiere und den stetig brummenden Maschinenraum bis zu der Schleuse, durch die der Müll, der auf keinen Fall recycelt werden konnte, ins All geschossen wurde. Er stiefelte durch die Flure mit den matt metallicblauen und metallicroten Wänden und den harten Kunststoffböden, die laute Schritte kaum dämpften und nach Trockeneis rochen, und ging den anderen damit gehörig auf den Geist.

»Nimm das und spiel damit!« Mit einem Schulterklopfen drückte ihm Pavel einen abgegriffenen, faustgroßen Asphaltsquashball in die Hand. Keine Ahnung, wo er den aufgetrieben hatte.

»Danke«, sagte Aleksej, weil er sein Gerenne selbst nicht mehr ertrug. Es war leichter, einer Forderung Pavels nachzukommen als Howards, und die dümmste Beschäftigung war immer noch besser als gar keine. Also setzte er sich auf den Boden im breiten Gang vor dem Lagerraum und warf den Ball gegen den Boden, von wo dieser an die Wand und zurück in seine Hand sprang.

Pok, Pok, Pok.

Pok, Pok, Pok.

Pok, Pok, Pok.

Erst versuchte er einen eingetrockneten Blutfleck auf dem Boden zu treffen und stellte sich vor, es wäre Tymoshchuks Gesicht, dann möglichst knapp über die feine Naht auf Hüfthöhe in der Wand. Schließlich steigerte er sein Tempo. Er stoppte die Zeit und jagte schon bald einen Rekord, den er selbst aufgestellt hatte: Wie viele Würfe schaffte man pro Minute?

Pok, Pok, Pok.

Immer schneller warf er, immer sicherer fing er. Immer fester hämmerte er den Ball auf Tymoshchuks Gesicht. Sein Grinsen war die verhasste Fresse des Konzerns, die

Spitze, die Sklaventreiber, die anders als der Doktor ihre Betas als Besitz begriffen.

Besitz, Besitz, Besitz.

Egal wie sehr sich die Betamenschen in die Gesellschaft einfügten, sich menschlich verhielten, wie Menschen sprachen und für Menschen arbeiteten, sie galten nicht als vollwertige Menschen.

Es ging nicht um Einfügen oder Menschlichkeit oder sonst was, es ging schlicht darum, dass sie eben dafür gezüchtet worden waren, die Drecksarbeit zu verrichten. Es war gut, einen solchen Beta zu besitzen, dann konnte man selbst saubere Hände behalten und musste nicht raus in den unerforschten Weltraum. Doch die wenigsten wollten, dass so jemand frei herumlief und selbst entschied, gegen wen er die Gewalt anwendete, die in seine Gene gepflanzt wurde. Solche Entscheidungen sollten an aufgeräumten Schreibtischen getroffen werden, nicht von halben Tieren.

Bereits im frühen 22. Jahrhundert war die Genmanipulation so weit vorangeschritten, dass die ersten Alpha Class Humanoid Contructs in Laboren erschaffen werden konnten, indem man menschliches Genmaterial in Tierembryonen pflanzte. Es entstanden Tiere mit menschlicher Intelligenz, die sich jedoch ihrem Ausbilder unterwarfen. Im Unterschied zu normalen Tieren konnten sie komplexere Befehle als *Sitz* und *Gib Pfote* ausführen und das, ohne dass der Ausbilder direkt dabeistand. Ein selbstständig denkender Wachhund war besser als einer, der nur kläffen konnte, und Vögel mit tierischer Intelligenz eigneten sich hervorragend für Spähertätigkeiten. Im ersten Kon-Krieg von 2201 wurden ganze Gruppen von Alpha-Humanoiden als Sabotageeinheiten eingesetzt. Wer intelligent ist, kann gezielt zerstören, wer Tier ist, auf den wird weniger Rücksicht genommen, eine ideale Mischung für den Krieg.

Der Fortschritt hatte schließlich zu den Beta Class Humanoid Constructs geführt, die vom Körperbau viel stärker einem Menschen ähnelten, sie hatten Greifhände mit tierischen Krallen, um Werkzeug und Waffen zu benutzen, und verfügten zur menschlichen Intelligenz über tierische Instinkte, waren – je nachdem, welches Tier in ihnen steckte – schneller, stärker und gewandter als ein Mensch und verfügten über viel feinere Sinne.

Die Ironie der Geschichte bestand darin, dass sich der Mensch über Jahrtausende vom Affen fortentwickelt hatte, nur um die Gene wieder zu mischen, sobald er technisch dazu in der Lage war.

Als wäre der nächste Schritt nach vorn einer zurück zu den Ursprüngen, dachte Aleksej gern, aber er wusste, dass es nicht um Fortschritt ging, sondern um Ausbeutung und Rendite. Während man sogenannte *augmented humans*, quasi körperlich verbesserte Menschen, immer noch wie Menschen behandeln und bezahlen musste, waren Betahumanoide von Anfang an als etwas angesehen worden, dass man besitzen darf. So wie ein Ding, eine Pflanze, ein Tier, es war etwas, das man selbst entwickelt hatte wie ein neues Medikament oder Kunstwerk. Das unter das Patentrecht fiel, nicht Menschenrecht.

Es hatte lange Diskussionen gegeben, ob Betas eine Seele besaßen, aber da diese erstens nicht messbar war und zweitens auch bei Tieren und Menschen je nach religiöser oder philosophischer Position immer wieder zu Auseinandersetzungen führte, hatte dies keine Konsequenzen für den Status der Betas gehabt.

»Wer was gemixt hat, der darf's behalten«, brachte es der Kabarettist Donald Hansson auf den Punkt, und so wurde es lange gehandhabt, ganz im Sinne der Konzerne.

Solange Betas im Besitz eines Konzerns waren, mussten sie entsprechend nicht bezahlt werden, konnten nicht kündigen und keine Urlaubsanträge stellen. Er konnte sich nicht einmal offiziell über seine Arbeitsbedingungen beschweren.

Neben den Tierschutz- und Menschenrechtsorganisationen hatten sich jedoch auch welche für die Belange der Betas gebildet. Auch die Gewerkschaften hatten sich für Betas starkgemacht, immerhin schufteten einige in den Minen auf neuen Planeten, und die Gewerkschaft vertrat ihre Interessen, auch wenn die Motive dabei nicht immer edel waren.

Lange wurde gefeilscht, bis 3040 endlich ein Kompromiss gefunden war, dem auch die Konzerne zustimmen konnten: Den Betas wurde halbmenschlicher Status zuerkannt, was unter anderem dafür sorgte, dass sie nicht mehr grundlos gequält werden durften. Doch es gab gute Anwälte, die für fast alles einen Grund fanden.

Darüber hinaus blieben sie im Besitz der Konzerne, sollten aber die Möglichkeit erhalten, sich freizukaufen, und zwar nach dem sogenannten Buyback-Prinzip. Ein Beta musste dem Konzern so viel Geld einbringen, dass seine Herstellung und weitere Unkosten finanziert waren und noch ein angemessener Gewinn drin war. Die entsprechende Summe wurde vom Konzern festgelegt und belief sich auch schon mal auf eine gute Million C, Laborarbeit und gründliche Forschung sei schließlich sehr teuer. Die Konzerne würden auf diese Weise Betas verlieren, aber nicht allzu viele. Nicht so viele wie im Einsatz.

Das Entscheidende an dem Kompromiss war eben, dass sie den Menschen weiterhin nicht gleichgestellt wurden und somit nicht als Mensch galten, egal, wie viel sie fühlten und dachten, egal, wie einzigartig sie waren, wie sehr sie Erleben und Erfahrungen als Individuum prägten. Denn wer als Mensch galt, konnte nicht im Besitz eines anderen sein, nicht offiziell.

Was von den sogenannten Beta-Freunden als Grundsatzdiskussion begonnen worden war und als Auseinandersetzung nach ethischen Werten gesehen wurde, hatte in einem Kampf mit wirtschaftlichen Gesichtspunkten geendet.

»Halbmenschlicher Status«, hatten die Konzerne mit einem Lächeln verkündet, und *menschlich* hatte im ersten Moment gut geklungen. Doch bald schon war klar gewesen, dass die Betonung auf dem *halb-* gelegen und sich nur wenig geändert hatte. Die Konzerne hatten ihre Züchtungen für die Drecksarbeit behalten dürfen. Es würde ein paar freie Betas geben, abgesehen davon waren Gewerkschaften und Aktivisten fürs Erste ruhiggestellt.

Pok, Pok, Pok.

Plötzlich hatte Aleksej das Bild im Kopf, wie Tymoshchuk Lydia bezirzte und mit ihr ins Bett stieg, nur um ihm bei seiner Rückkehr gehässig ins Gesicht zu schreien: »Rate mal, wo du noch gegen mich verloren hast?«

Tymoshchuk war einer von diesen widerlichen, notorischen Gewinnern.

Pok, Pok, Pok.

So sehr sich Aleksej auch bemühte, er bekam das Bild von ihm auf Lydia nicht mehr aus seinem Kopf, es nagte an seinem Stolz.

Drecksau.

Pok, Pok, Pok.

Und jetzt mit links.

Die Crew der *Baba Yaga*, die nicht zu den Justifiers gehörte, sagte nichts, doch ihre Blicke zeigten, dass ihnen dieses ewige Pok, Pok, Pok auf die Nerven ging. Doch keiner provozierte einen nervösen Justifier, der einen harten Ball mit wutverzerrtem Gesicht gegen Titanium warf, schon gar nicht den Piloten der Mission.

Engeren Kontakt gab es zwischen den Justifiers und einer regulären Schiffscrew üblicherweise nicht, sie kamen einfach aus unterschiedlichen Welten, und niemand wollte, dass sich diese Welten vermischten. Als der halbmenschliche Status der Betamenschen offiziell wurde, betonte *Romanow,* dass Geschlechtsverkehr zwischen Menschen und Betamenschen dennoch weiterhin als Sodomie angesehen und strafrechtlich verfolgt werden würde. Denn es gab kaum eine effektivere Methode, um deutlich zu machen, dass zwei Gruppen nicht gleichberechtigt waren, als ihnen eine private Partnerschaft zu verbieten. Bezahlte ein Angestellter für ein Bunny im Starluck, wurde meist ein Auge zugedrückt, denn die Bezahlung machte deutlich genug, dass es hier nicht um Gleichberechtigung ging. Auf *Romanow*-Planeten dagegen führte schon ein Kuss in der Öffentlichkeit auf die harte Anklagebank.

Also hatte man untereinander so wenig Kontakt wie nötig, und auch die Crew der *Baba Yaga* blieb lieber unter sich. Wenn sie an Aleksej vorbeigingen, warfen sie ihm abschätzige oder gar misstrauische Blicke zu. Meist gab sich das irgendwann, doch Freund war er noch nie mit einem der Angestellten geworden. Schon lange machte er sich nicht mehr die Mühe, sich ihre Namen zu merken.

Doch eine von ihnen, eine schöne Frau mit schulterlangen schwarzen Locken, sah ihn im Vorbeigehen anders an. Neugieriger als die anderen, und er hatte das Gefühl, als lächelte sie ihn sogar manchmal an, aber vielleicht tat sie das bei jedem. In seiner Nähe schienen ihre Schritte langsamer zu werden, doch blieb sie nie stehen und sprach ihn nie an. Wahrscheinlich bildete er sich das alles ein, doch er war froh, dass er öfter ihr im Weg saß als beispielsweise dem grimmigen Hageren. Er sah ihr gern nach, während er den Ball blind gegen die Wand warf und fing.

»Ich wünschte, du würdest wieder rumlaufen oder dich einfach normal verhalten«, sagte Tanja am zweiten Tag. »So wie wir anderen auch.«

Aragorn meditierte, Giselle las, sie selbst zockte irgendwelche Simulationen und erschoss Tausende, aber die anderen gingen sich spätestens am dritten Tag gehörig auf den Geist. Dagegen halfen nur Übungskämpfe, um sich abzureagieren und sich gegenseitig hochzunehmen.

Zwischen den Kämpfen setzte sich Aleksej in seinen Gang und jagte seinen Rekord. Es mochte unsinnig sein, aber nur wenn er zählte, konnte er die Gedanken an Tymoshchuk und die letzten albernen Befehle Howards aus seinem Kopf vertreiben.

Pok, Pok, Pok.

Pok, Pok, Pok.

Die beiden Nashornbetas setzten sich zu Aleksej, einer rechts, einer links. Sie rochen nach Schweiß und hatten halbleere Bierdosen in der Hand, Oktoberbräu in der Anderthalbliterdose.

»Ich hab gehört, in unserer geliebten *Romanow*-Familie besteigt einer der Wissenschaftler jede Beta, die er aus dem Labortank entlässt«, sagte Gennaro. »Weil es ihm Spaß macht. Und weil er glaubt, dass Mensch-Beta-Mischlinge die besten Ergebnisse im All erzielen, vor allem, wenn es sich bei dem Menschenanteil um seine Gene handelt. Er nennt das irgendwie Lateinisch, sein Recht auf eine prima Nacht oder so, und hat sich eine Sondererlaubnis ausstellen lassen. Das sei keine Sodomie, sondern Wissenschaft.«

Aleksej schnaubte. Gennaro meinte wahrscheinlich die mittelalterliche *Ius primae noctis*, das Recht auf die erste Nacht.

»Hab ich auch gehört.« Sergej lachte, und weil er angetrunken war, sprach er auch mal mehr als einen Satz. »Man sagt sogar, er versuche mit irgendwelchen Spritzen und Manipulationen bei der Befruchtung möglichst Drillinge oder Vierlinge zu zeugen, damit sich der Ernteertrag an Arbeitskräften auch rechnet. Immerhin fällt die Mutter ja eine Weile aus, du kannst sie schlecht hochschwanger ins All schicken, sonst wirft sie noch auf einem fremden Planeten. In den meisten Fällen passiert eh nichts, Mensch und Beta, das passt einfach nicht immer.«

»Hast du eigentlich Geschwister, Aleksej?«, fragte Gennaro und sah ihn lauernd an, wie immer, wenn er einen seiner weniger feinsinnigen Scherze vorbereitete, die oftmals mehr Beleidigungen glichen als dem, was die Mehrheit unter Humor verstand. Aber das interessierte ihn nicht, wichtig war ihm nur, dass er selbst darüber lachen konnte. »Oder gibt's deine hässliche Visage nur einmal?«

»Ach, haltet die Fresse«, sagte Aleksej und warf wieder den Ball.

Pok, Pok, Pok.

»Das klingt eher nach einem verhätschelten Einzelkind.« Sergej lachte erneut.

»Ja, genau. Ich hatte eine glückliche Kindheit in einem Landhaus mit goldenen Dachziegeln und einem Schlaraffenpark als Garten. Wenn ich groß bin, erbe ich eine Million in bar und drei Monde, und meine liebevolle Mutter bezahlt mein Buyback.«

»Klar. Deine reiche Mutter.« Die Nashornbetas lachten, als wären sie Geschwister. Aber was hieß in ihrem Fall schon Geschwister, sie kamen eben aus demselben Labor, vielleicht aus demselben Röhrchen. Sie lachten, weil sie im Unterschied zu einem Beta-Mensch-Mischling wie Aleksej weder Vater noch Mutter hatten. Einen Unterschied für den Status als Konzernbesitz machte das nichts, da waren Betas und solche Mischlinge vollkommen gleichgestellt. Nur gab es tatsächlich immer wieder

Geschichten von plötzlich auftauchenden reichen Vätern oder Müttern, die ihre Kinder aus der Sklaverei holten. So wie es Geschichten von Leuten gab, die die Bank des Starluck gesprengt hatten. Geschichten, Gerüchte und Geraune, keine konkreten Namen. Und trotz allem war der letzte Funken dieser Hoffnung in keinem Mischling totzukriegen, denn irgendwo musste ihr freies Elternteil ja sein, und sie konnten doch nicht alle gleichgültige Drecksäcke sein.

Pok, Pok, Pok.

»Ja, sie lässt mich nur noch hier, bis ich meinen Charakter ordentlich entwickelt habe.« Aleksej konnte einer solch blauäugigen Hoffnung nur mit Ironie begegnen. »Ein bisschen Drill hat schließlich noch keinem geschadet, strammstehen ist gut für die Haltung und weite Reisen für die Allgemeinbildung. Das alles hier ist nur zu meinem Besten. Je länger sie mich hier lässt, umso mehr liebt sie mich. Ich habe von Eltern gehört, die haben ihre Kinder hundert Jahre lang geliebt.«

»Das ist lang.« Gennaro kratzte sich am Kopf. »Und vergiss nicht die Kameradschaft. Nirgendwo findet man besser Freunde als unter den Justifiers.«

»So ist es!« Sergej stieß mit Gennaro an, Aleksej konnte nur die leeren Hände heben.

»Ja, so ist es«, sagte Aleksej zögerlich. Er wusste nicht, ob die beiden seine Ironie überhaupt verstanden hatten oder warum sie hier die Kameradschaft anführten. Denn sie war tatsächlich das, was blieb. Wenn man gemeinsam im Dreck saß, hielt man zusammen, anders ließ sich das Ganze nicht ertragen.

Pok, Pok, Pok.

Gennaro leerte seine Dose. »Das ist doch mal ein schönes Schlusswort, Kamerad. Komm, wir fragen Tanja, ob sie den Wissenschaftler kennt.«

Sergej sprang auf die wackligen Beine und exte seine Dose. »Oder wir fragen, ob sie sich uns als Wissenschaftler vorstellen kann.«

Gennaro lachte und röhrte, und sie zogen ab.

Pok, Pok, Pok.

12

10. November 3041 (Erdzeit)
Ort: Starluck

»Das Ganze war scheinbar ein übler Scherz, es hat niemals eine Entführung mittels eines Hackerangriffs auf *TTMA*-Technologie gegeben«, versicherte eine adrette blonde Sprecherin von *Terran TransMatt Specialities Inc.* auf allen Kanälen und lächelte beruhigend. Die offensive Beschuldigung Starlucks fehlte inzwischen in den Äußerungen des Konzerns. Die Androhung von rechtlichen Schritten hatte letztlich doch nicht alle kritischen Stimmen verstummen lassen, und so ging der Kampf um die öffentliche Meinung weiter. »Natürlich bestreiten wir nicht, dass Dr. Schmidt verschwunden ist, doch können die genauen Umstände erst geklärt werden, wenn der Verantwortliche für das Geschehen gefasst wird. Dabei ist eine Verbindung zwischen dem Verschwinden und der Durchsage und Versteigerung noch immer nicht zweifelsfrei erwiesen, ein Scherz oder Zufall kann nicht vollkommen ausgeschlossen werden. Jede interne Untersuchung hat ergeben, dass das betroffene TransMatt-Portal einwandfrei funktioniert.«

»Aber Sie müssen doch zugeben, dass es eine Lücke im Sicherheitsprotokoll gibt?«, fragten die kritischeren Journalisten nach.

»Es fehlen etwa zwei Sekunden der Aufzeichnung, das ist richtig. Doch das Fehlen dieser Information wird nun in der Öffentlichkeit dergestalt ausgelegt, als wäre damit das Versagen unserer Technologie bewiesen, dabei beweist ein Fehlen von Informationen nur, dass es keine Informationen gibt. Es wird aufs Wildeste und Schamloseste spekuliert, weil einige Medien – ich sage bewusst: einige – mit einem Skandal mehr verdienen als mit seriöser Berichterstattung. Unsere Glaubwürdigkeit als Wissenschaftler und Unternehmen wird ohne konkrete Beweise angegangen, dabei spricht die Wahrscheinlichkeit doch für uns. Nach Jahrhunderten, ich betone: Jahrhunderten ohne nennenswerte Pannen sind nun zwei Sekunden im Ablauf nicht dokumentiert. Weshalb sollte in eben jenen zwei Sekunden etwas geschehen sein, das zuvor noch nie geschehen ist? Wo nehmen diese Leute nur ihre Gewissheit her? Weil es eine namenlose Stimme in einem gigantischen Casino gesagt hat?«

»Nun, es ist und bleibt eine Tatsache, dass ein angesehener Wissenschaftler verschwunden ist.«

»Wie gesagt, wir bedauern das zutiefst, aber wir wehren uns auch gegen jegliche Vorverurteilungen. Lassen Sie uns doch erst einmal abwarten, was zukünftige Untersuchungen ergeben und was der Scherzbold, der sich als Entführer aufspielt, zu sagen hat, sobald er geschnappt ist. Wieso muss das potenzielle Problem überhaupt bei unserer Technologie liegen? Vielleicht hat das Starluck-Personal eine unsachgemäße Wartung durchgeführt? Vielleicht wurden dem Starluck die Zugangsdaten entwendet und damit Schindluder getrieben, wie schon mehrfach vermutet? Vielleicht hat sich Herr Schmidt bei der Eingabe der Koordinaten auch einfach nur vertippt und in der Eile auf die vorgeschriebene Kontrollfunktion verzichtet? Es gibt zahlreiche Möglichkeiten für menschliches Versagen, und ist dieses nicht viel wahrscheinlicher als das einer jahrhundertelang erprobter Technologie?« Die Sprecherin räusperte sich und schlug die langen schlanken Beine übereinander. »Wie gesagt, lassen Sie uns die lückenlosen Untersuchungen abwarten. In der Zwischenzeit kann ich Ihnen nur noch einmal versichern, dass das mutmaßlich betroffene TransMatt-Portal einwandfrei funktioniert. Es wurde von einem mutigen Justifier getestet und von Starluck wieder in Betrieb genommen.«

Lydia saß in der Bar und starrte auf die Übertragung aus einem der zahlreichen *FreePress*-Studios. Über den meisten Theken des Starluck waren die Geräte nicht nur eingeschaltet, sondern ausnahmsweise sogar die Lautstärke hochgedreht. Seit sieben Stunden war das Portal wieder zugänglich, und seitdem herrschte ein reges Kommen und Gehen, vor allem ein Gehen. Auf einigen der umliegenden Planeten war das Wochenende vorbei, die Leute mussten längst wieder an die Arbeit zurück. Lydia nicht, ihre Arbeit war noch immer hier.

Sie war überzeugt, dass Aleksej der Justifier war, von

dem eben die Rede gewesen war. Kein Wort von einer Geldübergabe, beiläufig war alles zu einem erfolgreichen Testlauf umgedeutet worden. Recht geschickt, aber niemand hatte vergessen, weshalb der Justifier durch das Portal gegangen war. Zahlreiche Buchmacher wurden bedrängt, die Wetten aufzulösen, da es keine gesicherten Informationen über ihren Ausgang gab. Die Verantwortlichen von *Romanow* und Starluck schwiegen.

Wenn es tatsächlich Aleksej war und er durch das Portal gegangen und bereits vor Stunden zurückgekehrt war, weshalb hatte er sich noch nicht bei ihr gemeldet? Was war mit ihrer gemeinsamen Story? Ließ er sie tatsächlich hängen? Verkaufte er in diesem Moment sein Wissen an einen anderen, weil der mehr bezahlte? Schließlich war es ihm immer nur ums Geld gegangen.

Mistkerl!

Was bildete der Wurm sich ein, sie zu hintergehen? Oder war er in Wirklichkeit gar nicht zurückgekehrt, und *TTMA* redete von einem anderen, den sie selbst durchgeschickt hatten? Nachdenklich nippte sie an ihrer aufgeschäumten Zitrusmilch und wandte den Blick vom Monitor ab, es lief Werbung.

Bei der Öffnung des Raums hatte Jerome gerade Wache geschoben, und er hatte nicht einen einzigen von Aleksejs Kameraden herauskommen sehen, war sich jedoch sicher, dass Stunden zuvor wenigstens zwei hineingegangen waren. Später wollte sie sich an der Rezeption nach ihren Zimmernummern erkundigen.

Sie leerte ihr Glas, zahlte und erhob sich, um zurück an die Arbeit zu gehen, ein belangloses kurzes Interview mit einer aufgedonnerten, mediengeilen Millionärsgattin, die von ihren Gefühlen während der letzten zwei Tage reden wollte, als das Starluck vom Universum beinahe abgeschnitten war. Solle *TTMA* den Täter auch einen üblen Scherzbold nennen, in ihren Augen waren das gemeingefährliche Terroristen, die es nie auf Schmidt abgesehen hatten, sondern auf die Reisefreiheit all jener, die sich ein schönes Wochenende mit ein wenig Glamour machen wollten.

»Neidhammel sind das«, hatte sie in der kurzen Vorbesprechung per Kommunikator gesagt. »Zu kurz gekommene, kriminelle Neidhammel, die den Erfolgreichen und Strebsamen nichts gönnen!«

Was für eine Schnepfe! Zumindest würde die Sendung Aufsehen erregen und Quote bringen. Gut für Lydias Karriere, auch wenn sie diese so nicht mehr wollte. Nur weil sich Aleksej nicht meldete, würde sie die Story nicht aufgeben.

»Frau Lemont, entschuldigen Sie bitte?«

Sie wandte sich um und bemerkte einen Mann im weißen Anzug mit weißem Hemd, weißer Krawatte und weißen Schuhen. Sie hatte ihn schon einmal gesehen, konnte sich aber nicht erinnern, wann und wo. Hier liefen Tausende herum.

»Ja, bitte?«

»Ich soll Sie von Aleksej grüßen«, sagte der Mann, ohne sich vorzustellen.

»Von Aleksej?«

»Ja. Er wollte, dass Sie wissen, wie leid es ihm tut, dass er so überstürzt abreisen musste. Er hätte sich gern mit

Ihnen auf ein weiteres Bier oder mehr getroffen und hofft, dass sich das irgendwann nachholen lässt.«

»Irgendwann? Das ist nicht sehr konkret. Wissen Sie, wann er zurück ist? Ich weiß nicht, wie lange ich noch hier bin, nicht dass wir uns um wenige Minuten verpassen.« Sie sagte nicht, dass das Wissen auch für ihre Story interessant war.

Der Mann schürzte die Lippen und musterte sie. »Nun, Genaues weiß ich selbst nicht, aber es handelt sich wohl nicht nur um ein paar Stunden. Eher um Wochen. Ein spontaner Auftrag, der ihn weit weg führt. Näheres kann ich Ihnen leider nicht sagen.«

»Wochen? Das ist sehr schade, aber wohl nicht zu ändern.« Sie lächelte. Der verdammte Mistkerl ließ sie tatsächlich hängen. »Dann muss er sich in ein paar Wochen eine andere Begleitung zum Trinken suchen.«

»Das wird ihn grämen.«

»Mich grämt es auch.« Sie leckte sich über die Lippen und warf einen kurzen Blick zum Monitor. Noch immer Werbung.

»Soll ich ihm sonst noch etwas ausrichten?«

»Nein, danke. Er hat ja meine Nummer und kann sich melden, falls er Lust dazu hat. Vielleicht kann ich ihn dann zwischen zwei Termine schieben.«

»Das würde ihn sicher freuen, besonders wenn zwischen den Terminen ein wenig Luft ist.« Der Mann im weißen Anzug verzog keine Miene. »Ohne allzu aufdringlich zu sein: Wenn er Sie sitzen gelassen hat und ich Ihnen für heute Abend stattdessen meine Begleitung anbieten dürfte …? Ich stehe zu Ihrer Verfügung.«

Lydia zog die Brauen hoch. »Sagen Sie das als sein Freund?«

Er lächelte. »Ich bin sein Vorgesetzter, nicht sein Freund.«

»Interessant.«

»Ist das ein Ja?«

»Finden Sie's heraus. Um acht Uhr hier. Oder auch nicht.«

»Acht Uhr.« Er nickte.

»Oder auch nicht.« Sie wandte sich um und ging davon, ohne sich umzusehen. Wäre sie nachher noch immer sauer auf Aleksej, würde sie kommen. Sein Vorgesetzter, warum nicht? Für sein Alter sah er ganz passabel aus, und er hatte kein einziges Mal etwas derart Albernes wie Papperlapapp gesagt.

Nach dem mehr anstrengenden als amüsanten und vollkommen inhaltslosen Interview, einem Dutzend angeblich wichtiger Telefonate und einer kurzen Besprechung mit ihrem Chef Sörensen befand sich Lydia auf dem Weg zu ihrem Zimmer. Sie hatte nicht über Aleksej nachgedacht und beschlossen, das auch weiterhin nicht zu tun. Nach den Zimmernummern zu fragen, hatte sie vergessen. Sie würde jetzt duschen und um 8.30 Uhr in die Bar gehen, um nachzusehen, ob sein Vorgesetzter noch da war.

Da rief sie Sörensen auf ihrem Kommunikator. »Komm sofort runter, raus aus dem Starluck und zur Wild-Bill-Hickok-Straße 17, in den Hinterhof.«

»Was ist los?«

»Eine Securityangestellte wurde tot aufgefunden. Keiner der Polizisten will mit uns reden, aber sie liegt noch dort, die Spurensicherung ist eben eingetroffen. Ich will von dir wissen, ob sie eine von denen war, die mit den *Romanow*-Leuten im Raum mit dem TransMatt-Portal waren. Falls ja, muss das nichts bedeuten, aber es lässt sich eine schöne Story daraus stricken.« Er klang gehetzt. »Also beeil dich.«

»Bin unterwegs«, sagte sie und stürzte zurück zum Aufzug. Dort schaltete sie den Navi in ihrer Uhr ein. Die Wild-Bill-Hickok-Straße lag vier Querstraßen von hier, in zehn Minuten sollte sie dort sein, fünf, wenn sie lief.

Sie hetzte durch die überfüllte Eingangshalle, rempelte versehentlich zwei, drei Leute an und kümmerte sich nicht groß darum, rief nur eine Entschuldigung über die Schulter. Sollten sie sie doch alle anstarren und ihr nachglotzen, sie holte sich jetzt ihre Story. Wenn sie jemand erkannt hatte, sollte er doch irgendwo rumposaunen, dass das Mediensternchen Lydia Lemont ein rücksichtsloser Rüpel sei, irgendwer würde sich freuen.

Sternchen, du bist doch blöd im Kopf. Was kümmerte es sie, wer sie sah?

Draußen hatte die Nacht bereits eingesetzt, die Straßenlampen leuchteten hell auf die schäbigen Straßen herab, doch je weiter sie sich vom Starluck entfernte, umso größer wurde der Abstand zwischen ihnen. Die eine oder andere war ausgefallen, wahrscheinlich eingeworfen von einem Teenager.

Es war wenig los. Sie riss sich die Doubleheel-Sandalen von den Füßen und rannte auf leisen Pfoten weiter, die

Schuhe in der Hand. Es tat gut zu laufen, auch wenn die Luft dünn war und nach Salpeter schmeckte. In den letzten zwei Tagen hatte sie zu viel an der Theke gesessen und zu wenig die Muskeln bewegt. Die Oberschenkel kribbelten, als sie losspurtete, sie schaffte die Strecke in weniger als vier Minuten.

»Na endlich«, brummte Sörensen, der sie vor der mit Neonrunen beschmierten Tür erwartete. Die Wild-Bill-Hickok-Straße war dunkel, die Farbe der acht Stockwerke hohen Häuser kaum zu erkennen, die Fenster geschlossen, die wenigen Fahrzeuge am Straßenrand überwiegend klein und älter. Zwei leere Flaschen lagen vor Nummer 15 am Boden, es stank nach angebrannten Essen und Pisse.

»Schöne Gegend«, sagte sie und schlüpfte wieder in ihre Schuhe. Der Kontrast zum Starluck war erdrückend.

Brummend führte er sie hinein und die Treppe hoch, die Tür zum Innenhof war abgesperrt.

Im ersten Stock erwartete sie ein Junge mit wilder, blaugrüner Stoppelfrisur, vielleicht zehn oder elf Jahre alt. Er ließ sie in die enge Wohnung, die nach schwerem Parfum und scharfem Essen roch. Der Teppich im Flur war dick und bordauxrot und hatte im Eingangsbereich dunkle Flecken. An der Garderobe hingen enge Lackjacken in Schwarz und Pink, auf dem Boden standen ein Paar ausgetretene Sportschuhe und drei Paar glänzende Stiefel mit wirklich hohen Absätzen. Auf dem Spiegel mit dem Plastikgoldrahmen fanden sich Reste von Lippenstift, nachlässig fortgewischte Kussspuren. Der Junge führte sie schnurstracks daran vorbei in sein Zimmer mit Blick auf den Innenhof.

»Ich kenne dich aus dem Fernsehen«, sagte er zu Lydia und starrte auf ihre Brüste.

»Schön«, sagte Sörensen. »Wann kommen deine Eltern heim?«

»Mein Vater überhaupt nicht. Und Mutter arbeitet die ganze Nacht.«

»Ist sie eine von ihnen?«, fragte Sörensen in Lydias Richtung und deutete aus dem Fenster.

Sie blickte hinaus. Das eigentliche Licht im Innenhof war schwach, und die Leute von der Spurensicherung standen ihr immer wieder im Blick. Doch sie leuchteten mit starken Lampen sorgfältig in jede Ecke, und als ein Strahler eine Weile auf dem blutverschmierten Gesicht der Frau verharrte, war Lydia trotz der gebrochenen Nase und rostroten Flecken sicher. »Ja. Ich hab sie zwei- oder dreimal rauskommen und mit Getränken wieder reingehen sehen.«

»Gut.« Sörensen wandte sich wieder an den Jungen. »Hast du beobachtet, was passiert ist?«

»Ja.«

»Und?«

»Ich erzähl's, wenn sie mir einen bläst.« Er deutete auf Lydia. »Die aus dem Fernsehen.«

Sie starrte ihn an und wollte schon giften, er solle sie nicht mit seiner Mutter verwechseln, hielt sich aber zurück. Der Junge war elf, und die Hälfte der Kussmünder auf dem Spiegel war etwa auf Höhe seiner Lippen gewesen, jedenfalls, wenn er hochhackige Schuhe trug. »Hör zu, Kleiner, du kriegst ein Autogramm von der aus dem Fernsehen und einen Schmatzer auf die Wange.«

Forschend sah er sie an, als schätzte er ab, was so ein Schmatzer wert sein könnte, dann nickte er. »Okay. Aber er macht ein Foto vom Schmatzer. Zum Beweis.«

»Er ist auch aus dem Fernsehen.«

»Papperlapapp«, sagte Sörensen, als stünde er auf einer Bühne und wartete auf einen Lacher.

»Echt?« Der Junge musterte ihn irritiert. »Kenn ich aber nicht.«

Sörensen lächelte gequält.

»Er gibt dir sicher auch einen Schmatzer.«

»Nein, danke.«

Sörensens Lächeln gefror.

»Kann ich meinen Freunden aber wenigstens erzählen, dass du mir einen geblasen hast?«, fragte der Junge.

»Nein«, sagte Lydia und ließ sich einen Zettel geben. Wahrscheinlich würde er es trotzdem tun, und das Foto wäre sein Beweis. *Der Schmatzer danach.* »Wie heißt du?«

»Achill.«

Sie schrieb: *Für Achill, den Held der Hinterhöfe.* Dann setzte sie ihren Namen und ein schwungvolles Herz darunter. Sollte der arme Knilch doch was zum Erzählen haben, das tat ihr nicht weh. »Das und den Schmatzer bekommst du, wenn du gesprochen hast.«

»Es waren drei Männer, alle mit schwarzen Anzügen. Zwei haben hier gelauert, der andere ist mit der toten Frau reingekommen. Also, als sie noch gelebt hat. Plötzlich haben sie sie umkreist und ohne Vorwarnung zusammengeschlagen. Mit so kurzen Eisenstangen, so lang wie mein Unterarm, und mit den Schuhen getreten haben sie auch. Voll in die Fresse und in den Bauch und auf die

Hände. Dabei haben sie immer gefragt: *Wohin? Wohin? Wohin?*, und sie hat gewimmert und gekeucht: *Ich weiß es nicht.* Und: *Hilfe!* Und: *Bitte!* Bis sie dann tot war.« Seine Stimme zitterte nicht, er klang fast unbeteiligt, doch in den Augen flackerte es.

»Sie hat es ihnen nicht gesagt?«

»Nein. Sie wusste es nicht.«

»Woher willst du das wissen?«

Irritiert sah er sie an, dann zuckte er mit den Schultern. »Sie klang verzweifelt, nicht trotzig. Sie hätte bestimmt gern weitergelebt, und die Männer wussten, wie man ihr wehtut. Warum sonst hätte sie das eine halbe Stunde lang ertragen sollen?«

Manch einer erträgt vieles, um seine Familie zu schützen, dachte Lydia, doch sie glaubte nicht, dass das eine Familienangelegenheit war, zumindest nicht eine Vater-Mutter-Kind-Familie. Also sagte sie nichts dazu und fragte: »Hast du die Polizei gerufen?«

»Nein. Das tun wir nicht, wir kümmern uns selbst um uns. Ich kannte die Frau nicht, und Mama will nicht, dass ich mit der Polizei rede. Das gibt nur Ärger, die hilft nicht und hat dann uns auf dem Kieker.« Er zog die Nase hoch. »Nein. Wenn ich da angerufen hätte, dann hätten sie mir lauter komische Fragen gestellt, und wenn ich nicht antworte, dann bin ich verdächtig.«

»Meinst du nicht, dass sie jetzt von Wohnung zu Wohnung laufen und dir auch so lauter Fragen stellen?«, fragte Lydia.

»Klar, aber ich hab gesagt, ich hab nichts gesehen und nichts gehört. Wenn man nicht anruft, kann man immer so tun, als habe man mit Musik im Ohr geschlafen oder wäre gerade erst heimgekommen.«

Lydia gab ihm das Autogramm und den versprochenen Schmatzer. Dabei strahlte sie nicht so professionell wie sonst üblich. Sörensen machte zwei Bilder mit Achills Kommunikator.

»Würdest du die Männer wiedererkennen?«, fragte er.

»Nein.« Wieder zog er die Nase hoch, und Lydia war überzeugt, dass er log.

»Hat vielleicht sonst noch jemand etwas gesehen? Was meinst du?«

»Ja. An vielen Fenstern waren Gesichter.«

»Sie haben alle zugesehen?«, fragte Lydia.

»Klar. Man muss doch Bescheid wissen, und sonst ist hier ja nichts los.«

Nichts los. Auch eine Sichtweise.

»Brauchst du mich noch?«, fragte sie Sörensen. Sie wollte hier raus, Jungen sollten nicht so gleichgültig gegenüber Gewalt sein wie ein Justifier.

»Wieso?«

»Sonst würde ich mich mal im Starluck umhören, was mit den anderen Securityangestellten ist. Vielleicht kann ich sie ja befragen, ohne Eisenstange.«

»Gute Idee, tu das.« Er strich sich mit der Hand über das Kinn. »Ich versuch mein Glück nochmal bei der Spurensicherung, möglicherweise kriege ich ja was raus, wenn ich ein wenig Geld springen lasse oder vorsichtig ein Fenster kippe. Oder bequatsche noch einen Nachbarn. Irgendwer von ihnen kennt mich ja vielleicht doch.«

»Viel Glück.«

»Halt mich auf dem Laufenden.«

Langsam ging Lydia zurück auf die Straße und atmete im Treppenhaus tief durch. Im Eingangsbereich hörte sie, wie im Innenhof ein Ermittler zum anderen sagte: »Nicht ein einziger Zeuge.«

Der andere schnaubte. »Ja, ein Haus voller tauber Blinder. Eine Schande, dass wir nicht die ganze Stadt mit Kameras überwachen.«

Auf dem Heimweg rannte sie nicht, die Freude am Laufen war verschwunden. Sie dachte an Achill und an das zerschundene Gesicht der Securityfrau. Die toten grünen Augen, die das grelle Strahlerlicht reflektiert hatten, und das getrocknete Blut, das alles kannte sie von früheren Einsätzen. Doch die zahlreichen Fenster der umstehenden Gebäude, die alle nichts gesehen hatten, konnte sie nicht verstehen. Waren die Bewohner tatsächlich alle zu bequem für einen anonymen Anruf bei der Polizei? Oder war es Angst, weil sie die drei Männer kannten?

Grübelnd ging sie unter einer flackernden Laterne durch, ein wilder Gossenhamster taperte den Rinnstein entlang. Sie hatte gelesen, dass es kaum Tiere auf Dolphin gab, doch einer der ersten Siedler war ein Hamsternarr gewesen und hatte jedes zweite Jungtier seiner Zucht gezielt ausgesetzt. Lächelnd starrte sie dem Tier nach.

Was hatte die Frau überhaupt hier draußen gewollt? Soweit Lydia wusste, wohnten Securityangestellte in besseren Gegenden. Was hatten die drei Männer im schwarzen Anzug in Erfahrung bringen wollen?

Wohin?

Das konnte sich auf jeden und alles mögliche beziehen,

Lydia durfte nicht zu früh irgendwelche Schlüsse ziehen, sie wusste zu wenig über die Frau, trotzdem dachte sie sofort an Dr. Schmidt und Aleksej. Jeder zweite im Starluck wollte wissen, wohin die beiden verschwunden waren, es war die wahrscheinlichste Deutung.

Aleksej.

Warum hatte der dämliche Mistkerl ihr keine Nachricht geschickt? Warum schickte er stattdessen seinen Vorgesetzten? Das ergab doch überhaupt keinen Sinn! Warum ließ dieser sich überhaupt schicken?

Männer!

Sie war so in Gedanken versunken, dass sie auf die Schritte vor und hinter sich nicht groß achtete. Plötzlich rempelte jemand sie an, ohne sich zu entschuldigen.

»He!«, motzte sie und sah auf. Für einen kurzen Moment erwartete sie, einen schwarzen Anzug zu sehen oder gar drei, doch es waren nur zwei Idioten. Das Licht war schlecht, auch die nächsten beiden Lampen waren ausgefallen, doch dank ihrer Katzengene sah sie gut in der Nacht. Es schien, als grinsten die beiden. Waren das etwa ...?

Bevor sie den Gedanken zu Ende gebracht hatte, stießen die beiden sie in die dunkle Seitengasse, die genau hier abzweigte. Keine Laterne leuchtete, Glas knirschte unter den Schuhen. Sie taumelte, im Augenwinkel entdeckte sie zwei weitere Männer, die auf sie warteten. Einer trat ihr in die Kniekehle, und sie stürzte.

»Hallo Kätzchen«, sagte eine gehässige Stimme.

Reaktionsschnell sprang sie wieder auf die Beine und fuhr die Krallen aus. Es handelte sich tatsächlich um die vier Typen aus der Liga, die Aleksej im Starluck angemacht hatten.

»Die Schlampe des Halbaffen, was für ein schöner Zufall«, sagte der Nächste und schlug ihr ins Kreuz, bevor sie die Situation völlig erfassen konnte. Wieder stürzte sie. Verdammte Absätze!

Sie hatten sie umkreist, sie konnte nicht alle im Auge behalten. Noch bevor sie sich aufrappeln konnte, traten alle vier zugleich auf sie ein.

»Kein Kavalier, der Herr Affe. Verpisst sich einfach und lässt das Mädchen die Suppe auslöffeln.«

Sie war unbewaffnet, nicht im Training und am Boden, doch sie gab sich nicht geschlagen. Sie schlug ihre Krallen in Waden, warf sich hierhin und dorthin und zielte mit den Absätzen auf die Weichteile. Einer von ihnen jaulte, zwei andere packten ihr Bein und pressten es zu Boden, ein dritter stampfte mit dem Absatz auf ihren Unterschenkel.

Etwas brach.

Schmerz stach ihr den Knochen entlang bis zum Knie hoch, sie schrie, und der nächste Tritt traf sie genau im Auge, ihr Kopf wurde auf den Asphalt geschmettert.

Es war vorbei, sie konnte nichts mehr tun als sich schützen und hoffen, sie würden aufhören, bevor es ganz schlimm wurde. Woher sie diese Hoffnung nahm, wusste sie nicht. Sie hielt die Arme vor den Kopf, etwas tropfte aus ihrem Auge, es waren keine Tränen.

Als ihr Widerstand brach, johlten die Kerle.

»Na, will einer von euch was Pelziges ficken?«, fragte der Anführer, als sie zuckend am Boden lag.

»Nee, echt nicht, so eine Wohltat wie meinen Johnny hat sie nicht verdient.«

Wieder lachten sie. Alles drang nur dumpf in Lydias Gehirn, in den Ohren pochte und rauschte es.

»Aber das hier hat sie verdient«, sagte ein anderer und öffnete die Hose.

Sie konnte nicht sehen, welcher, sie nahm alles nur verschwommen wahr, und nur noch mit dem linken Auge und durch die schützenden Arme hindurch. Obwohl die Tritte aufgehört hatten, presste sie die Hände noch immer auf den Kopf. Sie wusste nicht, ob sie sie noch bewegen konnte.

Dann spürte sie eine warme Flüssigkeit auf ihr Gesicht plätschern. Sie schloss Augen und Mund und hoffte, dass es bald vorbei wäre.

»So markiert ihr Viecher doch euer Revier, oder?« Der Stimme nach war es der Anführer der vier, der, der Aleksej geschworen hatte, dass es noch nicht vorbei sei.

»Hunde tun das.« Sein Kumpel lachte hysterisch. »Hunde, du Trottel.«

»Was auch immer, Tier bleibt Tier. Ihr werdet nie Menschen, hörst du? Egal, was irgendwelche Richter sagen, ihr seid nicht wie wir, verstanden?«

Lydia sagte nichts.

»Ihr habt nämlich keine Seele«, ergänzte der nächste. »Ihr seid nicht richtig gezeugt worden.«

»Ich würde auch gern, aber ich muss einfach nicht«, quengelte ein anderer. Keiner seiner Kumpel beachtete ihn.

»Ich hab dich angepisst, weil du menschlicher Besitz

bist, vergiss das nicht. Du gehörst uns, und wir können mit dir machen, was wir wollen. Wir und alle anderen aufrechten Menschen.« Er trat ihr ins Kreuz und zog den Reißverschluss wieder hoch.

»Du hast Glück, dass wir unseren gnädigen Tag haben und dich leben lassen.«

»Aber wenn du irgendwas sagst, zu irgendwem, bist du tot. Verstanden?«

»Wir finden dich überall.«

Sie wimmerte.

»Das ist keine Antwort. Hast du verstanden?« Wieder folgte ein Tritt in ihr Kreuz, die Schuhspitze bohrte sich schmerzhafte in ihre Niere.

Mühsam nickte sie und presste ein *Ja* zwischen den aufgeplatzten Lippen hervor. Weiter wollte sie den Mund nicht öffnen, ihr ganzes Gesicht war feucht. Sie wollte keine Pisse schlucken.

»Gut. Und sag dem Affenbastard, dass ihm dasselbe blüht«, knurrte der Anführer. »Verstanden?«

»Ihn finden wir auch.«

»Und dann ist meine Blase voll. Randvoll!«

»Ja«, wimmerte sie.

»Gut«, sagte der Anführer, und endlich entfernten sie sich. Als die Schritte die Kreuzung zur Hauptstraße erreichten, lachten die vier und schlugen sich auf die Schultern.

»Der haben wir's gegeben.«

Sie begann zu schluchzen und versuchte, sich aufzurichten, doch es gelang ihr nicht. Mühsam tastete sie nach ihrem Kommunikator, doch der war zerbrochen. Die Gasse war dunkel und verlassen und Lydia zu schwach, um laut nach Hilfe zu rufen.

In einer Minute, dachte sie. Eine Minute ausruhen, und dann würde sie sich aufrappeln.

Es dauerte länger, bis sie jemand fand und einen Krankenwagen rief.

»Alles wird gut«, sagte der Sanitäter, als er sie ins Krankenhaus brachte. Dann gab er ihr eine Spritze, und sie dämmerte weg.

TEIL 2

NEBEL

On, on, on, cried the leaders at the back
We went galloping down the blackened hills
And into the gaping trap
The bridges are burnt behind us and there's waiting guns ahead
Into the valley of death rode the brave hundreds

NEW MODEL ARMY, The Charge

13

17. November 3041 (Erdzeit)
Planet: Deadwood

Gelblicher Nebel hing vor den Fenstern der *Baba Yaga* und verschluckte die Umgebung. Seit drei Stunden und siebenundvierzig Minuten befanden sie sich auf dem Zielplaneten Deadwood, doch noch hatten sie keine Luke geöffnet, die Analyse der Oberfläche und Atmosphäre lief noch. Die nötige Reinigung der Scheiben vom Interim-Schleim erfolgte auf Knopfdruck von innen, nur wenn der Schleim alle Drüsen verstopft hatte, musste einer hinaus.

»Und?«, fragte Aleksej und trat unruhig von einem Fuß auf den anderen. Nach der Woche im Interim hatte er wenigstens beim Anflug etwas zu tun gehabt. Seitdem hieß es wieder nur warten.

»Geduld!«, befahl Howard.

»Da.« Grinsend drückte ihm Pavel den abgegriffenen Ball in die Hand. Keine Ahnung, woher er ihn schon wieder hatte. Oder war das ein neuer?

»Idiot!«

»Sieht so weit gut aus«, sagte Giselle. »Alles deutet auf pflanzliches Leben in der näheren Umgebung hin, auch zumindest primitives tierisches. Der Sauerstoffanteil in der Atmosphäre ist auch nach zweimaliger Kontrolle ausreichend, wenn auch nicht üppig. Bekannte gefährliche Stoffe hat der Rechner noch keine herausgefiltert, doch es sind erst 89 Prozent der Analyse abgeschlossen.«

»Und warum ist der Nebel gelb?«

»Wahrscheinlich Schwefel.«

»Und das nennst du unbedenklich?«

»Von der schwachen Konzentration her, ja.«

Aleksej starrte aus der Frontscheibe. Unbedenklich, so, so. Es gefiel ihm trotzdem nicht. Er hatte schon alles Mögliche eingeatmet, aber das meiste war unsichtbar gewesen, nicht so giftig gelb. Das Auge isst mit, sagte man, und wenn man ihn fragte, atmete es auch mit.

In diesem Moment klatschte etwas gegen die blank geputzte Scheibe, schwarz und höchstens so groß wie ein Daumen. Ein leises Plopp ertönte, dann war es wieder verschwunden, ohne den geringsten Fleck zu hinterlassen.

»Was war das?«, stieß Aleksej hervor.

»Was?«, fragte Howard.

»An der Scheibe.«

Alle zuckten mit den Achseln, sie hatten auf die Anzeigen geachtet.

»Ein schwarzes Ding, fast so groß wie mein Daumen.«

»Vielleicht ein Steinchen oder ein Ast. Es windet draußen«, sagte Giselle.

»Oder eins von den primitiven Tieren«, sagte Aragorn. »Hast du Angst?«

Gennaro grölte. »Angst vor einem fliegenden schwarzen Daumen.«

»Blödsinn.«

»Hundert Prozent«, verkündete Howard und pochte mit dem rechten Zeigefinger gebieterisch auf die Anzeige. »Und keine rote Warnleuchte. Wir können raus.«

»Ich würde gern noch einen Kontrolllauf machen«, sagte Giselle. »Nur um absolut sicher zu gehen.«

»Wie lang?«, fragte Howard.

»Zehn Minuten, höchstens fünfzehn.«

Howard seufzte. Sie wussten alle, dass Giselle pedantisch war und ihre Kontrollläufe stets das erste Ergebnis bestätigten. Doch austreiben wollte ihr diese Marotte niemand, immerhin versprach ihre Gründlichkeit korrekte Ergebnisse. Däumchendrehend warteten sie, bis Giselle sagte: »Alles okay.«

»Gut«, sagte Howard. »Dann brauche ich jetzt einen Freiwilligen für die Vorhut.«

»Einen? Nicht zwei?«

»Nein. Nur den, der Aleksej begleitet. Aleksej hat schon seit Tagen Hummeln im Hintern und lautstark verkündet, keine Angst zu haben. Er geht auf jeden Fall.«

Alle lachten, selbst Aleksej verzog den Mund zu einem Grinsen. Sollte Howard seine Machtdemonstrationen doch weiter durchziehen, er hatte nichts dagegen, etwas zu tun zu bekommen. Irgendwann würde er seinen Posten schon zurückbekommen. Und wenn er ihn sich selbst zurückholen musste.

»Angst hab ich auch keine«, sagte Pavel. »Und ich komme auch ohne Hummeln mit.«

»Brücke, bitte kommen!«, meldete sich da einer der eigentlichen Schiffsbesatzung, die *Romanow* ihnen mitgegeben hatte. Während der Woche im Interim hatten diese sieben Männer und fünf Frauen kaum Kontakt zu den Justifiers gehabt, Justifiers und Angestellte gingen sich üblicherweise aus dem Weg. Lediglich Aleksej kommunizierte als Pilot bei Abflug und Ankunft zwangsweise mit ihnen, doch er erkannte die Stimme nicht.

Wegen der Romanowschen Sodomiegesetze hielt er stets Abstand zu den Frauen, damit nicht eines zum anderen führen konnte. Und auch wenn die Blicke der Männer zum Schluss weniger feindselig gewesen waren, sie schienen durch die Bank Langweiler in maßgeschneiderten Uniformen zu sein, die Gesichter so glatt und makellos wie die täglich polierten Knöpfe. Sie hatten gerahmte Familienbilder dabei und durften bei solchen Missionen Überstunden aufschreiben und sie nach der Rückkehr abfeiern – wo also waren die verbindenden Gemeinsamkeiten? Worüber sollte Aleksej mit ihnen reden? Die meisten hielten Justifiers eh für Dreck. Schmunzelnd erinnerte er sich an einen Einsatz in einem ähnlichen Schiff vor vier Jahren, als Pavel das gerahmte Bild zweier Ellermeierkolben an seinem Platz auf der Brücke platziert hatte. Keiner der Angestellten hatte darüber lachen können, nur Aragorn hatte grinsend gefragt: »Wer von beiden ist der Vater?«

»Was gibt's?«, fragte nun Howard in den Bordkommunikator.

»Wir haben ein Problem.« Der Sprecher klang angespannt. »Hoffmann hier scheint am Interim-Syndrom zu leiden.«

»Was? Ist der Kerl zu blöd, um Buch zu führen?«

»Sie, Sir. Hoffmann ist eine Frau.«

»Meinetwegen«, knurrte Howard. »Trotzdem zu blöd zum Zählen, oder was?«

»Ich hab ihre Aufzeichnungen kontrolliert, es sind exakt siebenundneunzig Sprünge. Entweder ist sie anfälliger als andere und die Probleme treten unüblicherweise bereits vor dem hundertsten Sprung auf, oder ihre Mutter ist dreimal gesprungen, als sie schwanger war, und hat diese Information nicht weitergegeben. Uns fehlen hier die Daten, um das zu kontrollieren.«

Howard fluchte. »Ist es schlimm?«

»Sie sieht Dinge.«

»Das tut Aleksej auch«, bemerkte Gennaro und lachte. »Fliegende Killerdaumen.«

»Halt die Fresse! Das ist nicht lustig!«, schrie Howard ihn an, während Gennaro ungerührt seinen Daumen durch die Luft bewegte, als flöge dieser. In den Kommunikator fuhr Howard ruhiger fort: »Ich schick euch unsere Feldärztin hinter, sie soll sich Hoffmann ansehen.«

Noch während er sprach, krallte sich Tanja den Medizinkoffer von der Brücke und machte sich eilig auf den Weg. Sie wirkte ernst, mit dem Interim-Syndrom war nicht zu spaßen. Es trat nach hundert Langstreckensprüngen oder vierhundert Kurzstreckensprüngen von unter vier Lichtjahren Entfernung auf und lag wohl in der Antriebstechnik begründet, die auf Kopieren von gefundener Technologie längst verschwundener Ahumaner beruhte, oder auf dem Integrieren entsprechender Fundstücke, ohne sie selbst zu verstehen. So oder so, der menschliche

Körper schien nicht für diese außerirdische Technologie geschaffen, und so kam es zu dem Interim-Syndrom, das zu psychischen und physischen Veränderungen führte, zu Wahnvorstellungen, Mutationen, Neurosen und anderem.

Das Schlimmste aber war, dass das Syndrom unheilbar war. Das wusste jeder, und so gesellte sich zu den psychischen und physischen Veränderungen nicht selten Verzweiflung. Und ein verzweifelter Wahnsinniger in der eigenen Mannschaft war wirklich das Allerletzte, was man auf einem fremden, unerforschten Planeten gebrauchen konnte.

»Danke, Sir«, sagte die Stimme. »Es tut mir leid.«

»Over«, sagte Howard, ohne auf die Entschuldigung einzugehen, und fluchte noch einmal. Dann starrte er Aleksej und Pavel an. »Was steht ihr Schnarchnasen hier noch herum? Ihr sollt den Planeten erkunden! Braucht ihr eine Extraeinladung?«

»Nein«, sagte Aleksej.

»Sir!«, brüllte Howard, obwohl diese Anrede in ihrer Einheit während der vergangenen Einsätze meist ignoriert worden war.

»Nein, Sir«, knurrte Aleksej durch zusammengebissene Zähne, Pavel kam es leichter über die Lippen, auch wenn sein Blick verriet, dass er sich über die anhaltende Machtdemonstrationen Howards wunderte.

Sie gingen in die Waffenkammer und zogen sich ihre *Peltast Beta* an, eine leichte Ganzkörperrüstung mit Helm, die auch vor Säure und Gas schützte und die Atemluft filterte. Egal, was die Geräte anzeigten, sicher war sicher. Es genügte, wenn draußen einer von ihnen testete, ob die

Luft auch tatsächlich ungefährlich war. Dann checkten sie ihre Kommunikatoren und stiegen gemeinsam durch die Schleuse nach draußen.

Der Planet hatte eine Anziehungskraft von 0,93 g, während auf ihrem Raumschiff wie auf den meisten der Moskau-Klasse ein künstlicher Standard von 1,00 g herrschte, das Laufen fiel ihnen somit leicht. Das dichte, dunkle, fast schon bläuliche Moos, das den Boden überall bedeckte, war erstaunlich weich und tief; fast schien es, als würden sie über eine dünne Matratze schreiten.

In Böen fegte der Wind über sie hinweg, wühlte den gelblichen Nebel auf und wirbelte ihn in Strudeln herum, ohne ihn aufzulösen. Sie konnten kaum vier oder fünf Schritte weit sehen, und die letzten beiden nicht besonders deutlich. Feuchtigkeit legte sich außen auf ihre Visiere und bildete feine durchsichtige Tropfen, doch sie drang nicht herein. Innen blieb abgesehen vom Schweiß alles trocken.

Der Wind zog und zerrte auch an den beiden Eindringlingen, war jedoch zu schwach, um sie richtig aus dem Gleichgewicht zu bringen. Sein Pfeifen und Wimmern drang gedämpft durch die Außenmikrophone herein.

»Alles okay?«, fragte Giselle mit ruhiger Stimme durch den Kommunikator.

»Ja.«

»Wenn irgendwas ist, ich bin bei euch, hab euch auf dem Schirm. Howard ist eben nach hinten gegangen, um sich diese Hoffmann selbst anzusehen.«

»Alles klar.«

Durch die hoch entwickelten Filter ihrer Atemgeräte

schmeckte die Luft leicht bitter, vom ausgesiebten Schwefel nahm Aleksej nur eine schwache Spur wahr, wenn er sie sich nicht vollständig einbildete.

»Wohin?«, fragte Pavel.

»Da lang.« Aleksej deutete schnurgerade von der linken Flanke des Schiffs weg. An der metallischen Außenhülle klebte noch der zähe Interim-Schleim, der jedoch nur Glas und Kunststoffe angriff; die Säuberung der anderen Teile konnte noch ein wenig warten. Doch irgendwer würde es demnächst tun müssen, und Aleksej hatte das dumme Gefühl, er wüsste genau, wen Howard dazu einteilen würde.

Aleksej hatte das Schiff in einer länglichen, mehrere Kilometer breiten Ebene heruntergebracht, die sich zwischen einer ausgedehnten Hügelkette und einem steilen Gebirgszug entlangzog. Problemlos hatten die Geräte ihn durch den Nebel an allen Felsen vorbeigeleitet, auf Sicht flog er sowieso nur in seltenen Fällen. Näher an ihrem genauen Zielpunkt hatte er nicht landen können, dieser befand sich mitten im Gebirge. Eine Umgebung, in der ein unkontrollierter Sprung fast sicher schiefgehen musste; Dr. Schmidt hatte kaum Chancen, das zu überleben.

Die Entführerin ist eine kranke Sau, dachte Aleksej und führte Pavel ein Stück weit in Richtung der Koordinaten. Schweigend zogen sie ihre *Prawdas* – auch unter widrigsten Umständen verlässliche Automatikpistolen – und stapften voran. Dass die Geräte an Bord keine größeren Tiere oder gar Ahumane entdeckt hatten, bedeutete nicht, dass es sie auf keinen Fall gab.

Aleksej durchströmte die Nervosität, die ihn immer auf einem unerforschten Planeten packte. Eine Anspannung, die mit Entdeckerfreude gemischt war, denn sie waren die mutmaßlich ersten Menschen oder Betas auf diesem Planeten, und es würde sich noch erweisen müssen, wo in der Nahrungskette sie sich einzuordnen hatten.

Aufmerksam blickte er in alle Richtungen und achtete routinemäßig auf alle größeren Schemen, die sich zeigten. Es gab Welten mit tierischen Landräubern von der Größe eines Blauwals, die einen Beta mit einen Happs verschlangen. Größere Sorgen machte er sich aber wegen des kleinen schwarzen fliegenden Dings. Insektenähnliche Wesen hatten sich auf mehreren Planeten entwickelt, und immer wieder war eine Art mit Giftstachel darunter, auch tödlichem Gift. Dagegen würde die *Prawda* nicht helfen, vielleicht hätten sie doch besser eine Laserpistole nehmen sollen, mit ihr konnte ein geschickter Schütze Mücken im Flug versengen.

Pavel dagegen blickte immer wieder zu Boden, ihm schien der nachgiebige Untergrund nicht zu gefallen – vielleicht fürchtete er, sie würden irgendwann tiefer einsinken wie in einem Moor und möglicherweise gar ganz geschluckt werden. Konnte es fleischfressende Moose geben, die ihre Opfer wie Schlingpflanzen umfingen? Trotz der Feuchtigkeit knackten die Moose leise unter jedem Tritt, nur zu hören, wenn man aufmerksam lauschte.

Der wabernde Nebel bildete immer neue Schemen aus, diffuse Gestalten mit krummen Hörnern, dunklen Schlünden oder sich windenden Tentakeln, doch nie schälte sich eine tatsächliche Kreatur daraus hervor. Kein noch so kleines Insekt flog an ihnen vorbei, sie waren allein.

Nach exakt 78,3 Metern erreichten sie den Fuß der Berge. Es gab keinen sanften Übergang von der Ebene aus, plötzlich erhob sich eine steile graue Felswand vor ihnen.

»Und jetzt?«, fragte Pavel.

»Da müssen wir rüber.« Aleksej steckte seine Waffe weg, legte seine Rechte auf den Stein und suchte ihn nach Rissen und Vorsprüngen ab. Durch den dünnen Handschuh konnte er keine Feinheiten ertasten, doch war die Gesteinsstruktur eher grob wie Granit, keine klaren Platten wie Schiefer. Das gesprenkelte dunkle Grau war von helleren und rötlichen Adern durchzogen, hier und da fanden sich grüne und gelbliche Einschlüsse bis zu der Größe von Fingernägeln. Die Wand war steil, aber nicht senkrecht, und es gab zahlreiche Möglichkeiten, Halt zu finden – kleine Vorsprünge, Abbrüche oder tiefe Risse, wo sich wahrscheinlich über die Jahrhunderte das Eis hineingefressen hatte, mit jedem Winter ein Stückchen tiefer. Falls es hier Winter gab.

»Da willst du jetzt rüber?«

»Nein. Nur irgendwann. Die Koordinaten liegen ein gutes Stück dort lang.«

»Das freut unseren Halbaffen, was?« Pavel klopfte ihm auf die Schulter. »Aber erklär das mal unseren kräftigeren Nashornnachfahren.«

»Ist Howards Aufgabe, schließlich ist neuerdings er der Boss.«

Pavel lachte und legte den Kopf in den Nacken, die Felswand verschwand über ihnen im Nebel. »Das wird ihn bestimmt freuen.«

»Hm.«

Pavel bröselte einen großen Kiesel aus dem Berg und

schleuderte ihn in den Nebel. »Das mit dem Syndrom ist eine böse Sache, was?«

»Ja«, sagte Aleksej knapp. Ihnen war klar, dass sie nur noch sprachen, um das Unvermeidliche hinauszuzögern. Einer musste den Helm abnehmen. Irgendwann mussten sie es ausprobieren, die Messungen hatten das Okay gegeben, trotzdem blieb ein letztes Misstrauen, die Luft war gelb. »Wollen wir dann jetzt?«

»Ja.«

»Stein, Schere, Papier?«, schlug Aleksej vor, weil das fair klang. »Das Moos gibt keine vernünftigen Halme zum Ziehen her.«

Pavel nickte und verlor, weil er wie jedes Mal auf *Stein* setzte. Unter Anspannung ballte er wohl am liebsten die Faust, und Aleksej schlug ihn stets mit *Papier*. Er war ein Spieler, im Unterschied zu dem Wolfsbeta merkte er sich so etwas. So viel zu fairen Chancen für beide.

Mit einem Seufzer schaltete Pavel den Atemfilter aus und öffnete den Helm. Langsam hob er ihn vom Kopf. Er nahm einen tiefen Atemzug und verzog das Gesicht.

»Ist noch bitterer als durch den Filter«, brummte er. Dann japste er und sank auf die Knie, der Helm fiel ihm aus der Hand.

»Pavel! Halt die Luft an!« Aleksej warf sich neben ihm auf den Boden, packte den Helm und stülpte ihm dem Wolfsbeta über den Kopf. »Verdammt, Pavel!«

Pavel ruderte mit den Armen, schlug dreimal auf Aleksejs Visier, seine Augen quollen hervor, während Aleksej verzweifelt versuchte, den Helm von außen luftdicht zu verschließen.

»Schalte den Filter ein! Schalt ihn wieder ein!«

Hechelnd stierte ihn Pavel an, dann verzog er das Gesicht zu einem Grinsen. »Reingefallen.«

»Idiot!«

»Ich dachte, du hast keine Angst?«

»Blöder Idiot, nochmal!« Aleksej patschte ihm mit den flachen Händen auf den Helm und lachte, die Erleichterung überwog seinen Ärger. Pavel war ein alberner Kindskopf, aber seine Scherze gingen – anders als die Gennaros – oft genug auch auf eigene Kosten.

Beide nahmen den Helm ab, und Aleksej stellte fest, dass die Luft tatsächlich ein wenig bitter schmeckte. Den Schwefelanteil nahm er nicht wahr. Im frischen Wind war es kühler als im geschlossenen Anzug, die Feuchtigkeit legte sich auf den getrockneten Schweiß. Es roch frisch wie nach einem Gewitter. Über ihnen pfiff der Wind durch die Felsen und erzeugte ein fernes Heulen. Es klang heller und lauter als durch die künstlichen Ohren des Helms, Aleksej sollte nachher die Einstellungen korrigieren.

Prüfend fasste er in eine Felsspalte etwa zwei Handbreit über Kopfhöhe, sie bot guten Halt. Er zog sich ein Stück hoch.

»Was tust du?«, fragte Pavel.

»Nur mal schauen. Howard wird uns fragen, wie der Weg zu den Koordinaten aussieht.«

»Was ist mit unserem *JVTOL*?«

»Zu groß. Das Gebirge ist zu schroff, um dort sicher zu landen.«

Pavel gab ein Geräusch von sich, das nach einer Mischung aus Lachen und Fluch klang. Auf bisherigen Expeditionen hatten sie meist mit einer *Gauss Libelle* auskommen müssen, einem kleinen wendigen Helikopter mit lediglich zwei Sitzplätzen und viel zu wenig Stauraum. Jedes Mal hatten sie sich einen geräumigen *TTA JVTOL* als Luftfahrzeug gewünscht. Und jetzt hatten sie einen, und es passte wieder nicht. Manchmal war kleckern eben doch besser als klotzen.

Aleksej setzte den Fuß auf einen Vorsprung und kletterte flink zwei, drei Meter in die Höhe, kleine Steinchen kullerten hinter ihm zu Boden. Es ging ohne Probleme, das sollte auch ein Anfänger hinbekommen, sofern er grundsätzlich trainiert war und keine Rüstung trug.

»Wir haben Drohnen«, sagte Pavel unter ihm.

»Aufklärer. Die machen Bilder. Willst du Schmidt heimfotografieren, oder was? Einer muss ihn abholen.«

»In vier Monaten«, sagte Pavel, und dann rief er: »Du willst doch einfach nur klettern! Einen tieferen Sinn hat das nicht!«

Aleksej drehte sich kurz um und grinste, dann stieg er weiter und blickte erst nach drei weiteren Metern zurück, Pavel war nur noch als Schemen zu erkennen. Er hatte die Waffe erhoben und blickte in alle Richtungen.

Aleksej sah wieder nach oben und vermeinte einen hundegroßen Schatten zu sehen. Nur für einen kurzen Augenblick, dann war er verschwunden.

Der Nebel waberte und veränderte ständig seine Konturen.

Hatte er sich die Bewegung eingebildet? Er hatte kein auffälliges Geräusch gehört, aber dennoch war ihm nicht wohl. Die Felswand stieg unvermindert steil an. Den Blick aufmerksam nach oben gerichtet, zog er sich noch ein Stück weit hinauf, er wollte sich vergewissern. Pavel deckte ihn. Kaum war er einen Meter weiter gestiegen, da schälte sich ein undeutlicher Felsvorsprung aus der gelblich-grauen Suppe. Er wirkte fast wie ein buckliger Wasserspeier mit großer Knollennase.

So, so, du hast also keine Angst, nur vor Steinen, dachte Aleksej sarkastisch und kletterte langsam wieder zurück.

Unvermittelt frischte der Wind auf und fegte an der Felswand entlang. Aleksej krallte sich fest, um nicht fortgeweht zu werden. Ein scharfkantiger kleiner Kiesel prallte auf seinen Kopf. Rasch blickte er nach oben, doch der Wind hatte keinen größeren Stein aus der Wand gerissen. Nichts kam durch den Nebel herabgestürzt. Trotzdem beeilte er sich, herunterzukommen.

»Und?«, fragte Pavel.

»Nichts Besonderes. Man kommt gut voran.« Aleksej würde bestimmt nicht zugeben, dass er einen buckligen Felsen für eine Bedrohung gehalten hatte. Trotzdem behielt er die Hand an der Waffe, während sie zum Schiff zurückkehrten.

14

17. November 3 041 (Erdzeit)
Ort: Starluck

Die Strahlen der tief stehenden Sonne fielen durch das Fenster ins Krankenzimmer und brachten die vielen bunten Blumen zum Leuchten. Mit schwerem Kopf lag Lydia im weichen Bett ihres Einzelzimmers, einen Tropf an der Aufhängung neben sich, der die Schmerzmittelzufuhr in ihre Venen automatisch regulierte. Sie hatte Besuch von der Starluck-Security, sie wusste nicht, zum wievielten Mal. An die ersten Besuche erinnerte sie sich nur undeutlich, alles verschwamm in einem Nebel aus Medikamenten, Schlaf und Schmerz.

»Frau Lemont, sagen Sie uns endlich die Wahrheit«, forderte Kommissar Omar erneut. Er war ein Hüne von einem Mann mit zweifach geflochtenem Spitzbart, in den sieben würfelförmige weiße Steinchen eingearbeitet waren, und großen braunen Augen. »Wir sind nicht Ihr Feind.«

»Aber ich verberge nichts! Wie oft denn noch? Es waren

vier zugedröhnte Spinner von der Liga.« Mit dem gesunden Auge starrte sie Omar an, das andere war unter einem dicken Verband verborgen, eiterte ausgiebig und würde wieder heilen. Zumindest so weit, dass man mit Lasern und künstlicher Linse ihre Sehfähigkeit wieder vollständig herstellen konnte. Wie überhaupt alles an ihr heilen würde. Laut den Ärzten würde es noch Wochen dauern, vielleicht Monate, aber es würde werden. Sie würde nicht einmal sichtbare Narben behalten, nicht auf dem Körper, und das Fell, das sie ihr an verschiedenen Stellen hatten abrasieren müssen, würde wieder nachwachsen, so dicht wie zuvor. Doch bis zur ihrer vollständigen Gesundung war es noch lange hin, im Augenblick war sie derart mit Schmerzmitteln vollgepumpt, dass sie nichts spürte außer einem dumpfen Pochen über der Niere und dem ständigen Druck im Kopf.

»Hören Sie. Ihre Geschichte ging ausführlich durch die Medien, Sie können uns nichts vorspielen. Ihr Chef hat tagelang öffentlich mehr offenbart als Sie uns im vertraulichen Gespräch. Unsere Kollegin Nakamura wurde ermordet, und wir wollen die Kerle schnappen. Wir wissen, dass es dieselben sind, die auch Sie in die Mangel genommen haben, alles andere ist purer Blödsinn. Ich glaube Ihnen nicht. Ich weiß, dass Sie Angst haben, und Sie haben auch jedes Recht dazu, aber meine Kollegin ist tot, ich lasse Sie nicht einfach so davonkommen.«

»Ich habe keine Angst«, sagte Lydia, aber sie fühlte überhaupt nichts. Zumindest fürchtete sie nicht die drei Männer im Anzug, die sie nach Omars Meinung fürchtete. Nun, es war nicht nur seine Meinung. Während sie tagelang mit dem Tod gerungen hatte, hatte Sörensen eine dramatische Geschichte in Umlauf gebracht, über den brutalen Mord an der pflichtbewussten, sympathischen und hübschen – Frauen mussten in solchen Fällen immer hübsch sein – Mitarbeiterin von Starluck-Security und dem kurz darauf erfolgten, hinterhältigem Angriff auf sie, Lydia Lemont, seine in diesem Fall engagierteste Mitarbeiterin, die ihm half, Licht in das Rätsel um Schmidts Entführung und den *TTMA*-Vorfall zu bringen. Zwei Frauen, die mehr über die Hintergründe des Ganzen wussten, zwei junge Frauen, die für ihr Wissen büßen mussten, die ihr Wohl für das der Allgemeinheit aufs Spiel gesetzt hatten.

»Zwei Heldinnen, die im Kampf für Recht und die ungeheuerliche Wahrheit ihr Leben oder ihre Gesundheit ließen«, hatte er mehr als einmal gesagt, und dass Lydia Lemont auf einer ganz heißen Spur gewesen war, als sie angegriffen worden war, so heiß und frisch, dass noch nicht einmal er informiert gewesen sei.

Seitdem bekam sie zahlreiche Geschenke, Dankeskarten und Besserungswünsche von alten Fans und neuen Verehrern ins Krankenhaus geschickt und regelmäßig Besuch von Kommissar Omar und ein bis drei Mitarbeitern. Überall standen Blumen herum, die meisten aus buntem Plastik, manche aus Papier und ein Strauß sogar aus kunstvoll geflochtenem Draht. Sie konnte sich nicht erinnern, ob sich welche von Omar darunter befanden. Die zahlreichen Pralinen, die sie nicht herunterbrachte, hatte sie an Krankenpfleger und Schwestern verteilt. Sie selbst aß kaum mehr als Suppe und Brei.

»Jeder, der so zusammengeschlagen wurde, hat Angst«, korrigierte Omar sie.

Sie schnaubte, aber es klang nicht halb so verächtlich, wie es sollte, sondern hilflos. Sie wollte nicht zugeben, dass er Recht hatte, das ging ihn auch gar nichts an. Ihre Geschichte hatte nichts mit der Nakamuras zu tun, und wenn er ihr nicht glaubte, war das sein Problem. Wahrscheinlich hatte sie Angst, aber vielleicht fühlte sie sich auch nur hilflos, solange sie benebelt im Kopf und ans Bett gefesselt war. Was auch immer der Fall war, sie hatte ihm noch nicht gesagt, dass sie mit ihren Peinigern bereits zuvor zusammengestoßen war, oder vielmehr Aleksej. Sie wusste nicht, warum sie es verschwieg. Lag es an der Drohung der Schläger?

Oder daran, dass es keine offizielle Verbindung zwischen Aleksej und ihr geben sollte? Aleksej war fort, doch noch immer hielt sie sich an seinen Wunsch, zumindest bis sie wieder klar denken konnte, um eine Entscheidung zu treffen. Sie brauchte Zeit und Ruhe.

Oder lag es schlicht daran, dass sie Aleksejs Namen nicht erwähnen wollte, weil er der Justifier war, der die Koordinaten hatte beschaffen sollen? Das würde für den Kommissar nur der nächste Hinweis sein, dass alles zusammenhing, und er würde sie überhaupt nie wieder in Ruhe lassen, dabei war Ruhe alles, nach dem sie sich sehnte. Es konnte auch kein Zusammenhang zwischen allem bestehen, das erste Aufeinandertreffen von Aleksej und dem Ligaarsch hatte dafür viel zu früh stattgefunden, noch vor der Entführung.

Alles Zufall.

»Ich bin müde, ich muss schlafen«, sagte sie, während in ihrem Kopf immer wieder der Angriff in der Gasse ablief. Sie wusste, sie schwieg wegen der Drohung, damit konnte sie jetzt nicht umgehen, nicht in ihrem Zustand. Wenn sie wieder gesund war, würde sie die vier suchen und ihnen die Schwänze abschneiden, damit sie nie wieder jemanden anpinkeln konnten.

Omars heutige Begleiterin, eine junge Brünette mit Adlernase und leuchtend pink gefärbten Lidern, erhob sich. Omar blickte Lydia einige Sekunden lang an, dann stand auch er auf. Doch er blieb hinter seinem Stuhl stehen und legte die großen Hände auf die Rückenlehne, an allen Fingern der linken trug er goldene Ringe mit unterschiedlichen Steinen.

»Eigentlich wollte ich Ihnen das nicht sagen, um Sie nicht zu beunruhigen, aber ihre Sturheit geht mir einfach auf den Geist«, sagte er. »Aus den zahllosen Karten mit Besserungswünschen haben meine Kollegen zwei Briefbomben herausgefischt und entschärft. Die Arbeit von Profis, und es gibt nicht den geringsten Hinweis auf den Absender. Wenn Sie glauben, dass das irgendwelche primitiven Straßenschläger getan haben, dann sind Sie damit allein.«

»Bomben?« Lydias Blick huschte von ihm zu seiner Begleiterin, die kaum merklich nickte. »Aber ich sage die Wahrheit.«

»Wie Sie meinen. Ich komme wieder. Wieder und wieder, bis Sie mit uns reden.« Grüßend tippte er sich mit zwei Fingern gegen die Stirn und verließ mit seiner Kollegin das Zimmer.

Lydia schloss das gesunde Auge, öffnete es wieder, schloss es und öffnete es. Draußen leuchtete die Sonne herrlich hell, doch sie nahm es nicht wahr. Nichts in ihrem Zimmer nahm sie noch richtig wahr, alles, was sie denken konnte, war: *Zwei Bomben!*

Warum?

Sie starrte an die weiße Decke, auf die Bilder von lachenden Spielern und Stillleben mit Karten und Würfel an den Wänden und die bunten Blumen. Irgendeine Sendung lief ohne Ton über den Monitor.

Wer wollte sie töten?

Die vier von der Liga hätten es problemlos in der Gasse zu Ende bringen können, wenn sie gewollt hätten. Es jetzt nachzuholen, ergab keinen Sinn, sie hatte sie nicht verraten. Sie drehte und wendete jeden der trägen Gedanken in ihrem Kopf, verfluchte das Schmerzmittel, dämmerte unruhig weg und erwachte kurz drauf wieder. Sie brauchte dringend Schlaf, richtigen Schlaf, doch sie fand keinen. Dafür fand sie die einzige mögliche Antwort auf ihre Fragen und rief Sörensen an.

»Mädel, schön, von dir zu hören.« Er strahlte. »Geht's dir gut?«

»Nein. Und du musst sofort kommen, wir müssen dringend reden.«

»Ähm, dir ist schon klar, wer von uns beiden der Boss ist, oder?«

Lydia seufzte. »Ja. Bitte. Es ist dringend, und ich kann hier nicht weg.«

»Ich hier auch nicht«, antworte er scharf, aber weniger scharf als früher. »Ich hab jetzt einen Termin und ...«

»Sofort!« Sie zitterte. »Es geht um Leben und Tod, und das nicht bildlich gesprochen.«

Schwer atmend wartete sie auf sein *Papperlapapp*, doch zum Glück kam es nicht. Er schwieg, dann sagte er: »Ich bin unterwegs.«

»Ohne Kameramann.«

»Ohne …?« Er atmete tief durch. »Natürlich, Süße, was denkst du?«

»Ich kenne dich.«

»Papperlapapp«, sagte er und grinste dabei.

Sie trennte die Verbindung und schloss das Auge. Ganz langsam döste sie ein.

Als Sörensen das Zimmer betrat, erwachte sie. Ein Blick auf den Wecker zeigte ihr, das gerade mal eine halbe Stunde verstrichen war, er hatte sich tatsächlich beeilt. Und er war allein, doch hatte er eine kleine Handkamera dabei.

Noch bevor sie protestieren konnte, legte er diese auf dem Tischchen neben ihrem Bett ab, hob die Hände, als würde er sich ergeben, und zeigte seine makellosen Zähne. »Das ist Zufall, ich hatte sie in der Tasche. Sie ist aus, und ich sage gar nichts.«

»Zufall?«

Er seufzte gespielt. »Na ja, ich dachte, vielleicht willst du doch noch reden, und hab sie rasch eingesteckt. Nur zur Sicherheit, wiegt ja nicht viel.«

»Ich will reden. Aber mit dir und nicht mit der Welt.«

Er setzte sich auf den Stuhl, auf dem Omar immer saß. Er wirkte ruhiger als üblich, vielleicht war eine kranke

Frau zu wenig Publikum, um ihm das Gefühl von Bühne zu geben, oder die Krankenhausstimmung dämpfte ihn.

»Warum hast du aus mir eine Kämpferin für die Wahrheit gemacht?«

»Es bringt Quote.«

»Quote?«

»Ja. Aus dem ganzen Thema schien die Luft raus zu sein, zumindest, was das Interesse jenseits von Starluck und einem Teil der *Romanow*-Welten anbelangt. Jetzt sind wir der Sender, der nicht nur vor Ort war, als es geschah, sondern wir haben ein Beinahe-Opfer in unseren Reihen. Dein Blut auf der Straße macht uns glaubwürdiger, das hat vergossenes Blut so an sich. Eine Wahrheit oder Erkenntnis, die ohne Schmerzen gewonnen wurde, ist in der öffentlichen Wahrnehmung nur halb so viel wert, egal, wie wahr und bedeutend sie ist. Sie ist auch langweilig.«

»Uns? Uns macht das glaubwürdiger? Dabei hast nur du geredet. Ist das jetzt unsere Arbeitsteilung? Ich blute, du redest?« Sie schnaubte. »Nein. Ich will, dass du damit sofort aufhörst.«

»Ja, ich habe geredet, aber nur, weil du nicht konntest. Wir konnten nicht warten, bis du klar im Kopf warst, die Story wäre verloren gewesen.« Er schüttelte den Kopf. »Glaub nicht, dass ich hier am meisten profitiere. Das Ganze ist ein Quantensprung in deiner Karriere. Du warst ein Boulevardpüppchen, jetzt bist du ein Symbol für mutigen unabhängigen Journalismus. Erzähl mir nicht, dass du wieder zurückwillst.«

»Irgendwer will mir an den Kragen.« Ihre Stimme war dünner, als sie wollte.

»Papperlapapp.«

»Nicht papperlapapp!« Wütend richtete sie sich auf, der Druck im Kopf nahm zu, und ein Stich fuhr ihr in die Niere. »Sie haben zwei Briefbomben aus meiner Post hierher gefischt. Zwei verdammte Bomben!«

Sörensen öffnete den Mund und schloss ihn wieder. Er wirkte überrascht. »Ehrlich?«

»Ja.«

»Das heißt, wir sind auf der richtigen Spur.«

»Was für eine Spur, verdammt?« Sie ließ sich wieder ins Kissen sinken. Ihre Schläfen pochten. »Wir haben keine Spur. Du hast nur einfach lautstark verkündet, ich wüsste so viel, dass die bösen Buben mich umbringen wollten. *Dass ich die Bombe platzen lassen würde*, das waren deine Worte, und das ist irgendwie überhaupt nicht lustig. Doch Fakt ist, ich weiß nichts, überhaupt nichts, ich wurde von vier Liga-Idioten überfallen, und keiner von ihnen trug einen Anzug oder so. Nur dank deiner Worte sind nun die Mörder der armen Nakamura überzeugt, ich wüsste so viel, dass sie mich unter allen Umständen umbringen müssten, weil ich sie sonst ans Messer liefere. Deswegen sind sie hinter mir her, und aus keinem anderen Grund. Und vielleicht sind noch ein Dutzend anderer Killer hinter mir her, weil sie alle Angst haben. Wer weiß denn schon, wer alles in die Geschichte verwickelt ist? Du hast sie alle auf mich gehetzt!«

Sörensen kaute auf seiner Lippe und sagte eine Weile nichts, auch Lydia schwieg, ihr Ausbruch hatte sie erschöpft. Und wie Omar Recht hatte – sie hatte Angst.

Vom Gang klangen gedämpfte Rufe herein.

»Und ich dachte, du würdest dein neues Image mögen«, sagte Sörensen.

»Es geht hier nicht um ein Image!« Verstand er denn überhaupt nichts? Existierte für ihn überhaupt eine Welt außerhalb der Medien?

»Es geht immer um ein Image«, sagte er ruhig. »Wir verkaufen den Leuten ein Image von uns, und mit diesem Image verkaufen wir alles Mögliche. Mal kleine, mal große Teile der Wahrheit, mal Vermutungen, mal Tratsch, auch mal blanken Unsinn, wenn sie es wollen. Aber unser Image ist die Verpackung, und mit der richtigen Verpackung schlucken die Leute die Wahrheit, Propaganda oder Tratsch. Wenn du als seriös giltst, glauben sie dir, wenn nicht, dann nicht. Sie können es nicht selbst überprüfen, es geht um Vertrauen. Um das Bild, das sie von uns haben. Um unser Image.«

»Ich will kein Image, ich will leben.«

Sörensen seufzte und erhob sich. Er lief im Zimmer auf und ab. »Jeder will leben, und es tut mir aufrichtig leid, dass du zwei Briefbomben bekommen hast. Ich werde diesem Kommissar O… O…«

»Omar.«

»Omar, meinetwegen. Ich werde ihm danken, sobald ich das Zimmer verlassen habe, auch für die beiden Wachen vor der Tür. Aber du solltest dir bewusst werden, was du willst. Als du bei GalaxyView angefangen hast, hast du betont, du wolltest Boulevard nur vorübergehend machen. Darum habe ich dich hier mitarbeiten lassen, darum hat der Sender dir ab und zu die etwas spannenderen Themen zugeschanzt. Du hast Potenzial. Und du bist eine

Beta in den von Menschen dominierten Medien, egal, was du tust, es ist in gewisser Weise immer politisch. Du bekommst Hassbriefe in den Sender, die du nie zu Gesicht bekommst.«

»Hassbriefe?«, unterbrach sie ihn. Es war immer nur von einem Vorsortieren der Fanpost und ärgerlichem Spam die Rede gewesen.

»Lass mich ausreden, bitte. Hassbriefe hat schon jeder von uns bekommen, außer die Wetterfee, und selbst da bin ich mir nicht sicher. Ich dachte, dass du als ehemalige Justifierin härter im Nehmen bist, du hast genug einstecken müssen und bist mehrmals fast abgekratzt. Vielleicht bist du jetzt auch nur empfindlich, weil du angeschlagen bist. Ich verstehe, wenn du Angst hast, ich habe früher …« Er blieb stehen, sah sie an und winkte ab. »Das würde jetzt zu weit führen, tut auch nichts zur Sache, jetzt geht es um dich. Wenn man unbequeme Wahrheiten verkünden will, wenn man in einer Geschichte ermittelt, in der mindestens zwei konkurrierende Unternehmen und ein Verbrechersyndikat verwickelt sind, ganz zu schweigen von dem eigentlichen Entführer, dann kann das böse Folgen haben, weil man jemandem auf die Zehen tritt, der es gewohnt ist, selbst fester zu treten. Und ich rede jetzt nicht nur von dieser einen Geschichte, sondern ganz allgemein. Entweder du kannst damit umgehen oder nicht. Wenn nein, dann machst du fortan weiterhin Boulevard und gut. Wenn du damit klarkommst, dann überlegen wir gemeinsam deinen nächsten Karriereschritt. Es gibt keinen besseren Moment als jetzt. Hast du mich verstanden?«

»Hast du mir gerade eine Beförderung zur richtigen Reporterin angeboten?«

»Das kann ich nicht, das muss schon der Sender machen. Aber ich kann mit ihm reden.« Er lächelte. »Überlege es dir einfach bis morgen, dann komme ich wieder. Mit Kamera. Und dann redest du erst mit mir und dann mit der Öffentlichkeit, als bedauerliches Opfer eines Überfalls der Liga oder als angegriffene Reporterin, die sich nicht einschüchtern lässt und weiterhin nach der Wahrheit forschen wird. So oder so. Einverstanden?«

Sie nickte, er würde sowieso kommen, egal, was sie sagte. Und morgen war morgen, dann könnte sie ihn immer noch wegschicken.

»Gut. Dann such ich jetzt diesen Kommissar Oman, und du wirst gesund.«

»Omar.«

»Ich weiß.« Er gab ihr einen sanften Kuss auf die Stirn, und sie war zu schwach und zu überrascht, sich zu wehren. Was war bloß mit ihm los? So hatte sie ihn noch nie erlebt. Als er das Zimmer verlassen hatte, war sie überzeugt, dass es Schuldgefühle waren.

Papperlapapp.

Sie schloss das Auge und versuchte zu schlafen. Morgen vor der Kamera musste sie fit sein. Egal, was sie sagen würde.

15

18. November 3041 (Erdzeit)
Planet: Deadwood

Aleksej kroch aus der Koje, beschimpfte den Wecker und warf einen Blick aus dem Fenster.

Draußen herrschte noch immer der dichte Nebel, der jegliche Sicht schluckte. Das diffuse Licht ließ lediglich erahnen, dass die Sonne bereits aufgegangen sein musste.

»Na toll«, brummte er, rieb sich den Schlaf aus den Augen und stapfte nach einer hastigen Wäsche mit rationiertem Wasser und einem kargem Frühstück – viele Kalorien, Vitamine und Nährstoffe, wenig zu kauen – zur Brücke. Einen Becher heißen Kaffee nahm er mit.

»Morgen«, grüßte er in die Runde. Howard, Giselle, Aragorn und Pavel waren bereits wach. »Bei dem Nebel brauchen wir unsere Tarnnetze ja gar nicht.«

»Morgen«, antwortete Giselle und verzog das Gesicht. »Der dritte mit demselben Humor. Das werden anstrengende Wochen, fürchte ich.«

»Solange uns nur irgendein Humor bleibt, wird es nicht anstrengend.«

»Es sei denn, es ist Gennaros.«

»Mein Name? Um was geht's?«, fragte der Nashornbeta, der eben zusammen mit Sergej die Brücke betrat.

»Unwichtig«

»Unwichtig? Ich? Kann nicht sein.« Er lachte laut. »Aber habt ihr schon mal rausgesehen? Keine Ahnung, was Sergej letztens alles gefressen hat, aber er hat ordentlich einen fahren lassen. Hoffentlich verziehen sich seine Verdauungsprobleme bald.«

Sergej boxte ihm in gespielter Entrüstung gegen die Schulter, sagte jedoch nichts. Niemand sonst reagierte, nur Giselle zuckte die Schulter, als wollte sie sagen: »Hab ich es nicht gesagt?«

Quot erat demonstrandum, dachte Aleksej und verfluchte im selben Moment das Latein. Wann würde er es endlich aus dem Kopf bekommen?

»Morgen«, sagte Howard. »Tanja kümmert sich noch um unsere Interim-Patientin, aber es scheint nicht allzu schlimm zu sein, Hoffmann stellt keine Gefahr für andere dar. Lasst uns anfangen. Giselle?«

Die Wissenschaftlerin aktivierte eine 3D-Projektion auf ihrem Besprechungstisch, und jeder zog seinen Kaffee ein Stück weiter an den Rand. Die Projektion zeigte einen Gebirgszug mit schroffen, kahlen Felsen. Er bestand aus grünen Linien aus dem Bordcomputer, es war keine Aufnahme aus der Wirklichkeit.

»Das hier ist die nächste Umgebung unserer Zielkoordinaten, soweit wir sie aus den Anflugprotokollen reproduzieren konnten«, erklärte Giselle. »Nur die obersten Gipfel ragen aus dem Nebel heraus. Der ist unglücklicherweise zu dicht, um eine Aufklärer-Drohne bei den herrschenden Windverhältnissen sicher hindurchzusteuern, zu hoch ist das Risiko eines Crashs. Und Aufnahmen aus der Höhe helfen uns nicht weiter. Es sollte also jemand zu Fuß die Umgebung erkunden.«

»Hat das nicht Zeit?«, fragte Gennaro, der wahrscheinlich keine Lust auf eine Kletterpartie verspürte. »Wir haben noch vier Monate Zeit, bis dahin muss sich der Nebel doch mal verziehen.«

»Nein«, sagte Howard bestimmt. »Wir brauchen möglichst viele Informationen, und das möglichst bald. Denn mir gefällt der avisierte Zielort von Schmidts Reise nicht, er liegt genau hier.«

Auf dem zentralen Berg erschien ein rot blinkendes Kreuz, ungefähr auf zwei Drittel Höhe, jedoch ein gutes Stück unterhalb der Oberfläche.

»Das ist mitten im Fels«, sagte Aleksej. »Was soll das denn?«

»Ein Rechenfehler?«, schlug Aragorn vor.

Giselle schüttelte den Kopf. »Wir haben es dreimal durchgerechnet. Im Augenblick von Schmidts Erscheinen sind das exakt die Koordinaten, wo er auftauchen soll. Natürlich ist bei einem unkontrollierten Sprung ohne jedes Zielportal nichts exakt, aber irgendetwas will der Entführer uns damit sagen, dass er ihn mitten in den Fels versetzt. Wenn er Schmidt hätte töten wollen, das hätte er einfacher haben können. Es muss mehr dahinterstecken.«

»Vielleicht hat er sich verrechnet? Nicht wir«, warf Pavel ein.

»Ein Typ, der einen solchen Coup durchzieht? Der ein TransMatt-Portal hackt und die ganze Starluck-Security zum Narren hält? Nein.« Howard hämmerte mit dem Zeigefinger auf den Besprechungstisch. »Ich bin überzeugt, er will uns damit etwas mitteilen. Hinter dem Ort steckt eine Botschaft, oder sie erwartet uns dort oben.«

»Uns?«, fragte Aragorn. »Meinst du damit uns paar Hanseln hier oder *Romanow*?«

»Wir sind *Romanow*«, sagte Howard nachdrücklich und pochte mit dem Zeigefinger weiter auf den Tisch.

Gennaro und Sergej nickten. Gennaro legte sogar seine Hand auf das Tattoo auf seinem Oberarm und sagte vernehmlich: »Jawohl!«

Aleksej erinnerte sich, wie er Gennaro nach dem *Romanow*-Logo auf seinem Arm gefragt hatte, was er damit täte, wenn er den Buyback erreicht hätte und frei sei.

»Dann bleibe ich bei *Romanow*, was denn sonst? Die werden mich schon übernehmen und ordentlich bezahlen, ist schließlich meine Familie«, hatte er geantwortet. Aleksej stellte sich unter Familie etwas anderes vor, doch er hatte auch irgendwo eine Mutter und einen Vater, vielleicht Halbgeschwister, von denen er nichts wusste. Entscheidend war jedoch, dass er nicht für jemanden arbeiten wollte, der ihn mal besessen und wie ein Ding behandelt hatte.

»Erwartest du nicht mehr von der Freiheit?«, hatte Aleksej gefragt.

»Mehr? Ich bin ein Justifier und werde immer einer

sein. Das Leben ist nun mal kein Zuckerschlecken, aber wenigstens kann man treu sein. *Romanow* hat mich ins Leben gebracht, ich werde nicht zu einem Konkurrenten überlaufen, der vielleicht schon einen Kameraden von uns getötet hat. Willst du für so jemanden arbeiten oder für ein paar C mehr plötzlich deinen alten Kameraden gegenüberstehen, die Waffe im Anschlag?«

Nein, das wollte Aleksej nicht, er wollte für niemanden arbeiten, wollte sein eigener Herr sein. Dafür würde er zur Not auch die Waffe erheben, jedoch niemals für einen neuen Herrn nach dem Buyback.

»Und was will er uns mitteilen?«, fragte Pavel und blickte Howard an.

Aleksej hatte plötzlich einen Gedanken, sagte jedoch nichts. Wenn es tatsächlich nur um den Koffer ging und dem Entführer Schmidts Leben egal wäre, dann war das die sicherste Methode, den Koffer zu vernichten. Er würde innerhalb der Gesteinsstruktur materialisieren, wodurch es ein solches Chaos innerhalb der Moleküle gäbe, dass keine Bergung möglich wäre. Hätte er Schmidt nur irgendwohin in die Weite des Alls gesandt, hätte man den Koffer mit viel Glück eventuell irgendwo finden können, wie er Treibholz gleich durch die Unendlichkeit dümpelte. Der Entführer hatte sein Geld bekommen, vielleicht wollte er einfach nur noch einen draufsetzen, indem er *Romanow* das verweigerte, was der Konzern ersteigert hatte: Schmidts Leben und den Koffer. *Aber wäre es da nicht sicherer gewesen, die Koordinaten inmitten einer Sonne zu wählen?* Diese Frage beendete den Gedankengang abrupt. Es musste etwas anderes dahinterstecken.

»Keine Ahnung, was das für eine Botschaft ist«, sagte Howard. »Wahrscheinlich erfahren wir das erst vor Ort. Und was auch immer es ist, ich will es möglichst früh wissen. Aleksej und Pavel werden gehen. Soll ich euch noch einen von den anderen mitgeben?«

Mit den anderen war die reguläre Schiffsbesatzung gemeint. Die Gefahr, dass derjenige sie aufhalten würde, war zu groß, also verneinten sie. Ein normaler Mensch war meist zu schwach, zu langsam, zu früh erschöpft.

Die Hierarchie solcher Expeditionen war für Aleksej das Verblüffendste. Niemand zweifelte hier draußen die übergeordnete Stellung der Justifiers an, klaglos ordnete sich die normale Schiffsbesatzung unter, obwohl sie freie Menschen waren und ihrem Selbstverständnis nach allen Betas und Verbrechern übergeordnet. Nur hier draußen im Nichts, fern jeder Zivilisation, überließ man den halben Tieren die Führung.

»Giselle wertet weiterhin die bisherigen Daten aus und organisiert sich vier von den anderen, die ihr beim Sammeln neuer helfen«, befahl Howard. »Aragorn überprüft die technischen Geräte, die Drohnen und unsere Fahrzeuge, ob alle den Flug ohne Schäden überstanden haben, holt sie aus dem Frachtraum und macht sie einsatzfähig. Gennaro und Sergej erkunden unsere nähere Umgebung. Sucht nach Spuren von Leben, das uns gefährlich werden könnte, große Tiere oder primitive Ahumane auf dem Kriegspfad. Ist sehr unwahrscheinlich, aber ich will sichergehen. Auf geht's, Leute, hopphopp.«

»Alles klar.« Keiner rief Jawohl oder gar Sir, und Howard verlangte es nicht. Unter Aleksejs Führung war in ihrem kleinen Kreis der Umgangston stets weniger militärisch gewesen, als die Statuten es vorsahen, und Howard schien sich nun doch darauf zurückzubesinnen.

»Aleksej, du bleibst kurz hier. Ich möchte mit dir unter vier Augen reden.«

Während die anderen die Brücke verließen, schwieg Howard, erst als die Tür geschlossen war, sagte er: »Du weißt, dass ich dich nicht aus Schikane losschicke?«

»Klar«, sagte Aleksej. »Ich weiß nur nicht, ob es ein um drei Monate verspätetes Geburtstagsgeschenk ist oder ob du einfach überlegt hast, wer am entbehrlichsten ist.«

»Was? Du bist nicht entbehrlich, niemand ist das! Und du bist Pilot und ...«

»Hey, war nur Spaß.«

»Ich mein das hier aber ernst«, sagte Howard, und Aleksej fragte sich zum ersten Mal, ob der Bisonbeta vielleicht von der plötzlichen Verantwortung überrascht worden war, so sehr er sie auch herbeigesehnt hatte. »Als Pilot bräuchte ich dich eigentlich hier, zum Steuern der Drohnen und für den einen oder anderen Erkundungsflug. Pavel ist unser Aufklärer, aber du bist der beste Kletterer der Truppe. Wen sollte ich ihm also sonst mitgeben?«

Aleksej nickte, er wusste, dass Howard Recht hatte.

»Ich weiß, dass ich die Leitung nicht unter den besten Umständen bekommen habe. Aber ich weiß, dass ich der Richtige dafür bin und frag dich jetzt unter uns: Akzeptierst du es? Wir können hier keinen Zoff untereinander gebrauchen.«

»Du meinst also, ich bin der Falsche?«, fragte Aleksej angriffslustig.

»Das habe ich nicht gesagt.«

»Klang aber so.«

Einen langen Moment sahen sie sich schweigend an, dann fragte Howard: »Und? Was ist deine Antwort?«

»Ich werde dir nicht in den Rücken fallen. Aber du hast selbst gesagt, es waren nicht die besten Umstände beim Führungswechsel«, sagte Aleksej. Damit hatte er eine offene Konfrontation nicht ausgeschlossen. Egal, was Howard sagte oder tat, er würde ihn immer als den Profiteur von Tymoshchuk sehen. Auch wenn der Doktor die Beförderung ausgesprochen hatte, jeder hatte gesehen, wie es zustande gekommen war. Hätte Howard Anstand, hätte er die Beförderung nicht angenommen, den Doktor unter vier Augen gesprochen.

»Aber der Führungswechsel hat stattgefunden«, sagte Howard. »Und jetzt ist es so. Du weißt, dass wir zusammenhalten müssen.«

Aleksej biss sich auf die Lippe, dann fragte er: »Haben wir ein TransMatt-Portal im Gepäck?«

»Ich will eine Antwort!«

»Haben wir oder haben wir nicht?«, knurrte Aleksej.

Howard zögerte und schien zu überlegen, ob er den Themenwechsel hinnehmen konnte. Dann brummte er: »Ja.«

»Gut. Lass es direkt vor dem Schiff aufbauen, sodass es noch unter dem Tarnnetz liegt, das jede Form von Messung mit Störsignalen und der Spiegelung der Umgebung irritiert, nur falls irgendwer doch zufällig den Planeten hier scannt. *Gauss* und die Rosettis wissen schließlich, dass wir nicht weiter als sechs Lichtjahre entfernt sein können.« Aleksej drehte sich um und trat ans Fenster. »Es gibt eine gewisse, nicht zu vernachlässigende Wahrscheinlichkeit, dass bei Abweichungen in einem unkontrollierten Sprung die Materie eher ein nahegelegenes Portal ansteuert, als sich irgendwo im Beliebigen zu materialisieren. Ein solches Portal hat fast magnetische Wirkung. Vielleicht verhindern wir so, dass Dr. Schmidt im Gestein landet, und können ihn stattdessen quasi ansaugen oder umleiten, wenn wir im entscheidenden Moment die Power voll hochfahren.«

Howard starrte ihn an.

»Das war jetzt kein Versuch, das Kommando an mich zu reißen. Entspann dich.«

»Danke.« Howard reichte ihm die Hand.

Aleksej schlug ein. Ohne versprochen zu haben, die bestehende Hierarchie zu akzeptieren.

Es war bereits weit nach Mittag, als Aleksej und Pavel die erste Gebirgskette überwunden hatten und ein schmales, zerklüftetes Tal durchschritten, in dem die *Baba Yaga* laut der Messungen keinen Platz zum Landen gefunden hätte. Trotz der eingeschränkten Sichtweite bestätigte der Anblick diesen Befund, keine fünf Quadratmeter blieb der Untergrund hier eben.

Der Wind blies schwächer als auf der Ebene draußen, doch er verstummte nie, und immer wieder pfiffen Böen kühl und feucht über sie und die grauen Felsen hinweg. Die ganze Zeit über hatten sie den Nebel nicht verlassen, Aleksej vermisste einen weiten Blick, so langsam wirkte der Nebel wie Gefängnismauern auf ihn. Zu weich und nachgiebig, um sie einzuschlagen, und immer ein paar Schritte außerhalb der Reichweite.

»Hörst du das?«, fragte Pavel, als sie beide kurz stehen blieben und eine Nahrungspille mit Aufputschmittel einwarfen.

»Was?«

»Das.« Pavel deutete mit zusammengezogenen Brauen in das Nichts über ihnen.

»Was das?«, fragte Aleksej. Er hatte nicht auf die Geräusche geachtet, er versuchte nur, das nervtötende Pfeifen des Windes auszublenden.

»Es ist weg.«

»Was war es?«

»Ich weiß nicht. Wahrscheinlich doch nur der Wind. Oder rauschende Blätter, laut Rechner soll es hier ja irgendwo auch Bäume geben.«

Aleksej winkte ab. Bislang hatten sie nur blanken Fels gesehen, gelblichen Nebel und hier und da ein wenig Moos oder Gras, jedoch weit und breit keine Bäume. Pavel hatte bessere Ohren als er, aber es war leicht, sich hier im ständigen Nebel etwas einzubilden.

Außer den Geräuschen, die sie oder der wechselhafte Wind hervorriefen, war hier nichts außer hin und wieder ein Funkspruch, der routinemäßig fragte, wie sie vorankamen.

Das Gelb zerrte an Aleksejs Nerven, doch er hatte aufgehört zu glauben, dass hier irgendetwas war, auch keine Botschaft, wie Howard dachte. Wenn es eine geben sollte, dann wäre sie in den Koordinaten versteckt, aber nicht hier vor Ort. Dafür hätte der Entführer hierher kommen müssen, doch wozu das? Was er zu sagen hatte, hätte er als Durchsage sagen können, und um Schmidt herzuschicken, musste er lediglich Koordinaten programmieren. Dazu reichte ein kurzer Blick in die große Datenbank. Warum also herkommen?

Sie setzten ihren Marsch fort und nahmen den Berg in Angriff, in dessen Flanke sich die Zielkoordinaten befanden. Das Gestein war von einem helleren, gesprenkelten Grau und ab und an mit rötlichen und grünen Adern durchzogen. Das erste Stück war flacher, dann wurde es schon bald so steil, dass sie wieder die Hände zuhilfe nehmen mussten.

»Warum konnte ich kein Steinbockbeta werden«, schnaufte Pavel, während er sich bemühte, mit Aleksej Schritt zu halten.

»Ach, so komische Hörner würden dir hier auch nicht weiterhelfen«, sagte Aleksej. Seine Zehen waren dank seines Schimpansenerbes greiffähig und geschickter als die eines Menschen, und mit seinen speziellen fünfgliedrigen Schuhen fand er auch leicht Halt.

»Idiot.«

Nach einer Weile wurde aus dem Hang eine Wand, die senkrecht in die Höhe stieg. Pavel schüttelte nur den Kopf, und auch Aleksej wollte es ohne Sicherung nicht ausprobieren. Unterhalb der Wand folgten sie ihr parallel zum Hang, bis sie schließlich eine Schneise erreichten, die schräg nach oben führte. In ihr setzten sie den Aufstieg fort.

Hin und wieder löste sich ein Steinchen unter ihren Füßen, doch sie fanden leicht Halt. Aleksej genoss die Bewegung nach der Zeit im Raumschiff, doch Pavel kam immer mehr ins Schnaufen.

»Pause«, verlangte er nach einer Weile, als sie ein gut zwei Meter breites Sims erreichten, das zum Sitzen einlud. Mit hechelnder Zunge atmete er mehrmals tief durch, dann wollte er wissen, wie weit es noch sei.

»Vierhundertundzwölf Höhenmeter«, sagte Aleksej nach einem Blick auf den Höhenmesser.

»Ist noch ein Stück.«

»Ja.«

Schweigend saßen sie auf dem Sims und starrten in das gelbgraue, wabernde Nichts. Als Kind hatte Aleksej in den Wolken Formen und Gesichter zu erkennen versucht, doch die Konturen und Schemen im Nebel waren zu sehr in Bewegung. Kaum vermeinte er etwas zu erkennen, da löste es sich auch schon wieder auf.

»Ich hoffe, der Nebel verpisst sich irgendwann«, murmelte Pavel nach einer Weile. »Wenn der die ganzen vier Monate bleibt, werde ich wahnsinnig.«

»Nicht nur du.«

Irgendwo in der Ferne polterte ein Stein in die Tiefe, dem Geräusch nach mehr als nur ein Kiesel. Dann herrschte wieder Stille.

»Ist das normal?«, flüsterte Pavel und hielt plötzlich seine *Prawda* in der Hand.

»Ein Stein kann sich schon mal lösen. Vielleicht haben sogar wir ihn beim Aufstieg gelockert, und jetzt hat der Wind der Rest besorgt«, sagte Aleksej, doch auch er sprach nur gedämpft und hatte sofort seine *Arclight* Laserpistole gezogen.

In fremder Umgebung war es gut, unterschiedliche Waffen mit sich zu führen, um auf alle Eventualitäten vorbereitet zu sein. Zudem hatte beide ein äußerst stabiles *Diamond Knife* am Gürtel.

Angespannt lauschten sie, doch minutenlang war nichts zu vernehmen außer dem Wind, ein ständig wechselndes Rauschen im Ohr. Ganz leise, doch stets vorhanden. Vielleicht würde sie das noch schneller in den Wahnsinn treiben als der Nebel.

»Weiter?«, fragte Pavel schließlich.

Nach kurzem Zögern steckte Aleksej die *Arclight* weg und machte sich wieder an den Aufstieg. Während er langsam nach oben kletterte, lauschte er mit einem Ohr in den Nebel hinter ihnen. Meter um Meter kamen sie voran, ohne dass er ein fremdes Geräusch hörte. Zäh verrann der Nachmittag, und plötzlich hörte Aleksej ein fernes, heiseres Schnauben. Ruckartig verharrte er und blickte sich um. Der Nebel war hier weniger dicht, vielleicht drang auch nur mehr Sonnenlicht von oben bis hierher, doch weit war die Sicht auch nicht, vielleicht zehn Meter. Es war nichts zu sehen.

»Hast du das gehört?«, raunte Pavel, der rechts hinter ihm kletterte und ebenfalls angehalten hatte.

»Ja.«

»Mist. Ich hatte auf eine Einbildung gehofft.«

»Schtt.«

Reglos hielten sie sich fest und vermieden ein oder zwei Minuten lang lautes Atmen. Langsam verkrampften ihre Muskeln, das Schnauben kehrte nicht zurück. Sie sahen und hörten nichts, und Aleksej begann, den Nebel wirklich zu hassen. Er nahm ihnen die Sicht und schluckte alle Geräusche, nur den verfluchten Wind nicht.

»Weiter«, stieß Aleksej zwischen den Zähnen hervor. Kurz dachte er daran, der *Baba Yaga* Meldung zu erstatten, aber es war nur ein unidentifiziertes Geräusch gewesen, ein Schnauben, das vielleicht auch vom Wind erzeugt worden war, zu ähnlich hatte es geklungen.

Auch Pavel hat es gehört, dachte er, doch dann beschloss er, dass es reichte, es beim nächsten Routinegespräch zu erwähnen. Oder auch nicht. Gennaro würde einen dafür drei Wochen lang fragen, ob man allein im Nebel Angst habe.

Sie vernahmen kein weiteres Schnauben mehr, bis sie die Höhe der Zielkoordinaten erreichten. Steine rollten unter ihren Füßen in die Tiefe, und im Nebel lauerte nichts außer den vertrauten sich wandelnden Schemen. Der Berg sah hier aus wie überall.

»Komm, weiter«, sagte Aleksej und kletterte nach rechts. Da sie während des Aufstiegs ein Stück von ihrem Kurs abgekommen waren, folgten sie nun der Höhenlinie um den Berg herum zurück, um die Zielkoordinaten zu erreichen. Manchmal fünf Meter zu hoch, manchmal fünf zu tief, je nachdem, was der Fels ihnen ermöglichte. Abwechselnd übernahmen sie die Führung.

Und dann, ohne Vorwarnung, frischte der Wind auf. Heulend prallte er auf sie und zerrte an ihnen. Verbissen drückte sich Aleksej ganz nah an den Berg, um nicht fortgeweht zu werden, klammerte sich mit Händen und Füßen und aller Kraft in den Fels. Pavel, der schräg über ihm kletterte, fluchte und suchte ebenfalls Halt, doch zu spät – seine Füße rutschten ab, die linke Hand ruderte durch die Luft, und die rechte allein war zu schwach, um ihn zu halten. Mit einem Aufschrei schlitterte er in die Tiefe, nur zwei Meter neben Aleksej vorbei.

Und Aleksej reagierte, ohne nachzudenken. Er warf sich zur Seite, packte mit der ausgestreckten Linken Pavels Arm und krallte die Rechte und beide Füße in den Fels. »Halt dich fest!«

Mit der Linken erwischte Pavel eine Spalte, die Füße schabten hektisch und wild über den Stein, bis auch sie Halt fanden, während sich die Rechte an Aleksej klammerte. Der scharfkantige Fels bohrte sich in seine Finger, das Gewicht des Wolfsbetas zerrte an seiner Schulter, doch er ließ nicht los. Innerhalb von ein, zwei Sekunden hatte Pavel Halt gefunden und schmiegte sich nun ebenfalls flach an den Felsen. Sie keuchten und rührten sich nicht, bis der Wind wieder abflaute.

»Danke«, sagte Pavel, als es wieder sicher schien. Er hatte eine Wunde auf der Stirn, Blut verklebte das Fell über dem rechten Auge.

»Verdammt«, knurrte Aleksej. »Du wärst fast gestorben wegen dieser eingebildeten Botschaft. Scheiß auf Howard! Ich hätte so einen Schwachsinn nie angeordnet.«

»Ich weiß. Aber ...« Mehr sagte Pavel nicht.

Bevor Aleksej noch weitere Tiraden loslassen konnte, meldete sich Giselle zur Routinekontrolle: »Alles in Ordnung bei euch?«

»Nein«, knurrte Aleksej.

»Was heißt das?«

»Nichts«, sagte Pavel und starrte Aleksej warnend an.

»Ich hab im Wind nur kurz den Halt verloren, aber nichts passiert.«

»Alles in Ordnung?«, fragte sie noch einmal, diesmal klang es nicht nach Routine.

»Ja«, sagte Pavel.

»Habt ihr schon was entdeckt?«

»Nein. Wir sind auf der richtigen Höhe, müssen aber noch ein Stück zur Seite. Wir melden uns dann.«

»Verstanden. Over.«

»Over.«

Aleksej starrte Pavel an. Warum hatte er ihn zurückgehalten?

»Über Sinn und Unsinn der ganzen Kletterei reden wir in Ruhe unten«, sagte der Wolfsbeta ungefragt. »Über Funk bringt das nichts. Lass uns den Quatsch zu Ende bringen, dann sehen wir weiter.«

Das war nicht Aleksejs Art, aber Pavel hatte Recht, sie sollten sich auf das Klettern konzentrieren, nicht auf irgendwelchen Zoff mit dem Möchtegernboss, der bequem im Tal saß.

Aleksejs rechte Finger schmerzten, doch er konnte klettern. Auch Pavel kam langsamer voran als zuvor, vielleicht war er auch nur vorsichtiger geworden. Schließlich erreichten sie den Punkt, der den Zielkoordinaten im Fels am nächsten lag, und es war gewöhnlicher grauer Fels. Was auch immer Howard sich erhofft hatte, es war nicht zu sehen.

»Wenn das eine Botschaft sein soll, dann ist sie ziemlich subtil«, brummte Aleksej und spuckte in die Tiefe. Schwachsinnige Idee eines Schwachkopfs. Nirgendwo war eine irgendwie geartete Botschaft zu erkennen. Was hatte Howard auch erwartet? Eine in den Fels gehauene Begrüßung? Einen blinkenden Automaten mit Erfrischungsgetränken? Die Touristen-Information?

»Botschaft, pah. Der Kerl hat doch 'nen Hau«, brummte Aleksej.

»Ist aber der Boss«, keuchte Pavel.

»Dazu sag ich jetzt nichts.« Aleksej starrte den Wolfsbeta an, der zuckte mit den Schultern. Es wirkte bedauernd.

»Ist doch alles Blödsinn.«

Pavel unterbrach ihn und deutete nach oben. »Ja, aber siehst du das?«

Aleksej hob den Kopf. Dort, wo der Nebel alles zu verschlucken begann, deutete sich etwas an, das ein breiter Vorsprung sein könnte, vielleicht auch eine Art Plattform oder eine Ausbuchtung im Fels. »Das liegt deutlich oberhalb der Koordinaten.«

»Lass uns trotzdem nachsehen.«

Seufzend stieg Aleksej voraus, auch wenn er den letzten Glauben an Howards Botschaftstheorie längst verloren hatte. Doch schon bald erkannte er, dass Pavel Recht gehabt hatte. Es handelte sich tatsächlich um einen Vorsprung, nicht mehr als ein Sims, das sich zwanzig Meter an der Bergflanke entlangstreckte. Direkt über dem Sims befand sich der Eingang zu einer Höhle, die leicht abschüssig in das Gestein hinabführte. Dorthin, wo die Zielkoordinaten liegen mussten.

»Ist trotzdem keine Botschaft«, brummte Aleksej.

»Auch kein Zufall.« Pavel schnaufte tief durch.

»Nein.«

Sie starrten in die Schwärze hinab. Die offiziellen Daten zu dem Planeten hier waren so spärlich, dass der Entführer das nicht gewusst haben konnte. Er musste hier gewesen sein und den Ort bewusst gewählt haben. Doch wieso eine Höhle? Wieso überhaupt herkommen?

»Dann also rein«, sagte Aleksej.

»Gib erst der *Baba Yaga* Bescheid. Da drin könnte der Empfang gestört sein, und nach dem letzten Funkspruch sollten wir sie nicht beunruhigen.«

Aleksej nickte und rief die *Baba Yaga*. Er gab durch, was sie entdeckt hatten, und sagte, sie würden jetzt in die Höhle steigen, und dass es Probleme mit der Kommunikation geben könnte. Die verschiedenen Geräusche und Schemen im Nebel und seinen Ärger erwähnte er nicht.

»Passt auf euch auf«, sagte Giselle.

»Sowieso. Wir melden uns in zwei Stunden wieder. Also keine Panik, wenn ihr vorher von uns nichts hört.«

»Alles klar. Over.«

Sie schalteten ihre Lampen ein und betraten nebeneinander die Höhle. Der Eingang war bestimmt fünf Meter hoch und doppelt so breit, weiter drinnen vergrößerten sich die Ausmaße auch noch. Der Boden war uneben, die Decke wies Spalten und zahlreiche Hubbel auf, es gab keine Anzeichen, dass sie künstlich angelegt worden war. Nach einer Weile deutete Pavel auf etwas am Boden, das Schleifspuren sein könnten. Aleksej wusste nicht, wie die Kratzer im Boden zu deuten waren, sie schienen älter zu sein, Staub und Steinchen hatten sich darübergelegt.

»Sieht nicht nach einem Tier aus«, sagte Pavel. Auch

wenn er eigentlich der Aufklärer war, schien er doch unsicher, wie diese Spur einzuschätzen war.

»Sondern?«

»Nach der scharfen harten Kante von etwas Schwerem. So sehen Kratzspuren von Eisenkisten auf dem Betonboden einer Lagerhalle aus.«

»Für eine Lagerhalle liegt sie aber weit ab vom Schuss.«

»Ich weiß.«

»Bist du sicher, dass es keine Krallenspuren sind?«

»Sicher? Nein. Nicht bei dem, was es im All für Kreaturen gibt. Aber wenn, dann ist das ein verdammt kräftiger Bursche mit außergewöhnlich harten Krallen.«

Sie zogen die Waffen und gingen weiter. Pavel drehte sich immer wieder um, damit sie nicht von hinten überrascht wurden, während Aleksej alles vor ihnen im Blick behielt. Kurz bevor sie die Zielkoordinaten erreichten, machte die Höhle eine scharfe Kurve nach rechts. Vorsichtig lugte Aleksej um die Ecke, während Pavel ihren Rücken im Blick behielt.

Die Höhle öffnete sich zu einer kleinen Halle und endete, es gab keine weiteren Ausgänge, nur grobe graue Wände aus Fels. Genau in der Mitte erhob sich ein hüfthohes Podest aus Stahl, auf dem ein kleines TransMatt-Portal stand.

Aleksej klappte der Kiefer nach unten, er schluckte.

Das Portal war gerade groß genug, um zwei ausgewachsenen Männern nebeneinander Durchlass zu gewähren, ein Einzelner mit einem Koffer konnte bequem heraustreten, ein Raumshuttle oder irgendwelche Fahrzeuge bekam man dagegen nicht hindurch.

»Das wirst du nicht glauben«, sagte Aleksej mit dünner Stimme, und die beiden Justifiers traten um die Ecke.

Oben auf dem Portal lief ein Counter rückwärts, er zählte noch 125 Tage, 21 Stunden 34 Minuten und 56 Sekunden.

55.

54.

53.

Und immer so weiter. Aleksej überprüfte die Zahlen mit dem, was er im Kommunikator gespeichert hatte. Es war exakt der Zeitpunkt, an dem Schmidt hier eintreffen sollte.

16

18. November 3041 (Erdzeit)
Ort: Starluck

In einem *Spotlight* auf GalaxyStar wurde verkündet, dass vor wenigen Minuten Emile Drogba, der von *TTMA* heftig kritisierte Securitychef des Starluck, zurückgetreten sei. Mit Tusch und Sternenlogo wurde zur offiziellen Pressekonferenz geschaltet.

»Wir danken Emile Drobga für jahrelange treue Dienste und wünschen ihm in der Zukunft aufrichtig viel Glück«, sagte der Besitzer des Spieltempels und räusperte sich. »Ich durfte ihn als engagierten Kollegen erleben und werde seinen klaren Verstand und seine fachliche Kompetenz vermissen, aber die vergangenen Ereignisse haben einen solchen Schritt leider unumstößlich gemacht. Auch wenn Emile eindeutig keine direkte Schuld an diesen Ereignissen trägt, so fallen sie doch in seinen Zuständigkeitsbereich und seine Verantwortung. Und ich bin ihm dankbar, dass er sich dieser Verantwortung bewusst ist und selbst diesen Schritt getan und uns so eine schwere Entscheidung erspart hat. Das beweist seine menschliche Qualitäten, seinen Blick für das große Ganze und ...«

Bla, bla, bla, dachte Lydia, obwohl sie nur halb zugehört hatte. Es war doch immer dasselbe, Untersuchungen führten zu nichts, und irgendwer trat zurück, egal, ob schuldig oder nicht. Hauptsache, es gab Konsequenzen, um die Öffentlichkeit und damit die Aktienkurse zu beruhigen. Alles eine Frage des Images, wie Sörensen gestern gesagt hatte.

Lydia saß aufrecht im Bett und starrte auf die Sendung, während sie im Kopf wieder und wieder durchging, was sie Sörensen antworten wollte.

»Offen gestanden ist mir diese Entscheidung nicht leichtgefallen«, sagte nun Emile Drogba, der großgewachsene und selbstredend durchtrainierte Sicherheitschef von Starluck. Ein Satz, wie er schon Tausende Male in vergleichbaren Situationen vorgebracht worden war, eine belanglose Floskel, mit der man nicht anecken konnte. »Und ich hätte noch sehr gern geholfen, die Geschichte aufzuklären, doch ich kann mich der Verantwortung nicht entziehen, auch wenn ich mir nicht erklären kann, wie es zu der Entführung kommen konnte. Zu bleiben, wäre das falsche Signal.«

»Sind Sie sich also keiner Schuld bewusst?«, fragte ein Reporter, einer von denen mit seriösem Image und wettergegerbtem Gesicht.

»Nein«, sagte Drogba mit allem Nachdruck. »Ich kann mir nichts vorwerfen, und auch die Untersuchungen bisher haben zu keinen Erkenntnissen gegen mich geführt. Jegliche Behauptungen vonseiten der *TTMA* dienten lediglich dazu, von einer möglichen Diskussion über Schwachstellen in ihrer Technologie abzulenken.«

»Sie denken also, *TTMA* trägt die Schuld?«

Drogba lächelte. »Ich weiß, dass Sie Ihre Schlagzeilen brauchen, doch wie ich Ihnen gerade sagte: Es gibt noch keine Erkenntnisse, und wir sollten jetzt nicht wieder anfangen, irgendwelche angesehenen Personen oder Firmen zu beschuldigen oder nach möglichen kleinen Fehler bei diesen zu suchen. Bei aller verständlichen Aufregung sollten wir alle eines nicht vergessen: Der Täter ist noch immer der Entführer, und niemand sonst.«

»Wie hoch ist Ihre Abfindung?«, fragte nun eine Kollegin, die Lydia nicht kannte.

»Ich bin zurückgetreten und habe dabei auf jeden Anspruch verzichtet«, sagte Drogba. »Wenn ich Verantwortung übernehme, dann tu ich das konsequent und feilsche nicht um irgendwelche Summen.«

Da arbeitet aber einer an seinem Image, dachte Lydia, auch wenn sie dem Mann dafür doch ein wenig Respekt zollte. Sofern seine Worte der Wahrheit entsprachen. Und dann war sie plötzlich überzeugt, seinen Namen schon mal irgendwo gehört zu haben. Oder gelesen, sie konnte sich aber nicht erinnern, wo. Natürlich schwirrte er seit Tagen durch die Presse, aber sie dachte an einen anderen Zusammenhang.

»Was werden Sie jetzt tun?«, fragte ein weiterer Reporter.

»Urlaub machen.« Drogba lächelte, und das sah ehrlich aus. »Ich hatte drei Jahre lang keinen, und die letzten zehn Tage nicht einmal Schlaf, jetzt muss ich erst einmal abschalten und ein wenig Sonne tanken.«

»Und dann?«

»Sehe ich weiter. Darüber habe ich mir noch keine Gedanken gemacht. Die Entführung und all das war von meiner Seite aus nicht geplant. Hätte sie mich nicht überrascht, säßen wir nicht hier.«

Die Journalisten lachten.

»Danke schön.«

Kaum hatte Drogba das Mikrofon verlassen, wurde zur Werbung geschaltet. Lydia drehte den Ton weg und wartete auf Sörensen. Zwei Stunden lang hatte sie jetzt quer durch die Sender gezappt und bewusst nach Images gesucht, obwohl sie schon wusste, was sie sagen wollte.

Endlich öffnete sich die Tür, und Sörensen trat herein. Wie angekündigt hatte er erneut die Kamera dabei, und wie gestern legte er sie erst einmal ab, so als hätten sie alle Zeit der Welt.

»Und, Mädel, wie geht's?«

»Noch immer müde von den Schmerzmitteln.«

»Hauptsache, sie wirken.«

»Ja.«

Er setzte sich nicht, sondern blieb hinter dem Stuhl stehen und stützte sich auf der Lehne ab, wie es auch Kommissar Omar tat, wenn er nachdrücklich werden wollte.

»Und? Hast du dich entschieden?«, fragte er. Sie hatten also nicht alle Zeit der Welt.

»So direkt? Hast du es eilig?«

»Ich bin neugierig.«

»Nun gut.« Vorsichtig richtete sie sich im Bett so weit auf, wie es ohne große Anstrengung und Schmerzen ging. »Aber meine Antwort braucht etwas. Ich habe lange über deinen Vortrag zu einem Image nachgedacht, und über

Drohungen und Angst. Du hast Recht, dass ich als ehemaliger Justifier einiges gewöhnt bin, aber das heißt nicht, dass ich mich wieder danach sehne, mich in Lebensgefahr zu begeben. Ich komme damit zurecht, aber bedroht zu werden, ist kein lieb gewonnenes Hobby von mir, das ist dir hoffentlich klar?«

Zögerlich nickte Sörensen, unterbrach sie jedoch nicht.

»Gut«, fuhr Lydia fort. »Und auch wenn ich langfristig keinen Boulevard mehr machen will, dann will ich mein Image als Kämpferin für die Wahrheit nicht auf einer Lüge aufbauen, das ist doch widersinnig. Du wusstest nicht, wer mich angegriffen hat, und hast die Situation einfach genutzt, um eine packende Story zu konstruieren. Du hast spekuliert, das ist jedem Journalisten gestattet, aber ich weiß, wer es war, ich habe sie gesehen, gehört und von ihnen Prügel eingesteckt. Ich werde nicht die wahren Täter decken, nur um den besseren Start in meine nächste Karriere zu haben. Ich will sie bestraft sehen, verstehst du das?«

»Das heißt, dir ist primitive Rache wichtiger als deine Karriere? Überwiegen deine tierischen Gene tatsächlich den Verstand?«

»Vielleicht.« Die Provokation ließ sie so stehen, sie konnte nicht noch eine Front aufmachen. Ihm war klar, dass Rache zutiefst menschlich war, er wollte sie nur aus dem Konzept bringen. »Frag mich wieder, wenn ich hier raus bin und beides realistische Optionen sind.«

»Bis dahin ist es noch lange hin. So eine Chance kommt nicht wieder.«

»Warum nicht? Woher willst du das wissen? Und warum

kann meine Karriere nicht darauf aufbauen, dass ich mich vehement der verdammten Liga entgegenstelle?«

»Als Beta bist du eine Betroffene, natürlich engagierst du dich gegen die Liga, das ist kein Zeichen von journalistischer Qualität!« Seine Stimme klang scharf. »Wenn du das vehement und in aller Öffentlichkeit tust, macht dich das zu einer Radikalen, einer politischen Kämpferin, nicht zu einer engagierten Reporterin mit der nötigen Objektivität. Ein Opfer, das sich vom selbst erfahrenen Leid nicht lösen kann, keine glaubwürdige Stimme aus der neutralen Zone.«

»Interessant.« Sie verschränkte die Arme, den Begriff *neutrale Zone* hatte sie in diesem Zusammenhang noch nie gehört. »Weißt du, ich habe wirklich lange über alles nachgedacht, und mir ist das zu riskant. Selbst unter reinen Karrieregesichtspunkten scheint mir eine Lüge doch ein recht schwaches Fundament, um meine ganze Karriere darauf aufzubauen. Sobald man die Typen schnappt, egal, ob die einen oder die anderen, fliegt meine Geschichte auf und ...«

»Papperlapapp«, fiel ihr Sörensen ins Wort. »Keiner glaubt ihnen, jeder wird dir glauben. Uns.«

»Uns, ja. Genau darum geht es hier.« Lydia verzog den Mund. »Als mir das klar wurde, habe ich deinen Rat plötzlich verstanden. Du sorgst dich nicht um meine Karriere, hier geht es um deine. Wenn ich die Wahrheit erzähle, ist nicht meine Karriere futsch, sondern deine bekommt einen Knacks. Du hast dich mit deiner Geschichte zu weit aus dem Fenster gelehnt, dein Ruf steht auf dem Spiel, nicht meiner.«

Sörensen richtete sich auf, den Unterkiefer wütend vorgeschoben. »Glaub nicht, dass deine Karriere nicht auch an dieser Geschichte hängt. Du steckst da so weit drin wie ich.«

»Ich habe nichts gesagt in der Öffentlichkeit.«

Er lachte freudlos auf. »Aber zu mir, Mädel, du hast mir das alles erzählt. Zumindest werde ich das aussagen, und du kannst sicher sein, ich finde mindestens drei Zeugen, die meine Aussage beschwören, ohne mit der Wimper zu zucken. Dass ich alles, was ich gesagt habe, bei meinen ersten Besuchen aus deinem Mund gehört habe. Ich, der freundliche Reporter, der einer Beta eine Chance gegeben hat, und du, die Undankbare, die mit Lügen selbstsüchtig nach Aufmerksamkeit geheischt hat. Das wird die Vorurteile gegenüber Betas nur verstärken, ein weiterer Beweis, dass man euch nicht trauen kann.«

Zornig starrte sie ihn an, ihr Kinn zitterte. In seinen Augen war kein Schuldgefühl zu erkennen. Reflexartig fuhr sie ihre Krallen aus, doch mehr tat sie nicht. Für einen Machtkampf mit ihm war sie zu geschwächt, die Gedanken zu langsam. »Das würdest du tun?«

»Wenn du mich öffentlich der Lüge bezichtigst? Natürlich. Reiner Selbstschutz.«

»Ich wollte von einem Irrtum reden.«

»Ein Irrtum? Was soll das für ein Irrtum sein? Du hast Recht, ich hab mich zu weit aus dem Fenster gelehnt, aber ich habe nicht vor zu fallen. Und falls ich doch falle, dann nicht allein.« Er trat an ihr Bett heran und beugte sich drohend vor. »Vergiss nicht, wer deinen Krankenhausaufenthalt hier bezahlt. Wenn der Sender dich feuert, bist du deine Versicherung los.«

»Arschloch.«

»Meinetwegen.« Mitleidig sah er sie an, er wusste, dass er gewonnen hatte. Lässig griff er nach der Kamera. »Bist du so weit?«

»Was?«

»Ich hab dir gesagt, ich brauche heute eine Aussage von dir. Die Leute wissen, dass du wach bist. Sie wollen dich auch sehen.«

»Ich werde nicht lügen. Vergiss es«, sagte sie schwach.

»Dann sag, dass du wegen der laufenden Ermittlung zum Schweigen verpflichtet bist. Es langt, wenn die Leute dich so fertig sehen und das Wort Ermittlung hören, dann denken sie sich ihren Teil.« Bei aller Nachdrücklichkeit lag keine Drohung mehr in seiner Stimme. Wie konnte er nur so schnell umschalten? Ohne ihr weiter Zeit zum Nachdenken zu geben, hielt er die Kamera auf sie. »Läuft. Und ... bitte.«

Lydia zitterte und stammelte herum und hasste sich dafür, hoffte aber, die Leute würden das auf ihren Zustand schieben.

»Ich bedaure es sehr, dass ich nicht mehr dazu sagen darf, wie der hinterhältige Angriff auf mich abgelaufen ist und wer mich angegriffen hat, doch aufgrund der laufenden Ermittlungen bin ich zum Schweigen verpflichtet. Doch ich bin zuversichtlich, dass ich bald Licht in die verworrene Angelegenheit bringen und mithelfen kann, alle Täter«, sie betonte *alle* sehr deutlich, »zu schnappen. Glauben Sie mir, es steckt mehr dahinter, als es den Anschein hat.« Mühsam setzte sie ein Lächeln auf. »Und zu guter Letzt möchte ich all jenen danken, die mir Gute-Besserungs-Wünsche, Pralinen oder Blumen geschickt haben.

Vielen lieben Dank, das hat mich zutiefst gerührt. Ihnen allen dort draußen noch einen wundervollen Abend.«

Langsam ließ Sörensen die Kamera sinken. Ihm war deutlich anzumerken, dass er die Herausforderung verstanden hatte. Aber sie wusste, dass dieses Material ihr erst einmal Zeit verschafft hatte. Für ihn war es genug, der Sender konnte sie jetzt nicht feuern, wenn er nicht weitere Fragen aufwerfen würde. Sie würde einfach hier liegen, die Wunden lecken und überlegen, wie es weiterginge.

»War es so recht?«, fragte sie mit einem scheinheiligen Lächeln.

»Danke. Ich denke, daraus lässt sich etwas Brauchbares zusammenschneiden.« Er lächelte ebenfalls und wandte sich zum Gehen. »Ich wünsch dir gute Besserung, Mädel, und hoffe, es kommen keine weiteren Briefbomben, bevor du dich nicht klarer zu deinem Sender bekannt hast. Wir sind schließlich alle eine Familie, oder?«

Mechanisch nickte sie und starrte noch sekundenlang auf die blanke weiße Tür, nachdem sie hinter ihm ins Schloss gefallen war. Für einen kurzen Moment hatte sie das verquere Gefühl, dies sei eine Drohung gewesen, doch das konnte nicht sein. Sörensen war ein Drecksack, aber er würde ihr keine Bomben schicken.

Oder?

Anonyme Bomben, die seine Aussagen untermauerten, weil sie bewiesen, dass sie zum Schweigen gebracht werden sollte. Mit einem Mal fröstelte ihr, und sie ließ sich in die Kissen sinken.

Sie war allein.

17

19. November 3041 (Erdzeit)
Planet: Deadwood

»Und ihr seid sicher, dass man mit dem TransMatt-Portal nicht weiterspringen kann?«, fragte Howard beim gemeinsamen Abendessen mit allen Justifiers. Es war bereits das siebte Mal seit ihrer Rückkehr vor einer guten Stunde. Wegen der hereinbrechenden Dunkelheit hatten sie in der Höhle übernachtet und den Rückweg erst am Morgen angetreten. Dieser war vollkommen ereignislos verlaufen, irgendwann hatte sogar Giselle die routinemäßigen Funksprüche eingestellt.

Aleksej und Pavel nickten. Sie hatten das Portal in der Höhle gründlich untersucht, es war ohne erkennbaren Steuerbereich aufgebaut worden. Dort, wo üblicherweise das Bedienfeld zur Koordinateneingabe angebracht war, befand sich nur blanker Stahl. Nirgendwo war auch nur ein Anschluss zu entdecken, an dem Schmidt ein solches anbringen könnte, falls er eines im Koffer hätte. Doch weshalb sollte er so etwas überhaupt mit sich führen? Für den bislang für unmöglich gehaltenen Fall einer Entführung durch ein Portal? Das Portal in der Höhle war eine reine Empfangsstation, das Ende einer Einbahnstraße, von dort gab es kein Zurück. Es war einzig und allein aufgebaut worden, damit Schmidt unbeschädigt sein Ziel erreichte. Niemand konnte dort den Planeten verlassen.

»Gut«, sagte Howard ebenfalls zum siebten Mal. »Dann sollten wir keinerlei Probleme haben, den Burschen aufzusammeln.«

»Was haben die Drohnen bislang über den Planeten herausgefunden?«, fragte Aleksej, bevor sich Howard zum achten Mal vergewissern konnte, dass sie sicher waren. Dabei fischte er ein frisch aufgetautes Brötchen aus dem Plastikkorb.

»Nichts«, sagte Howard.

»Nichts?« Verblüfft ließ Aleksej das Brötchen auf seinen Teller fallen. »Nicht mal, wo die Feuchtigkeit für den Nebel herkommt, wo der verdammte Nebel endet? Er kann doch nicht den ganzen Planeten bedecken.«

»Warum nicht?«, brummte Pavel und sah missmutig aus dem Fenster, wo noch immer dichte gelblich graue Schwaden vorbeizogen.

»Wir wissen es nicht, weil wir die Drohnen nicht ausgeschickt haben«, sagte Howard.

Aleksej, der eben nach dem Messer hatte greifen wollen, verharrte in der Bewegung. »Sag nicht, dass sie beschädigt sind?«

Alle anderen hatten aufgehört zu essen und blickten zwischen ihm und Howard hin und her, selbst Gennaro verkniff sich einen blöden Kommentar. Was war da los?

»Nein, alles in Ordnung«, sagte Howard und rührte beiläufig in seinem Zwölf-Gräser-Tee mit allen nötigen Vitaminen und Mineralien. »Ich habe befohlen, sie nicht auszusenden, um unsere Mission nicht zu gefährden.«

»Was? Wieso gefährden? Warum ... wie ...?«, stammelte Aleksej, und auch Pavel blickte verdattert.

»Das Wichtigste ist, dass wir das Entführungsopfer sicher nach Hause bringen, das hat uns Tymoshchuk deutlich eingeschärft. Alles andere ist Bonus. Da noch andere hinter Dr. Schmidt her sind, wir jedoch die Einzigen, die die Koordinaten kennen, dürfen wir diese unter keinen Umständen verraten. Auch nicht durch unachtsam ausgesandte Kommunikationssignale, die ungeplant ins All gelangen und abgefangen werden können.«

»Aber das ist doch Unsinn! Sie brauchen ewig, bis ...«

»Du nennst meine Anordnungen Unsinn?«, fragte Howard gefährlich leise und ließ langsam den Löffel los. Zweimal drehte er sich im Tee um sich selbst und kratzte leise über den Rand der Tasse.

»Nein«, versicherte Aleksej, obwohl er genau das tat. Aber er würde den nächsten Kampf erst beginnen, wenn er mehr wusste, auch ob jemand hinter ihm stand.

»Giselle hat für mich errechnet, wie viele Planeten, Monde und Asteroiden sich in sechs Lichtjahre Entfernung vom Starluck befinden«, sagte Howard. »Es sind viele, aber nicht unendlich viele. Wenn *Gauss* und die Rosetti-Familie diesen Schmidt oder seinen Koffer wirklich wollen, dann springen sie mit einer Handvoll Raumschiffe von einem zum nächsten und scannen die Umgebung, suchen nach uns. Wir dürfen also keine Spuren hinterlassen. Sie können jederzeit dort draußen auftauchen, bereit zuzuschlagen. Also nenn meine Anordnungen nicht Unsinn!«

Gennaro fragte nicht, ob Howard Angst habe, und auch Aleksej tat es nicht. Er erinnerte sich an seinen Rat an Howard vor ihrem Erkundungsgang, das Portal unter dem Tarnschirm aufzubauen, und fragte sich, wie ernst er seine Worte genommen hatte. Wurde der Kerl gar paranoid?

Kopfschüttelnd wollte er nach dem Messer greifen, um sich endlich das Brötchen aufzuschneiden, doch dann zögerte er. Würde Howard das am Ende missverstehen, wenn er jetzt zu einer Klinge griff? In seinem Blick lag etwas Lauerndes.

Unsinn, schalt sich Aleksej lautlos, jetzt wurde er schon selbst paranoid.

»Hast du dazu also noch etwas zu sagen?«, fragte Howard und betonte jedes Wort.

»Nein.«

»Sicher?«

»Heißt das, wir haben die Erkundung des Planeten ganz abgeblasen?«, mischte sich Pavel im Plauderton ein, wohl um die Situation zu entspannen, wie so oft. »Wir werden jetzt vier Monate unter dem Tarnschirm herumgammeln?«

»Von Gammeln war keine Rede!«, fuhr Howard auf. »Wir werden unseren Posten mit aller Disziplin halten und auf jedes Anzeichen von möglichen Verfolgern achten. Zudem werden ab und zu Expeditionen zu Fuß ins Umland geschickt, jedoch ohne Kommunikator. Solange wir hier sind, wird nicht gefunkt, das ist die einzige Einschränkung.«

»Das ist doch ...«, setzte Aleksej an.

»Was ist das?«, brüllte Howard. Seine Augen quollen hervor. »Sag es mir! Los!«

»Das ist ... sehr ... umsichtig«, presste Aleksej hervor, dem erst jetzt klar wurde, warum die Funksprüche bei ihrem Abstieg eingestellt worden waren.

»Danke, Soldat.«

»Bitte.« Langsam nahm Aleksej das Messer zur Hand und schnitt das Brötchen auf. Dabei behielt er Howard im Auge, der ebenfalls nach dem Messer gegriffen hatte und nun langsam nach einem Brötchen tastete.

Keiner sagte ein Wort.

»Sagt mal, sind wir jetzt alle vollkommen bekloppt?«, fragte Pavel plötzlich und knallte sein mit Nährstoffen und Mineralien angereichertes Wasser auf den Tisch, dass es überschwappte.

»Was?«, blaffte Howard.

»Wir zoffen hier rum und trinken kaltes Wasser oder heißes mit einer Handvoll aufgebrühter Wiese, weil es hier nichts zum Grasen gibt, aber ...«

Weiter kam er nicht. Howard stierte ihn mit heruntergeklapptem Kiefer an, aber bevor er etwas sagen konnte, schlug Gennaro ihm lachend auf die Schulter. »Tee statt Grasen! Der war gut! Sind wohl doch Wasserbüffelgene beim guten Howard!«

Nun grinsten alle, Sergej lachte laut, und selbst Howard starrte zweifelnd in seinen Tee. In seinem Gesicht zuckte es, als wüsste er nicht, ob er aufbrausen oder lachen sollte. Zufrieden schob sich Gennaro zwei Brötchen auf einmal ins Maul.

»Wir zoffen uns und trinken Wasser, anstatt die Bierfässer aus dem Frachtraum zu zerren und fett zu feiern!«, nahm Pavel den Faden wieder auf. »Wir sind kaum drei Tage hier und haben ein verdammtes Portal entdeckt, das uns alle Sorgen abnimmt! Der dämliche Schmidt wird nicht im Bergesinneren zerschellen, sondern uns pünktlich auf die Sekunde geliefert werden, sodass wir ihn nur noch den Berg hinunterführen und in unser Schiff geleiten müssen. Alles, was wir nun vier Monate lang tun müssen, ist nicht aufzufallen. Das ist doch machbar, verdammt. Die einfachste Mission, die je ein Justifier zu erfüllen hatte. Aus meiner Sicht ist das Grund genug, ein Fass aufzumachen oder zwei. Und zwar auf der Stelle! Wir haben vier Monate, um den Kater wieder loszuwerden.«

»Party!«, grölte Gennaro mit vollem Mund und spuckte im Überschwang weich gekaute Brösel über den Tisch. »Jawohl! Lasst uns ein paar schlappe Menschen unter den Tisch saufen! Zeigen wir der mickrigen Crew, was echte Justifiers auf dem Kasten haben!«

»Bier!«, rief auch Sergej, wahrscheinlich sein erstes Wort seit dem Morgengruß. Und auch der Rest forderte lautstark Alkohol.

»Hast Recht, Pavel«, sagte Howard und ließ ein zurückhaltendes Lächeln sehen. »Aber wenn ihr schon die anderen zum Saufen herausfordert, dann achtet darauf, dass es nicht in einer Keilerei endet, klar, Gennaro?«

»Geht klar«, rief Gennaro. »Mir langt's, wenn ich sie in einer Disziplin schlage.«

Eilig schlangen sie das Essen herunter, um dann das erste Fass im Lagerraum anzustechen. Draußen waberte noch immer der Nebel.

»Weißt du, was mich daran nervt, dass wir die Umgebung nicht erkunden?«, fragte Aleksej Tanja, als er beim vierten Becher Bier angekommen war, ordentliche Gläser hatten sie nicht an Bord.

»Dass es Howards Befehl ist?«

Er lachte. »Ja, das auch. Aber eigentlich wollte ich sagen, dass ...«

»Lass es sein, ja?« Sie sah ihn eindringlich an. »Ich will einfach nur feiern. Zieh mich nicht in euren Hahnenkampf rein. Okay?«

Aleksej schnaubte. Das hatte nichts mit Hahnenkampf zu tun, sondern mit Buyback. Wenn sie den Planeten nicht erkundeten, konnten sie nichts finden, und wenn sie nichts fanden, konnten sie nichts dazuverdienen. Egal, was Tymoshchuk vor dem Abflug gesagt hatte, die Befreiung eines Angestellten von Schmidts Rang wurde einem mit etwa 5.000 C angerechnet, belanglos im Vergleich zur erforderlichen Buyback-Summe. Und im Vergleich zu einhundertzehn Millionen.

»Ich hab nicht angefangen«, sagte er trotzdem.

»Ich rede mit dir nicht über Howard!«

»Ich will doch gar nicht über ihn reden. Der Kerl geht mir so was von ...«, sagte er.

»Vergiss es, Aleksej. Ich werde mich jetzt amüsieren«, sagte sie, ließ ihn stehen und schlenderte zu den Menschen hinüber.

Vielleicht hatte sie ja Recht. Sie und Pavel und all die anderen, die hier im Frachtraum herumhingen und feierten, sogar die unsichtbare Grenze zwischen den Justifiers und der Schiffscrew schien sich aufzulösen. Sie tranken gemeinsam und lachten, und manche tanzten sogar zu schnellen elektronischen Klängen, während Gennaro den Oberkörper entblößt hatte und mit gesenktem Horn vor dem zur Musikanlage umfunktioniertem Kommunikator stand und schrie: »Lauter! Lauter! Ich hör nichts!«

Einige lachten, da er eine beliebte Werbung parodierte, in der ein schmächtiger Junge vom Klang einer gigantischen schwarzen Box umgeblasen wurde. *Der Sound für Starke*, hieß der Slogan, oder so ähnlich.

Keine der fünf menschlichen Frauen bewegte sich so geschmeidig wie eine geschickte Beta, doch er sah ihnen trotzdem beim Tanzen zu. Die Männer der Crew begaben sich auf die Tanzfläche, suchten die Nähe der Frauen, warfen sich unglaublich ins Zeug, wenn auch meist knapp neben dem Rhythmus.

Keiner trug mehr eine Uniformjacke.

Mit einem Zug leerte Aleksej das Bier und stapfte zum Fass, um sich Nachschub zu zapfen. Er würde sich zur Besinnungslosigkeit trinken, bis er nicht mehr an all den Unsinn dachte, den Howard fabrizierte, und vor allem nicht an Sex, der sich in dieser Situation automatisch in die Köpfe drängte. Die Luft im Frachtraum heizte sich immer mehr auf, das Bier floss in Strömen, und die Musik dröhnte.

»Du hast das Portal gefunden, oder?«, sprach ihn da eine der Frauen an, die plötzlich mit ebenfalls leerem Becher neben ihm stand, um nach ihm zu zapfen. Es war die mit den schulterlangen schwarzen Locken, die ihm schon im Interim aufgefallen war. Sie hatte ein schönes schmales Gesicht mit spitzer Nase und die Lider smaragdgrün gefärbt. Das Glänzen in ihren großen eisblauen Augen verriet, dass es nicht ihr erstes Bier war, und höchstwahrscheinlich auch nicht das zweite.

»Ja«, sagte Aleksej.

»Ich bin Doreen.«

»Aleksej.«

Sie gaben sich nicht die Hand, das erschien in der momentanen Situation zu förmlich. Sie standen einander so nah gegenüber, dass sie sich fast berührten. Sie roch nach den süßen großblättrigen Fieberblumen vom Satyr und ein wenig nach frischem Schweiß.

»Und was machst du so?«, fragte er, damit sich keine Gesprächspause ergab. Zu oft liefen Frauen in solchen Pausen davon.

»Eigentlich bin ich Funkerin.«

Aleksej lachte. »Das wird langweilig werden in nächster Zeit.«

»Ich hoffe, ich finde eine andere Beschäftigung.«

»Bestimmt«, sagte er und nahm ihr den Becher aus der Hand, um ihn mit Bier zu füllen.

»Als Pilot dürftest du auch nicht allzu viel zu tun haben, oder?«

»Wenn mich Howard nicht wieder auf einen Berg raufhetzt, nein.«

Sie lachte, und er gab ihr das Bier.

»Tanzt du?«, fragte sie.

»Wenn ich das mit dir tu, steckt mich Howard sofort in Arrest.«

»Ist inzwischen schon das Tanzen verboten?«, fragte sie spöttisch. »Ich dachte, dafür müssten wir weitergehen.«

»Normalerweise schon. Aber in meinem Fall entscheidet Howard immer im Zweifelsfall gegen den Angeklagten. Tanzen läuft da wohl unter Vorspiel.«

»Das ist schade.«

»Aber wenn du magst, können wir draußen im Nebel tanzen, wo uns keiner sieht. So wie Gennaro die Anlage fordert, muss die Musik weit zu hören sein.«

»Dann lass uns draußen tanzen. Ich geh zuerst raus, damit Howard nicht zu misstrauisch wird. Lass mich aber nicht zu lange warten.« Sie drehte sich um und ging davon. Aleksej schaute ihr nach. Für einen Menschen waren ihre Bewegungen ausgesprochen geschmeidig.

Kurz stieß er mit Pavel an, klopfte Sergej auf die Schulter, dann wandte er sich dem Ausgang zu. Unterwegs tanzte die erkrankte Hoffmann auf ihn zu und warf sich ihm an den Hals, er war erregt und abgestoßen zugleich. Glücklich wisperte sie ihm ins Ohr: »Ich kann die Götter hören. Sie singen. Sie singen wie Kinder.«

»Hoffentlich nicht so falsch.« Er zwinkerte.

Empört stieß sie ihn von sich, dann breitete sie die Arme aus und drehte sich um die eigene Achse, schneller und schneller, quer durch den ganzen Raum. Aleksej beeilte sich, dass er rauskam.

Trotz der nächtlichen Dunkelheit musste er Doreen nicht lange suchen, sie wiegte sich zur Musik vor dem *JVTOL* Luftfahrzeug, das nur wenige Meter von der *Baba Yaga* entfernt abgestellt worden war, noch unterhalb des Tarnschirms. Ohne zu zögern ging er auf sie zu und legte die Arme um ihre Schultern, während er sich ihrem Rhythmus anpasste, viel langsamer als die schnellen, harten Beats aus dem Frachtraum. Seinen Becher ließ er achtlos zu Boden fallen, und auch ihrer traf gedämpft auf das Moos, als sie die Arme um ihn schlang. Er vergrub die Hände in ihren Haaren, zog ihren Kopf in den Nacken und küsste sie. Ihre Zunge kam ihm gierig entgegen. Dann löste er die Hände aus ihrem Haar und strich über die glatte Haut auf ihren bloßen Armen. Sie krallte sich dafür in sein Fell.

Wieder küssten sie sich.

»Hast du den Schlüssel für den *JVTOL?*«, fragte sie, als sich ihre Lippen voneinander lösten.

»Warum?«

»Hier draußen ist kalt.«

»Ich bin der Pilot«, sagte er und nahm sie bei der Hand. Sie zitterte.

Lachend rannten sie zum Cockpit des Luftfahrzeugs, und er gab die Kombination ein. »Den Schlüssel braucht man nur zum Fliegen.«

Dann stiegen sie hinein und zwängten sich zwischen den beiden Pilotensitzen nach hinten, wo Platz für dreißig Passagiere war.

»Hast du schon mit vielen Menschen?«, fragte sie und zog ihm das Shirt über den Kopf.

»Ist verboten«, sagte er und fingerte ihren Gürtel auf.

»Jetzt tust du es ja auch.«

»Du auch.«

»Mir ist das Verbot egal«, keuchte sie und schlüpfte aus der Hose, warf alle Kleidung von sich.

»Dann hattest du schon viele Betas?«

Sie lächelte und sah ihm in die Augen. »Nein, nicht einen einzigen. Aber es wird Zeit.«

Er grinste.

»Zeig mir das Tier in dir«, sagte sie und reckte ihm das Kinn entgegen.

»Wie du willst«, knurrte er und drückte sie auf die erstbeste Sitzbank nieder. Sie war also eine von den Neugierigen, wie es sie in jeder Crew gab, die von *Romanows* strengen Sodomiegesetzen mehr angestachelt als abgeschreckt wurden.

Ihm sollte es recht sein, dann würde sie bekommen, was sie wollte. Er zwang sie auf die Knie und nahm sie ohne große Raffinesse von hinten. Das wurde wohl von einem Tier erwartet.

18

25. November 3041 (Erdzeit)
Ort: Starluck

Seit Tagen hatte Lydia keinen Brief mehr geöffnet, keine Praline angerührt und alle Blumen verweigert. Sie wollte keinen Besuch und nichts anderes als nachdenken und in Ruhe genesen. Auch wenn sie wusste, dass sie das nicht ewig tun konnte. Sie konnte weder die Ärzte noch die Pfleger oder den Kommissar aussperren, doch wenigstens kam Sörensen nicht vorbei. Mit der Aufnahme hatte er erst mal das, was er gewollt hatte, mehr interessierte ihn nicht.

Sie verfluchte Aleksej, der ihr den Floh ins Ohr gesetzt hatte, zusammen mit ihm die große, alles verändernde Story an sich zu reißen, und dann irgendwo im All verschwunden war, während sich bei ihr tatsächlich alles verändert hatte, nur nichts zum Guten.

Sie verfluchte sich selbst, weil sie ihm geglaubt und diesen Träumen von einer besseren Karriere schon zuvor und ganz allein nachgehangen hatte.

Sie verfluchte Sörensen, weil er sie mit seinen Lügen noch weiter reingerissen hatte.

Sie verfluchte all jene, die sie umzubringen versucht hatten.

Sie verfluchte die vier Dreckschweine, die ihr in der Gasse aufgelauert hatten.

Sie verfluchte *Romanow*, GalaxyStar, das Starluck und die ganze Welt.

Sie verfluchte alle, weil sie in der Wut die Kraft zum Weiterleben zu finden hoffte, doch hier im bleichen Krankenhausbett, bandagiert, angeschlossen an ein ununterbrochen in ihre Adern tropfendes Schmerzmittel und von unsichtbaren bombensendenden Feinden umgeben, war es schwierig, diese Kraft aufzubringen. Mit jedem Tag wurde es schwieriger.

Gestern hatte sie sich bei Sonnenuntergang aufgesetzt und war unter der Decke hervorgekrochen, um zum Fenster zu humpeln und sich in die Tiefe zu stürzen. Sie konnte einfach nicht mehr, wollte nicht mehr, sah nur noch Bedrohung und Tod um sich. Als Justifier hatte sie wenigstens immer Kameraden gehabt, nie war sie allein und verlassen gewesen wie jetzt.

Keine Kameraden.

Keine Familie.

Kein Aleksej.

Keine Kollegen, die sich um sie sorgten.

Nur der Gedanke an Sörensen hatte sie vom letzten Schritt abgehalten.

Weil sie ihm dem Triumph nicht gönnte, die Story, die er mit ihrem Suizid bekommen hätte: *Druck für engagierte*

Reporterin zu groß! Rissen Morddrohungen sie in die Tiefe? Ist mit ihr auch die Wahrheit gestorben? Auf keinen Fall wollte sie seiner Lüge in die Hände spielen.

Aber heute war ihr selbst das egal. Die Leere in ihrem Innern schien alles zu verschlingen, jede Wut, jede Hoffnung, jeden Wunsch, jeden schönen Gedanken. Ein nagender Schmerz füllte ihren Brustkasten aus, ein Schmerz, der sich nicht ruhigstellen ließ wie der der körperlichen Verletzungen.

Es gab nur einen Weg, dem zu entrinnen.

Mühsam richtete sie sich im Bett auf und löste ihren Arm von dem Schlauch, der sie an den Beutel mit Schmerzmitteln band. Langsam klemmte sie die Zufuhr ab, ließ den verschlossenen Schlauch auf die Matratze sinken und erhob sich. Im Zimmer war es längst dämmrig geworden, doch sie schaltete kein Licht ein, sie brauchte keines.

Kraftlos schlurfte sie zum Fenster hinüber. Wie gestern war die Sonne bereits hinter den Häusern verschwunden und nur noch ein roter Schleier über den Dächern zu sehen. Ihr altes Ich hätte das pathetisch und erbärmlich gefunden und über einen solchen Tod gelacht. *Wie eine Theaterinszenierung.* Doch sie konnte nicht mehr lachen. Das Nichts fraß sie von innen auf.

Sie legte die flachen Hände auf die Scheibe und starrte in die Dämmerung. Das Starluck befand sich in ihrem Rücken, das Letzte, was sie vom Universum sehen würde, waren die Straßen und Gassen der grauen Stadt. Wenig glamourös, aber genau das Richtige. Mit zitternden Fingern tastete sie nach dem Fenstergriff. Dann packte sie ihn entschlossen und drehte ihn. Das Fenster ließ sich nicht öffnen. Natürlich, es war ein Krankenhaus, der Mechanismus war durch einen Code geschützt. Weder kannte sie ihn, noch wusste sie ihn zu knacken.

»Nein.« Schluchzend schlug sie mit der flachen Hand gegen die Scheibe, wieder und wieder. Sie vibrierte dumpf, doch die Schläge waren viel zu kraftlos, um das Kunstglas zu brechen.

Lydia sank auf die Knie, die Hände in das Fell auf dem Kopf vergraben, und kauerte sich weinend vor der Wand unter dem Fenster zusammen. Draußen wurde es dunkel, und die Nacht drang ins Zimmer.

Irgendwann fand sie ein Pfleger, der mit einem fröhlichen »Hallo« ins Zimmer trat und das Licht anschaltete. Als er sie entdeckte, eilte er herüber, hob sie hoch und trug sie zurück ins Bett.

»Was machen Sie denn da?«, fragte er mit leisem Tadel in der Stimme.

»Springen«, sagte sie.

Forschend blickte er ihr ins Gesicht, als erwarte er ein Grinsen, das alles als Scherz entblößte. Er fand es nicht. »Warum?«

»Weil es so dunkel ist in mir.«

Zärtlich deckte er sie zu. »Es wird wieder heller, glauben Sie mir. Das Schlimmste haben Sie doch überstanden. Die Wunden heilen ausgezeichnet.«

Schwach schüttelte sie den Kopf.

Er steckte ihr den Schlauch wieder in die Vene, öffnete den Verschluss und klopfte mit dem Zeigefinger gegen den Plastikbeutel mit dem Schmerzmittel. Dann stutzte er und besah sich den Beutel genauer.

»Heiliger Hundehaufen!« Hastig unterbrach er den Schmerzmittelzufluss wieder.

»Was ist?«, fragte sie.

»Das ist *GmHD*, ein Mittel, das wir häufig verwenden, jedoch nur bei Menschen. Bei Betamenschen kann es zu hässlichen Nebenwirkungen kommen. Üblich sind Depressionen, die in heftigen Schüben auftreten.« Entsetzt biss er sich auf die Lippe. »Was für ein schreckliches Versehen.«

»Versehen?« Sie gab ein Geräusch von sich, halb Husten, halb Bellen, obwohl es ein verzweifeltes Lachen sein sollte. »Ich habe schon zwei Briefbomben bekommen.«

»Aber das kann nicht ... Nein, das muss ein Versehen sein.«

»Bitte.« Sie umklammerte sein Handgelenk, ein Hauch von Lebenswillen war zurückgekehrt. Sie begriff, dass die gefräßige Dunkelheit in ihr nicht echt war. »Holen Sie mich hier heraus.«

»Ich kann nicht. Nicht ohne Einwilligung der Krankenhausleitung.«

»Dann bin ich tot.«

»Ich glaub nicht, dass die Leitung ...«

»Ich weiß nicht, wer.« Ihre Finger krallten sich fest in seinen Arm. »Aber sobald etwas offiziell ist, gibt es Spuren und Mitwisser. Dann finden sie mich.«

»Wer?«

»Ich weiß nicht, wer es ist. Sonst könnte ich mich doch wehren.«

Unsicher sah er sie an. Er war noch jung, vielleicht Anfang, Mitte zwanzig und hatte weiche, glatt rasierte Wangen und ungebändigtes dunkles Haar. Er war kräftig und beinahe zwei Meter groß, dabei wirkte er gutmütig und manchmal ein bisschen tapsig. »Wenn ich erwischt werde, fliege ich.«

»Und ich sterbe.«

Er schüttelte den Kopf und sagte: »Meinetwegen.« Als er den entsetzten Ausdruck auf ihrem Gesicht sah, fügte er hastig hinzu: »Also, nein, nicht dass Sie sterben. Ich wollte sagen, ich helfe Ihnen.«

»Danke.« Erleichtert atmete sie aus.

»Ich lass mir etwas einfallen, wie ich Sie an den beiden Uniformierten an der Tür vorbeibekomme. In vier Stunden habe ich Feierabend, dann hole ich Sie ab. Halten Sie bis dahin durch?«

Sie nickte.

»Ich bring Ihnen jetzt gleich noch die richtigen Schmerzmittel und etwas gegen die Nebenwirkungen.«

»Danke. Wie heißen Sie?«

»José.«

»Ich bin Lydia.« Sie lächelte. »Nachdem du mir das Leben rettest, sollten wir uns vielleicht duzen.«

Er strich ihr über den Arm. »Dann halte durch, Lydia. Wir schaffen das schon.«

Tatsächlich holte er sie vier Stunden später ab. Er schob einen fast türblattgroßen Wagen in ihr Zimmer, auf dessen tief hängender, blassgrüner Latexdecke Medikamente und zwei medizinische Geräte mit vielen Knöpfen und Schläuchen standen sowie ein alter 3D-Cube.

»Was willst du damit?«, fragte Lydia.

»Nichts. Ich hab deinen beiden Wachhunden gesagt, dass ich den 3D-Cube austauschen soll.«

»Um diese Zeit?«

»Haben sie auch gefragt.« Er grinste. »Ich habe *Medienstars* geantwortet und geseufzt. Das hat sie überzeugt.«

Image, dachte sie und fragte ihn, wie er sie herausbringen wolle.

»Da.« Er hob die Latexdecke an einem Ende an und deutete auf die untere, spiegelnde Ablage des Wagens. »Du musst dich nur ruhig verhalten.«

»Was Besseres ist dir nicht eingefallen?«

Er zuckte mit den Schultern. »Ich mach so was nicht professionell.«

»Und wenn sie den Wagen kontrollieren?«

»Das machen sie nur auf dem Weg ins Zimmer hinein. Sie sollen dich vor Gefahren von außen schützen, keiner erwartet, dass ich irgendetwas rausschmuggle, schon gar nicht dich.«

»Hm.« Zweifelnd starrte sie auf ihr undeutliches Spiegelbild auf der metallischen Fläche.

»Ich kann dich nicht aus dem Fenster abseilen. Wir müssen durch die Tür, und manchmal sind die billigsten Tricks die erfolgreichsten.«

Lydia hatte sich längst umgezogen und die wenigen Habseligkeiten in die Taschen gesteckt; viel hatte sie in der Gasse nicht dabeigehabt. Nun wartete sie auf der Bettkante, während José rasch die beiden 3D-Cubes austauschte und den neuen einschaltete. Dann gab er den Code für die Fenstersperre ein und öffnete es. Er ließ es angelehnt, doch so würde jeder hier den Fluchtweg vermuten, wenn am nächsten Morgen das leere Bett entdeckt wurde, heimlich abgeholt von einem lautlosen Flieger.

Lydia kauerte sich auf die untere Ablage und versuchte, eine möglichst bequeme Position zu finden. Sie kontrollierte, dass weder Hände noch Füße noch Schwanz unter der Decke herauslugten, dann schob José den Wagen zur Tür.

»Danke. Und gute Nacht«, sagte er über die Schulter, während er auf den Flur hinaustrat. Sanft zog er die Tür hinter sich ins Schloss.

»Ist die Dame zufrieden?«, hörte Lydia eine tiefe Männerstimme durch das dünne Tuch.

»So zufrieden, wie man mit ihren Verletzungen sein kann«, antwortete José. »Aber sie wird. In zwei, drei Wochen kann sie uns wohl verlassen.«

»Ja, die Chimären sind zäh«, sagte eine Frauenstimme.

»Kann man wohl sagen.« José lachte, ließ die abfällige Bezeichnung für Betas einfach stehen und drehte den Wagen. »Na denn, bis morgen.«

»Bis morgen«, antworteten die beiden Stimmen.

Langsam setzte sich der Wagen in Bewegung, Lydia atmete leise und versuchte sich nicht zu bewegen. Eines der Räder quietschte kaum vernehmlich, Josés Schritte waren regelmäßig, ansonsten war wenig zu hören. Die Flure schienen in der Nacht verlassen sein, die Notaufnahme lag in einem anderen Flügel. Es roch nach Desinfektionsmitteln und unterschiedlichen Menschen, sehen konnte Lydia nur durch eine schmale Lücke zwischen Latexdecke und der Ablage. Dort glitt der beige gesprenkelten Kunststoffboden unter ihr vorbei.

Sie hielten, und eilige Schritte näherten sich. Lydia hielt die Luft an.

»'n Abend«, sagte eine Stimme.

»Schönen Abend«, erwiderte José, und die Schritte eilten weiter.

Über ihnen erklang ein *Pling*, Türen glitten fast geräuschlos zur Seite. Sie holperten in einen Aufzug, und Lydia atmete wieder aus. Mit einem sanften Ruck fuhren sie an, es ging in die Tiefe. Irgendwann öffnete sich die Tür wieder, und sie rollten hinaus. Durch den Spalt erkannte sie schmutzigen Asphalt, hier roch es nach Abgasen und Straße, sie mussten in der Tiefgarage sein.

Lydia zitterte.

Nach einer Weile hielten sie an, ein klackendes Geräusch verriet ihr, dass ein Kofferraum geöffnet worden war.

»Kletter ganz vorsichtig nach vorne raus, aber auf keinen Fall aufrichten«, flüsterte José. »Hier ist alles mit Kameras überwacht. Ich verdeck dich so gut es geht mit meinem Körper.«

»Gut«, hauchte sie und schlängelte sich in den Kofferraum, dabei stieß sie sich den Hüftknochen am Schloss und schrappte mit einer Narbe über eine scharfe Kante. Sie gab keinen Laut von sich und rollte sich in der hintersten Ecke zusammen. Pfeifend stellte José den 3D-Cube neben sie.

»Ich bin gleich zurück«, murmelte er, ohne die Lippen zu bewegen, und schlug den Deckel zu. Dumpf hörte sie, wie sich seine Schritte entfernten, das quietschende Rad konnte sie durch den Deckel nicht vernehmen.

Es war stockfinster und roch unangenehm nach feuchtem Filz, und ihr Herz schlug schneller, das Hineinklettern hatte sie angestrengt. Sie spürte den Druck auf ihrer Niere und ein Ziehen in den frischen Narben und fragte sich, ob sie das Richtige tat. Konnte sie diesem Pfleger wirklich vertrauen? Was, wenn er sie verriet, wenn er hinter allem steckte? Sie schluckte – für solche Gedanken war es jetzt reichlich spät.

Nein, beruhigte sie sich, wenn er sie hätte tot sehen wollen, hätte er das Schmerzmittel nicht ausgetauscht. Er hätte die Fenstersperre gelöst und sie in der Dunkelheit zurückgelassen. Er hatte ihr geholfen, und das ohne Hintergedanken, einfach weil Helfen sein Job war, davon war sie überzeugt. Sie atmete die stickige Luft ein und wartete. Auf dem Bauch spürte sie Flüssigkeit und dachte an frisches Blut. Sie tastete danach, es war nicht viel, das sich in ihr Hemd gesogen hatte. Beim Hineinklettern musste sie eine Wunde wieder aufgeschürft haben. *Es ist nicht viel Blut*, beruhigte sie sich noch einmal und ließ die Hand zur weiteren Kontrolle dort liegen.

Irgendwann wurde eine Tür geöffnet, und jemand setzte sich hinter das Steuer, der Kofferraum schwankte sanft hin und her. Der Motor wurde angeworfen, und dann glitt der Wagen aus der Parklücke. Sie spürte, wie es eine Rampe hinaufging, und dann fädelten sie sich in den normalen Verkehr ein. Sie waren draußen. Erleichtert atmete sie durch.

Einige Minuten und Abzweigungen später hielten sie an, und kurz darauf wurde der Kofferraum geöffnet. Draußen war es kaum heller als im Kofferraum, die diesige

Luft dämpfte das Sternenlicht, und Lampen waren keine zu sehen.

»Wo sind wir?«, fragte Lydia.

»Außerhalb der Stadt.« José half ihr aus dem Kofferraum. Sie standen im Nichts, die Lichter der nächsten Häuser waren bestimmt einen halben Kilometer entfernt. Er drückte ihr einen Kapuzenmantel in die Hand, unter dem sie ihren Katzenkopf und den Schwanz verstecken konnte. »Falls zufällig Nachbarn aus dem Fenster sehen, solltest du nicht unbedingt deutlich sichtbar aus dem Kofferraum steigen. Das fällt auf.«

»Hier?«

»Nein.« Er lachte und öffnete die Beifahrertür, um sie einsteigen zu lassen. »Bei mir.«

»Und wenn sie mich dort suchen?«

»Du kommst nicht mit in meine Wohnung«, sagte er und stieg selbst ein. Dann fuhren sie wieder in die Stadt.

Sie hielten in einer schmalen Straße, in der eine Laterne flackerte und die meisten Hauswände mit unleserlichen Graffiti versehen waren. José führte sie in ein Haus, neben dessen Eingang eine grüne Ente im Pilotenanzug und mit rauchenden Raketen unter den Flügeln auf den Beton gesprayt war. Das Treppenhaus war schmal, jedoch sauber, der Aufzug kaputt.

»Da wohne ich.« Im ersten Stock deutete er auf eine meerblaue Tür, über die kleine bunte Fische in 3D schwammen. Weit hinten schien der Schatten eines Hais zu lauern, vielleicht war es aber auch ein freundlicher Wal.

»Hm«, sagte sie, für mehr hatte sie keine Luft. Sie stiegen weiter, ab dem zweiten Stock musste sie sich auf ihn stützen, so sehr sie diese Schwäche hasste. Im dritten verweigerte sie eine Verschnaufpause, und im vierten sperrte er endlich eine Tür auf. Sie war schlicht gelb, auf dem Namensschild stand *Nemo*.

»Wer ist dieser Nemo?«, fragte sie.

»Niemand«, sagte José und führte sie in den Flur einer geräumigen, stilvoll möblierten Wohnung, die im Wohnzimmer sogar über einen hohen Schrank aus hellem, rötlichen Echtholz verfügte. An den weißen Wänden hingen Reproduktionen klassischer 2D-Werke des schwarz-weißen Neoimpressionismus aus dem 26. Jahrhundert.

Mit dem Ellbogen stieß José die zweite Tür auf der linken Seite auf und deutete auf das breite Stahlbett in der Mitte. Dann half er ihr aus dem Mantel.

»Niemand hat keinen schlechten Geschmack«, sagte Lydia und ließ sich auf die Matratze sinken. Die Überzüge von Decke und Kissen waren schwarz-grau gestreift, der Stoff war glatt und kühl.

»Die Wohnung gehört meinem Vermieter, der seit zwei Jahren nicht mehr im Starluck war«, erklärte José, während er ihr vorsichtig aus den Schuhen half. »Er ist in ein anderes System gezogen, will sich aber nicht von der Wohnung trennen, falls er doch mal wieder herkommt. Ich habe den Schlüssel, um mich ums Nötigste zu kümmern, dafür bekomme ich einen Nachlass auf meine Miete. Das Nemo an der Tür hat etwas mit einer antiken Sage zu tun, die er mag, und nichts weiter zu bedeuten, er wollte nur seinen Namen nicht mehr an der Tür haben.«

»Und wenn er morgen doch auftaucht?«

»Da würde er mir vorher Bescheid geben, damit ich sauber mache und den Kühlschrank auffülle. Aber, wie gesagt, er war seit über zwei Jahren nicht hier. Es wäre riesiges Pech, wenn er ausgerechnet morgen unangekündigt auf der Matte stünde.«

»Na, dann kann ja nichts passieren, Pech hatte ich in letzter Zeit kaum.« Lydia grinste unbeholfen.

Er verließ kurz das Zimmer, damit sie in den unförmigen Schlafkittel aus dem Krankenhaus schlüpfen konnte. Dann hängte er einen Beutel mit entwendetem Schmerzmittel an einem Kleiderbügel an die offene Tür des Kleiderschranks und sprühte ein hochwertiges Pflaster auf ihre aufgebrochene Bauchwunde. Schließlich stellte er ihr noch einen Krug Wasser neben das Bett und gab ihr seine Kommunikatornummer für alle Fälle.

»Danke«, sagte sie.

»Noch sind wir nicht fertig«, sagte er und ließ sie eine Nachricht auf ihren Kommunikator sprechen, in der sie versicherte, freiwillig gegangen zu sein und sich weit entfernt in Sicherheit gebracht zu haben. Wo genau sie sich aufhielte, könne sie nicht verraten, falls die Nachricht abgehört würde. José würde diese Nachricht ans Krankenhaus, den Kommissar und Sörensen schicken, und zwar von einer Straße aus, die weit weg von hier lag und nicht von Kameras überwacht wurde. Falls sie versuchen sollten, den Anruf zurückzuverfolgen. Er gab ihr seinen alten Kommunikator, damit sie fortan diesen benutzte. So wollte er verhindern, dass sie ihr von offizieller Seite nachspürten.

»Danke«, sagte sie noch einmal.

Er versprach wiederzukommen und auf der Couch zu schlafen. »Für alle Fälle.«

Sie sagte, dass sie dann vermutlich noch wach sein würde, doch kaum hatte er das Zimmer verlassen, dämmerte sie weg.

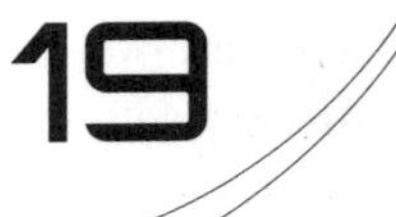

19

23. Dezember 3041 (Erdzeit)
Planet: Deadwood

Fast fünf Wochen lang hatten sich Aleksej und Doreen heimlich getroffen. Mal im Frachtraum zwischen aufgetürmten Kisten und der Außenwand, mal in einer vergessenen Ausrüstungskammer, die nach abgestandener Luft stank und nur für Sex im Stehen geeignet war. Doch meist taten sie es draußen im Nebel, wo die Feuchtigkeit in ihren Locken und auf seinem Fell glitzerte.

Es war wärmer geworden seit ihrer Ankunft, und die Temperatur stieg manchmal bis auf zwanzig Grad Celsius.

So sehr Aleksej den Nebel verabscheute, so war er doch der sicherste Ort für ein heimliches Stelldichein – dort lauerte nichts außer Schemen, und niemand würde sie dort entdecken, wenn sie sich nur weit genug vom Schiff entfernten, damit sie nicht gehört wurden.

»Ich hasse ihn«, sagte er trotzdem.

»Ich auch.« Doreen hatte sich an ihn geschmiegt. Alles

hatte begonnen, weil sie neugierig auf Sex mit einem Beta gewesen war und er gierig nach Sex mit irgendwem. Auch wenn sie sich nicht völlig zufällig ausgewählt hatten, hielten sie doch länger aneinander fest, als sie beide es selbst erwartet hatten. Was sie taten, war nicht gestattet, und die Wiederholung machte die drohende Strafe nur schlimmer, doch das scherte sie nicht.

Manchmal fragte er sich, ob sie ihn angesprochen hatte, weil er lediglich ein halber Beta war und er deshalb menschlicher aussah, weil er Gene von Menschenaffen in sich trug und sich das meiste Fell vom Kopf rasierte und somit nicht ganz so exotisch war wie die anderen. Aber eigentlich war ihm das Warum egal, Hauptsache, sie hatte es getan.

»Ich finde es gut, dass es inzwischen den Buyback für euch gibt«, sagte Doreen leise.

»Ich weiß nicht«, erwiderte Aleksej, der sich fragte, ob sie eben vorsichtig nach einer gemeinsamen Zukunft vorgefühlt hatte oder ob es ihr um das Grundsätzliche ging. Für eine gemeinsame Zukunft müsste aber nicht nur er seine Freiheit erlangen, sondern auch sie *Romanow* verlassen; so etwas war nur auf einem Planeten ohne Sodomiegesetze denkbar.

»Wieso weißt du das nicht?« Sie löste sich ein Stück von ihm und sah ihn verwirrt an. »Willst du nicht irgendwann frei sein?«

»Doch. Aber ich glaube, dass auf diese Weise mehr von uns sterben.«

»Was?«

»Solange wir dem Konzern gehören, ist alles gut. Aber

was denkst du, wen wird der Konzern auf eine Mission ohne Wiederkehr schicken? Einen wertvollen Frischling aus dem Labor, der ihm noch lange erhalten bleibt, oder einen, der kurz davor ist, seine Freiheit zu erlangen? Ich bin überzeugt, dass wir nur gut aus der Geschichte herauskommen, wenn wir mit einer äußerst erfolgreichen Mission die erforderliche Summe auf einen Schlag überbieten. Wenn dagegen klar ist, dass wir mit dem nächsten Auftrag unsere Freiheit erlangen, dann sind wir danach für den Konzern nichts mehr wert. Er wird uns verlieren oder muss jene bezahlen, die bleiben wollen. Das ist der Tag, an dem wir auf eine Mission geschickt werden, wo nur einer von zehn lebend herauskommt. Für den Konzern sind die Justifiers zu diesem Zeitpunkt kein Verlust mehr, sie haben sich amortisiert.«

»Aber ihr seid menschliche Wesen ...«

»Halbmenschliche.« Lächelnd strich er ihr durchs Haar. »Und nicht jeden schert das.«

»Ich hoffe, du bist der eine von den zehn«, sagte sie. »Dann können wir ...«

»Psst«, zischte er und starrte in den Nebel. Er war sicher, etwas gehört zu haben, etwas, das im Augenwinkel vorbeigehuscht war. Doch er sah nichts, vernahm keine Schritte, sie waren allein. Keiner von der Mannschaft, kein Tier. Sie hatten noch überhaupt kein größeres Tier gesehen. Durch den Boden gruben sich unterschiedliche Würmer, doch mehr hatten sie noch nicht gefunden.

»Morgen ist Weihnachten«, sagte sie, als die Anspannung von ihnen wich.

»Glaubst du an den einen Gott?«, fragte er überrascht.

Sie trug kein Symbol der Church of Stars und hatte diesbezüglich nie etwas verlauten lassen.

»Nein. Aber an Geschenke.«

»Nun, das ist eine Religion, die selbst mir gefallen könnte«, sagte er und küsste sie. »Doch scheint sie auf diesem kargen Planeten schwer zu praktizieren. Wo soll ich dir etwas kaufen?«

»Wollen wir uns etwas klauen?« Spitzbübisch strahlte sie ihn an. »Nichts Großes, einfach eine Kleinigkeit aus dem Schiffseigentum.«

»Einen romantischen Löffel aus der Kantine?«, neckte er, obwohl ihm der Gedanke gefiel.

»Wäre zwar wenig romantisch, aber zumindest einfach, und das langt vollauf. Hauptsache, jeder hat etwas zum Auspacken, darauf kommt es an. Abgemacht?«

»Abgemacht.«

»Ich werde dir was ganz Verrücktes besorgen.«

»Werden wir ja sehen.«

Zum ersten Mal seit er mit fünf von *Romanow* einkassiert worden war, freute er sich auf Weihnachten, und er fand diese Freude nicht einmal albern. Meist hatte er auf einer Mission gesteckt, die weniger behäbig abgelaufen war als die aktuelle. Auch waren seine Kameraden nicht die Leute, denen man etwas schenkte, und sonst hatte er niemanden. Jetzt hatte er Doreen.

Auch wenn er mit ihr kaum mehr als Sex und Zärtlichkeiten teilte, weil ihnen kaum Zeit zu zweit blieb. Gespräche waren kurz und verliefen hastig, und doch war es mehr als Sex, und das wussten sie beide.

Wenn er ab und zu noch an Lydia dachte, dann mit leisem Bedauern wegen der verpassten Gelegenheit, doch er vermisste sie nicht. Manchmal fragte er sich, wie weit sie mit der Story war. Der Empfänger der *Baba Yaga* war viel zu schwach, sie waren von den Newssendern abgeschnitten und wussten nicht, was draußen passierte. Aber eigentlich war ihm auch das egal.

Mit Doreen im Arm sah er immer noch manchmal Schemen im Nebel, doch er hatte nicht mehr ständig das Gefühl, von Mauern umgeben zu sein, die ihn in den Wahnsinn trieben. Doreen hielt den Wahnsinn fern, zumindest seinen.

Von den anderen schienen die meisten angespannt zu sein. Dass der Nebel nicht verschwand und sie in seinem gelbgrauen Dämmer hielt, machte sie fertig.

Giselle verbrachte die Tage vor den immer gleichen Auswertungen, machte Kontrollläufe von den Kontrollläufen der Kontrollläufe, nur um nicht rauszumüssen.

Während sie sich verkroch, hatte Pavel vergeblich versucht, einen Berg zu besteigen, dessen Gipfel aus dem Nebel ragte, vor einer Steilwand hatte er kapituliert und umgedreht. Sollte der Nebel weiterhin an seinen Nerven zerren, würde er beim nächsten Versuch nicht abbrechen, das wusste Aleksej. Er würde klettern, bis er die Sonne sah oder in die Tiefe stürzte. Gennaro hatte letzte Woche so lange auf Schemen geschossen, bis Howard es ihm brüllend verboten hatte, da sie nicht unbegrenzt Munition zur Verfügung hatten.

Sergej grub unterarmlange Würmer aus, um sich an ihnen mit einem Messer abzureagieren.

Aragorn hatte sich Aleksejs Ball geliehen, um ihn gegen

die Innenwände der *Baba Yaga* zu werfen, und Hoffmann tanzte jeden Tag stundenlang zum Gesang der kindlichen Götter, auch wenn nirgendwo Musik lief.

Die meisten anderen der Schiffscrew beschäftigten sich irgendwie, hatten Augenringe und ein nervöses Lauern im Blick.

Tanja schien normal, sogar außergewöhnlich ruhig und ausgeglichen, aber sie hatte ja auch unbegrenzten Zugang zur Bordapotheke.

Es wäre wahrscheinlich besser, sie hätten alle Sex, aber dagegen gab es ja Gesetze und darüber hinaus noch Regeln zur Aufrechterhaltung von Disziplin und Truppenmoral.

»Tolle Regel«, murmelte Aleksej.

»Was?«, fragte Doreen.

»Nichts.« Lachend schüttelte er den Kopf. »Ich ...«

In diesem Moment erklang ein Heulen aus Richtung der *Baba Yaga*, ein durchdringender Ton.

Alarm.

Seit das Funkverbot in Kraft war, galt dies als Zeichen, dass alle zum Schiff zurückkehren sollten, denn Schall trug im All nicht so weit wie Funkwellen. Es war das erste Mal, dass das Heulen erklang.

»Was kann das sein?«, fragte Doreen.

»Keine Ahnung. Aber wir müssen zurück. Getrennt.«

»Und wenn es ein Angriff ist?«

»Dann zusammen«, knurrte Aleksej, auch wenn er mehr mit Howards Paranoia als mit einem Ernstfall rechnete. Ein landendes Schiff hätten sie hören müssen, doch auf keinen Fall wollte er riskieren, dass Doreen allein in die

Arme eines Feinds rannte. »Wir sagen einfach, wir haben uns zufällig getroffen.«

Im Laufschritt erreichten sie das Schiff in knapp fünf Minuten. Für einen möglichen Angriff gab es keine Anzeichen, kein Kampflärm war zu vernehmen, keine Schreie, keine Waffen, keine Befehle, auch waren die im Nebel erkennbaren Teile der *Baba Yaga* unbeschädigt. Also trat Aleksej ein Dutzend Schritte in den Nebel zurück, während Doreen allein durch die Schleuse eintrat. So konnten sie doch getrennt ankommen.

Als Aleksej schließlich in den für Versammlungen bestimmten Speiseraum trat, tigerte Howard mit rotem Gesicht zwischen den Tischen auf und ab.

»Wo kommst du her?«, bellte er.

»Von den Felsen. Ich habe Klettern geübt, um in Form zu bleiben, falls ich Dr. Schmidt abholen soll.«

»Wer denn sonst?«, blaffte Howard.

Abwehrend hob Aleksej die Hände und sah sich um. Es waren bereits fast alle versammelt, Tanja und Hoffmann traten eben herein, die Feldärztin klopfte der am Interim-Syndrom Erkrankten dabei aufmunternd auf die Schulter. Nun fehlte nur noch Sergej.

»Weiß einer, wo ...?«, setzte Howard an, da stürmte der Nashornbeta herein, einen langen, verschmierten Dolch in der Rechten, einen aufgeschlitzten, zuckenden Wurm von gut einem Meter Länge über der linken Schulter, die Jacke mit glitschigem Sekret besudelt. Die Segmente des Wurms waren deutlich ausgeprägt, er war von bläulich grauer Farbe. Der Geruch von aufgebrochenen Wunden verbreitete sich im Raum. Mit flackernden Augen blickte

Sergej sich um, doch als er weder Feinde noch gezogene Waffen sah, wischte er sich den Dolch an der Hose ab und steckte ihn ein.

Gennaro lachte dröhnend. »Mit dem Ding kannst du Walfische angeln.«

»Was ist das?«, blaffte Howard und starrte auf Sergejs Schulter.

»Ein Wurm.«

»Das sehe ich selbst! Aber was soll der hier im Speisesaal?«

Schweigend drehte sich der Nashornbeta um und stapfte wieder hinaus, Sekret tropfte zu Boden und hinterließ schwärzliche Flecken.

Zwei Minuten später kehrte er zurück.

»Wo hast du ihn hingetan?« Howards Nüstern waren weit geöffnet und bebten.

»Raus«, sagte Sergej knapp, und Aleksej erinnerte sich mit ungutem Gefühl an eine mannstiefe Grube, die er vor ein paar Tagen zufällig im Nebel entdeckt hatte, als er einen ruhigen Ort für sich und Doreen gesucht hatte. Eine an drei Seiten mit Felsbrocken ummauerte Grube, in der tote, aufgeschlitzte Würmer lagen, Sergejs Opfer. Howard schien sie nicht zu kennen.

»Gut! Und jetzt wisch den Dreck auf!« Howard fuhr sich zwischen den Hörnern über den Kopf und atmete tief durch. »Ich brauch einen Funker.«

»Hier, Sir.« Doreen trat einen Schritt vor.

Er musterte sie misstrauisch, sog die Luft durch die großen Nüstern ein, als könnte er sie anhand des Geruchs besser einschätzen. »Name?«

»Cooper.«

»Gut. Cooper wird mich jetzt nach draußen begleiten und mir bei einer Entschlüsselung helfen. Ihr anderen bleibt hier und könnt ebenfalls euren Grips anstrengen, denn wir haben ein Problem. Gegen meinen ausdrücklichen Befehl wurde eine Drohne losgeschickt. Sie hat mehrere Stunden unser Schiff weit außerhalb des Tarnnetzes umkreist und eine verschlüsselte Botschaft ins All gesandt. Ich will wissen, wer das war! Und zwar noch heute!« Seine Augen quollen beinahe aus den Höhlen, Geifer trat auf seine Lippen. »Das ist kein Spaß! Wenn ich rausfinde, wer das war, dann mach ich den fertig! Der kann froh sein, wenn ich ihn nicht hinrichten lasse! Noch bin ich aber nicht sicher, ob ich ihn wirklich froh machen will!«

Fast alle sahen betreten zu Boden oder verwirrt umher. Aleksej fragte sich, weshalb Howard das so schnell öffentlich gemacht hatte und was diese Drohung sollte. So würde sich der Verantwortliche nicht freiwillig melden, nicht einmal im Falle eines dummen Scherzes, Lagerkoller oder einem – kaum wahrscheinlichen – Versehen. Rasch ließ er den Blick über alle schweifen, doch in keinem Gesicht las er Schuldgefühle, nur überall Verwirrung, Ärger, Furcht, Misstrauen.

Nun, wahrscheinlich hätte sich der Verantwortliche auch ohne die Drohung nicht gemeldet, schränkte Aleksej ein. Es gab nicht viele Gründe, um gegen jeden Befehl Funksprüche ins All zu senden, und keiner gefiel ihm. Doch wenn Howard zuerst die Botschaft entschlüsselt hätte, dann hätte er nicht plötzlich eine solche Atmosphäre der Unsicherheit erzeugt. Er hätte sich zuerst mit zwei, drei Vertrauten beraten sollen.

Vielleicht hat er das ja getan, sagte eine gehässige Stimme in Aleksejs Kopf, die verdächtig wie Tymoshchuk klang. *Du glaubst doch nicht etwa, dass du zu diesen zwei, drei Vertrauten gehörst, nur weil du bis vor Kurzem die Führung gehabt hast? Du bist abgesägt, Weltraumaffe.*

Mit tastenden Fingern vergewisserte sich Aleksej, dass sein Messer noch da war. Nur für den Fall, dass nicht einer allein die Drohne losgeschickt hatte und nun alles eskalierte. Er drehte sich so, dass er den Ausgang im Blick hatte.

Eben verließ Howard mit Doreen tatsächlich den Raum, und Aleksej fragte sich, wie er das in der angespannten Atmosphäre tun konnte; er war der Leutnant, eigentlich müsste er zuerst die Situation in den Griff bekommen. Eine Funkerin konnte eine Nachricht allein entschlüsseln, niemand musste dabei zusehen oder Händchen halten.

Lass bloß die Finger von ihr.

Kaum hatten die beiden den Speisesaal verlassen, kam Bewegung in die Zurückgebliebenen. Jeder orientierte sich zu seit Langem vertrauten Gesichtern und brachte Abstand zwischen sich und die, denen er misstraute. Innerhalb weniger Augenblicke standen die Justifiers beisammen, und auf der anderen Seite lose die Schiffscrew. Nur Tanja und Hoffmann wirkten unentschlossen, sie hielten sich weiter am Rand und irritiert Blickkontakt. Offenbar hatten sie in den letzten Wochen der Betreuung ein Vertrauensverhältnis aufgebaut, und Tanja fühlte sich ihrer einzigen wirklichen Patientin verpflichtet.

»Wer von euch Drecksäcken war das?«, bellte Gennaro, der plötzlich seine Pistole gezogen hatte. Sergej stand neben ihm und hielt das Messer in der Hand. Er wirkte, als würde er keinen großen Unterschied zwischen Menschen und Würmern machen.

»Wer sagt, dass es einer von uns war?«, blaffte ein großer hagerer Mann mit Hakennase zurück. Er hielt die Hände zu Fäusten geballt, drei seiner Kameraden hatten Messer gezogen, doch keiner eine Schusswaffe. Nicht aus irgendwelchen tiefschürfenden Gründen, sie trugen schlicht keine bei sich.

»Weil ich mit den Leuten an meiner Seite schon mehrere Missionen durchgezogen habe. Und nie hat sich eine Drohne selbstständig gemacht. Ihnen kann ich vertrauen.«

»Und ich vertraue meinen Kameraden. Keiner von uns schert aus.«

»Meinetwegen, dann steckt ihr eben alle unter einer Decke!« Speichel tropfte aus Gennaros Maul, er hob die Waffe auf Höhe der Köpfe. Mehre Leute zuckten zusammen, doch keiner warf sich zu Boden oder wagte zu fliehen. Der Hagere ballte die Fäuste so fest, dass die Knöchel weiß wurden. Er zitterte vor Wut, sagte jedoch nichts.

»Ganz ruhig, Kumpel.« Aleksej legte dem Nashornbeta vorsichtig die Hand auf die Schulter. Der bebte vor unterdrückter Aggression.

»Ich bin ruhig!« Während Gennaro sprach, ließ er die Crew nicht aus den Augen. »Aber ich lass mich nicht gern verarschen.«

»Das tut niemand. Aber warten wir doch ab, was die Drohne gesandt hat, bevor wir aufeinander losgehen.

Wir wissen nicht, ob hier überhaupt irgendwer verarscht wurde.«

Gennaro schnaubte unwillig.

»Vielleicht hat ja nur jemand eine Pizza bestellt?«, sagte Pavel und grinste linkisch.

Niemand lachte, doch die Spannung im Raum nahm ab.

»Dann aber hoffentlich Familiengröße«, brummte Gennaro und ließ langsam die Pistole sinken.

»Was denn sonst? Wir sind schließlich alle Teil der *Romanow*-Familie«, sagte der Hagere, ohne Gennaro aus den Augen zu lassen. Sein Blick verriet deutlich, dass er Gennaro dabei für das missratene Stiefkind hielt, das man am besten ins Heim abschob.

»Geht doch«, murmelte Aleksej trotzdem und nahm die Hand von der Schulter des Nashornbetas.

»Ich garantiere dir, es war einer von denen«, gab Gennaro leise zurück. »Und wenn ich weiß, wer, dann nehm ich ihn mir vor.«

Aleksej nickte. »Bin gespannt, was die Entschlüsselung ergibt.«

»Ist mir egal. Und wenn er *Halleluja* gefunkt hat, mit dem Kerl wisch ich den Boden auf.«

»Lass aber Sergej vorher noch ein bisschen Wurmsekret verteilen, damit es sich auch lohnt«, sagte Aleksej, um Gennaro zum Lachen zu bringen. Der Nashornbeta wirkte, als könnte er sowieso nicht mehr lange ruhig halten. Wenn sie den Verantwortlichen nicht fanden, würde er sich irgendwen vorknöpfen, vermutlich den Hageren, der ihm Contra gegeben hatte. Gennaro brach am liebsten die Starken.

»Auf jeden Fall!« Gennaro lachte wie erwartet und wurde plötzlich wieder laut. »Ich schrubb mit der Sau den ganzen Wurmdarm blank!«

Keiner reagierte darauf.

Während der nächsten Minuten sagte kaum einer etwas, alle hatten Masken aus Entschlossenheit und Härte aufgesetzt, und Aleksej hoffte, dass Doreen die Nachricht bald entschlüsseln würde, sehr bald. Die Situation hier würde rasch entgleiten. Gennaro taperte unruhig hin und her, Sergej wischte sein Messer zum hundertsten Mal an der Hose ab, Pavel suchte nach einem weiteren Pizza-Gag, während der Hagere immer wieder die Muskeln lockerte und eine drahtige Frau ihr Messer auf dem Tisch drehte wie eine Flasche bei *Wahrheit oder Pflicht* und jeden fixierte, auf den die Spitze deutete. Nur als sie Gennaro erwischte, blickte sie zu Boden, und er grinste. Er wirkte, als habe er sein nächstes Opfer gefunden.

Bevor alles eskalierte, kehrten Howard und Doreen zurück, doch ihr Anblick gefiel Aleksej ganz und gar nicht. Auch sonst niemandem im Raum.

»Zwei Dinge habe ich in den letzten Minuten gelernt«, sagte Howard mit rauer Stimme, und es fiel ihm sichtlich schwer, sich zu beherrschen. »Zum einen ist Cooper wirklich äußerst fähig, und es ist gut, sie an Bord zu haben. Zum anderen haben wir einen verdammten Verräter unter uns, die Botschaft der Drohne lautet: *Wir sind hier, und ich warte auf eure Ankunft. Folgt dem Signal.* Und das wurde in Endlosschleife wiederholt.«

TEIL 3

RACHE

von der bitternis sing, göttin –
von achilleús, dem sohn des peleús
seinem verfluchten groll,
der den griechen unsägliches leid brachte

HOMER, Ilias

20

23. Dezember 3041 (Erdzeit)
Planet: Deadwood

Aleksej wurde als Letzter der Justifiers zu Howard auf die Brücke gerufen. Der Bisonbeta hatte sofort nach Entschlüsselung der Botschaft Einzelgespräche angeordnet, wobei jedem klar war, dass es sich nicht um eine charmante Plauderei bei Tee, sondern um eine Befragung handelte, die sich auch rasch zu einem unbequemen Verhör wandeln konnte.

Noch bevor diese Gespräche tatsächlich aufgenommen worden waren, hatte Howard aus allen Drohnen die Energiequelle ausbauen lassen wie auch die Sender. Er hatte den Bordfunk mit neuen Sicherheitscodes für jeden unzugänglich gemacht, der diesen nicht kannte, und das bedeutete: für alle außer ihn selbst. Schließlich hatte er die Kommunikatoren aus allen Fahrzeugen ausbauen lassen und die persönlichen eingesammelt.

»Bis die Geschichte geklärt ist«, hatte der neue Leutnant gesagt und versucht, optimistisch zu klingen, doch das tiefe Misstrauen zu jedem und allem war ihm deutlich anzumerken gewesen. Keiner hatte gemurrt, aber wohl nur, weil ihn das in Howards Augen verdächtig gemacht hätte, denn wer brauchte schon Funk, abgesehen vom Verräter in ihren Reihen?

Auch wenn Howards Optimismus nicht auf die anderen abfärbte, so tat es zumindest sein Misstrauen.

»Tut mir leid, aber er besteht darauf«, murmelte Tanja und durchsuchte Aleksej auf Waffen, wie sie jeden durchsucht hatte. Warum er gerade sie als Ärztin dafür eingeteilt hatte, blieb schleierhaft.

»Kein Problem«, brummte Aleksej, gab sein Messer ab und betrat die Brücke.

Die meisten Geräte waren ausgeschaltet, auf den Armaturen leuchteten nichts, nur die Anzeige zum Schiffsstatus war wie immer aktiviert, und über einen Monitor liefen die aktuellen Zahlen der verschiedenen Analysen von Atmosphäre und Umland, so wie sie es seit dem Tag ihrer Ankunft taten. Auch wenn sich seit Wochen nichts geändert hatte, beharrte Giselle darauf, und Howard ließ ihr den Spaß, es verschlang nur wenig Energie.

Howard saß mit rot unterlaufenen Augen im Pilotensessel, hatte eine Laserpistole auf der Armlehne liegen und deutete auf den des Co-Piloten. »Setz dich. Ich lass nur die von der Crew stehen.«

»Danke«, erwiderte Aleksej, dachte aber: *Das ist mein Platz, auf dem du sitzt.*

»Ganz ehrlich, denen von der Crew trau ich nicht. Sind alles Menschen.«

»Aragorn und Giselle auch«, sagte Aleksej. Howard zu

widersprechen war schon zu einem Reflex geworden. Zudem gehörte auch Doreen zur Crew, und er wollte nicht, dass sie verdächtigt wurde. So wie Howard wirkte, würde wohl ein Verdacht für eine Hinrichtung reichen.

»Das habe ich mir auch schon gedacht.« Mit glitzernden Augen beugte sich der Leutnant vor. Wenn das vertraulich wirken sollte, verfehlte es sein Ziel völlig. »Die beiden gehören nicht richtig zu uns, sie sind verurteilte Verbrecher, die nur wegen einer Bombe im Kopf mit uns zusammenarbeiten. Meinst du, man kann ihnen wirklich trauen?«

»Aragorn hat jedem von uns schon den Arsch gerettet, und Giselles Analysen ...«

»Ja, aber weil er musste! Weil sie beide mussten!«, unterbrach ihn Howard heftig, dann nahm sein Blick etwas Lauerndes an. »Hast du eigentlich jemals einem von beiden drohen müssen, die Bombe zu zünden? Haben sie je versucht, Befehle zu verweigern? Hast du irgendwann den Countdown aktiviert, um ihnen klarzumachen, wer der Boss ist? Ich bin für den kleinsten Hinweis dankbar.«

»Nein«, sagte Aleksej bestimmt. Einmal hatte Aragorn mit ihm heftig über den Sinn eines Attentats diskutiert, aber letztlich war er gegangen und hatte den Fanatiker der Church of Stars erschossen. Murrend, aber ohne dass Aleksej die Bombe überhaupt hatte erwähnen müssen. Beiden war klar, dass sie existierte und dass der Befehl letztlich vom Doktor gekommen war. Aleksej hatte ihr gutes Verhältnis nie mit laut geäußerten Drohungen belasten wollen, Aragorn und Giselle war nur zu bewusst, dass er und der Doktor einen Knopf besaßen, mit dem ihr

Kopf jederzeit gesprengt werden konnte. Ob noch weitere Leute einen solchen Knopf drücken konnten, wussten sie nicht, und diese Unwissenheit trug maßgeblich zu ihrem Gehorsam bei. Selbst wenn sie den Doktor und den Leutnant überwinden konnten, mussten sie jederzeit damit rechnen, dass der Countdown in ihrem Kopf aktiviert wurde. Als Howard den Posten von Aleksej übernommen hatte, hatte er auch den Knopf bekommen.

Zudem kannte jeder die Geschichte von Leutnant Barry und dem namenlosen Justifier. Der eifrige Leutnant startete bei der Begrüßung des neuen Justifier den auf dreißig Sekunden eingestellten Countdown, um diesem seine Macht zu demonstrieren. Lächelnd wedelte er mit dem Knopf herum, stolperte jedoch und ließ ihn versehentlich in einen tiefen Gully in der Mitte des Kasernenhofs fallen.

»Hol ihn, wenn du leben willst«, sagte er rasch zum Justifier und deutete so seine Schusseligkeit in eine Übung um.

So sehr sich der Justifier bemühte, er hatte keine Chance – sein Kopf explodierte lange bevor er den Knopf erreichte.

Diese Geschichte war nur ein moderner Mythos, Leutnant Barry trug überall einen anderen Namen, und keiner glaubte sie wirklich, dennoch verbreitete sie genug Angst unter den Justifiers. Niemand, der ernsthaft weiterleben wollte, wollte den Countdown je sehen, man wusste nie, welch absurder Zufall seinen Abbruch verhinderte.

»Hm.« Howard lehnte sich im Sessel zurück. »Vielleicht war dieser Gehorsam nur ein Trick, um schneller akzeptiert zu werden. Sie sind Gangster, das sollten wir nie vergessen, und so wie Aragorn agiert, könnte er gut ein Auftragskiller gewesen sein. Vielleicht sogar für die Rosetti-Familie, die auch hinter Schmidt her ist? Dann wäre er jetzt ihr Spion. Das würde doch passen! Die Botschaft der Drohne klingt nach einem Spion, oder nicht?«

»Klingt so, ja, aber glaubst du wirklich an Aragorns Schuld?«, fragte Aleksej. Er hielt das für ausgemachten Schwachsinn, es klang in sich rund und war doch so unwahrscheinlich, dass es niemand derart hätte planen können. Aragorns jahrelanges Überleben als Justifier, dass sie zufällig im Starluck waren, als Schmidt entführt wurde, dass gerade sie für die Rückholaktion ausgewählt wurden und so weiter. Dennoch dachte er mit Unbehagen daran, dass Aragorn den Rosetti-Mann sofort erkannt hatte. Noch ein Zufall. Denn wenn er ein Spion wäre, hätte er dann von sich aus auf den Rosetti-Mann hingewiesen? Unwahrscheinlich. Trotzdem erwähnte es Aleksej besser nicht.

»Hast du einen besseren Verdächtigen?«, blaffte Howard. »Dann raus damit!«

»Einen von der Crew?«, antwortete Aleksej ausweichend, da ihm die meisten von ihnen egal waren. »Die Funkerin scheint ja in Ordnung zu sein, wenn sie die Nachricht so schnell entschlüsselt hat. Aber die anderen?«

»Werden wir ja sehen«, brummte Howard und fasste Aleksej scharf ins Auge. »Wo warst du eigentlich, als die Drohne entführt wurde?«

»Wann wurde die denn entführt?«

»Heute Morgen um 05:56 Uhr. Sie wurde ferngesteuert aktiviert.«

»Da hab ich geschlafen. Bis 6:30 Uhr.«

»Gibt's dafür Zeugen?«

»Woher soll ich das wissen?«, erwiderte Aleksej pampig. »Ich hab geschlafen. Keine Ahnung, ob mich dabei jemand regelmäßig beobachtet, ich hoffe nicht.«

»Alle haben geschlafen«, brummte Howard. »Typisch. Immer schlafen alle. Abgesehen von dem einen, der zur Wache eingeteilt ist. Und weißt du, wer das heute früh war?«

»Nein.«

»Aragorn.« Howard rieb sich mit der Hand über die geweiteten Nüstern und tastete dann abwesend nach der schweren Pistole auf der Lehne. »Es gefällt mir ja auch nicht, aber ... bist du dir hundertprozentig sicher, dass du nie die Bombe aktivieren musstest?«

»Ich sagte doch bereits ...«

»Ich weiß sehr wohl, was du gesagt hast! Ich hab dich gebeten, noch einmal scharf nachzudenken.« Howards Hand ruhte nun auf dem Pistolengriff, ob gedankenverloren oder als Drohung, war nicht zu erkennen. Der Zeigefinger zuckte. Was war nur mit dem Kerl los? »Wenn ich rausfinde, dass du den Verbrecher deckst, dann stell ich euch beide unter Arrest. Verstanden?«

Langsam nickte Aleksej.

»Ich hab dich was gefragt, also krieg die Zähne auseinander! Hast du verstanden?«

»Jawohl! Ich habe verstanden.« Und wie er das hatte. Offensichtlich kam der Bisonbeta mit der Situation nicht zurecht. So sehr er die Führungsposition immer herbeigesehnt hatte, so sehr konnte er sie nicht ausfüllen. Eigentlich hätte Aleksej es ihm zugetraut, er hatte schon immer für die ganze Gruppe mitgedacht und in dieser und jener Situation Ratschläge erteilt, meist passende. Aber nun versagte er sogar hier, auf einem Planeten ohne feindliche Fauna, ohne einen einzigen feindlichen Konzern in der Nachbarschaft. Einfacher konnte eine erste Mission doch kaum sein, wie sollte das erst werden, sollten sie irgendwann wirklich in Schwierigkeiten gerieten?

Aleksej schwor sich, seinen eigenen Weg zu gehen. Egal, was der Drecksack Tymoshchuk entschieden hatte, er würde sein Überleben nicht von Howards mangelnden Führungsqualitäten abhängig machen, wenn dieser sich von so ein bisschen Nebel derart aus dem Konzept bringen ließ.

»Gut«, sagte Howard nun plötzlich wieder ganz jovial. »Mach dir keine Sorgen, ich werde den Verräter schon zur Strecke bringen.«

Mit diesen Worten war Aleksej entlassen, und der erste Mensch der *Baba-Yaga*-Crew wurde hereingerufen.

Um 2:50 Uhr riss der Wecker Aleksej aus dem Schlaf, und zum ersten Mal seit Wochen verfluchte er ihn dafür nicht. Aleksej hatte die nächtliche Schicht von Tanja freiwillig übernommen, um in Ruhe nach einem passenden Geschenk für Doreen suchen zu können. Er sprang aus der Koje und in die Klamotten von gestern, putzte kurz über die Zähne und machte sich mit einer Dose konzentriertem Eiskaffee auf zur Brücke, wo er Sergej ablösen sollte.

Doch die Brücke war verlassen. Vielleicht machte der Nashornbeta noch einen letzten Rundgang, schließlich war Aleksej fünf Minuten zu früh dran. Es war die erste Nacht, nachdem die Drohne die Botschaft ins All gesandt hatte, und Howard hatte erhöhte Alarmbereitschaft ausgerufen. Trotzdem war solcher Eifer für Sergej ungewöhnlich.

Noch drei Minuten bis zum offiziellen Schichtwechsel auf der Brücke.

Aleksej warf einen flüchtigen Blick auf den Schiffstatus und bemerkte, dass das Außentor zum Frachtraum blinkte, irgendwer öffnete es in diesem Moment. Waren das Eindringlinge, die von der Drohne angelockt worden waren? Aleksej zerknüllte die Dose und warf sie auf den Tisch. Oder handelte es sich doch nur um Sergej, der draußen etwas kontrolliert hatte? Oder war es gar Doreen auf ihrer Suche nach seinem Weihnachtsgeschenk? Dann sollte er nicht überhastet Alarm auslösen. Howard würde sie dann sicher einbuchten, hatten doch all seine Gespräche am Tag nicht zum Erfolg geführt. Er lechzte nach einem Schuldigen.

Wer auch immer dort hereinkam, Aleksej musste nachsehen. Hastig packte er seine Laserpistole und huschte durch den verlassenen zentralen Gang nach hinten. Die Türen zu beiden Seiten waren geschlossen, außer seinen Schritten und dem leisen Summen der Nachtbeleuchtung war nichts zu hören. Lautlos legte er die letzten Meter zurück und löschte die dämmrige Notbeleuchtung, um nicht gesehen zu werden. Dann öffnete er langsam die schwere Titaniumtür zum Frachtraum und hielt sich dabei in ihrem Schatten. Im Frachtraum brannte gedämpftes Licht, ein Motor brummte leise.

Aleksej atmete tief durch und legte den Finger auf den Abzug. Dann ging er in die Knie und lugte vorsichtig um die Ecke. Bei Eindringlingen würde er erst schießen, dann

Alarm schlagen und dann wieder schießen. Den Teil mit dem Fragen würde er vollständig Howard überlassen, dem schien das ja Spaß zu machen.

Der brummende Motor gehörte zu ihrem Expeditionsfahrzeug mit der Baggerschaufel für Bodenproben, das eben auf seinem angestammten Platz geparkt wurde. Der Motor erstarb, die hochgezogene Schaufel war mit Erde verdreckt, irgendetwas Dunkles schien in ihr zu liegen. Im Hintergrund schloss sich das Tor langsam.

Sergej sprang vom Fahrersitz und eilte auf den Gang zur Brücke zu. Seine leichte Rüstung war ebenso verdreckt wie der Bagger und zudem von glitzernden Sekretspuren überzogen. Sergejs Gesicht glühte wie nach einem entscheidenden Sieg beim Sport, und doch wirkte der Nashornbeta eher gehetzt als glücklich. Aber er war eindeutig kein fremder Eindringling.

Erleichtert ließ Aleksej die Waffe sinken und trat aus dem Schatten.

»Du hier?« Sergej bremste ab und starrte ihn misstrauisch an.

»Hab Tanjas Schicht übernommen.«

»Hm.«

»Und wo kommst du her?«

»Von draußen.«

»Von draußen?«

Sergej stierte ihn durchdringend an, erwiderte jedoch nichts. War er etwa der Verräter? Hatte er eine neue Drohne in die Nacht geschafft?

»Okay, Kumpel, ich weiß, du redest nicht gern, aber du sagst mir sofort, was du da draußen gemacht hast.«

Aleksej trat zwei Schritte zurück, die Waffe hielt er noch immer in der Hand. Heben musste er sie nicht, er würde es schaffen zu feuern, bevor Sergej ihn mit einem Sprung erreichte, und das wusste der auch.

Schweigend starrte Sergej ihn weiter an.

»Spuck's aus, oder ich ruf Howard. Das mach ich nicht gern, weil er gerade völlig am Rad dreht, aber ich tu's. Sonst reißt er morgen mir den Kopf ab. Was hast du mit dem Bagger gemacht?«

»Würmer gesucht. Je weiter man von den Bergen wegkommt und je tiefer man gräbt, umso größer sind sie. Riesige Burschen.« Mit dem Daumen deutete er über die Schulter zurück. »Zwei Meter vierunddreißig. Und ich hab ihn allein mit dem Messer aufgeschlitzt.«

»Zwei Meter vierunddreißig?«, echote Aleksej. Vermaß der Kerl sie etwa, bevor er sie tötete? Oder erst danach?

Sergej grinste stolz, dann drehte er sich um und ging zurück.

Aleksej folgte ihm mit drei Schritt Abstand, stets darauf gefasst, dass sich Sergej umdrehte und ihn anfiel. Er würde sich nicht überrumpeln lassen, doch Sergej versuchte es nicht einmal. Er ließ einfach die Baggerschaufel zum Boden hinab, und darin lag tatsächlich ein gewaltiger weißer Wurm. Bei der Größe musste Aleksej an Schlangen denken, doch die deutlich erkennbaren Segmente und die fehlenden Augen wiesen ihn auch für Laien als Wurm aus. Das Messer hatte tiefe Wunden hinterlassen.

Sergej strahlte, in seinen Augen flackerte Begeisterung, vielleicht auch Wahn. Er packte den Wurm und warf ihn sich über die Schulter.

»Ein großer Brocken«, sagte Aleksej.

»Hm.« Sergej grinste, nickte und schleppte das tote Tier in die Nacht hinaus.

»He! Wohin gehst du?«, fragte er, bevor ihm die Grube wieder einfiel.

Sergej reagierte nicht. Angewidert starrte Aleksej ihm hinterher und überlegte, ob er warten oder was er tun sollte.

Noch bevor er eine Entscheidung getroffen hatte, kehrte Sergej wieder zurück. Es hatte keine zwei Minuten gedauert, doch der Nashornbeta atmete, als wäre er gerannt.

»Hältst du das für normal?«, fragte Aleksej.

»Was?«

»Das mit den Würmern.« Er sagte nichts von der Grube, vermutlich war die ein Geheimnis, von dem er nichts wissen sollte.

Sergejs Augen verengten sich zu Schlitzen und starrten ihn an. Kaum merklich senkte er das Horn, als wollte er jeden Moment losstürmen.

»Schon gut, geht mich nichts an«, brummte Aleksej. Er würde sicher keinen Kampf um einen toten Wurm beginnen.

Sergej nickte und stapfte an ihm vorbei. »,Nacht.«

»Ja, schlaf gut«, murmelte Aleksej. *Und träum schön von meterlangen aufgeschlitzten Würmern.* Wenigstens ließ er alle anderen in Ruhe, solange er sich an den Tieren abreagierte. Hoffentlich buddelte er nicht weiter immer größere aus. Wenn seine Vermutung stimmte, was mochten hier für Giganten in größeren Gewässern oder den Tiefen jenseits der Reichweite eines Baggers lauern?

Gemächlich kehrte Aleksej auf die Brücke zurück und wartete ein paar Minuten, damit Sergej auch eingeschlafen war. Dann erst machte er sich auf die Suche nach einem geeigneten Weihnachtsgeschenk. Den ganzen Tag über hatte er nachgedacht, doch eine Idee nach der anderen hatte er verworfen, war ungewollt immer wieder zu einer zurückgekehrt, die ihm viel zu kitschig erschien. So kitschig, dass es ihm sogar peinlich war, sie überhaupt gehabt zu haben, doch er wurde sie einfach nicht los.

Die außerirdische Technologie des Sprungantriebs verwendete acht nur etwa faustgroße Elemente, die wegen ihrer Form und der Lage im Antrieb *Herzen* genannt wurden. Auch wenn man die Funktionsweise des Antriebs selbst über all die Jahre noch nicht ganz entschlüsselt hatte, so fungierten sie allen Erkenntnissen nach als eine Art Zündkerzen und aktivierten den Sprung. Da sie somit unersetzlich waren, führte jedes Schiff mindestens acht Ersatzherzen mit sich, auch wenn davon üblicherweise kein einziges gebraucht wurde, gelegentlich einmal eines oder gar zwei. Doch sicher war sicher.

Niemand würde eines vermissen, sieben in der Hinterhand waren mehr als genug.

Herzen schenken ist ein Symbol, ein zu großes Symbol, dachte Aleksej, und genau das hatte ihn lange davon zurückschrecken lassen.

Ach was, Symbol, das Ganze ist doch nur ein Spiel, sagte eine andere Stimme in ihm. *Krieg dich wieder ein! Doreen freut sich, darauf kommt es an.*

Genau das brachte ihn durcheinander, das kannte er nicht. Er wollte tatsächlich ohne jeden Hintergedanken, dass sie sich freute, damit sie sich freute. Er wollte sie glücklich lächeln sehen, sie überraschen, es ging ihm nicht darum, sie nur ins Bett zu bekommen.

Sie treibt es ja sowieso mit dir, dafür musst du dich nicht anstrengen, sagte die andere Stimme in seinem Kopf, aber er ignorierte sie. Natürlich wollte er, dass sie mit ihm schlief, doch er wollte noch viel mehr, mehr, als er in Worte fassen konnte. Das war ein beängstigendes Gefühl, aber auch ein schönes. Beschwingt machte er sich auf den Weg in den Maschinenraum, dabei summte er ein albernes Liebeslied, bis er sich es verbot. *Niemand darf dich hören,* sagte die andere Stimme.

Im Maschinenraum herrschte Stille. Er öffnete den ersten hohen Stahlspind mit Ersatzteilen, doch im Durcheinander dort fanden sich keine Herzen. Im zweiten lagen Werkzeuge kreuz und quer über die Einlegeplatten verteilt, der Maschinist war wohl einer von den Leuten, die Genie und Chaos in einen Topf warfen, um aus ihrer Unordnung Geistesgröße abzuleiten.

»Schwachkopf«, murmelte Aleksej, obwohl er genauso viel gegen diese peniblen Ordnungsfanatiker hatte, die jedes Einzelteil nummerierten und katalogisierten. Nur eben jetzt wäre ihm einer von diesen lieber. Weiter und weiter wühlte er sich durch die Spinde und breiten Schubfächer, doch Herzen fand er nicht. Wo hatte der verdammte Mechaniker sie nur hingeräumt?

Ist eh eine blöde Idee, dachte er. *Mechanische Herzen, was sollte Doreen da denken? Mechanik und Liebe passen nicht zusammen.*

Mit pochendem Herzen starrte er die verschlossene

Spindtür an, erschrocken von den eigenen Gedanken. Er hatte gerade wirklich *Liebe* gedacht. Das Wort, das ihm nicht über die Lippen kam, zumindest nie, wenn es um seine eigenen Gefühle ging.

Was war an dieser Doreen so besonders, dass er plötzlich so empfand?

Enttäuscht schlug er mit der Faust gegen die letzte Spindtür. Jetzt hatte er sich einmal durchgerungen, und dann klappte es nicht!

Er verließ den Maschinenraum und streifte ziellos durch das Schiff. Dabei öffnete er jeden Raum und jeden Schrank, fand jedoch kein Geschenk, mit dem er ausdrücken konnte, was er empfand. Schraubenschlüssel, Ersatzkabel, Aufputschpillen, wie sollte sie das verstehen? Oder vielleicht gar eine Betäubungspistole aus der Waffenkammer, ganz nach dem Motto: *Und bist du nicht willig, so brauch ich Knock-out?*

Schmunzelnd drehte er die Waffe in den Händen, und plötzlich musste er an Dr. Schmidt denken und weshalb sie überhaupt hier waren. In seinem Koffer befand sich etwas, für das *Romanow* ungeheure einhundertundzehn Millionen C zu zahlen bereit war. Wie wäre es, wenn er Schmidt bei seinem Auftauchen in den Schlaf schoss, so wie man es mit ihm gemacht hatte? Dann könnte er den Koffer knacken und ausräumen, den Inhalt in seiner Kleidung verstecken und den Koffer wieder schließen, bevor er Schmidt den Berg herunterschaffte. Das barg zwar ein gewisses Risiko, aber wenn er das Gesuchte auf dem Schwarzmarkt auch nur für zehn Prozent der Summe verhökerte, würde er genug bekommen, um sich die Freiheit zu erkaufen und darüber hinaus ein Leben in Luxus für Doreen und sich selbst.

Zögernd legte er die Waffe zurück. Das war kein passendes Geschenk, doch den Gedanken würde er im Hinterkopf behalten, er war einfach zu verlockend. Die Pistole würde er sich vor dem Aufbruch mit Erlaubnis von Howard holen, ansonsten würde die Geschichte zu schnell auffliegen.

Die Minuten verrannen, und Aleksej wollte einfach kein passendes Geschenk in die Hände fallen. Schließlich flocht er verzweifelt aus buntem Draht einen Strauß Blumen, zerknüllte ihn wieder, formte einen vielstrahligen Stern, zerknüllte auch den und fing erst gar nicht an, ein Herz zu basteln.

Bist du jetzt ein Teenager, oder was?, dachte er grimmig, aber dann musste er lächeln. Es war nur ein Spiel, eine kleine Geste. Mit flinken Fingern formte er zwei grobe Gestalten, die sich im Tanz eng umschlungen hielten. Beide Köpfe formte er wie Sterne, schließlich war Weihnachten, und setzte ihnen ein kleines Lämpchen in den Kopf, die er beide aus dem Ersatzteillager stibitzte. Eigentlich wollte er noch ein sich drehende Platte unter ihre Füße kleben, doch er wusste nicht, wie. Allzu viel Zeit blieb ihm auch nicht mehr. Er versteckte das Geschenk in seinem Spind unter ungewaschenen Klamotten, sprühte gegen den Geruch etwas Deo drüber und ging zurück auf die Brücke. Dort sah er auf den Schiffsstatus, konnte jedoch nicht das geringste Anzeichen von Eindringlingen ausmachen.

Lächelnd wartete er auf den Morgen.

21

24. Dezember 3041 (Erdzeit)
Planet: Deadwood

Aleksej löste die zweite leichte Aufputschtablette im dritten starken Kaffee auf, während Howards Hände zitterten, als hätte er das alles und noch deutlich mehr in sich hineingeschüttet. Es war die erste Besprechung, seit sie wussten, dass sich ein Verräter in ihren Reihen befand. Alle wirkten angespannter als noch gestern, am deutlichsten war Tanja die Nervosität anzumerken. Sie hatte sich schon Hoffmanns Erkrankung schwerer zu Herzen genommen als üblich, aber nun schien sie noch stärker mitgenommen. Mehrmals setzte sie zu einer Bemerkung an, doch immer schloss sie den Mund wieder, bevor sie etwas gesagt hatte.

Auch Giselle wirkte, als habe sie etwas auf dem Herzen, ihr Blick wanderte wieder und wieder zum Monitor mit ihren Messungen hinüber. Doch auch sie sah nur bang zu Howard und blieb still.

Sergej schwieg wie immer, doch vorn auf seinem Horn klebten noch zwei getrocknete Tropfen des Wurmsekrets, er musste sie bei der morgendlichen Wäsche übersehen haben. Den Wurmgeruch hatte er intensiv mit Deo übertüncht.

»Ich habe schlechte Nachrichten«, sagte Howard und stierte sie reihum an. »Keiner aus der Schiffscrew scheint etwas mit der Drohne zu tun zu haben. Und das lässt nur einen Schluss zu, der mich zutiefst enttäuscht, wie er auch die meisten von euch enttäuschen wird. Gennaro, Sergej, nehmt Aragorn fest!«

Ohne Zögern sprangen die beiden Nashornbetas auf, Gennaros Stuhl fiel scheppernd zu Boden. Sie stürzten sich auf ihren Kameraden, der völlig überrumpelt wurde.

»Was?«, stammelte er und blickte Howard fassungslos an. »Warum?«

Zur Antwort packten ihn die großen grauen Hände und pressten seine Arme auf den Rücken, das Gesicht drückten sie auf die Tischplatte, dumpf prallte die rechte Wange auf. Der Kaffee stürzte zu Boden, die Stahltasse rollte im Halbkreis unter den Sitz, ein schwarzer Fleck breitete sich aus, in dem sich kein Muster erkennen ließ.

»Aber ...?«, stammelte Giselle und blickte verwirrt hin und her, und Aleksej wurde plötzlich bewusst, dass außer ihm niemand von Howards Verdacht gewusst hatte. Durch seine Bemerkung über Menschen hatte er selbst ihn ja erst darauf gebracht. Zornig starrte er ihn an, doch Howard beachtete ihn nicht, mit geblähten Nüstern stierte er auf Aragorn herab.

»Warum?«, fragte der ein weiteres Mal, das Gesicht noch immer auf dem Tisch.

»Das weißt du genau, spiel nicht den Unschuldigen!«,

blaffte Howard. »Es war deine Wache, als die Drohne verschwand! Deine!«

»Dann werde ich wegen Unachtsamkeit eingesperrt?« Ein dünnes Rinnsal Blut tropfte aus seiner Nase.

»Unachtsamkeit? Nein. Niemand hätte die Drohne so leicht entwenden können wie du. Du warst unbewacht, du bist der Verräter.«

»Nein!« Aragorn versuchte, sich aus dem unerbittlichen Griff zu winden, drehte den Kopf wenigstens so weit, dass er Howard mit einem verdrehten Auge anschauen konnte. »Ich war's nicht. Warum sollte ich das denn tun? Welches Motiv ...?«

»Das werden wir dir schon entlocken.« In Howards Stimme schwang ein drohender Unterton mit.

»Ja, du Wurm«, sagte Gennaro und verstärkte den Druck auf Aragorns Nacken.

Bei dem Begriff Wurm grinste Sergej.

»Ich war's nicht«, presste Aragorn hervor. »Ich hab doch überhaupt keinen Grund ...«

»Schafft ihn raus!«

Die beiden Nashornbetas zerrten ihn auf die Beine und schleiften ihn von der Brücke. Aragorn wirkte so fassungslos, das konnte kaum gespielt sein. Er hatte aufgehört, sich zu wehren.

»Der Rest bleibt hier!«, befahl Howard, da die meisten aufgesprungen waren, Pavel hatte sich zwei Schritte hinter den dreien herbewegt.

»Glaubst du wirklich, dass Aragorn ...?«, fragte er. Er klang so zweifelnd, wie sich Aleksej fühlte, und versuchte es nicht einmal mit einem lockeren Spruch.

»Einer muss es gewesen sein«, knurrte Howard. »Und Aleksej hat mich auf ein paar bedeutsame Zusammenhänge aufmerksam gemacht.«

Nun starrten alle Aleksej an, fragend, misstrauisch oder verwirrt.

»Hey, das hab ich so nicht …«, stammelte Aleksej. »Du warst es, der …«

»Kein Grund für falsche Bescheidenheit. Ich weiß, dass ich selbst darauf gekommen bin, aber eben nur dank deines Hinweises.«

»Was für ein Hinweis?«, fragte Tanja.

»Unwichtig«, beschied ihr Howard. »Wenn hier zu viele Informationen herumschwirren, beeinträchtigt das die anstehenden Befragungen. Aber wenn jemand von euch mehr weiß, dann bin ich ganz Ohr. Beweise jeder Art sind stets willkommen.«

Doch keiner sagte ein Wort, bis die beiden Nashornbetas zurückkehrten.

»Ich hätte es wissen müssen«, brummte Gennaro. »Er ist einfach kein richtiger *Romanow* wie wir. Ein Söldner, der nicht mit dem Herzen dabei ist, sondern nur, um der Haft in der verdammten australischen Hitze zu entgehen.« Stolz legte er die Hand auf das Logo-Tattoo auf seinem Arm, als schlüge dort sein Herz, und meldete mit stolz geschwellter Brust: »Verräter am Heimatkonzern ist hinter Schloss und Riegel.«

Auch Sergej legte die Hand auf das Tattoo, sagte dabei jedoch nichts.

Giselles Nervosität wuchs sichtlich.

»Gut, dass wenigstens zwei von euch meinen Fähigkeiten und Entscheidungen vertrauen«, knurrte Howard. Alle außer Aleksej beeilten sich zu versichern, dass sie ihm natürlich vertrauten, dass die tatkräftige Entscheidung sie nur überrumpelt habe. »Du bist der Leutnant.«

Gennaro begann mit lauter Stimme, die *Romanow*-Hymne zu singen, und alle fielen mit ein. Aleksej nur zögerlich, aber er wollte nicht sofort zu Aragorn gesteckt werden. Inzwischen traute er Howard zu, Nicht-Singen mit Arrest zu bestrafen, weil ein solches Ausscheren aus der Gruppe subversiv sei.

»Was könnte sein Motiv sein?«, fragte Pavel, als der letzte Ton verklungen war. Nach dem gemeinsamen Singen klang es viel weniger zweifelnd. »Je schneller wir das herausfinden, umso besser.«

»Allem Anschein nach ist er ein Spion der Rosetti-Familie«, sagte Howard.

Giselle erbleichte, die Betas, deren animalische Gesichter zu einer solchen Reaktion nicht fähig waren, starrten ihren Leutnant einfach nur verstört an. Für zwei Sekunden herrschte fassungsloses Schweigen.

»Dann können wir nur hoffen, dass seine Nachricht nie den Adressaten erreicht«, murmelte Pavel. Alle nickten, selbst Aleksej.

»Können wir nicht einfach von hier verschwinden und erst kurz vor Schmidts Ankunft zurückkehren?«, schlug Giselle vor. »Wenn wir den Planeten doch eh nicht erkunden? Die wenigen Ausflüge ohne schweres Gerät haben keine großen Erkenntnisse gebracht.«

»Schlägst du gerade eine feige Flucht vor, oder was?«, knurrte Howard.

»Nein«, versicherte sie schnell. »Hier ist doch nichts, vor dem wir fliehen müssen. Ich schlage eine Verlegung des Basisstützpunkts vor.«

»Unsere Befehle lauten anders. Wir sollen hier die Stellung halten.«

»Außerdem wäre ein weiterer Sprung nicht gut für Hoffmann«, sagte Tanja. »Der letzte hat ihr schon stärker zu schaffen gemacht als üblich. Sie scheint extrem anfällig für das Interim-Syndrom zu sein.«

»Sie ist eine, und sie ist schon wahnsinnig. Aber wir alle sind anfällig für die Waffen der Rosettis«, murmelte Giselle.

»Elender Feigling!«, stieß Gennaro hervor. »Sitzt hinter deinen Zahlen und machst dir ins Hemdchen! Ich hab keine Angst, ich nicht. Ich puste die alle weg! Und dann helfe ich, deine vollgekackte Windel zu wechseln.«

Sergej lachte.

»Genau das ist die richtige Einstellung.« Howard deutete nachdrücklich auf die beiden Nashornbetas. »Ein *Romanow* kämpft, er verweigert nicht Befehle!«

Giselle zuckte zusammen und schielte kurz zu ihrem Monitor hinüber, entgegnete jedoch nichts. Schweigend nahm Aleksej einen weiteren Schluck Kaffee, eine Alibihandlung, um nichts sagen zu müssen. Die anderen taten es ihm gleich. Die Stimmung war seltsam unentschlossen.

»Nachdem wir den mutmaßlichen Verräter nun geschnappt haben, können wir zur Tagesordnung übergehen«, sagte Howard und klatschte energisch in die Hände. »Was war das mit dieser Hoffmann, Tanja?«

»Nun ja, sie erscheint mir verrückter, als es beim ersten Auftreten des Interim-Syndroms sein müsste. Sie hört Stimmen und ordnet diese verschiedenen Göttern von Ares bis Wotan zu, die angeblich alle in alphabetischer Reihenfolge zu ihr sprechen, weil die Ordnung göttlich ist und das Chaos menschlich.«

»Was sagt sie zu uns Betas?«

»Äh, nichts.«

»Hm.« Angestrengt starrte Howard an die Decke als würde er nachdenken. »Und sie ist wirklich besonders weit neben der Spur?«

»Ja. Die Stimmen scheinen nicht in Schüben zu kommen, sondern sind wohl immer da. Auch wenn sie begreift, dass sie am Interim-Syndrom leidet, so kann sie diese Stimmen nicht der Krankheit zuordnen. Sie hält sie für ebenso echt wie ihre Erkrankung und erkennt nicht, dass nach aller Logik nur eines von beidem zutreffen kann. Das ist schizophren.«

»Und du hast keine Erklärung dafür?«

»Nein.«

»Vielleicht habe ich eine«, sagte Giselle leise. Sie wirkte unsicher und nervös. »Ich habe eine Erkenntnis meiner Untersuchungen zu lange zurückgehalten, und das tut mir sehr leid. Ich wollte nichts Falsches sagen und wusste nicht, wie ich es interpretieren sollte, außerdem fehlt noch mindestens ein Kontrolllauf, doch alles deutet darauf hin: In der Luft um uns herum finden sich bestimmte pflanzliche Sporen, deren Zusammensetzung möglicherweise Reaktionen hervorruft, die denen nach der Einnahme von starken Opiaten oder diversen Psychopharmaka ähnelt. Möglicherweise könnten sie auch bestimmte Geisteskrankheiten verstärken und ...«

»Ich dachte, die Atmosphäre ist bedenkenlos?«, herrschte sie Howard an.

»Ja, das dachte ich auch. Genau genommen ist die Atmosphäre es ja auch, es geht nur um die überall verbreiteten unsichtbaren Sporen, die wir täglich einatmen.« Giselle wirkte fahrig, nervös drehte sie die Tasse in ihren Händen. »Die Sporen sind überall. Der Planet lässt uns alle wahnsinnig werden.«

»Mich nicht«, erklärte Howard bestimmt. »Ich habe keine Halluzinationen, im Gegenteil, mir geht es prächtig, prächtiger als je zuvor. Ich bin eins mit mir und meinen Aufgaben als euer Leutnant.«

Gennaro stierte Giselle mit zusammengekniffenen Augen an. »Ich weiß, was du willst. Du gaukelst uns was vor, beschuldigst jetzt plötzlich den Planeten, weil Tanja dir unbewusst eine Vorlage geliefert hat. Diese angeblich neuen Erkenntnisse existieren gar nicht, du willst noch immer nur weg von hier. Das ist doch nur ein Versuch, deine abgeschmetterte Flucht mit neuen Lügen durchzusetzen!«

»Nein, ich ...« Giselle errötete und atmete heftig. Mit zitterndem Finger deutete sie auf den Monitor voller Zahlen, Kurven und Diagramme. »Da drin! Es ist alles da drin!«

»Und warum kommst du dann erst jetzt damit an?«

»Weil ... weil ...«

»Noch so eine!« Howard sprang auf. »Noch so eine Verbrecherin! Ich hab's geahnt! Bringt sie in eine Zelle. Aber so, dass sie sich mit Aragorn nicht absprechen kann, falls sie unter einer Decke stecken!«

»Nein.« Giselle schüttelte vehement den Kopf, während Gennaro und Sergej sie an den Armen hielten. »Ich habe mit der Drohne nichts zu tun. Nichts mit den Rosettis! Das schwöre ich!«

Howard maß sie mit einem prüfenden Blick. Als er sprach, war seine Stimme fast sanft. »Das glaube ich dir sogar. Doch für einen Tag wanderst du in den Arrest. Ich kann nicht zulassen, dass du mit unpatriotischen Fluchtgedanken und fraglichen Aussagen die Moral der Truppe zersetzt.«

»Aber es könnte doch sein, dass ...«

»Zwei Tage! Wir können jetzt keine Zweifel brauchen, wo jederzeit die Rosetti-Familie angreifen kann. Zweifel sind tödlich!«

Giselle verstummte.

»Leutnant, es ist Weihnachten«, gab Aleksej vorsichtig zu bedenken, auch wenn er von Giselles angeblichen Ergebnissen nicht überzeugt war, denn er sah weder Farben noch Dinge, und der Zeitpunkt der Bekanntgabe war wirklich verdächtig. Dass der Nebel und die ganze Situation jedem zu schaffen machte, war doch normal, dafür brauchte es keine dubiosen Sporen. Sie alle hatten keine Doreen, so wie er.

»Und was soll das wieder bedeuten?«, blaffte Howard. »Da ist Moralzersetzung nicht so schlimm, weil wir nachher alle Kerzen anzünden, oder was?«

»Ich dachte nur, weil wir doch eine Familie sind und wegen Gnade vor Recht ...«

»Ich bin gnädig! Oder habe ich ihre Bombe im Kopf gezündet?«, brüllte Howard.

In der einsetzenden Stille konnte man das leise Surren der weiterlaufenden Auswertung vernehmen. Keiner sagte einen Ton, keiner rührte sich, nur Gennaro und Sergej nickten zustimmend, wahrscheinlich dachten sie, dass auch Giselle keine echte *Romanow* war, und sie am Leben zu lassen, wäre Gnade genug.

Giselle sah ihn entsetzt an und begann zu zittern. Sie schnappte nach Luft.

»Na also«, brummte Howard. »Oder glaubst du, dass sie Recht hat, Tanja?«

»Ähm, ohne genauere Daten kann ich ...«

»Glaubst du oder glaubst du nicht?«, fragte Howard scharf. Aleksej glaubte nicht, dass Tanjas Aussage irgendwas an Giselles Haft ändern könnte, sie konnte sich höchstens mit in die Zelle reinreden.

Tanja schien das ebenso zu sehen, sie sagte mit leiser Stimme: »Äh, nein, Sir.«

»Gut. Dann also zwei Tage Arrest.«

Giselle wurde rausgeführt. Sie war zu überrumpelt, um weiterhin zu protestieren.

Zwei Stunden später suchte Aleksej die Arrestzellen auf, die sich direkt neben dem Maschinenraum befanden. Er wusste nicht, ob er hier sein durfte, doch ausdrücklich verboten hatte es Howard nicht.

Um jederzeit einen Blick auf die Arretierten werfen zu können, bestanden die Zellentüren aus Panzerglas. In jeder war in Kopfhöhe zudem ein kleines Fenster eingelassen, das sich öffnen ließ, um etwas hineinzureichen. Die Öffnung war mit drei massiven Stahlstangen vergittert, was wohl in erster Linie symbolische Gründe hatte. Durch die durchsichtige Tür blickte Aleksej in die engen Zellen, in denen kaum Platz für eine schmale Pritsche, ein winziges Waschbecken mit rationiertem Wasser und einer Toilette war.

Die *Baba Yaga*, die über Raum für zweihundert Passagiere verfügte, hatte acht Einzelzellen. Falls besondere Umstände es erforderten, konnte ein Teil des Frachtraums mit Gittern abgetrennt werden, dort konnte man bis zu fünfzig Personen zusammenpferchen.

Als Aleksej Aragorn in der dritten Zelle entdeckte, betrachte er kurz seinen Kumpel, der auf der Pritsche kauerte, der Rücken gekrümmt, den Kopf in die Hände gestützt. Mit einem bitteren Geschmack auf den Lippen zog er das Glasfenster zur Seite und fragte: »Alles okay?«

Langsam hob Aragorn den Kopf. Als er Aleksej erkannte, stand er auf und kam heran. »Nein, nichts ist okay, gar nichts. Ich war das nicht, verdammt.«

»Das weiß ich.«

»Dann sag es Howard. Sag es ihm.« In seinen Augen flackerte Angst.

»Das hab ich schon. Er glaubt mir nicht.«

Aragorn fuhr sich mit den Händen über das Gesicht, in dem blankes Entsetzen geschrieben stand. »Er wird mich foltern, ganz sicher, er ist verrückt geworden, vollkommen verrückt. Du musst ihn stoppen.«

»Verrückt ist ein hartes Wort«, beschwichtigte Aleksej. »Er ist ...«

»Bist du auf seiner Seite oder auf meiner?«

»Es geht hier nicht um zwei Seiten, wir sind alle auf einer gemeinsamen. Das wird Howard sicherlich bald bewusst werden.«

»Verdammt, Aleksej, wir sind Kumpel. Freunde. Wir haben immer zueinander gestanden. Du weißt, ich könnte euch so etwas nicht antun.«

»Ich weiß.« Zahllose Situationen aus gemeinsamen Missionen kamen ihm in den Sinn. Aragorn, der ihn schwer verwundet zurück ins Basislager geschleppt hatte, der an seiner Seite gekämpft hatte, mit dem er zusammen getrunken und käufliche Frauen geteilt hatte. Natürlich wusste er, dass die drohende Bombe am Anfang ihrer Beziehung stand, doch er war überzeugt, dass sie sich seitdem zu einer Freundschaft entwickelt hatte. Sie waren beide nicht freiwillig hier – wenn sie könnten, würden sie das Justifierdasein sofort hinter sich lassen, doch auch das schweißte zusammen. »Halte einfach ein paar Tage durch. Sobald wir den richtigen Verräter gefunden haben, lässt dich Howard hier heraus. Mit einer verlegen gebrummten Entschuldigung, du kennst ihn doch.«

»Falls ihr ihn findet.« Aragorn presste das Gesicht an die Fenstergitter, vollkommen beherrscht von seiner Angst. Er sprach leise und gehetzt, als könnte man sie belauschen oder jederzeit unterbrechen. Speichel rann ihm aus dem Mundwinkel. »Du musst Howard stoppen, bevor er die Bombe in meinem Kopf zündet. Seit er Leutnant ist, ist er nicht mehr er selbst. Er wird sie zünden, sobald er von meiner Schuld restlos überzeugt ist. Ohne

Verhandlung, ohne mit der Wimper zu zucken. Er will mich sprengen, das war deutlich zu sehen!«

»Ganz ruhig. Wir finden den Verräter.«

»Ich will nicht sterben!«

»Das wirst du nicht.«

»Versprich es mir!«

»Wir finden ihn«, sagte Aleksej mit einem zuversichtlichen Lächeln, auch wenn er keine Ahnung hatte, wie.

22

24. Dezember 3041 (Erdzeit)
Planet: Bismarckmond Dolphin

Bunte Energiespar-Kerzen tauchten das Zimmer in warmes Licht. José hatte keinen Baum besorgt, doch grüne Plastikzweige mit glitzerndem Schneeschimmer und Holoengel schmückten Nemos Wohnzimmer. Lydia lümmelte auf dem breiten Sofa und zappte sich durch die Kanäle, während sie nebenbei das StellarWeb durchforstete. Sie suchte nichts Bestimmtes, schlug nur die Zeit tot, bis José zurückkehren würde, er war noch einmal einkaufen gefahren, weil er kein Geschenk für sie hatte.

»Ich hab doch auch keines für dich«, hatte sie protestiert.

»Aber du hast eine gute Ausrede oder gar zwei. Du darfst dich nicht draußen zeigen und bist noch immer nicht wieder auf dem Damm.«

»Wenn nur einer von zweien ein Geschenk bekommt, ist das idiotisch.«

»Dann kriegst du eben Geschenke für zwei, dann stimmen die Zahlen wenigstens.« Mit einem Grinsen war er verschwunden.

Lydia hatte keine Schmerzen mehr. Die Wunden juckten manchmal noch, oder sie spürte einen kurzen Stich, doch sie verzichtete seit ein paar Tagen auf die Medikamente. Nach den Feiertagen würde sie mit leichtem Aufbautraining beginnen. Noch zwei, drei Wochen, dann war sie wieder vollständig einsatzfähig. Sie wusste nur noch nicht, was sie dann tun würde.

Jede Nacht träumte sie von den vier Drecksäcken, die sie so zugerichtet hatten. Manchmal schreckte sie schweißgebadet hoch, weil die Angst sie wieder in ihren Klauen hatte, und sie fürchtete sich davor, den vieren abermals in die Hände zu fallen. Wenn es draußen hell und sie richtig wach war, wollte sie dagegen Rache und hoffte inständig, noch einmal auf sie zu treffen.

Während im 3D-Cube besinnliche Stimmung mit traditionellen Liedern, Spendenkonten und letzten Sonderangeboten verbreitet wurde, starrte Lydia in mattes rotes Kerzenlicht und verfluchte die Drecksäcke. Sie schwor sich, sie würde sich rächen. Sie würde wieder jagen, egal, wie alt die Fährte war – sie würde das tun, wofür sie im Labor geschaffen worden war. Die acht Monate beim Sender hatten ihr gezeigt, dass ihr Platz nicht in dieser menschlichen Zivilisation war, deren Regeln sie nicht verstand. Was hatte sie abgesehen von überflüssigen Annehmlichkeiten auch schon zu bieten? Außer vielleicht dem gutmütigen José.

José, dessen Helfersyndrom und Mitleid sie erfolgreich geweckt hatte, der sie gerettet hatte. Doch sie wollte kein

Mitleid. Natürlich würde sie mit ihm schlafen, wenn er das wünschte, allein schon aus Dankbarkeit. Aber sie würde nicht in eine irgendwie geartete Beziehung rutschen, die sie in unterlegener Position begonnen hatte. Wenn sie genesen war, wollte sie Rache, nicht verhätschelt werden.

Sie würde heimlich und ohne Begründung verschwinden, damit sie nicht erleben musste, wie er sie für ihren Rachedurst verachtete, denn das würde er unweigerlich tun. Er war einer von den Guten.

»Gut. Was heißt das schon«, fragte sie die Kerze. José war ein Samariter, ein Gutmensch, der sie ständig so ekelhaft verständnisvoll ansah. So als mochte er sie, vielleicht sogar mehr, aber wahrscheinlich fühlte er sich in ihrer Nähe nur gut, weil er Gutes tun konnte, es war alles reine Selbstbestätigung. Bestimmt hielt er sich für was Besseres – wenn die Zärtlichkeit in seinem Blick wirklich ihr galt, hätte er doch schon längst versucht, ihr an die Wäsche zu gehen. Natürlich mochte sie es, faul dazuliegen und bedient zu werden, aber deswegen brachte sie dem Bedienenden keinen Respekt entgegen. Er war ein Mensch, und Menschen dienten nun einmal gern. Sie klammerten, versprachen sich die Ewigkeit, definierten sich über andere, ordneten sich artig ein und dabei meist unter. Ihnen fehlte der Sinn für wirkliche Freiheit. Zeigte einer dennoch Ansätze davon, nannten sie das Egoismus. Davon war José weit entfernt, er war einer von den Guten, einer von denen, die Schwäche für Rücksicht und damit moralisches Verhalten hielten.

Ein Teddybär, dachte sie, auch wenn sie wusste, dass sie ihm damit Unrecht tat, er hatte sich selbst noch nie als *gut* bezeichnet. Aber wenn ein Mann in ihr nur eine Patientin sah, dann sah sie in ihm eben nur den Pfleger. War doch sein Problem.

Von wegen Moral und Altruismus. In seinem Beruf und seiner Situation konnte er sich ein solches Verhalten auch leisten, dort wurde es geradezu verlangt. Sie dagegen wurde gejagt. Auch wenn Sörensen in seiner Sendung lange nicht mehr über sie gesprochen hatte, so wusste Lydia doch, dass sie erst in Sicherheit war, wenn die Geschichte um Dr. Schmidt vollkommen geklärt war. Erst dann war ihr angebliches Wissen keine Gefahr mehr. Bis dahin wollte irgendwer ihren Kopf.

»Weihnachten ist die Zeit der Versöhnung«, sagte eben eine hübsche blonde Sprecherin von *Gauss* bei Galaxy-View. Ein irritierender Satz für einen nach Gewinnmaximierung strebenden Konzern, dessen Schwerpunkt die Produktion von Waffen war. »Und so wollen wir *Romanow* um Verzeihung bitten für unser damaliges Mitbieten im Entführungsfall ihres Mitarbeiters Dr. Schmidt. Es war ein peinliches Missverständnis, das zu unserem Verhalten führte, und ein Fehler. Wir wünschen Dr. Schmidt eine baldige und gesunde Heimkehr in den Kreis der Lieben und hoffen, dass die Täter ebenso rasch gefasst werden.«

Was sollte das jetzt?, fragte sich Lydia. Missverständnis? Was für ein Missverständnis? Hatten sie etwa gedacht, der Mann arbeite für sie? *Ist ja schließlich ein häufiger Name, da kann das schon mal passieren*, dachte sie zynisch. *Auch wenn man sich nicht sicher ist, lieber mal hundert Millionen lockermachen, bevor man einen genauen Blick in die Personalakte wirft.*

Oder sollte das die öffentliche Entschuldigung für eine mögliche Auseinandersetzung sein, die in den letzten Wochen unbemerkt hinter den Kulissen getobt hatte? Hatte sie nicht etwas von zwei toten *Gauss*-Wissenschaftlern gehört? Beides äußerst unglückliche Unfälle.

Egal, sagte sie sich. Sie hatte sich vorgenommen, diese Geschichte zu vergessen und zu ignorieren. Es war nicht ihre Story, Aleksej konnte ihr gestohlen bleiben, und dem Lügner Sörensen würde sie auch keinen Tipp mehr geben. Mit den Botengängen und kleinen Diensten war es ein für alle Mal vorbei. Das würde sie nicht mehr machen, für niemanden.

Doch plötzlich tauchte eine Frage aus ihrem Inneren auf, die dort schon länger gelauert haben musste: Was hatte Dr. Schmidt vor dem Starluck getan?

Sie erinnerte sich, dass Aleksej ihn von der Straße hatte hereinkommen sehen. Mit dem Koffer. Wenn der Inhalt wirklich derart wertvoll war, weshalb nahm er ihn dann mit hinaus? Dort fanden sich neben den Wohnhäusern der Starluck-Angestellten auch haufenweise Elend, Kriminalität, Drogen und die billigste Form der Prostitution. Ein Besucher des Starluck betrat und verließ es üblicherweise durch das TransMatt-Portal. Keiner ging auf die Straße hinaus, das war wie hinter die Theaterkulisse zu blicken, ohne dass dort für Besucher aufgeräumt worden war. Selbst die Luft war dort schlechter als im klimatisierten Gebäudekomplex, sie schmeckte bitter.

Es war schon dämlich genug, dass er den Koffer überhaupt an einen Ort wie das Starluck mitgebracht hatte. Was sollte das für ein Zwischenstopp zwischen Labor und

Firmensitz sein? Warum hatte er nicht den direkten Weg durch das Portal gewählt? War er etwa spielsüchtig und wollte den Inhalt verzocken?

Was also, wenn er ihn überhaupt nicht mitgebracht hatte? Was, wenn er den Koffer erst hier bekommen hatte, und zwar draußen auf der Straße? Weil es eben keine Ergebnisse aus dem eigenen Labor waren, weil es eine Übergabe war, die im Schatten stattfinden musste? Was, wenn es nicht Forschungsergebnisse von *Romanow* waren, die durch den Entführer entwendet worden waren, sondern welche von *Gauss*, die Schmidt widerrechtlich an sich gebracht hatte? Egal, ob durch Zufall oder mit Absicht, die Früchte von Industriespionage. Wenn *Gauss* davon Wind bekommen hatte, würde das erklären, warum sie so lange mitgeboten hatten, schließlich wussten sie dann, was sie zu verlieren hatten. Andernfalls hätten sie blind auf einen Koffer aus den *Romanow*-Laboren gesetzt, das wäre ziemlich riskant. Die Rosetti-Familie handelte mit Insiderinformationen, sie hatten natürlich großes Interesse an Wissen über Industriespionage. Alles passte, plötzlich fügten sich die Teile zusammen.

Das ist nur eine Theorie, bremste sich Lydia, *sie kann ebenso schnell wieder in ihre Einzelteile zerfallen. Du weißt gar nichts, du rätst hier.* Vielleicht wollte *Gauss* einfach nur einen Konkurrenten hochtreiben, weil sie wussten, dass *Romanow* das Gesicht verlor, wenn sie sich überbieten ließen, wenn ein anderer Konzern das Lösegeld entrichtete, so absurd dies auch war. Aber wie passte die Rosetti-Familie in dieses Bild?

Auf GalaxyView nahm ein lächelnder *Romanow*-Sprecher mit festlicher, rot blinkender Krawatte die Entschuldigung an und wünschte den Kollegen von *Gauss* und allen Zusehern gesegnete Feiertage.

Und plötzlich, als wäre ein Damm in ihrem Inneren gebrochen, der alles zu der Entführung zurückgehalten hatte, fiel Lydia auch wieder ein, woran sie der Name des Sicherheitschefs des Starluck, Emile Drogba, erinnert hatte. Eine halbe Stunde lang durchforstete sie das StellarWeb und wunderte sich, dass José noch immer nicht zurückkehrte. Das wurden wohl doch eher Geschenke für drei Großfamilien, nicht nur für zwei Personen.

Ja ja, ein Guter, dachte sie, aber dem Spott fehlte die Bitterkeit ihrer vorherigen Gedanken. Lächelnd suchte sie weiter, bis sie endlich die unbedeutende Seite wiederfand, die sie damals nach stundenlangen Recherchen zu Dr. Schmidt entdeckt hatte, und das auch nur zufällig. Informationsfetzen aus der Zeit vor seinem Doktortitel, als er noch in einer Studentenband gespielt hatte. Der Drummer der Band hieß Daniel R. Drogba, und der Bruder, an dessen achtzehnten Geburtstag sie aufgetreten waren, Emile, obwohl er eigentlich nur Junior gerufen wurde.

Emile Drogba Jr.

Lydia wollte nicht glauben, dass das ein Zufall war. Zwar gab es die seltsamsten Zufälle, doch selbst wenn es einer war, dass sich der ehemalige Sicherheitschef des Starluck als Vater von Schmidts Kommilitone herausstellte, dann hätte dieser das erwähnen können. Da er es verschwieg, wollte er es nicht in der Öffentlichkeit wissen, und das war zumindest interessant. Möglicherweise wollte er nur irgendwen schützen, wollte nicht, dass die Medien das Haus seines Sohnes belagerten oder Ähnliches. Dennoch erschien es ihr eigenartig.

Oder handelte es sich um einen ganz anderen Emile Drogba, und die Namensgleichheit war der große Zufall? Nun, das ließe sich leicht nachprüfen, wenn man wollte und über ein wenig Erfahrung im Recherchieren verfügte. Lydia war überzeugt, dass Sörensen nach dieser Information lechzen würde.

Gut.

Das machte es sehr befriedigend, ihm nichts davon zu sagen. Wenn Sörensen etwas wissen wollte, musste er es eben selbst herausfinden. So wie auch der Kommissar, der ihr nicht geglaubt hatte.

Sie verfluchte die beiden und wünschte Emile Drogba einen wunderschönen langen Urlaub, wo auch immer er sich jetzt befinden mochte.

Während sie noch überlegte, ob sie weitere Recherchen anstellen sollte, deren Ergebnisse sie nicht verwenden würde, nur zur heimlichen Schadenfreude, weil Sörensen es nicht wusste, wurde die Tür geöffnet und wieder geschlossen.

»Hallo?«, rief José auf dem Flur, wie er es immer tat, um sie nicht im falschen Moment zu erwischen. Nackt oder masturbierend oder was immer er sich unter falsch vorstellen mochte. Es gab Männer, die fänden solche Momente genau richtig.

»Komm rein«, rief sie.

Als er das Zimmer betrat, balancierte er mehrere Päckchen auf den Armen. Er hatte sich umgezogen, trug eine elegante schwarze Wellenschnitthose und ein kragenloses rotes Hemd mit Stufenreißverschluss, die obersten beiden Stufen hatte er offen gelassen. Er roch männlich nach Bitternuss und lächelte.

»Frohe Weihnachten.« Er stellte die Päckchen vor ihr auf den tiefen Couchtisch.

»Wünsch ich dir auch«, sagte sie und betrachtete die Geschenke missmutig. Es waren mehr als ein halbes Dutzend. »Das ist zu viel.«

»Sieht nur so aus.«

Sie verzog das Gesicht und ärgerte sich, dass sie sich nicht wenigstens ein wenig zurechtgemacht hatte, ihm schien Weihnachten tatsächlich etwas zu bedeuten. Auch wenn sie dafür hier eigentlich nichts Passendes hatte. Sie besaß nur den Krankenhauskittel, alte Hemden und Trainingshosen von ihm und die ramponierten Sachen, in denen sie ins Krankenhaus eingeliefert worden war, notdürftig geflickt und gewaschen.

»Es ist so viel, weil wir heute zwei Dinge feiern«, sagte er. »Weihnachten und deine Entlassung.«

»Entlassung?« Wollte er sie etwa rausschmeißen?

»Ja. Ab heute ist diese Wohnung wieder eine Wohnung, kein Krankenzimmer mehr. Du bist keine Patientin mehr, sondern ... nun ja, einfach du. Vielleicht auf Reha, aber der Patientenstatus ist hiermit abgeschafft.«

»Gut.« Sie lächelte. Konnte der Kerl Gedanken lesen?

»Dann bleibt nur die Frage: erst Essen oder erst Bescherung?«

»Jetzt hast du schon angefangen.« Sie deutete auf den Stapel vor sich, schaltete den 3D-Cube aus und griff nach dem ersten Paket. Ein kleines, sie wollte nicht gierig erscheinen. Es enthielt einen neuen Kommunikator. Kein teures Gerät, aber auch kein schlechtes.

»Danke.«

»Dann kannst du mir nämlich meinen alten zurückgeben, und ich bekomme so ja quasi auch ein Geschenk.« Er grinste unbeholfen.

»Idiot.« Doch sie konnte ein Schmunzeln nicht unterdrücken. In ihr breitete sich eine Wärme aus, die sie lange nicht mehr gespürt hatte. Langsam packte sie das nächste Päckchen aus, sie wollte das hier so lange hinauszögern wie möglich. In ihm fand sie eine bordeaux-grün gestreifte Kunstlederhose, wie sie sie mochte. Selbst die Größe stimmte.

»Woher kanntest du meine Größe?«

»Sie steht in deiner Kleidung.«

»Du gehst also heimlich an meine Kleidung, während ich schlafe?«

»Während du duschst«, sagte er lässig, errötete dabei jedoch kurz. Er war eben wirklich einer von den Guten.

Sie fand eine Bluse, eine Wolltoga und elegante Schuhe mit flexiblem Fußbett.

»Warum tust du das?«, fragte sie.

»Das ist zu deiner Entlassung.«

»Aber ...«

»Kein aber. Du bist bald wieder ganz auf den Beinen, da brauchst du etwas anzuziehen.«

»Aber ...«

»Kein aber, habe ich gesagt. Probier's an.«

Sie verschwand im Bad, um sich umzuziehen. Die Bluse passte perfekt, für die Hose hätte sie sich aus optischen

Gründen einen Gürtel gewünscht, aber man konnte nicht alles haben. Beide waren eng geschnitten und betonten Brüste und Hintern, vielleicht steckte in dem harmlosen Gutmenschen doch ein kleiner Macho. Gut. Sie leckte sich über die Lippen und kehrte ins Wohnzimmer zurück.

»Gefällt's dir?«, fragte er. In seinem Blick lag nun etwas ganz anderes als Mitleid. Vielleicht hatte sie sich in ihm getäuscht, vielleicht hatte er ihren Patientenstatus aus ganz egoistischen Motiven aufgehoben, weil er sie nicht mehr wie eine behandeln wollte.

»Sehr. Danke.« Sie wollte nicht mehr darüber nachdenken, ob es zu viel war oder nicht, denn noch immer fanden sich drei ungeöffnete Geschenke auf dem Couchtisch. Überhaupt war es sein Problem, wenn es zu viele waren, sie kam damit zurecht. Sie wusste überhaupt nicht, warum sie darüber nachdachte, das passte nicht zu ihr. Färbte die Schwäche durch die Verwundungen jetzt schon auf ihren Kopf ab?

Bei einem reichen Mann hätte sie das Gefühl gehabt, er wollte sie kaufen, aber ein Krankenpfleger? Er verdiente viel weniger als sie und musste wissen, dass seine Mittel nicht ausreichten, um sie mit materiellen Werten zu beeindrucken. Dennoch war sie beeindruckt, er hatte sie überrascht.

»Wann hast du Geburtstag?«, fragte sie.

»17. März.«

»Der Tag der Revanche. Mach dich auf eine Schubkarre voller Geschenke gefasst.«

»Mit Vergnügen.«

Im drittletzten Päckchen fand sich ein E-Reader mit

einem Buch, einem ewig alten Schinken mit dem Titel *Der Graf von Monte-Cristo*. Fragend sah sie ihn an.

»Kennst du die Geschichte?«, fragte er.

»Nein. Um was geht es?«

»Lies es. Ich glaube das zentrale Thema beschäftigt dich im Augenblick ziemlich, nach dem, was ich deinen Bemerkungen entnehme.«

»Hm.« Sie warf einen kurzen Blick auf den Klappentext, da stand etwas von einem riesigen Schatz. Sie lachte. »So viele Geschenke sind es auch wieder nicht.«

Er fiel in ihr Lachen ein. »Lies es.«

»Später.« Sie legte es weg und öffnete das vorletzte. Es enthielt eine silberne Kette mit einem schlichten Anhänger, dessen schwarzer Stein in Form eines Pik geformt war. Schmuck hatte nun nichts mehr mit einer Entlassung oder irgendwelchen Notwendigkeiten zu tun, Schmuck sagte etwas aus.

»Ich dachte, du spielst gern«, sagte er.

»Ja«, sagte sie und sah ihn an. In seinen Augen brannte Verlangen.

»Ich hoffe, es ist nicht zu aufdringlich«, sagte er. »Das war nicht geplant, ich hab sie gesehen und an dich denken müssen.«

Gab's denn kein Herz?, wollte sie schon spotten, weil er trotz dieser Geschenkeoffensive wieder so menschlich vorsichtig war, so höflich und sich entschuldigte. Und doch wirkte er heute anders, viel weniger wie ihr Pfleger, mehr wie ein normaler Mann, so blöd das klang. Und trotz aller Weichheit gefiel er ihr, und das irritierte sie. Vielleicht lag es an seinem Duft oder daran, dass er der einzige Mann war, den sie seit Wochen zu Gesicht bekam. Also spottete sie nicht, sondern sagte: »Nein, ist wirklich schön. Danke.«

Er wirkte tatsächlich erleichtert, aber auch nervös, als er auf das letzte Geschenk schielte.

Ganz langsam öffnete sie es. Eigentlich fehlte jetzt nur noch ein Parfum, um nach Klamotten und Schmuck das klassische Geschenkpaket für Frauen abzurunden, doch es war ein schmaler Umschlag, in dem höchstens eine Probepackung Platz hätte. Das traute sie ihm nicht zu.

Bloß keine Karten für eine Eisrevue, dachte sie. Wenn Karten, dann bitte ein ordentlicher Boxkampf. Doch es befanden sich gar keine Tickets darin, nur ein Zettel mit vier Namen und Adressen. Sie lagen alle auf einem anderen Planeten in diesem Sonnensystem.

»Was ist das?«, fragte sie. »Weitere Wohnungen, in denen ich Unterschlupf finden kann?«

»Nein. Das sind die vier Männer, die dich niedergeschlagen haben.«

Sie erstarrte und musterte ihn mit ganz anderen Augen. Einer von den Guten, was? »Woher hast du die?«

»Ich habe Freunde unter den Starluck-Angestellten, die Zugriff auf die Gästedaten haben, und kenne Leute bei der Anti-Liga.«

»Du ...« Sie ging auf ihn zu und legte ihm die Arme um den Hals. Wenn er schon nicht tat, was er wollte, würde sie ihm eben zeigen, dass Hemmungen für den Menschen waren. Dann küsste sie ihn auf den Mund. »Danke.«

»Gern geschehen.«

Sie sog seinen Duft auf und wollte ihn wieder küssen,

mit Zunge diesmal, ihre Hände in seine Haare graben und ihm den Reißverschluss bis zum Gürtel hinunter aufreißen, dann den Gürtel und immer weiter. Doch die Neugier hielt sie zurück. Noch. »Warum gibst du mir die Adressen?«

»Du wolltest dich rächen.«

»Ich dachte, das hätte ich gut verschwiegen?«

Er lachte. »Abgesehen von ein, zwei ziemlich direkter Andeutungen jeden Tag, ja.«

»Ich dachte nicht, dass du das gutheißt.«

»Tu ich auch nicht. Aber es ist deine Entscheidung. Ich wollte dir nur helfen. Und Sympathien für die Liga habe ich nicht, mit meinem Mitleid dürfen die vier nicht rechnen.«

Er war also doch einer von den Guten, wenn auch ein seltsamer. Diese Neugier war fürs Erste befriedigt. Sie öffnete die Lippen und küsste ihn erneut, diesmal leidenschaftlich. Und er legte endlich seine kräftigen Hände auf ihren Hintern. Dann drängte er sie zum Sofa, und sie zog ihn in dieselbe Richtung. Ineinander verschlungen fielen sie auf die Polster. Ein kurzer Stich fuhr ihr in die Seite, doch deswegen hörte sie nicht auf, ihn zu küssen. Sie war keine Patientin mehr, sondern wieder sie selbst.

23

24. Dezember 3041 (Erdzeit)
Planet: Deadwood

Das Thermometer seiner Uhr zeigte 19,3 Grad Celsius, auch wenn der Wind aufgefrischt hatte und die gefühlte Temperatur tiefer lag. Aleksej hatte sein Geschenk unbeholfen in eine alte Tüte aus der Vorratskammer eingewickelt, denn Papier befand sich keines an Bord, abgesehen von dem auf der Toilette, das er jedoch bestimmt nicht verwenden wollte. Mit der Tüte in der Hand eilte er durch den ständig wabernden Nebel, vorbei an dem ausgeschalteten TransMatt-Portal, dessen Steuerungselemente Howard eifersüchtig in seinem Tresor eingesperrt hatte, nicht dass Giselle oder sonst wer heimlich floh. Er rannte hinaus, um am vereinbarten Treffpunkt auf Doreen zu warten.

Immerhin fast weiße Weihnacht, dachte er, als er vom gelblichen Nebel geschluckt wurde. Die Stimmung an Bord war weniger weihnachtlich, auch wenn die Schiffscrew über Howards Entscheidung, Aragorn und Giselle einzubuchten, merkwürdig glücklich schien. Das verschaffte ihr die

Gewissheit, dass der Leutnant die eigenen Leute nicht bevorzugte. Trotz allem hielt sich der Jubel, dass der mutmaßliche Verräter gefasst war, in Grenzen, vielleicht war Aleksej nicht der Einzige, der an Aragorns Schuld zweifelte.

Da Howard die Befragung weiter auf einen unbestimmten Zeitpunkt verschoben hatte, *um den Kerl noch ein wenig schmoren zu lassen*, wie er sich ausgedrückt hatte, hatte sich Sergej Schaufel und Dolch geschnappt und war losgewandert. Weg von den Bergen, dorthin, wo der Erdboden locker und die Würmer groß waren.

Gennaro hatte das Schiff ebenfalls verlassen, und auch wenn er sich bei seiner Jagd auf graue Schemen üblicherweise nicht so weit entfernte, orientierte er sich ebenfalls nie in Richtung Berge, die für ihn eine natürliche Grenze darstellten. Er hasste es zu klettern. Und so würde er ihnen nicht in die Quere kommen, wenn Aleksej und Doreen Geschenke austauschten.

Im Nebel schienen heute besonders viele Schemen zu wandern, der Wind wehte frisch und aus ständig wechselnden Richtungen, sodass sich die unterschiedlichsten Formen im gelblichen Weißgrau bildeten. Mit der Linken wischte sich Aleksej die kühle Feuchtigkeit aus dem Gesicht und schritt schnurstracks auf die Berge zu. Von keinem der Schemen ließ er sich ablenken, er achtete auch schon lange nicht mehr auf das Schnaufen, das er hie und da im Heulen des Windes zu hören vermeinte. Nichts davon war echt.

Kurz zuckte er zusammen, als in der Ferne ein Schuss erklang, doch es folgte weder ein Alarmschrei noch das Signal der *Baba Yaga.*

Gennaro. Auf der Hut vor Angreifern, die die Botschaft angelockt haben mochte.

Vielleicht hatte Giselle doch Recht, zumindest zu einem gewissen Teil. Vielleicht gab es diese bewusstseinsverändernden Sporen tatsächlich, doch sie setzten nur einigen von ihnen zu, allen mit Nashorngenen etwa. Doch was sollten das für Sporen sein, hier, in dieser kargen Landschaft?

Vermehrte sich Moos durch Sporen? Er wusste es nicht.

Wahrscheinlich steckten hinter dem Verhalten doch nur der wechselnde Wind und der permanente Nebel, der sie in eine unruhige Dämmerung hüllte. Seit Wochen hatten sie keine Sonne gesehen, keinen Himmel, keine Ferne, das zerrte an den Nerven. Und Sergej und Gennaro waren noch nie durch besonnenes Verhalten aufgefallen. Auf jeden von ihnen traf der alte Spruch zu, dass er allein in einem Raum eine Schlägerei beginnen konnte. Solange es noch Würmer und Schemen gab, an denen sie sich abreagieren konnten, war alles gut.

Aleksej setzte sich auf ein schmales Sims in Kopfhöhe, das aus der Bergwand herausragte, und wartete. Doreen hatte ihm etwas Besonderes versprochen, und mit jedem Atemzug wurde er neugieriger. Und schämte sich mehr wegen seiner kläglichen Drahtskulptur. Er hätte länger nach den Herzen suchen sollen, sie waren eine gute Idee gewesen, ein klares Symbol. Ein unbeholfenes tanzendes Paar aus Draht war Dreck. Viel zu wenig für Doreen.

Er hätte die Betäubungspistole nehmen sollen und sie in den Plan einweihen.

Nein, nicht einweihen – wie konnte er wissen, dass sie ihn nicht verraten würde?

Sie nicht. Das würde sie nicht tun. Er liebte sie.

Liebte?

Ja. Ich glaube schon.

Meinetwegen.

Doch die eigentliche Frage lautete: Liebte sie ihn? Nur dann würde sie ihn nicht verraten. Seine Gefühle spielten für ihr Verhalten keine so bedeutende Rolle wie ihre.

Im Nebel drehte sich ein graues Gebilde, das wie tanzende Putten aussah. Eine hatte die gigantischen Brüste einer steinzeitlichen Fruchtbarkeitsgöttin. Der Wind blies ohne jeden Rhythmus.

Seine Drahtskulptur war schöner, davon war er plötzlich überzeugt, sie würde ihr gefallen. Er dachte an ihr Lächeln, ihr schönes Gesicht, an die strahlenden Augen, wenn er ihr die Tüte überreichte. Es würden strahlende Augen sein, schließlich war Weihnachten. Lächelnd saß er auf dem Sims, summte eine Ballade und ließ die Füße langsam gegen den Fels baumeln. Rechts, links, rechts, links. Mehr ein Marsch als der Takt zum Tanz.

Als er das siebte Mal auf die Uhr sah, hatte Doreen noch keine fünf Minuten Verspätung, es konnte also noch etwas dauern.

Und dann brüllte eine Stimme: »Halt! Wer da?«

Gennaro, und er war unerwartet nahe, vielleicht vierzig oder fünfzig Meter entfernt. Konnte er seinen Schwachsinn nicht weiter weg durchziehen?

Natürlich antwortete niemand, Schemen sprachen nicht.

Auch Aleksej schwieg, auf die Entfernung konnte er ihn unmöglich wahrgenommen haben.

»Halt!«, schrie Gennaro. »Ich sagte halt!«

Dann schoss er ohne eine Reaktion abzuwarten. Nicht nur einen Schuss, sondern eine ganze Salve feuerte er ins graue Nichts, das hatte er noch nie getan. Entweder drehte er immer weiter durch, oder er hatte diesmal wirklich etwas gesehen.

Doreen!, durchfuhr es Aleksej, noch bevor die Salve verklungen war und doch zu spät.

Ein erstickter Schrei drang durch den Wind, voller Schmerz und Angst und Verblüffung. Hoch und menschlich, doch ob es einer vom Schiff oder ein Fremder war, war nicht zu erkennen.

Eine weitere Salve antwortete, gefolgt von einem langgezogenen »Ja!« aus Gennaros Maul, das in einem Lachen endete.

»Nein!« Aleksej sprang vom Sims und rannte los. »Aufhören! Du elender Schwachkopf!«

Das Feuer erstarb.

»Aleksej?« Gennaros Frage klang überrascht und so leise, dass sie kaum durch das Heulen drang.

Aleksej achtete nicht darauf. Voller Angst raste er im Zickzack durch den verdammten Nebel, schlug um sich, als müsste er die Schemen aus dem Weg stoßen, doch sie lösten sich auf, bevor er sie erreichte. Mehrmals geriet er fast ins Straucheln, und dann rannte er beinahe in einen leblosen Körper, der schrecklich verrenkt auf dem moosigen Untergrund lag.

Ihren Körper.

»Doreen!«

Er warf sich neben ihr auf die Knie, fasste hastig nach

dem nächsten Handgelenk, nach dem Hals, nach irgendeiner Stelle, wo er einen Puls finden konnte. Er sehnte sich nach diesem schwachen Pochen, das ihm beweisen würde, dass sie noch lebte.

Seine Hände zitterten so, dass er nichts spürte, doch er musste sie nicht berühren, um zu wissen, dass es zu spät war.

Ihre linke Wange war zerfetzt, nur noch ein blutiger Brei unter dem glasigen Auge, der Bauch aufgeplatzt, und auch aus dem rechten Oberschenkel sickerte gerinnendes Blut. Längst hatte sich die Hose vollgesogen, das Moos darunter wies dunkle Flecken auf, und inmitten des offenen Klumpens aus Fleisch und Stoff konnte er den weißen Knochen schimmern sehen.

»Nein«, flüsterte er, zu schwach zum Schreien, zu leer, zu fassungslos. Seine Ohren wurden von einem Rauschen ausgefüllt, das die ganze Welt aussperrte und seinen Kopf vollständig ausfüllte.

Neben ihr lag ein Löffel, um den sie eine Schleife geschlungen hatte.

Sein Geschenk.

Ein Löffel, fast musste er lachen. Dann bemerkte er in der Schleife einen schlichten stählernen Ring, den sie aus einem Rohr geschnitten haben musste. Auf der Innenseite waren zwei tanzende Strichmännchen eingeritzt, daneben stand: *Gegen alle Nebel.*

Zärtlich blickte er in das zerschossene Gesicht, aber den Blick der toten Augen ertrug er nicht. Mit einem Mal überflutete ihn Zorn, blanke Wut.

Hass.

Auf Gennaro, den Nebel, Howard, *Romanow,* das Leben, das ganze Universum. Auf jeden und alles. Wenn er den Knopf zu Sintflut oder Apokalypse in der Hand gehalten hätte, er hätte ihn in diesem Moment gedrückt. Mit einem Lächeln.

Aber er hatte keinen Knopf, er hatte nur seine bloßen Hände, doch die konnten genug anrichten. Hastig steckte er Löffel und Ring ein und sprang auf die Beine. Seine Nasenflügel bebten wie bei einem Tier, das Witterung aufnimmt. Langsam ebbte das Rauschen in seinen Ohren ab, und er hörte Gennaro, der nach ihm rief.

»Verdammt, Aleksej, wo steckst du?«

»Mörder«, knurrte er leise und rannte los. Er würde seine Position nicht so verraten, der verdammte Nashornbeta würde ihn sowieso gleich zu Gesicht bekommen, er war nicht weit entfernt. Es dauerte nur wenige Augenblicke, da tauchte seine massige Gestalt im Nebel auf. Die Waffe hielt er gesenkt.

»Hey, Kumpel, hab ich …?«, fragte er, als er Aleksej kommen sah.

Zur Antwort sprang ihm Aleksej gegen die Brust, die ausgestreckten Füße voraus. Er krallte die Zehen in Gennaros Kleidung, mit der Linken packte er das gebogene Horn, die geballte Rechte schlug er auf Gennaros kleines Auge, aber er traf nur den Knochen darüber. Gennaro taumelte zurück und ließ die Waffe fallen. Aleksej löste die Füße von dem Nashornbeta und suchte wieder festen Halt auf dem Boden. Dabei setzte er ihm mit weiteren Schwingern zu.

»Spinnst du, Affe?«

»Mörder!« Mit aller Gewalt drosch er auf Gennaro ein.

Der riss abwehrend die Arme hoch, torkelte jedoch Schritt um Schritt zurück. »Was?«

»Mörder!« Mit Wucht trat er dem Drecksack in den Unterleib, doch er trug dort irgendeinen Schutz.

Der Überraschungsmoment war vorüber, die Verblüffung über die Mörder-Vorwürfe, jetzt schlug Gennaro zurück. Mit zusammengekniffenen Augen senkte er den Kopf und startete mit dem Horn den Gegenangriff. Obwohl sie sich für einen typischen Sturmangriff zu nah waren, hämmerte er doch eine Breitseite gegen Aleksejs Schläfe und Wange.

Es knirschte, und für einen Moment schien die Welt um ihn herum zu zittern, dann sah Aleksej wieder klar. Der Schmerz war ihm egal, doch er musste möglichst rasch aus der Reichweite des Horns kommen, sonst würde Gennaro ihm das Auge ausstechen oder mit der Spitze in seinen Eingeweiden herumwühlen. Mit Armen und Beinen klammerte er sich an den riesigen Beta, wollte ihm mit den Daumen die Augen rausdrücken und schnappte mit dem Maul nach den kleinen Ohren. Als er etwas zu fassen bekam, biss er zu, so fest er konnte, und riss den Kopf zur Seite. Ein Stück Fleisch und ein widerlicher Geschmack nach Ohrenschmalz füllten seinen Mund aus, bitteres Blut legte sich auf seine Zunge, warme Flüssigkeit tropfte über seine Lippen.

Gennaro brüllte.

Aleksej spuckte aus und brüllte ebenfalls, doch nicht vor Schmerz, sondern triumphierend. Wie im Rausch schlug und biss er weiter zu, tastete nach Augen, Nasenlöchern und dem zweiten Ohr, suchte nach den empfindsamen Körperstellen, die Schmerz verhießen.

Gennaro, der sein Horn nicht einsetzen konnte, klammerte nun seinerseits und schlug nach ihm, hielt ihn mit unerbittlicher Stärke fest und warf sich plötzlich zu Boden, sodass Aleksej unter ihm zu liegen kam. Auch wenn das weiche Moos den Aufprall dämpfte, die gut hundertachtzig Kilogramm des wuchtigen Nashornbetas pressten ihm die Luft aus den Lungen. Rippen knackten.

Aleksej spuckte.

Mit einem Kopfschütteln hämmerte ihm Gennaro das Horn gegen die Schläfe, sodass ihm schwarz vor Augen wurde. Während er nach Luft japste, drosch Gennaro weiter auf ihn ein, nun mit geballten Fäusten.

»Du kranke Drecksau!«, brüllte er, und bei jeder Silbe traf ein wuchtiger Schlag Aleksej. Im Gesicht, auf der Brust oder den Oberarmen. Vergeblich versuchte er wieder die Oberhand zu gewinnen, doch der brutale Fleischberg saß auf ihm und schlug auf ihn ein. Jede militärische Ausbildung war vergessen, jede antrainierte Kampftechnik, es war, als würde Aleksej wieder verdroschen wie im Waisenhaus, von einem älteren Jungen, der größer, trainierter und rücksichtsloser war. Es war ebenso demütigend wie schmerzhaft. Doch angesichts von Doreens Tod spielte es keine Rolle, den Schmerz begrüßte ein Teil von ihm sogar, er betäubte. Nur noch der Teil, der Rache wollte, wehrte sich.

Gennaro ließ ihm keine Luft, ohne Unterlass drosch er auf ihn ein, bis seine Sinne schwanden. Das Rauschen kehrte in seine Ohren zurück, ein Auge war komplett zugeschwollen, das andere zuckte unkontrolliert. Es war, als würde der Nebel immer dichter werden, alles um ihn her wurde grau, und er hustete Blut. Als er nicht einmal mehr die Arme schützend heben konnte, ließ Gennaro endlich von ihm ab und erhob sich langsam.

»Was sollte das? Was?«, brüllte er. Speichel regnete auf ihn herab.

Aleksej wollte ihn einen Mörder nennen, doch er konnte sich nicht klar artikulieren. Im Blut unter seiner Zunge schwappte etwas Hartes hin und her, vielleicht ein Zahn oder ein halber.

»Ich bin dein Kamerad!«

»Nein. Du ...«, würgte Aleksej hervor.

»Nein?« Gennaro trat ihm mit dem Fuß in die Seite. »Wenn wir keine Kameraden sind, was sind wir dann? Wir sind beide *Romanow,* verdammt!«

»Ich nicht ...«, presste Aleksej hervor, weil er einfach nur widersprechen wollte.

»Du nicht?« Gennaro atmete heftig, dann trat der ihm den schweren Fuß in die Rippen. »Dann bist du also ein Verräter! Ich dachte immer, du bist in Ordnung. Aber vielleicht setzen sich eben doch die dreckigen Gene deiner Mutter durch. Sie war keine *Romanow!*« Wieder trat er zu. »Verdammter Mischling!«

Aleksej konnte nichts erwidern. Beim nächsten Treffer schwanden ihm endgültig die Sinne.

24

26. Dezember 3041 (Erdzeit)
Planet: Deadwood

Als Aleksej erwachte, lag er auf einer schmalen Pritsche. Nach kurzem Blinzeln erkannte er eine der Arrestzellen. Pavel stand mit einer Pistole in der Hand in der offenen Tür und behielt ihn misstrauisch im Blick. Als Aleksej ihn ansah, reagierte er nicht.

Auf einem Schemel neben der Pritsche saß Tanja, die ihn traurig betrachtete und eine Spritze in der Hand hielt.

»Was ist das?«, fragte er mit Blick auf die lange Nadel.

»Das war dein Prinz, der dich wachgeküsst hat.«

»Hm«, brummte er. Noch fühlte er sich nicht wach genug, um auf eine solche Antwort einzugehen.

»Wie geht's dir?«

»Ich ...« Mit einem Mal fiel ihm wieder alles ein, und er fragte: »Was ist mit Doreen?«

Der traurige Ausdruck auf Tanjas Gesicht verstärkte sich.

Dann hatte er also weder geträumt noch sich alles eingebildet. Doch sie antwortete nicht, fragte stattdessen: »Stimmt es, was Gennaro sagt?«

»Was sagt er?«

»Dass du ihn angegriffen hast.«

»Er hat sie getötet!«

Tanja zuckte hilflos mit den Schultern. Sie hatte sich verändert, wirkte, als würden unheimliche Lasten auf ihr ruhen und sie unerbittlich niederdrücken. »Sie hätte reagieren sollen.«

»Was?«

»Er hat zweimal gerufen. Hat sie gewarnt, er würde schießen, doch sie hat sich nicht zu erkennen gegeben. Was sollte er tun? Ein neuer Planet ist per Definition automatisch Krisengebiet oder Feindesland, und nach der Botschaft der Drohne musste er …«

»Er hat nie gedroht zu schießen. Er hat es einfach getan.« Mühsam rappelte sich Aleksej hoch.

Mit versteinertem Gesicht hob Pavel die Waffe und Tanja beruhigend die Hand.

»Er sagte, du würdest das sagen. Weil du ein Verhältnis mit ihr hattest und ihm deswegen eins reinwürgen willst.«

»Reinwürgen?« Angesichts der Untertreibung lachte Aleksej bitter auf. Umbringen wollte er das miese Schwein, ihn ganz langsam in winzig kleine Würfel schneiden oder ihm bei lebendigem Leib das nutzlose Herz herausreißen. Aber das sagte er nicht laut.

»Du hast ihm das Ohr abgebissen.« Tanjas Stimme klang anklagend.

Aleksej zuckte mit den Schultern. Sein ganzer Körper fühlte sich taub an, doch unter der Taubheit lauerte irgendwo der Schmerz. Erneut blickte er zu Pavel. Der Wolfsbeta sah ihn weiterhin ausdruckslos an und verzog keine Miene, als würden sie sich nicht kennen, als wäre einer von ihnen eine Maschine, die entweder keine Gefühle besaß oder keine verdiente. Hinter dem Wolfsbeta konnte er die durchsichtige Tür der gegenüberliegenden Zelle erkennen. Die Hände um die Gitter am Türfenster gelegt, stand Aragorn da und blickte zu ihm herüber. Als er Aleksejs Blick auffing, nickte der ihm zu.

»Du hast wirklich Glück, dass ich ihm das Ohr wieder annähen konnte.«

»Verdammt«, murmelte Aleksej. »Das ist nicht mein Glück, sondern seines.«

Tanja hob eine Augenbraue, sagte jedoch nichts. Hatte sie etwa gedacht, er bereute, was er getan hatte? Nein, er hoffte, dass sich die Operationsnaht heftig entzünden würde.

»Was habt ihr mit Doreen gemacht?«

»Du hättest nichts mit ihr anfangen dürfen«, wich sie ihm aus.

»Was habt ihr mit ihr gemacht?«

Tanja seufzte. »Tiefgefroren. Sie bekommt ein Begräbnis zu Hause.«

Aleksej nickte, sein Hals war mit einem Mal wie zugeschnürt, während sein Körper Schritt für Schritt weiter erwachte. *Begräbnis.* Seine Augen brannten, und er zog Luft in der Nase hoch, bevor er noch anfing zu schniefen.

»Ich lass dich jetzt besser allein.« Tanja erhob sich. »Ich hab dich zusammengeflickt, du hast keine bleibenden Schäden davongetragen. Aber du brauchst noch ein paar Tage Ruhe.«

»Wann darf ich hier raus?«, fragte er matt.

»Das musst du Howard fragen.«

»Du bist die Ärztin.«

»Das wird nicht nach medizinischen Gesichtspunkten entschieden, sonst lägst du auf der Krankenstation. Du hast einem Kameraden das Ohr abgebissen und eine verbotene Affäre gepflegt.«

»Du hast es ihm doch wieder angenäht.«

Sie hob einfach nur die rechte Braue.

»Was sagen die anderen?«, fragte er, weil ihn Pavels Verhalten wahnsinnig machte.

»Sergej hat dich einen Wurm genannt, was bei seinem aktuellen Verhalten nicht sehr beruhigend ist. Und die Crew gibt dir die Schuld am Tod der Funkerin. Du hättest sie nicht verführen dürfen.«

Aleksej biss sich auf die Lippe, um nicht rauszuplatzen, wer hier wen verführt hatte. Als würde das eine Rolle spielen, schließlich konnte man jederzeit *Nein* sagen. Was ging es diese Leute an, wer wen verführt hatte? Sie konnten es einfach nicht ertragen, dass eine von ihnen freiwillig und aus eigener Initiative mit einem wie ihm zusammen gewesen war. Einem Betabastard. Aber sie hatte es gewollt, daran konnte all ihr Gewäsch von Verführung nichts ändern. Wieder zog er die Nase hoch und sah Pavel an.

Pavel verzog noch immer keine Miene.

»Gute Besserung«, sagte Tanja.

Aleksej nickte.

Pavel sagte nichts.

Mit einem dumpfen Schlag schloss sich die Tür hinter

den beiden, die Verriegelung wurde mit einem Zischen aktiviert.

Aleksej starrte an die Decke und dachte an Doreen. Dabei tastete er seine Taschen ab, tatsächlich hatten sie ihm den Ring gelassen, der Löffel war verschwunden. Er zog den Ring heraus, drehte ihn in den Fingern und starrte auf die beiden Strichmännchen. Eines trug einen Rock und war wohl eher ein Strichweibchen. Das andere schlenkerte wild mit den langen Armen.

»Das bin wohl ich, oder?«, murmelte Aleksej und betrachtete die Schrift.

Gegen alle Nebel.

Er wusste nicht, was das genau bedeuten sollte, aber es klang gut.

»Danke«, murmelte er, als könnte sie ihn hören, und versuchte an die glücklichen Momente mit ihr zu denken. Doch es gelang ihm nicht, stets tauchte ihr zerschossenes Gesicht vor seinem geistigen Auge auf, ihr verrenkter Körper, die glasigen Augen. Der Anblick, wie er sie zuletzt gesehen hatte.

Er fluchte und kniff die Augen zusammen, doch es half nichts: Die Tränen kamen trotzdem. Er krümmte sich auf der Pritsche und ließ sie laufen. Er musste jetzt trauern, bei dem Begräbnis würde er nicht dabei sein. Kurz hatte er das Bedürfnis zu beten, irgendeinem Gott ein »Warum sie?« und hundert Beschimpfungen entgegenzuschleudern, doch er glaubte nicht an Götter. Er glaubte nur an das Glück, doch das endete mit dem Tod. Jetzt konnte es nichts mehr für sie tun. Für sie blieb nichts als die ewige Leere, und für ihn, sie zu rächen.

»Ich weiß, dass du mich nicht mehr hören kannst, Doreen«, murmelte er. »Aber Gennaro wird dafür bezahlen, das schwöre ich dir. Gennaro und jeder, der ihn unterstützt, jeder, der dein Andenken beschmutzt.«

Was waren das für Kollegen, die ihr den freien Willen absprachen und aus ihr ein hilfloses Geschöpf machten, das sich gegen ihren Wunsch verführen ließ? Wer so etwas behauptete, der hatte sie nicht gekannt. Verleumderische Heuchler.

Er hob den Arm und sah auf die Uhr. Er hatte anderthalb Tage verschlafen. Anderthalb Tage.

Erschöpft schloss er die Augen in der Hoffnung, dass weitere Tage dazukämen. Traumloser Schlaf, der das Bild von der blutüberströmten Doreen aus seinem Hirn brannte. Schlaf, der ihn vergessen ließ, der vorübergehend den Zorn auf Gennaro fortschwemmen würde, der seinen Körper zittern ließ. Schlaf, der ihn heilen ließ. Einfach Schlaf.

Doch er wollte nicht kommen, Trauer und Wut bemächtigten sich abwechselnd seiner und ließen ihn stöhnen, schreien, fluchen und die Faust gegen die Titaniumwand schlagen.

Er brauchte Rache, keinen Schlaf.

Du brauchst Schlaf, um fit zu werden. Für die Rache musst du fit sein.

Vor allem brauchte er dafür seine Freiheit und im besten Fall auch Verbündete. Doch wer sollte ihm helfen, wenn selbst Tanja und Pavel Gennaro glaubten?

Aragorn, dachte er und wischte sich die getrockneten Tränen und den Schlaf aus den Augen. Ein Bündnis der Ausgestoßenen. Er erhob sich und ging die zwei Schritte zur gläsernen Tür. Aragorn stand noch immer an seiner, als hätte er auf ihn gewartet. Er nickte und zeigte ein schiefes Lächeln.

Aleksej hob die Hand und versuchte ebenfalls ein Lächeln, obwohl er nicht sicher war, ob es gelang. In sich fühlte er keines.

Durch die schalldichten Scheiben war es nicht leicht zu kommunizieren, doch sie konnten mit den Händen Buchstaben bilden oder mit Pantomime agieren. Da man als Gefangener über ausreichend Zeit verfügte und Buchstaben weniger missverständlich waren, wählte Aleksej diesen Weg. Doch egal, wie viel Zeit ein Gefangener hatte, es war nicht genug für höfliche Floskeln, und so kam er gleich zur Sache.

A-R-J-E-N-M-U-S-S-S-T-E-R-B-E-N

Aragorn hob die Augenbrauen und blickte ihn fragend an. Er wollte wohl wissen, weshalb.

M-Ö-R-D-E-R

Aragorn malte ein Fragezeichen in die Luft.

F-U-N-K-E-R-I-N

Er blickte überrascht, es war nur nicht klar, weswegen. Ob ihn das Opfer überraschte oder Aleksejs Interesse an ihr.

Grimmig sah Aleksej zurück und betonte seine Absicht, indem er sich mit dem Finger über die Kehle fuhr. Dann deutete er auf Aragorn für *Du*, schrieb H-I-L-F-S-T, und deutete auf sich selbst, *mir*. Kein Fragezeichen.

Aragorn deutete auf die Gitter in der Tür, dann auf seinen Kopf und deutete mit einer raschen Bewegung der Hände von der Stirn fort eine Explosion an.

Aleksej deutete auf sich selbst, *ich*, schrieb H-E-L-F-E und deutete auf Aragorn, *dir*. Nach einem kurzen Zögern nickte der.

Dann grinsten sie sich ein wenig hilflos an, und Aleksej hoffte, dass ihm ein einfacher Plan einfallen würde, einen komplexen konnten sie auf diese Weise kaum kommunizieren. Aber er hatte gewusst, dass auf Aragorn Verlass war, das war es immer gewesen.

Während sie sich noch gegenüberstanden, betrat Pavel erneut den Zellentrakt, marschierte an ihnen vorbei und öffnete eine Tür zwei Zellen neben Aragorn. In diesem Moment fiel Aleksej erst wieder ein, dass Giselle auch unter Arrest gesetzt worden war. Er blickte schräg über den Gang, und tatsächlich trat sie nun heraus, die zwei Tage schienen abgelaufen zu sein. Hatte sie ihnen eben bei der Kommunikation zugesehen? Und hatte sie etwas verstanden? Würde sie sie verraten?

Als sie zwischen ihren Zellen vorüberschritt, suchte Aleksej den Augenkontakt, doch sie hielt den Kopf gesenkt und blickte stur zu Boden. Ihr Gesicht war eingefallen, in den Augen glomm trotz der leicht gebeugten Handlung Entschlossenheit. Oder war es Wahnsinn?

Auch Pavel blickte nicht zu ihnen herein, doch er stierte stur geradeaus und nicht zu Boden. Aleksej sah ihnen nach, bis sie aus seinem Blickfeld verschwunden waren. So wie es schien, hatte Howard den umgänglichen Wolfsbeta zum Aufseher über die Gefangenen gemacht. Wenn er im selben Tempo weiter Leute einbuchtete, war dies auch nötiger als ein Aufklärer. Ein solcher schien bei dieser Mission mit jedem Tag unnötiger, nie schickte Howard eine größere Expedition aus. Angeblich zu riskant, seit der Botschaft, seit er jeden Funk verboten hatte.

Oder bewachte Pavel nicht nur die Gefangenen, sondern die Schiffscrew, weil Howards Misstrauen weiter gewachsen war? Schon länger verhielt er sich mehr wie ein absoluter Herrscher als wie der Kopf einer Justifiermission.

Und trieben sich Gennaro und Sergej weiterhin so viel im Nebel herum? Nach anderthalb Tagen außer Gefecht und unter Arrest fühlte sich Aleksej abgeschnitten.

Er ließ sich auf die Pritsche sinken und wartete ab, etwas anderes konnte er nicht tun. Dabei nahm er sich vor, bei der nächsten Kommunikation vorsichtiger zu sein, auch wenn er es noch nie geschafft hatte, sich an solche Vorhaben zu halten. Würde Giselle sie verraten, würde Howard oder Gennaro in wenigen Augenblicken in ihre Zellen gestürmt kommen, spätestens in ein paar Minuten. Er mochte nicht daran denken, was sie mit ihnen tun würden. Immer wieder starrte Aleksej bang zur Tür, doch niemand kam.

Nach einer halben Stunde lehnte er sich erleichtert zurück, Giselle hatte wohl nichts gesehen. Er drehte den Ring an seinen Finger hin und her und grübelte über einen Plan nach. Er wusste nicht, wie er hinauskommen wollte. Klar war, dass sie es nicht von allein schaffen würden. Drei, vier Tage mussten sie sowieso noch warten, vorher wäre er körperlich nicht in der Lage, Gennaro entgegenzutreten. Wenn er ehrlich zu sich selbst war, musste er gestehen, dass er das grundsätzlich nicht war, nur mit einer guten Waffe in der Hand und der Überraschung auf seiner Seite hatte er eine Chance. Sofern er nicht angeschlagen war.

Er hasste es zu warten.

Tanja würde als Feldärztin mehrmals nach ihm sehen. Bei diesen Besuchen musste er sie überzeugen, dass Gennaros Tat Mord gewesen war und nicht lediglich in unglücklichem, aber verzeihlichem Übereifer begründet lag. Sie kannte Gennaro, sie wusste, wie gern er schon immer geschossen hatte und wie wenig er von Fragen und Warnungen hielt. Auch Pavel kannte Gennaro, doch Tanja schien ihm einfacher zu überzeugen. Sie wirkte unsicher, er neuerdings wie eine Maschine, die von Howard programmiert war. Sie musste ihnen nicht aktiv helfen, nur einmal vergessen, die Zellen zu verschließen, und ihnen ein, zwei Dinge verraten. Wenn sie draußen waren, brauchten sie Waffen und das Wissen, wo sich Gennaro und Howard aufhielten. Sie mussten einfach schneller sein als die beiden, Gennaro töten und Howard den Knopf für Aragorns Bombe entwenden.

»Ich werde dich rächen«, versprach Aleksej ein weiteres Mal, während er seinen Ring drehte. Eine Stunde lang versuchte er, sich einen ausgefeilten, durchdachten Plan zurechtzulegen, doch alles, an was er denken wollte, war der zu inszenierende Höhepunkt, der Moment, wenn er Gennaro das Gesicht zerschoss. Er tat es Hunderte Male, und jedes Mal mit anderen Worten, doch jedes Mal ballte er die Faust, wenn Gennaros Kopf platzte. Rache war nicht süß, schon gar keine eingebildete, doch sie hielt die inneren Dämonen ruhig.

Plötzlich durchlief ein leichtes Zittern das Schiff, ein

Brummen, und Aleksej hob überrascht den Kopf. Irgendwer startete die *Baba Yaga*. Oder versuchte es zumindest, denn das Zittern erstarb.

Hatte Howard etwa doch beschlossen, den Planeten zu verlassen? Jetzt, nachdem es eine Tote gegeben hatte?

Wieder setzte das Zittern ein, und wieder erstarb es. Was war da auf der Brücke los? Hatte die Crew keinen vernünftigen Piloten in ihren Reihen, der eine ordentliche Startvorbereitung hinbekam? Meinte da jemand, er müsste nur auf einen Knopf drücken?

Da knackte es in den Lautsprechern und Giselles Stimme erklang: »Dies ist keine Meuterei, doch die Brücke ist in meiner Hand. Ich werde die *Baba Yaga* gegen den Willen des Leutnants starten, aber er wird mir noch dankbar sein. Es ist nur zum Besten aller. Der Planet ist böse! Seine Sporen werden uns gründlicher vernichten als jeder militärischer Feind!«

Aleksej sprang auf und zur Tür. Ihm gegenüber stand Aragorn, ähnlich verwirrt. *Der Planet ist böse?* Schnappte Giselle jetzt über?

»Alle guten Dinge sind drei«, sagte sie mit beschwörender Stimme, und der Antrieb der *Baba Yaga* erwachte erneut mit einem Zittern.

25

26. Dezember 3041 (Erdzeit)
Planet: Deadwood

Die *Baba Yaga* bebte, das Brummen des Antriebs schraubte sich langsam in die Höhe, wurde beinahe zu einem mechanischen Jaulen. Als Pilot verfügte Aleksej über ein gutes Ohr für die unterschiedlichen Geräusche der verschiedenen Raumschifftypen, gerade für die, die er bereits selbst geflogen hatte. Die ersten beiden Versuche hatten ihn derart überrascht, dass er nicht darauf geachtet hatte, doch nun wurde ihm klar, dass Giselle überhaupt nicht versuchte, das Schiff konventionell zu starten. Die Art des Zitterns und das wie ferner Donner heranrollende Brummen deuteten darauf hin, dass sie aus dem Stand zu springen versuchte, aus einer Atmosphäre direkt ins Interim.

War sie vollkommen verrückt geworden?

Aleksej rieb sich mit der Hand über den Nacken und starrte den schmalen Gang hinab in Richtung Maschinenraum, als könnte das etwas ändern. Weit reichte sein Blick sowieso nicht.

Hatte Giselle in ihrem Wahn, den Planeten zu verlassen, wenigstens daran gedacht, alle Schleusen und Tore zu schließen, oder würden sie mit offenem Frachtraum in das Interim springen? Und damit unausweichlich in den Tod?

Nein, es muss eine Sicherung geben, die das verhindert, dachte er, löste sich von der Tür und ging in der Zelle auf und ab.

Das Zittern in Wänden und Boden erstarb.

Was tat sie da nur? Es war eigentlich unmöglich, den Sprungantrieb abzuwürgen. Entweder hatte sie einen der Controller oder eine Sicherheitssperre übersehen, oder das Problem lag am Antrieb. Möglicherweise verfügte die *Baba Yaga* tatsächlich über eine Vorrichtung, die den Wechsel ins Interim aus einer planetaren Atmosphäre unterband. Oder mit offener Frachtraumluke.

»Hier spricht dein Leutnant«, dröhnte nun Howards Stimme aus dem Lautsprecher. Anscheinend war dies die einzig mögliche Form der Kommunikation. »Ich befehle dir, sofort die Tür zur Brücke zu öffnen.«

»Niemals!«, rief Giselle. »Ich habe dich des Kommandos enthoben, weil du uns allen schadest! Wir werden wegfliegen.«

Wieder wurde der Antrieb gestartet, und wieder erstarb er nach wenigen Augenblicken.

»Das ist Meuterei!«, brüllte Howard.

»Nein! Ich rette nur, was zu retten ist. Über dein und mein Verhalten wird das Justifiergericht von *Romanow* entscheiden! Wir müssen hier weg!« Giselle klang nervös, laut ihrem Plan hätten sie wohl schon längst im Interim sein müssen. Dann wäre das hier eine Diskussion über vollendete Tatsachen.

»Ich lass die verdammte Tür aufbrennen!« Howards Stimme überschlug sich. Dabei kam er dem Mikro so nahe, dass er es hörbar mit den Lippen berührte.

Giselle antwortete nicht, sie versuchte erneut, den Antrieb zu starten. Doch diesmal klang es anders, mehr wie ein tiefes Fauchen. Das hieß, sie ließ die konventionellen Triebwerke warm laufen. Wahrscheinlich hatte sie erkannt, dass die *Baba Yaga* nur im All ins Interim überwechseln konnte.

»Ich zähl bis drei, dann spreng ich dich in die Luft, wenn du nicht sofort herauskommst.

»Du bluffst nur«, zischte Giselle. »Du wirst nicht in aller Öffentlichkeit zum Mörder an mir, die ich euch allen gerade die hässlichen Ärsche rettet.« Die Vulgärsprache passte nicht zu ihr, sie war wirklich nervös.

In das Fauchen des Antriebs mischte sich ein obertouriges Heulen. In Aleksejs Ohren klang es ein wenig zu hoch, das konnte daran liegen, dass er solche Startgeräusche sonst auf der Brücke vernahm und nicht in einer Zelle neben dem Maschinenraum: Oder daran, dass etwas nicht stimmte. Gleich würde das hämmernde Ticken kommen, das letztlich den Antrieb zündete.

»Eins, zwei, drei!«, schrie Howard, und er benötigte für alle Zahlen zusammen keine Sekunde, was das Zählen zur Farce verkommen ließ, wenn es das nicht sowieso schon war. Der laufende Antrieb schien ihm ernsthaft Sorgen zu bereiten.

Giselle reagierte nicht.

Hatte er ihr etwa den Kopf direkt weggeblasen, ohne jeglichen Countdown?

»Na?«, rief er herausfordernd.

»Was hab ich gesagt?« Giselle lachte mit überschnappender Stimme.

Das Ticken des Antriebs wollte sich einfach nicht einstellen, das Heulen begann zu eiern. Ein Geräusch wie ein Kreisel, der Schwung verlor und in wenigen Augenblicken umfallen würde.

»Verdammtes Schiff, flieg endlich los!«, kreische Giselle und trat irgendwo dagegen.

Aleksej warf einen Blick zu Aragorn hinüber, um mit der Schulter zu zucken oder den Kopf über dieses absurde Hörspiel zu schütteln, das ihnen die beiden boten. Doch Aragorn schien überhaupt nicht amüsiert. In seinen Augen stand blankes Entsetzen.

Mit den Fäusten hämmerte er gegen die schalldichte Zellentür, dann drückte er mit der flachen Hand gegen den Notfallknopf, der es kranken Insassen ermöglichte, sich bemerkbar zu machen, drückte ihn wieder und wieder. Was konnte jetzt derart dringend sein? Fast schien es, als wüsste er, dass ein Sprung ihnen allen den Tod brachte. Stand tatsächlich irgendwo eine Tür offen?

»Gibst du endlich auf?«, brüllte Howard.

»Warum sollte ich?«, erwiderte Giselle. »Ich sagte doch, dass du bluffst.«

»Was?« Howard klang ratlos. »Aber du ...«

Und mit einem Schlag verstand Aleksej. Aragorn hatte keine Angst vor einem Sprung, sondern vor seinem Tod. Panisch sprang Aleksej zum Notfallknopf seiner Zelle, hämmerte auf ihn ein, schrie nach Hilfe, nach Tanja und nach Pavel. Dabei konnte er den Blick nicht von Aragorn lassen, der in seiner Zelle stand und inzwischen hilflos zu ihm herüberblickte. Er hatte aufgehört, gegen die Tür zu schlagen, und resigniert. Aleksej sah ihn voller Mitleid an, er wusste, was jeden Moment geschehen musste, doch er würde sich nicht von ihm abwenden, wie es sonst alle auf diesem Schiff getan hatten. Bis zum Schluss würde er ihm in die Augen sehen, als könnte er ihm so Halt geben.

»Ich werde dich rächen«, sagte er lautlos, aber mit deutlichen Lippenbewegungen. Er hoffte, dass Aragorn sie lesen konnte, für Buchstaben mit den Fingern blieb ihnen keine Zeit. Er schluckte und sah seinem Kameraden in die verzweifelten Augen, bis Aragorn kraftlos die Hand hob. Aleksej erwiderte den Gruß, und dann explodierte Aragorns Kopf.

»Howard«, knurrte Aleksej voller Hass, als Aragorn zusammenbrach. Kurz zuckten die Arme und Beine noch, dann lag er ruhig da. Es war weniger blutig gewesen, als er befürchtet hatte, doch ein einziger, großer, roter, mit Schlieren durchzogener Spritzer lief auf der Innenseite der Tür herab. Noch immer konnte Aleksej den Blick nicht abwenden.

»Das nennst du also einen Bluff, Schlampe? Ha!«, brummte Howard. Er klang mit sich zufrieden und erwartete wohl keine Antwort.

»Was denn sonst?«, entgegnete Giselle und versuchte erneut, das Schiff zu starten.

Zwei endlos lange Sekunden sagte Howard nichts, dann

fragte er: »Was hast du mit der Bombe in deinem Kopf gemacht?«

»Nichts«, erwiderte Giselle. Der Antrieb begann zu fauchen, es klang diesmal besser.

Aleksej erwartete jeden Moment, dass sich das Schiff hob.

»Wie hast du sie entschärft?«

»Was redest du da?«

»Aber ...« Howard fluchte, ganz langsam dämmerte es auch ihm. »Ich hab den falschen Knopf gedrückt. Aber was hältst du von dem, Schlampe?«

Giselle keuchte auf. Der Antrieb kam erneut nicht richtig in Fahrt, das Ticken wollte sich einfach nicht einstellen. »Wir müssen hier weg! Glaub mir, wenn wir bleiben, werden wir alle sterben.«

»Ich glaube, es stirbt nur eine«, erwiderte Howard kalt. »Wegen Meuterei.«

Giselle fluchte und motzte, doch dann überkam sie die Angst. Mit dünner Stimme gab sie nach. »Na gut, ich mach die Tür auf.«

»Ich kann dich nicht verstehen.«

»Die Tür ist offen!«, schrie Giselle. »Die Tür zu Brücke ist offen! Jetzt schalt sie ab! Verdammt, schalt sie ab! Die Tür ist doch offen!«

»Fahr zuerst den Antrieb runter«, sagte Howard, obwohl dieser nur noch ein klägliches Wimmern von sich gab, das bereits verklang.

»Aber der funktioniert doch gar nicht mehr! Ich hab nur noch ...« Der Rest des Satzes wurde von einer Explosion verschluckt. Etwas Schweres fiel zu Boden, dann herrschte

Stille. Bis irgendwann polternde Schritte zu hören waren und der Lautsprecher ausgeschaltet wurde.

»Das war ein bedauerliches Versehen«, sagte Tanja, als sie drei Stunden später Aleksej untersuchte und ihm weitere Injektionen zur Beschleunigung des Heilprozesses verabreichte. Jedes Mal stach sie die Nadel direkt in eine Wunde.

»Bedauerlich? Aragorn ist tot!«, fauchte er.

»Ich weiß. Aber wir haben in den letzten Jahren immer wieder jemanden verloren, so etwas passiert einfach. Es ist nun mal riskant, Justifier zu sein.« Ihre Stimme klang müde und leblos, die Schultern hingen kraftlos herab, und das Fell wirkte stumpf, fast wie schmutziger Rost. Noch immer lag unendliche Traurigkeit in ihren Augen. Mit jedem Tag schien es schlimmer zu werden. Wahrscheinlich bedauerte sie Aragorns Tod wirklich, aber das war nicht genug.

»Aber keiner der anderen wurde von seinem Leutnant aus Versehen in die Luft gesprengt! Das ist doch lächerlich! Das passiert in albernen Komödien, nicht in Wirklichkeit!«

»Es ist passiert«, entgegnete sie ruhig, als wäre damit alles gesagt. Doch als sie die Spritze in die kleine schwarze Arzttasche steckte, zitterten ihre Hände.

»Und das willst du einfach so hinnehmen? So wie Doreens Tod, und Giselles?«

Tanja presste die Lippen zusammen, dann sagte sie: »Sie sind tot, Aleksej. Ich nutze meine Kräfte, um den Lebenden zu helfen.«

»Genau davon rede ich.«

»Nein, du redest von Rache.«

Darauf konnte er nichts erwidern. Er hatte nicht gewusst, dass man es ihm so deutlich ansah. Er blickte zu Pavel, der wieder bewaffnet und mit regloser Miene in der Tür stand. Doch in seinen Augen zeigte sich tiefer Schmerz, so als steckte doch noch eine Seele in der stummen, versteinerten Hülle.

Drüben in der anderen Zelle war der Hagere von der Crew eingesperrt worden. Mit einem Lappen und Eimer, um die Tür, den Boden und die Wände blitzblank zu säubern. Erst dann würde er wieder herausgelassen werden.

»Warum kann ich nicht bei offener Tür putzen?«, hatte er gefragt.

»Howard sagt, das ist besser für die Disziplin«, hatte Pavel geantwortet und abgeschlossen. Worin dieser Zusammenhang bestehen sollte, hatte er nicht gesagt.

Zwei Türen weiter saß neuerdings die am Interim-Syndrom erkrankte Hoffmann in einer Zelle.

»Was hat eigentlich deine Patientin getan?«, fragte Aleksej Tanja. Er musste sie weichkochen, indem er Interesse an ihr und ihrer Arbeit heuchelte. Er musste sie einfach auf seine Seite ziehen.

»Sie hat den Antrieb der *Baba Yaga* manipuliert, hat alle Herzen herausgeschraubt und zerstört. Auch die Ersatzherzen.«

»Was?«

»Das hat sie schon vor Wochen getan, als sie einen halbwegs klaren Moment hatte. Da das Syndrom ihr dermaßen zusetzte, wollte sie mit allen Mitteln einen erneuten Sprung ins Interim verhindern.«

»Und das nennst du einen klaren Moment?«

»Natürlich. An einem gesunden Selbsterhaltungstrieb ist nichts Verkehrtes«, erwiderte Tanja lapidar.

Aleksej schnaubte und verkniff sich die Frage, weshalb der Maschinist das Fehlen der Ersatzherzen nicht bemerkt hatte, wo es sogar ihm aufgefallen war. Ihm war wieder eingefallen, dass Hoffmann ihm vor dem Abflug als Maschinistin vorgestellt worden war. Unterwegs hatte es keine Probleme gegeben, und so hatten sie kaum Kontakt gehabt, weshalb ihm ihre Funktion wieder entfallen war. Er erinnerte sich an das Chaos in den Schränken und verstand.

»Und was macht sie, wenn sie keinen klaren Kopf hat?«, fragte er höhnisch.

Tanja antwortete nicht, sondern befahl ihm, sich umzudrehen, um die Schwellung auf seinem Rücken zu untersuchen. Schmerzen spürte er dort nur noch bei großem Druck.

»Sag, was tut sie dann?«, hakte er nach.

»Dann kommuniziert sie mit allen möglichen Göttern«, sagte sie leise, während sie seine Muskulatur abtastete und Schrammen und Nähte begutachtete. »Bittet sie, sie zu sich zu holen.«

»Na, das ist einfach. Abgesehen davon, dass es keine Götter gibt.« Aleksej lachte und deutete mit ausgestrecktem Zeigefinger eine Pistole an. »Bumm.«

Weder Tanja noch Pavel stimmten in das Lachen ein. Sie schwiegen, doch in ihrem Schweigen lag etwas, das

Aleksej nicht gefiel. Und dann wurde ihm klar, was Tanja gerade gesagt hatte.

»Die Drohne«, hauchte er entsetzt. »Die Botschaft galt keinem unserer Konkurrenten, sondern ihren eingebildeten Göttern. Wir werden gar nicht verfolgt. Und Aragorn saß unschuldig in Arrest.«

Aleksej blickte über die Schulter zu Tanja hoch, sie nickte traurig.

»Hätte er nicht in der Zelle gesessen, wäre er bei Howard oben gewesen und hätte ihm direkt sagen können, dass er den falschen Knopf gedrückt hatte. Howard hätte den Countdown abbrechen können.«

»Vielleicht.« Mit schmalen Lippen erhob sich Tanja und versprach, am nächsten Morgen wiederzukommen. »Du gesundest schnell.«

Aleksej setzte sich auf. Pavel nickte ihm durch das Glas kurz zu, als er die Zellentür verschloss. Das hatte er noch nie getan, doch er konnte sich nicht darüber freuen. Aragorn war gestorben, weil eine dämliche Maschinistin über ihre Sprünge falsch Buch geführt hatte. Es würde also nicht ausreichen, allein an Howard Rache zu üben.

26

29. Dezember 3041 (Erdzeit)
Planet: Deadwood

Als Aleksej erwachte, stank es nach offenen Wunden. Für einen Augenblick glaubte er, der penetrante Geruch habe sich aus den blutigen Albträumen in seine Zelle hinübergerettet, doch dann bemerkte er den aufgeschlitzten Wurm auf seinem Zellenboden. Über zwei Meter lang, das Innere herausgequollen und als matschige Masse vor seiner Pritsche verteilt.

Sergej, dachte Aleksej und atmete durch den Mund, um dem Gestank zu entgehen. All die Tage hatten sich keiner der Nashornbetas gezeigt, aber ihm nun unbemerkt den toten Wurm in die Zelle gelegt. Wieso war er nicht erwacht? Er fragte sich, was das für Medikamente waren, die Tanja ihm jeden Abend verabreichte.

Während sein Magen eine Rebellion androhte, stieg er vorsichtig über den Wurm hinweg und stellte sich an die Tür. Dort drückte er den Notfall-Knopf und wartete.

Eine Viertelstunde später wurde er von Pavel und einem

unrasierten Mann mit grün gefärbten Augenbrauen in die Zelle gegenüber verfrachtet, damit seine in Ruhe gereinigt werden konnte.

»Gib mir eine andere«, bat er.

Pavel schüttelte den Kopf. »Howard hat es angeordnet. So und nicht anders.«

»Bitte. Es ist doch vollkommen egal, wo ich sitze.«

»Nein.«

Also steckte er nun in der Zelle, in der Aragorn gestorben war. Auch wenn das drei Tage her war, vermeinte er noch immer den Geruch von Blut und scharfem Putzmittel zu atmen. Er hatte eine gute Nase.

Während er mit jedem Atemzug an Aragorns Tod erinnert wurde, betrat eine Frau die Zelle gegenüber, aus der Pavel und der Mann den Wurm mit einer Plane herausgetragen hatten. Nach dem Hageren sollte also der nächste der Crew diszipliniert werden. Doch irgendetwas stimmte an ihr nicht, irgendetwas war anders an ihr, er wusste nur nicht, was. Dann bemerkte er, dass sie sich die Haare geschnitten hatte. Sie trug sie jetzt schulterlang und gelockt, so wie Doreen sie getragen hatte. Zwar war sie brünett, nicht schwarzhaarig, aber ansonsten ...

Er starrte hinüber, sie beugte sich möglichst lasziv zu den klebrigen, glibschigen Wurmsekretflecken hinab, sodass er ihr auf den Hintern starren konnte. Die Uniformhose saß knalleng, so als wäre sie zwei Nummern zu klein. Was ging da drüben vor? Wiegte sie beim Bodenwischen tatsächlich die Hüften?

Langsam erhob sie sich wieder und wandte sich der Tür zu. Sie drückte den Notfallknopf und sah mit brennenden

Augen zu ihm herüber. Die Lippen waren rot geschminkt, die obersten drei Knöpfe der Uniformjacke standen offen, sie trug nichts darunter. Bedächtig schloss sie den zweiten und dritten, bis Pavel auftauchte, um ihr den Eimer voller Wurmmatsch abzunehmen und einen neuen leeren zu geben. Er salutierte kurz und ging.

Mit einer Scheuerbürste in der Hand begab sie sich auf die Knie und schrubbte den Boden mit durchgedrücktem Kreuz und Bewegungen, als würde sie sich in einer Peepshow räkeln. Obwohl sie das Wasser nicht in großen Mengen über sich selbst spritzte, fühlte sich Aleksej an Männermagazine erinnert, in denen knapp bekleidete Frauen Raumschiffe wuschen.

Was soll der alberne Blödsinn?, dachte er, bekam aber dennoch einen Steifen. Es hatte sich in den letzten Tagen zu viel aufgestaut.

Als die Zelle schließlich gereinigt war, holte Pavel sie zackig ab. Aleksej sollte trotzdem und trotz aller Proteste in seiner neuen bleiben. Kaum war Pavel mit der Frau verschwunden, kehrte sie auch schon wieder zurück und öffnete das Fenster zu seiner Zelle.

»Ich hoffe, meine kleine Show hat dir gefallen«, säuselte sie.

»Hm«, sagte Aleksej und wartete ab.

»Ich würde dir gern viel mehr zeigen«, hauchte sie und schloss die roten Lippen nicht ganz, sah ihn mit brennendem Blick an.

»Warum?«, fragte er.

»Gefällt dir meine neue Frisur?«

Er nickte. Auf solche Fragen wollte keine Frau eine ehrliche Antwort. Es war natürlich schön, wenn die richtige und die ehrliche zusammenfielen, aber im Moment war ihm das völlig egal.

Sie lächelte. »Ich will, dass du mit mir dasselbe tust wie mit Doreen.«

Er wollte ihr schon sagen, dass sie sich den Wunsch sonst wo hinstecken konnte, er würde nichts dergleichen tun. Wie kam sie auf den Gedanken, sie könnte Doreens Platz einnehmen, nur weil sie sich die Haare geschnitten hatte? Doch dann kam ihm der Gedanke, sie zu benutzen, und das nicht auf die Art, an die sie dachte. »Ich kann mit dir noch ganz andere Dinge tun.«

»Ja?«

»Ja.« Er lächelte. »Wieso kommst du zu mir?«

»Ich weiß, wie sie in den letzten Wochen gelächelt hat. Für dieses Lächeln würde ich alles tun.« In ihren Augen lag Verlangen. »Es muss deine animalische Art sein. Dean hat mich nie zu diesem Lächeln noch am Morgen danach gebracht.«

Es war schön, dass die Menschen ihn immer auf den animalischen Teil seiner Gene reduzierten. Meist sagte er ihnen, wenn sie es animalisch wollten, sollen sie doch auf einen Bauernhof gehen und nach dem Zuchtbullen fragen. Doch sie würde sein Schlüssel hier heraus sein. »Komm morgen Abend wieder her. Und bring Handschellen und einen Schlagstock mit.«

»Mach ich.« Sie erschauerte in Vorfreude. Aber was war an den menschlichen Errungenschaften Handschellen und Schlagstock animalisch?

So dämlich, wie sie wirkte, hätte sie ihm vielleicht sogar

eine geladene Pistole mitgebracht, aber er hatte sein Glück nicht überstrapazieren wollen.

Blitzschnell schoss seine Hand durch das Gitter nach draußen. Er packte sie am Nacken, zog ihren Kopf heran und küsste sie leidenschaftlich und grob auf die roten Lippen. Dann ließ er sie wieder los und sagte mit rauer Stimme: »Jetzt geh!«

Mit einem seligen Grinsen schritt sie davon, er könnte Schauspieler werden. Glaubte sie wirklich, dass es das war, was er Doreen gegeben hatte? Dann kannte sie den Unterschied zwischen wilder Leidenschaft und plumper Grobheit nicht. Der von ihr erwähnte Dean musste ein Trottel sein.

Aber war das die Art, das Andenken einer Kameradin zu ehren?

Als Howard zum ersten Mal an seine Zelle kam, machte Aleksej gerade Liegestütze. Er war allein, öffnete das Fenster vor dem Gitter und blieb außerhalb seiner Reichweite stehen, auch wenn ihnen beiden klar war, dass Aleksej keinen Angriff durch das schmale Gitter versuchen würde. Nicht mit bloßen Händen.

»Ich sehe, du trainierst«, sagte Howard.

»Muss ja wieder in Form kommen.«

»Und? Wie sieht's aus?«

»Bin noch nicht wieder der Alte, aber jederzeit bereit, wieder einzusteigen.« Er sagte es ganz locker dahin, so als plauderten sie gemütlich beim Tee und nicht in einer Zelle. Er wollte ganz friedlich bleiben und herausfinden, was Howard mit ihm vorhatte. Er würde ihm nicht ins Gesicht sagen, dass er ihn töten würde, nicht, solange er sein Gefangener war.

»Du hast Gennaro angegriffen.«

»Hm.«

»Und diese Frau gefickt.«

»Ach ja?«

»Ja!«, blaffte Howard. »Du warst mal ein Vorbild! Selbst ich habe dich für einen guten Leutnant gehalten. Aber jetzt bist du nur noch eine Schande für *Romanow!* Weißt du, was in der Crew los ist, seit diese Geschichte herausgekommen ist? Das reinste Chaos! Die einen wollen Sex, die anderen deinen Kopf, die Nächsten dies und das. Die ganze Disziplin ist dahin!«

»Und das liegt alles an mir?« Aleksej war aufgestanden und stellte sich nun direkt an die Tür. Egal, was er sich vornahm, Howard trieb ihn stets zur Weißglut. »Da spielt es bestimmt auch keine Rolle, dass du dem unschuldigen Aragorn den Kopf weggeblasen hast?«

»Das war ein Versehen! Und das können die Kameraden sehr wohl von deinen Eskapaden unterscheiden! Du hast mit voller Absicht gehandelt! Einmal kann so was ja meinetwegen passieren, da ist man betrunken und rutscht wo rein, aber doch nicht wochenlang!«

»Wieso wochenlang?« Was wussten die Leute alles über seine geheime Beziehung?

»Willst du das leugnen?«, brüllte Howard mit hervorquellenden Augen. »Ich bin dein Vorgesetzter, du schuldest mir die Wahrheit! Die ganze Wahrheit und nichts als die Wahrheit. Das steht genau so in den Richtlinien!«

»Von was sprichst du jetzt?«, stellte sich Aleksej dumm.

Er hasste den Kerl, seine ständig hervorquellenden Augen, die cholerischen Anfälle, seine Inkompetenz, die Aragorn das Leben gekostet hatte.

»Verkauf mich nicht für dumm!« Weißer Speichel spritzte aus Howards Maul, gegen die Scheibe und in Aleksejs Gesicht, der nicht einmal zuckte. »Du attackierst einen Kameraden doch nicht wegen eines One-Night-Stands. Deine ständigen Ausflüge in den Nebel, um Klettern zu üben. Und sie ebenso. Alle haben sie gesehen, wie sie ständig das Schiff verließ! Wir sind doch nicht alle blind!«

Aleksej starrte ihn an, dann zuckte er mit den Schultern. »Und was willst du jetzt tun?«

»Gar nichts! Du bleibst unter Arrest, bis wir heimfliegen. Dann wird Tymoshchuk entscheiden, was mit dir geschieht, Kastration wahrscheinlich. Er hatte schon so eine Ahnung, hat mich vor dir gewarnt. Sagte, du bist ein Verlierer, und noch dazu ein schlechter. Du würdest mit der Degradierung nicht klarkommen. Ich wollte ihm nicht glauben, dachte, du fängst dich, aber ich hab mich wohl getäuscht.«

»Was geschieht mit Gennaro?«

»Nichts. Wieso?«

»Und mit Sergej? Für den Wurm, den er mir in die Zelle gesteckt hat. Das könnte man als Morddrohung auffassen.«

»Hast du etwa Angst?«, fragte Howard verächtlich.

»Nein. Aber wenn das der Maßstab ist: Hatte Gennaro Angst, als ich ihm das Ohr abgebissen habe?«

Howard schnaubte. »Sei einfach dankbar und froh, dass Sergej in deiner Zelle war und nicht Gennaro.«

»Na, dann danke.« Aleksej spie die Worte aus. Hieß das etwa, Howard hatte Sergej geschickt? Und wann würde er Gennaro schicken?

»Bitte.« Mit einem Knall schloss der Leutnant das Fenster und stapfte davon.

Aleksej fragte sich, was er überhaupt hier gewollt hatte.

Gegen Abend kam Tanja zur Kontrolle vorbei, wie immer hatte sie Pavel als bewaffneten Aufpasser im Schlepptau. Aleksej bat sie, ihm nichts zu geben, was ihn tief durchschlafen ließ.

»Warum?«, fragte sie, und er erzählte von Sergejs aufgeschnittenem Wurm.

»Bist du sicher, dass er es war?«, fragte sie.

»Wer denn sonst?«

»Ich habe ihn gestern murmeln hören, dass es im Nebel Wurmdiebe gäbe. Dabei hat er fürchterlich geflucht und die Fäuste geballt. Ich hab dem keine größere Beachtung geschenkt, aber ...«

Was hatte das nun wieder zu bedeuten? Wurmdiebe? Dabei hatte ihm Howard indirekt bestätigt, dass es der Nashornbeta gewesen war. Oder nicht? Aleksej fuhr sich mit den Handflächen über das Gesicht, dann fragte er, ob alle wahnsinnig geworden wären.

»Nicht wahnsinnig. Misstrauisch«, sagte Tanja und erzählte, dass sich die meisten inzwischen über Nacht einsperrten und eine geladene Waffe mit ins Bett nahmen. Ein einfacher Astrogeologe der Crew weigere sich schon den ganzen Tag, das Zimmer zu verlassen. Aus der Waffenkammer waren ein gutes Dutzend schwere Gewehre entwendet worden. Das also meinte Howard mit mangelnder Disziplin.

»Was tut der große Leutnant dagegen?«

»Er lässt im Frachtraum exerzieren, beharrt auf der Anrede als Sir und hat eine feste Sitzordnung beim Essen eingeführt.«

Aleksej lachte. »Und du sagst, hier werden nicht alle wahnsinnig?«

»Für eine solche Behauptung fehlen einfach die medizinischen Beweise«, sagte sie, als wäre Wahnsinn eine korrekte und ausreichende medizinische Kategorisierung.

»Lässt du mir ein paar Aufputschmittel da?«, bat er unvermittelt.

»Warum?«

»Ich möchte nicht schlafen, wenn derjenige kommt, der mir den Wurm gebracht hat. Egal, ob es Sergej ist oder der mysteriöse Wurmdieb.«

»Aber du solltest schlafen. Das ist besser für die Genesung.«

»Und wenn man mir im Schlaf die Kehle durchschneidet? Ist das auch gut für meine Genesung?«

Sie seufzte und kramte eine dünne, hohe Dose mit rosa Pillen aus ihrer Tasche. »Nimm nicht mehr als eine, die sind stark. Bei dreien drehst du auf so engem Raum höchstwahrscheinlich durch und schlägst den Kopf so oft gegen die Wand, bis er platzt.«

Pavel öffnete hinter ihrem Rücken den Mund, als wollte er protestieren, doch dann schloss er ihn wieder und stand stumm mit der Waffe da.

»Danke.«

»Pass auf dich auf«, sagte sie, als sie sich erhob. Gute Besserung wünschte sie ihm nicht mehr, so als wäre das nicht mehr nötig.

Pavel nickte ihm kurz zu. Seine Züge wirkten mit jedem Tag weniger versteinert.

Kaum waren sie verschwunden, warf Aleksej eine Tablette ein und setzte sich auf die Pritsche. Er nahm sich fest vor, nicht zu schlafen, und schluckte eine zweite. Sie hatte gesagt, dass man sich erst bei der dritten den Kopf einschlug.

Als die Wirkung einsetzte, stand er auf und lief unruhig hin und her. Drei kleine Schritte rauf, drei kleine runter, er konnte nicht aufhören, stundenlang dieselben Bewegungen. Er verfluchte die kleine Zelle und schlug bei jeder Wendung gegen die Wand oder Tür.

Die Wand nannte er Howard, die Tür Gennaro.

Zum ersten Mal fühlte er sich wie ein Tier, wie ein gefangenes Tier im Zoo. Es wurde eine schreckliche Nacht, und niemand kam, um ihm einen zweiten Wurm zu bringen oder ihm die Kehle durchzuschneiden. Wahrscheinlich hätte er einen solchen Besucher einfach totgeprügelt.

27

30. Dezember 3041 (Erdzeit)
Planet: Deadwood

Erst am nächsten Abend hatte die Wirkung der Aufputschpillen nachgelassen. Da er jedoch den ganzen Tag über keine Ruhe gefunden hatte, warf er eine weitere ein, um auch diese Nacht wach zu bleiben.

Eine einzige.

Trotzdem war er aufgedreht und trommelte mit den flachen Händen unruhig auf die Pritsche ein, bis die Frau kam, deren Namen er nicht kannte. Wieder trug sie eine viel zu enge Uniform und blank polierte Stiefel, am Gürtel hingen glänzende Handschellen und ein schwarzer Schlagstock. Inzwischen hatte sie sich sogar wie Doreen die Haare schwarz gefärbt. Sie öffnete des Fenster und hauchte mit knallroten Lippen: »Nenn mich D.«

Dann leckte sie langsam mit der Zunge über die mittlere Gitterstange als posiere sie für ein Casting in der Pornobranche.

»Komm rein, D«, knurrte Aleksej voll unterdrückter Wut.

Was dachte sich dieses billige Doreendouble eigentlich? Seine Hände zitterten, so stark war sein Verlangen, sie zu schlagen.

Sie dagegen hielt seine Wut und das heftige Atmen wohl für Begehren und öffnete die Tür. Mit schwingenden Hüften trat sie ein. »Na, willst du schon über mich herfallen, du großes böses Tier?«

»Ja.« Wieder knurrte er, wie das wohl von großen bösen Tieren erwartet wurde.

»Gut.« Sie leckte sich über die Lippen und wandte ihm den Rücken zu, legte die Hände an die Wand und schob ihm den Hintern entgegen. Langsam und geschmeidig bewegte sie ihn hin und her.

Sie war kleiner als Doreen, doch so nach vorn gebeugt fiel der Unterschied kaum auf, von hinten konnte er auch ihr Gesicht nicht sehen. Gegen seinen Willen erregt, schmiegte er sich an sie, krallte seine Hand in ihre Haare und riss den Schlagstock aus ihrem Gürtel, fuhr mit ihm an ihren Beinen entlang.

Sie stöhnte.

»Na, gefällt dir das?«

»O ja.« Erneut stöhnte sie.

»Und mir gefällt das.« Er drosch ihr den Schlagstock auf den Hinterkopf, ihre Stirn knallte gegen die Wand. Er schlug noch einmal zu, stieß sie zu Boden und riss sie herum. Er musste ihr Gesicht sehen. Sie war nicht Doreen! Blut lief ihr aus der Nase.

»Du Tier«, stöhnte sie, und nicht einmal jetzt konnte er mit Bestimmtheit sagen, ob es Lust oder Schmerz war. Ihre Lippen bebten.

»Ich bin mehr Mensch als Tier!«, fauchte er, warf sich auf sie, die Knie auf ihren Armen, und packte sie mit der Linken an der Gurgel. Zornig drückte er zu und schlug ihr gegen die Schläfe. »Du willst Doreen sein? Du willst wirklich Doreen sein?«

In ihren Augen flackerte es, die roten Lippen bewegten sich stumm, ihre Beine zuckten.

»Doreen ist tot. Tot! Verstehst du?«

Nun lag Angst in ihren Augen, doch ihre Versuche, sich zu wehren, waren erbärmlich. Erste Tränen brachen aus ihr hervor.

»Na, willst du es noch immer? So sein wie sie?«

Sie schüttelte den Kopf, und er schlug sie ein weiteres Mal. Dafür, dass sie mit ihrer Nummer Doreens Andenken verhöhnte, und dass sie es trotzdem geschafft hatte, dass er sie begehrte, wenn auch nur auf der primitivsten Ebene. Er schlug sie, weil er auf keinen Fall mit ihr Sex haben wollte. Er schlug sie, bis sie das Bewusstsein verlor. Und noch ein weiteres Mal. Erst dann hatte er sich wieder unter Kontrolle.

»Blöde Kuh.« Heftig atmend riss er die Handschellen von ihrem Gürtel und kettete ihre linke Hand an der Pritsche fest. So hatte sie keine Chance, über den Notfallknopf Alarm zu schlagen. Er brauchte einfach so viel Vorsprung wie möglich. Kurz prüfte er ihren Puls, sie lebte noch. Hatte Tanja eben wieder was zu tun.

Es kam ihm sehr gelegen, dass die Zellen nicht mit Kameras überwacht wurden. Angeblich zum Schutz der Privatsphäre, vielleicht sollte aber nur verhindert werden, dass es ungewollte Aufnahmen von möglichen Gefangenenmisshandlungen gab. Er bedauerte, dass sie kein Messer bei sich führte, mit dem er ihr die Haare hätte scheren können.

»Na? War ich dir animalisch genug, Babe?«, knurrte er, als er sich erhob. »Oder war ich dir zu sehr Mensch?«

Mit dem Schlagstock in der Rechten verließ er die Zelle. Er verschloss das kleine Fenster vor dem Gitter und ebenso die Tür. Zweimal prüfte er, dass sie ja gesichert war. Vor morgen früh würde niemand sie finden, nun war die Zeit für Rache gekommen.

Frei, endlich wieder frei.

Er machte einen Schritt in Richtung von Hoffmanns Zelle, zögerte und drehte doch wieder um. Sie würde ihm nicht davonlaufen, sie wäre noch da, wenn er mit ein wenig Plastiksprengstoff zurückkäme.

Für Aragorn.

Auge um Auge, Zahn um Zahn, Explosion um Explosion.

Aber erst kam Gennaro dran.

Aleksej verließ den kurzen Zellentrakt und machte sich leise auf den Weg in Richtung Waffenkammer. Als Erstes benötigte er eine Pistole mit großem Kaliber. Auge um Auge, Zahn um Zahn, weggeschossenes Gesicht um weggeschossenes Gesicht.

Kaum war er bis zum Maschinenraum gekommen, hörte er eine lärmende Gruppe, die ihm entgegenkam. Verschiedene Stimmen riefen, Hände und geballte Fäuste schlugen gegen die Wände. Ohne nachzudenken, tauchte er durch die Tür in den Maschinenraum.

»Weltraumaffe, jetzt bist du dran!«, schrie eine hohe Stimme.

»Wir werden dich lehren, unsere Frauen zu verführen!«, rief ein anderer.

»Du wirst mir Elsa nicht nehmen, nicht du!« War das dieser Dean?

»Verdammte Chimäre!«

Die Prozession zog am Maschinenraum vorbei, hämmerte weiter mit den Händen gegen die Wände. Schwer traten die Stiefel auf den Boden. Durch die Ritze der lediglich angelehnten Tür erkannte Aleksej fünf Männer, die Lärm für zehn machten. Zwei trugen Handtücher bei sich, in die etwas Schweres eingewickelt war, schwerer als das übliche Stück Seife. Irgendwo blitzte eine blanke Klinge, und auch eine Pistole vermeinte er zu erkennen.

»Uh, uh, uh«, schrie einer und kratzte sich unter den Achseln.

Alle lachten.

In wenigen Sekunden würden sie die Zelle erreichen, die er eben verlassen hatte, und würden Alarm schlagen. Das würde alle anderen wecken, wenn Howard, Gennaro und die anderen aufgrund des Lärms nicht längst auf den Beinen waren. Er musste hier raus, und zwar sofort. Seine Rache musste warten, nur mit einem Schlagstock bewaffnet hatte er keine Chance.

Leise schob er die Tür auf, dann sprang er los. Ihm blieb keine Zeit für einen ausgeklügelten Fluchtplan, keine Zeit für den Umweg in die Waffenkammer, die laut Tanja seit dem Diebstahl abgesperrt und gesichert war. Aleksej stürzte in den benachbarten Frachtraum, raste zur Laderampe und drückte den Öffnungsmechanismus. Ganz langsam senkte sich die Klappe.

In diesem Moment ging der Alarm los. Sie hatten D gefunden und schneller reagiert als gehofft.

»Verdammt.« Er warf sich auf den Boden und rollte seitwärts hinaus, noch bevor die Klappe vollständig offen war. Mit ausgestreckten Armen landete er auf Händen und Knien im Moos. Hinter ihm sprangen alle Lichter an, gleißendes Weiß hüllte ihn ein.

Er sprang auf und rannte los. Ein kurzer Blick auf den Schiffsstatus würde ihnen zeigen, dass der Frachtraum offen stand. Sie würden wissen, wo er entkommen war, und jeden Moment hier sein.

Und sie wussten, wo er sich verstecken würde. Doch das war egal, keiner konnte ihm dahin folgen. Mit riesigen Sätzen jagte er auf die Bergkette zu. Mehrmals strauchelte er im Dunkeln, doch nie fiel er. Die Füße federten auf dem nachgiebigen Untergrund.

Hinter sich hörte er Schreie, verschluckt vom Wind, und warf im Laufen einen kurzen Blick über die Schulter zurück. Dort, wo das Schiff stand, war der Nebel heller, sein Gelb schien gar zu leuchten. Doch das Licht drang nicht bis zu ihm vor, sie konnten ihn auf keinen Fall sehen.

Dann ertönte ein Schuss. Ein gutes Stück weit rechts von ihm schlug er in die Bergflanke.

Gennaro. Wer sonst?

Der Nashornbeta war schneller aus dem Schiff gekommen als gedacht. Zwei weitere Schüsse peitschten auf, dann folgten Stille und ein wüster Fluch. Auch Aleksej fluchte und rannte schneller.

»... Dauerfeuer ... schnell ...«, hörte er Gennaro brüllen, und er wusste, nun wurde es eng. Der verrückte Beta würde einfach eine Salve nach der anderen streuen und so die ganze Gegend vor den Bergen abgrasen. Er würde nicht aufhören, bis er eine halbe Tonne Munition in die Nacht gejagt hatte, irgendwann musste er ihn treffen.

Keuchend erreichte Aleksej die Steilwand. Blind tastete er nach dem erstbesten Halt und zog sich daran hoch, setzte den rechten Fuß irgendwo ab, was ihm Halt geben könnte. So im Dunkeln zu klettern, war verrückt, aber er durfte nicht in der Ebene bleiben und darauf warten, dass ihn ein Zufallstreffer umnietete. Die Ebene verhieß den sicheren Tod.

Hastig griff er nach dem nächsten Vorsprung und zog sich weiter hoch, nutzte jede Ritze, auch die kleinste, jede Felsnase, auch wenn sie wackelte, jede Kante, so scharf und schneidend sie auch war. Er hatte keine Zeit, wählerisch zu sein, selbst wenn das seinen Tod bedeutete: zu langsam zu sein, wäre unweigerlich sein Ende.

Und so spurtete er die Steilwand beinahe hoch, schlitterte einen halben Meter hinab, fing sich wieder, kämpfte sich blind weiter und weiter, bis durch den Nebel ein triumphierendes Lachen erklang.

Schneller, dachte er und warf sich nach oben, krallte sich in die Steilwand und stieg sofort weiter. Weiter und weiter und weiter.

Wildes Sperrfeuer aus mindestens zwei Läufen erklang, Kugeln pfiffen durch die Dunkelheit und schlugen in den Fels unter ihm. Aber nicht weit unter ihm, sie vermuteten ihn also schon im Anstieg.

Er wusste, er musste noch etwa zehn Meter höher, dann würde er eine Spalte erreichen, die sich diagonal durch den Berg erstreckte. Sie war so tief, dass sie ihm erst einmal Schutz bot und ihm erlaubte, Deckung zu finden. Das war alles, was er im Moment brauchte. Schutz.

Neben ihm traf etwas in den Felsen, zu hoch gezielt oder ein Querschläger, er wusste es nicht. Steinsplitter spritzen in sein Gesicht, und er eilte weiter, die Finger blutig von zu vielen scharfen Kanten, den Mund keuchend geöffnet. Weiter und weiter.

Noch zweimal wurde er beinahe getroffen, dann endlich konnte er in den herbeigesehnten Spalt klettern, der diagonal in den Berg führte. Hinter einem dicken Felsen presste er sich an die Wand und atmete tief durch. Minute um Minute wurde unter ihm gefeuert, ein ständiges Prasseln, dann, irgendwann, brach es ab, und nach einer Handvoll Nachzügler herrschte wieder Stille. Nichts war über das Pfeifen des Windes hinweg zu hören.

Vorsichtshalber wartete er noch eine halbe Stunde ab, dann stieg er noch ein Stück weiter hinauf, bedächtiger diesmal, nun hatte er Zeit. Doch hierbleiben konnte er nicht, Pavel wäre in der Lage, ihn hier zu finden. Vielleicht auch einer von den Menschen, das wusste er nicht. Auch wenn es in der Nacht unwahrscheinlich war, er hatte nicht vor, es abzuwarten.

Weit nach Mitternacht erreichte er schließlich ein schönes Versteck, eine kleine, nur wenige Schritte schmale Höhle, kaum mehr als ein Überhang. Doch genug, um sicher zu liegen, geschützt gegenüber Angriffen und Blicken von unten. Hier würde er die Nacht gut überstehen. Sollte sich tatsächlich jemand nähern, würde er ihn mit seinem Schlagstock in die Tiefe prügeln.

»Doreen«, murmelte er und fühlte sich noch einsamer als zuvor. Er war allein, hatte weder eine richtige Waffe noch Proviant oder Wasser, doch er wusste, dass er sich niemals ergeben würde. Nun gab es keinen Weg mehr zurück. Er hatte Doreen ihre Rache versprochen, und die sollte sie bekommen.

Ebenso Aragorn.

»Drecksäcke!«, presste er hervor, während er nach unten starrte. Das Licht der *Baba Yaga* war nun nicht mehr zu sehen. Doch er würde sie alle finden und büßen lassen. Er besaß noch mehr als ein Dutzend wirklich starker Aufputschpillen.

28

31. Dezember 3041 (Erdzeit)
Planet: Deadwood

Als sich am Morgen die Dämmerung durch den Nebel drängte, waren Aleksejs Glieder steif, da er sich kaum bewegt hatte, die Finger, noch immer fest um den Schlagstock gelegt, klamm. Das Fell und die Kleidung hatten sich mit Feuchtigkeit vollgesogen. Wie ein Schweißfilm lag sie ebenso auf seinem Gesicht, und er wischte sie immer wieder mit den Handflächen ab. Handflächen, die ebenfalls feucht waren, da er nicht wusste, wo er sie trocken wischen sollte. Tief atmete er den Nebel ein und schluckte eine weitere Pille – das war alles, was ihm zum Frühstück zur Verfügung stand. Durstig und mit knurrendem Magen machte er sich auf den Weg.

Behände kletterte er an der Bergflanke entlang. Er musste in Bewegung bleiben, sein einziger Vorteil bestand darin, dass sie nicht wussten, wo er sich aufhielt, er aber den exakten Standort der *Baba Yaga* kannte. Da seine Überlegenheit im Klettern jedem bewusst war, würden sie ihn vonseiten der Berge erwarten. Wollte er sie überraschen, müsste er aus einer anderen Richtung angreifen. Er hoffte, dass ein solches Vorgehen nicht allzu offensichtlich war, und sie ihn nicht genau deshalb aus der gegenüberliegenden Richtung erwarten würden.

»Erwartet mich, von wo ihr wollt, ich kriege euch doch«, murmelte er und hangelte sich an einem kurzen Sims entlang. Die Pillen waren großartig, er fühlte sich unbesiegbar. Genau dieses Selbstbewusstsein brauchte er jetzt. Oder eben nachher, denn er würde erst in der Nacht angreifen. Es war Silvester, und er würde für das Feuerwerk sorgen.

»Ich hoffe, ihr habt keine guten Vorsätze für das neue Jahr, das wäre verschwendet. Denn ihr werdet kein neues Jahr erleben.«

Als er sich knapp drei Kilometer weit von seinem Nachtlager entfernt hatte, suchte er sich einen bequemen Ort, um zu verschnaufen und abzuwarten. Einen ausgebufften Plan zu fassen. Wenn er erst in der Dunkelheit zuschlagen wollte, bliebe ihm noch Zeit.

Würden sie nicht genau das von ihm erwarten?, fragte eine innere Stimme.

Nein, sie erwarteten wohl gar keinen Angriff, aus ihrer Sicht war er derjenige, der sich in Acht nehmen musste, der Gejagte, nicht der Jäger. Mit Sicherheit ließ Howard seit seiner Flucht nach ihm suchen.

In der Ferne wurden Schüsse abgefeuert, irgendwer erlegte dort also Schemen statt ihn.

Tut mir leid, Gennaro, kalt, ganz kalt.

Seine Zunge war dick und trotz des Nebels trocken, da

er seit Stunden nichts getrunken hatte. Er versuchte die Feuchtigkeit von einem Stein zu lecken und atmete ständig durch den offenen Mund, doch der Nebel konnte kein Wasser ersetzen.

Sein Magen knurrte.

Auch wenn die Pillen den Hunger unterdrückten, die fehlende Nahrungsaufnahme und der Durst arbeiteten gegen ihn. Je länger er zögerte, umso schwächer wurde er. Er musste sich sofort auf den Weg machen.

Sofort.

Er warf noch eine Pille ein, obwohl die Wirkung der letzten noch nicht abgeklungen war.

Das bringt frische Energie, sagte er sich, und Energie konnte er nicht genug haben. Er spürte, wie sie kribbelnd und heiß durch seinen Körper raste.

Kommt her, ihr Drecksäcke!

Sein Durst erinnerte ihn daran, wie man am besten Tiere fing: Man lauerte ihnen an der Trinkstelle auf und isolierte sie, wenn möglich, von der Herde. Zumindest hatte er das mal gehört.

Sergej war zwar kein Tier, aber ähnlich vorhersehbar. Nicht Wasser lockte ihn an einen bestimmten Ort, sondern Frust und Aggressionen, und davon durften ihm die letzten Stunden ausreichend verschafft haben. Aleksej würde sich dort auf die Lauer legen, wo der Nashornbeta die toten Würmer hinbrachte.

Der Nebel bot ihm auch im hier herrschenden Dämmerlicht des Tages Schutz, doch darauf allein hatte sich Aleksej nicht verlassen. Er kauerte hinter den groben Felsbrocken, die Sergej an drei Seiten um die Ränder seines etwa drei Meter durchmessenden Wurmlochs aufgeschichtete hatte. Es wirkte wie ein primitiver Tempel für grimmige Götter aus prähistorischen Zeiten, und vielleicht war es auch nichts anderes, immerhin brachte Sergej hier Opfer dar, wem auch immer.

Aleksej hatte sich eng an die Rückseite geschmiegt und eine Schicht Moos über sich gebreitet, aus dem die kühle Feuchtigkeit langsam in seine Kleidung zog. Die Tarnung würde einer gründlichen Überprüfung nicht standhalten, doch er baute darauf, dass sich Sergej von vorne nähern würde und in einer Art Rausch befand, wenn er hier ankam, oder noch von den Erinnerungen daran zehrte, bespritzt mit Wurmsekret und von einem siegreichen Kampf heimgekehrt. Hier, am Ort seiner Triumphe und Stärke, würde er zuletzt mit einem Hinterhalt rechnen.

Die Ausdünstungen der aufgeschlitzten Würmer waren fürchterlich und krochen ihm unerbittlich in die Nase. Ein fingerlanger Wurm wühlte sich vor seiner Nase aus der Erde und kroch durch eine Spalte zwischen zwei Felsbrocken. Wollte er sich an den Kadavern etwa gütlich tun? Durch die dünne Moosschicht auf seinem Gesicht starrte er dem Tier nach, wie er Zentimeter um Zentimeter zurücklegte, während er selbst sich nicht rührte und langsam die Geduld verlor. Seine Nase begann zu jucken.

Komm schon! Und tatsächlich, noch bevor der Wurm die Grube gänzlich erreicht hatte, hörte Aleksej jemanden kommen. Es waren trotz der dämpfenden Moose schwere Schritte, und dieser Jemand keuchte, als trüge er eine große Last. Hatte Sergej etwa seinen ersten Drei-Meter-Wurm ausgebuddelt? Die Schritte verharrten auf der anderen Seite, und Aleksej machte sich bereit zuzuschlagen. Leise kroch er unter dem Moos hervor.

Etwas Schweres wurde in das Loch geworfen. Ein dumpfes Schmatzen erklang, als es aufschlug, bestialischer Gestank wurde aufgewirbelt.

Aleksej unterdrückte ein Japsen und lugte vorsichtig um die Ecke. Sergej stand vornübergebeugt vor dem Wurmloch, die Hände auf die Knie abgestützt, stierte hinein und atmete tief durch.

»Na, da glotzt du, was?«, presste er hervor und grinste. Noch immer starrte er in die Grube hinab, nichts deutete darauf hin, dass er Aleksej entdeckt hatte. »Wurm zu Wurm. Eingeweide zu Eingeweide.«

Durch eine Ritze zwischen zwei Felsen konnte Aleksej in die Grube sehen und erstarrte. Dort unten lag kein weiterer Wurm, sondern ein mit Wunden übersäter, toter, nackter Mann, dem man den Bauch aufgeschlitzt hatte. Nur sein heraushängender Darm fügte sich in das Bild der ineinander verschlungenen Würmer ein. Auch wenn das Gesicht voller Blut war, erkannte er doch den hageren Wortführer der Schiffscrew.

Was ging auf der *Baba Yaga* vor? Hatte es eine versuchte Meuterei gegeben und Howard angeordnet, den Rädelsführer zu martern und mit einem solch unwürdigen Begräbnis zu erniedrigen, um die verfluchte Disziplin aufrechtzuerhalten?

Nein, dann hätte er auch alle verdonnert, hier zuzusehen.

Es schien, als wären Sergej Würmer inzwischen nicht mehr genug, er hatte sich neue Opfer gesucht.

Du kranker Drecksack, dachte Aleksej. Und diesen Irren hatte er einst tatsächlich als Kameraden bezeichnet. Er unterdrückte den Wunsch auszuspucken und erhob sich leise im Schutz der Felsen. Er würde dem Nashornbeta keine faire Chance lassen, so jemanden würde er nicht warnen, einen offenen Kampf hatte er nicht verdient.

Hattest du einen fairen Kampf denn je in Erwägung gezogen?, fragte die Stimme in seinem Kopf höhnisch.

Er antwortete ihr nicht, sondern wartete, bis sich Sergej umgedreht hatte, und fiel ihn dann von hinten an. Mit voller Wucht drosch er ihm den Schlagstock auf den Kopf, holte erneut aus und schlug ihm gleich noch einmal unter das Ohr, wo der Gleichgewichtssinn lag. Etwas knirschte, und Aleksejs Arm vibrierte von der Härte des Treffers.

Sergej stöhnte auf, torkelte und stürzte zu Boden.

Ohne zu zögern setzte Aleksej nach, hämmerte mit dem Schlagstock weiter auf ihn ein, trat mit den Füßen und schrie: »Wen nennst du einen Wurm? Wen? Wer kriecht hier im Dreck, hä?«

Sergej keuchte vor Schmerz, ruderte hilflos mit den Armen, aber sein Schädel war hart. Sollte er sich berappeln, würde es böse für Aleksej enden. Also ließ er nicht locker und setzte Treffer um Treffer. Sergej krallte die Hände in den Boden und versuchte, sich aufzurichten. Als er endlich den Kopf drehte, um seinen Angreifer zu sehen, stieß Aleksej ihm den Schlagstock mit aller Gewalt aufs Auge, stieß zu wie mit einem Degen.

Sergej gab ein Geräusch von sich, das zugleich Brüllen und Gurgeln war, und Aleksej drückte mit vollem Gewicht auf den Schlagstock, sodass dieser mit einem Schmatzen tief in den Kopf drang. Sergejs Schreie erstarben.

Der Nashornbeta war tot.

Hastig hängte Aleksej den Schlagstock an den Gürtel, ohne ihn abzuwischen, und durchsuchte Sergej. Er fand ein langes Messer, eine großkalibrige Pistole, dazu passende Munition in rauen Mengen, eine Handvoll starker Kopfschmerztabletten, ein kleines Röhrchen Nährstoffpillen für lange Expeditionen mit leichtem Gepäck und in der Seitentasche der Hose sogar eine Flasche, in der sich noch ein kläglicher Rest Wasser befand. Das alles riss er gierig an sich und eilte davon, verschwand im wabernden Nebel. Sergejs Schreie waren laut gewesen, es würde nicht lange dauern, bis jemand käme.

Nach zwanzig, dreißig Metern verharrte er und drehte sich um. Es würde jemand kommen, das war gut. Mit einem raschen Blick prüfte er, wie viele Schuss sich noch in der Waffe befanden, und stellte zufrieden fest, dass sie voll geladen war. Lächelnd nahm er sie in die Hand und zielte auf diesen und jenen Schatten, ohne abzudrücken, um ein Gefühl für sie zu bekommen. Dabei lauschte er auf mögliche Geräusche. Sollten sie nur kommen.

Doch niemand näherte sich dem Ort, an dem Sergej gestorben war.

Wo waren sie alle?

Als nach mehreren Minuten noch immer keiner auftauchte, fischte Aleksej zwei Nährstoffpillen aus der Tasche und spülte sie mit dem Wasser herunter. Viel zu schnell war die Flasche leer. Egal, bald würde er sich neues beschaffen.

In der Ferne erklang ein gedämpfter Schuss.

Gennaro.

Zu weit entfernt, um Sergejs Schreie vernommen zu haben, um von ihnen angelockt zu werden.

Dennoch könnte Aleksej hierbleiben, sich trotz des Gestanks im Wurmloch verschanzen und darauf warten, dass Sergej irgendwann von irgendwem gefunden wurde. Aus der Deckung könnte er dann den Finder erledigen. Irgendwann mussten sie nach ihm suchen, zumindest Gennaro würde seinen Kumpel vermissen. Und dann würde er ihn aus der Deckung heraus erlegen. Bumm!

Feigling.

Das war nicht feige, sondern vernünftig.

Du hältst es für vernünftig, dich in stinkende Wurmkadaver einzugraben? Bis irgendwann irgendjemand kommt?

Nicht im eigentlichen Sinn des Wortes, aber es war am erfolgversprechendsten, und nur darum ging es, um erfolgreiche Rache.

Und wenn Gennaro nicht allein kommt? Wenn sie zu fünft oder sechst anrücken? Dann steckst du dort unten in der Falle, eingewickelt in Gedärme und halb betäubt vom Kadavergestank, und es geht nur nach vorn raus. Dann knallen sie dich ab wie ein Häschen in der Grube.

Das Risiko bestand, doch Aleksej war ein Spieler, und das hieß, er war bereit, auch etwas einzusetzen. Nur wer wagt, gewinnt.

Wieder peitschte ein Schuss durch den Nebel. Noch immer fern, doch nun weiter links, weiter in Richtung Berge.

Wenn er Gennaro wollte, dann sollte er ihn besser jagen, nicht auf ihn warten. Solange der Nashornbeta Schemen erlegte, konnte er ihm nach Gehör folgen. Aleksej fehlte sowieso die Geduld, um sich zwischen den matschigen, stinkenden Würmern auf die Lauer zu legen. Sein Herz schlug schnell, die Muskeln zuckten vor überschäumender Tatkraft. Er atmete stoßweise, es war Zeit zu handeln.

Er würde Gennaro jagen und stellen, wie er es in der Arena des Waisenhauses gelernt hatte. Wie es sich für einen ordentlichen Rachefeldzug gehörte. Er würde ihn überrumpeln und töten. Obwohl sich die ihn umgebende Feuchtigkeit auf seine Lippen legte, war sein Mund trocken, die Zunge dick. Er schluckte und machte sich auf die Pirsch.

Leise schlich er in Richtung Raumschiff. Denn so verrückt Gennaro auch war, er schoss überwiegend von der *Baba Yaga* weg, um nicht die eigenen Leute zu treffen. Ob er selbst darauf gekommen war oder Howard ihm das eingebläut hatte, wusste Aleksej nicht.

Der Kompass an seiner Uhr gab ihm die grobe Richtung vor, ansonsten folgte er seinen Instinkten, schließlich war er wochenlang jeden Tag hier draußen gewesen. Auch wenn im Nebel kaum eine Orientierung möglich war und das Moos sich überall glich, kannte er den Weg zwischen Sergejs Wurmloch und dem Platz der *Baba Yaga*.

Je näher er dem Raumschiff kam, desto vorsichtiger bewegte er sich. Zum ersten Mal war er dankbar für den weichen Untergrund, der seine Schritte dämpfte. Als sein Gefühl ihm verriet, dass er dem Schiff nun wirklich nahe kam, blieb er stehen. Er hatte nicht vor, unverhofft in eine Patrouille zu stolpern.

Er hielt den Atem an und lauschte, doch es war nichts zu hören außer dem Wind, der ihm entgegenblies. Das war gut, denn so konnte Gennaro ihn nicht wittern. Doch weshalb herrschte diese Stille?

Weil sie sich im Schiff verschanzt haben, geführt von einem Paranoiden, und die Türen schalldicht sind.

Damit konnte er leben, sie sollten bibbern vor seiner Rache. Doch was, wenn diese Annahme falsch war und sie alle hier draußen herumschlichen und nach ihm suchten? Angestrengt lauschte er, ob sich ein Flüstern im Pfeifen des Windes verbarg, heimliche Worte von einem Jäger zum nächsten. Ja, das könnte dieser Crew so passen. *Jagt den Affen, erlegt das Tier, das unsere Frauen besteigt, weil wir selbst zu zivilisiert dafür sind.*

Wo bleibt euer Vertrauen zu dem, was euch so großspurig vom Tier unterscheidet? Was ist das für eine hoch gepriesene Vernunft, die euch nicht zeigt, dass ich mehr Mensch als Tier bin?

Zum ersten Mal seit Langem huschte Aleksejs Blick unruhig von einem Schemen im Nebel zum nächsten, ob dort nicht eine Bedrohung lauerte. Graue Gestalten waberten heran und lösten sich auf. Der Finger am Abzug zuckte nervös, doch nie drückte Aleksej ab. Er hatte sich unter Kontrolle, er schoss nicht blindwütig, er nicht. Kein Schemen entging seinem prüfenden Blick, hier und da und rechts und links und vor und hinter ihm.

Sie können überall sein.

In der Ferne erklang ein Schuss, dann noch einer und noch einer.

Bevor Aleksej einen Gedanken gefasst hatte, hatte er

die Hand mit der Waffe hochgerissen und in die Richtung der Schüsse gehalten. Diesmal hätte er sogar fast abgedrückt. Blind, und damit seinen Standort verraten. Seit zwei Tagen war er ununterbrochen wach, das zerrte natürlich an den Nerven. Trotzdem durfte er nicht nachlassen in seiner Konzentration, es war besser, er nahm noch eine Aufputschpille, bevor die Wirkung der letzten nachließ.

Hastig warf er sie ein, sein Herz schlug schneller. Gut, sehr gut, jetzt kam es darauf an, schnell zu sein. Schneller als Gennaro.

Gebückt eilte er durch den Nebel, dorthin, wo eben die Schüsse geknallt hatten. Näher musste er nicht an die *Baba Yaga* heran, um von ihrem Schatten geschützt zu werden. Er versuchte leise aufzutreten und leise zu atmen. Die wenigen Geräusche, die er so verursachte, wurden vom Wind geschluckt.

Und dann hörte er Gennaros Stimme, die ihm entgegengeweht wurde: »Dreckiger Verräter! Komm endlich raus! Ich seh dich! Du bist hinter dem Nebel.«

Das klang beinahe wie beim Versteckspiel von Kindern, obwohl es kein Spiel war. Gennaro drehte langsam durch.

Langsam?

Wieder erklang ein Schuss.

»Bastard!«

Hatte Gennaro in seine Richtung gezielt? Falls ja, dann nicht mit Absicht, auf diese Entfernung konnte er ihn weder sehen noch hören und auch nicht wittern, die Stimme war fern gewesen. Aleksej durfte nicht zurückschießen, wenn er seinen Vorteil nicht aufgeben wollte, noch nicht. Der Nashornbeta feuerte ohne Ziel, er konnte ihn höchstens durch Zufall erwischen, und einen solchen Treffer musste Aleksej riskieren, das war viel zu unwahrscheinlich.

Der ahnungslose Nashornbeta brüllte derart herum, weil er sicher war, dass Aleksej keine Schusswaffe hatte und sich entsprechend nicht wehren konnte. Weil er überzeugt war, ihm damit Angst einjagen zu können.

»Du machst dir doch in die Hose! Ich kann dich riechen, kleiner Scheißer!«

Und ich kann dich hören.

Aleksej bleckte die Zähne und prüfte, ob er seine Waffe auch entsichert hatte. Seine Hände zitterten vor Aufregung. Die Rache war nah.

Endlich.

Das ist für dich, Doreen.

Mit der trockenen Zunge leckte er sich über die Lippen und schlich weiter, die Pistole nach vorn ausgestreckt, den Finger am Abzug. Weit konnte der Nashornbeta nicht entfernt sein.

»Kameradenschwein! Warum hast du die Schlampe nicht wenigstens mit uns geteilt?«, tönte es durch den Nebel. »Kameraden teilen alles!«

Aleksej biss die Zähne zusammen, um nicht zurückzuschreien, Doreens Ehre zu verteidigen. Aber er musste schweigen.

Wieder ertönte ein Schuss. »Friss Kugeln, was anderes hast du ja nicht!«

Brüllte Howard tatsächlich seit Stunden solche Sätze herum? Er klang nicht heiser, nur verrückt. Aleksej sollte es recht sein, es leitete ihn wie ein Signalhorn durch den Nebel. Er lächelte.

Und dann, ganz plötzlich, tauchte der Nashornbeta vor ihm auf. Unvermittelt hatte er die Richtung gewechselt und kam ihm nun direkt entgegen, in jeder Hand eine schwere, schwarze Pistole.

»Ha!«, brüllte er und feuerte, ohne zu zögern. Er schien nicht einmal überrascht, Aleksej zu sehen, schließlich sah er ihn überall.

»Für Doreen!«, brüllte Aleksej zeitgleich und drückte ab, so oft und schnell er konnte. Ein Stich fuhr ihm in den linken Arm, doch Gennaro fiel. Mitten im Lauf knickten seine Beine ein, die Arme schlenkerten unkontrolliert, der Oberkörper wurde von den einschlagenden Kugeln nach hinten gerissen.

»Doreen! Doreen! Doreen!«, brüllte Aleksej mit überschnappender Stimme, als könnte er so ihre Aufmerksamkeit erlangen, als wäre noch irgendetwas von ihr hier im Nebel und würde ihn beobachten. Dabei sprang er auf Gennaro zu, der zitternd am Boden lag und dennoch versuchte, die Waffe wieder auf ihn zu richten.

Aleksej schoss ihm mitten ins Gesicht.

»Na? Wie fühlt sich das an?«, kreischte er, doch Gennaro rührte sich nicht mehr, die Hand mit der Waffe fiel kraftlos zu Boden. Das Töten ging schnell, was dauerte, war der Entschluss, es zu tun.

»Na?« Aleksej stieß ihm mit der Fußspitze in die Seite und fragte erneut: »Wie fühlt sich das an, so mit weggeschossenem Gesicht?«

Natürlich bekam er keine Antwort.

Bist du dir sicher, dass er von euch beiden der Irrsinnige war?, fragte die Stimme in seinem Kopf.

»Schnauze!«, brüllte Aleksej. Er wusste nicht einmal, ob er die Frage eben wirklich an den toten Nashornbeta gerichtet hatte.

»Für mich fühlt es sich großartig an. Großartig! Hörst du?« Er starrte in das zerfetzte Gesicht, spürte das Adrenalin und die Aufputschpille und die brennende Wut und alles Mögliche durch seine Adern rasen, doch Freude und Glück waren nicht dabei. Das würde sich schon noch einstellen, wenn er erst wieder zu Atem gekommen war.

Ja, dachte er. Er hatte es geschafft.

»Das war für dich, Doreen«, murmelte er, doch auch sie antwortete nicht. Alles, was in seine Ohren drang, war das Heulen des Windes.

Er starrte auf Gennaro hinab und wartete auf das Gefühl der Befriedigung. Es kam nicht, doch der Hass in ihm wurde schwächer, das Verlangen zu töten, der Rachedurst. Es war ein erster Schritt in Richtung inneren Frieden. Gerechtigkeit.

»Warum hast du sie nur erschossen, verrücktes Nashorn?«, fragte er. »Wir waren Kameraden. Du hast mir das Leben gerettet, ich dir. Und jetzt? Warum hast du mit dem ganzen Irrsinn angefangen?«

Kindergarten, höhnte die Stimme in seinem Kopf. *Er war's, er hat aber angefangen. Rabääää!*

»Ich hab dir gesagt, du sollst die Schnauze halten«, murmelte Aleksej, auch wenn er wusste, dass sie sich nicht daran halten würde. Er wusste nur nicht, was die Stimme wollte, ihm schien es, als wäre es immer etwas anderes, als wäre sie immer gegen ihn. Eine Stimme, die einfach meckern und höhnen wollte. Wenn er nicht darauf hörte, würde sie schon wieder verstummen.

Erst jetzt sah er nach seinem Arm und stellte fest, dass er einen leichten Streifschuss erlitten hatte. Zum Glück hatte Gennaro mit den Waffen eher herumgefuchtelt als gezielt.

Er riss sich einen Fetzen von Gennaros Uniform ab und improvisierte daraus einen Verband. Nicht der sauberste, aber erst einmal galt es, die Blutung zu stoppen. Um alles andere würde er sich später kümmern.

Noch einmal sah er zu Gennaro, dann ging er davon. In Richtung *Baba Yaga*. Er schien gerade eine Glückssträhne zu haben, und die sollte er nicht verstreichen lassen, ohne sich um Howard zu kümmern.

29

31. Dezember 3041 (Erdzeit)
Planet: Deadwood

Ohne Gennaros Schüsse und irres Gebrüll war es merkwürdig still im Nebel, und für einen kurzen Moment flaute sogar der Wind ab. Nichts regte sich mehr. So musste der Tod aussehen, ewiges, regloses, helles Grau, nur die gelbliche Färbung war zu lebendig.

Dann kehrte der Wind heulend zurück, und die Schemen zeigten sich zahlreicher als zuvor, als wüssten sie, dass ihr Jäger tot war und sie nun unbehelligt über den Planeten wandeln konnten.

Na, wer ist hier der Verrückte?

Aleksej achtete weder auf die Schemen noch auf die penetrante Stimme und hielt sich in Richtung *Baba Yaga*. Er hatte keinen Plan, aber wozu auch? Er wusste nicht, wie die Situation im Raumschiff war, er würde sich einfach auf seine Glückssträhne verlassen.

Und dann stand unvermittelt Pavel vor ihm, eine leichte Rüstung in weiß-grauen Tarnfarben am Leib, das schwere

Gewehr in den Händen, den Lauf jedoch zu Boden gerichtet. Überrascht starrten sie sich an.

Zieh!, drängte die Stimme in Aleksejs Kopf, und sie hatte Recht, doch weil er beschlossen hatte, sie zu ignorieren, hielt er die Waffe bockig zu Boden gerichtet. Er würde ihr nicht gehorchen.

Zieh, du verrückter Idiot!

Vielleicht war er wirklich verrückt, aber das ließ er bestimmt nicht von einer Stimme in seinem Kopf diagnostizieren.

Auch Pavel hob die Waffe nicht, sein Arm hatte nicht einmal gezuckt. Sie musterten sich, und Aleksej konnte in den Augen des Wolfsbetas mehr Neugier und vorsichtiges Misstrauen lesen als Hass.

»Und jetzt?«, fragte er nach einigen Sekunden der Stille.

»Wer hat da hinten geschossen?«

»Gennaro.«

»Und?«

»Er ist tot.«

»Gut.

Gut? Misstrauisch blickte Aleksej ihn an.

»Er war verrückt.« Langsam sicherte Pavel sein Gewehr und ließ es ins Moos sinken. »Die sind inzwischen alle verrückt geworden.« Er trat einen Schritt auf Aleksej zu und hielt ihm die Rechte hin. »Friede?«

Nach kurzem Zögern nickte Aleksej, steckte die Waffe weg und schlug ein.

Und woher weißt du, dass du ihm trauen kannst?

Das wusste er nicht, aber darum ging es schließlich beim Vertrauen. Sicher wusste er aber, dass er Pavel nicht erschießen wollte. Er hatte ihm nichts getan, auch nicht Doreen oder Aragorn.

»Was heißt, die sind alle verrückt?«, fragte er und steckte die Waffe weg.

»Howard inszeniert sich als unser aller großer Bruder und Beschützer, als unfehlbaren Leutnant von *Romanows* Gnaden. Dabei verwechselt er Disziplin mit Kadavergehorsam, für ihn gibt es nur noch für oder gegen. Wer nicht für ihn ist, ist gegen ihn, gegen *Romanow*, gegen die Ordnung der kleinen *Baba-Yaga*-Welt und damit ein Verräter, der schleunigst eingesperrt oder gleich hingerichtet gehört. Auf deinen Kopf hat er eine Belohnung ausgesetzt, die er von seinem eigenen Buyback abziehen will.«

»Wie hoch?«, fragte Aleksej, obwohl andere Fragen drängender waren.

»Fünfzig Prozent von dem, was der Konzern ihm für die Operation Schmidt zahlen will.«

»Das ist viel. Zumindest vermutlich, Genaues hat Tymoshchuk ja nicht verlauten lassen.«

»Auf jeden Fall ist es genug, dass sich jeder das Kopfgeld verdienen will.«

Aleksej sah ihn scharf an. »Wirklich jeder?«

»Ich nicht.«

»Das weiß ich, sonst hättest du geschossen. Aber was ist mit Tanja?«

»Tanja hat sich in ihrem Zimmer eingesperrt, nachdem Howard die kranke Hoffmann als Verräter und Saboteur hinrichten hat lassen. Sie sagte, sie sei nun überflüssig, und lässt niemanden herein.«

»Was ist mit dieser Elsa?«

»Tot.«

Aleksej nickte langsam. Eigentlich hatte er gedacht, dass ihre Wunden nicht so schlimm gewesen waren, und immerhin hatten die Männer sie ja sofort gefunden. So sehr er ihr Verhalten verabscheut hatte, spürte er jetzt doch Bedauern. Mochte sie auch verrückt gewesen sein, sie hatte nicht getötet wie Gennaro oder Sergej. Sie hatte nur nach einer Form von Glück gehungert. »Tut mir leid. Das wollte ich nicht.«

»Das hast du auch nicht.« Pavel schnaubte. »Es war ihr Mann. Sagte, er wolle ihr die Schande ersparen, als elende Schimpansenschlampe weiterleben zu müssen. Für mich klang es aber nicht nach Mitleid, sondern als ginge es ihm um die eigene Schande. Der verletzte Stolz eines gehörnten Idioten. Wahrscheinlich hat er einen erbärmlich kleinen Schwanz und riesige Komplexe deswegen.«

»Dazu ein kleines Hirn und kleines Herz.« Angewidert spuckte Aleksej aus. »Was hat Howard dazu gesagt?«

»Er findet es gut, wenn sich jemand um die Disziplin kümmert und ungebührliches Verhalten sanktioniert, und hat diesen Dean befördert. Ich sagte doch, es sind alle verrückt geworden.«

»Nur wir nicht.«

Ach?

»Nur wir nicht«, wiederholte Pavel mit einem Nicken. Auch jetzt blieb sein Gesicht fast reglos, nicht die kleinste Reaktion ließ sich auf ihm ablesen. Dann fragte er, ob Aleksej Hunger habe.

»Keinen Appetit. Aber Durst hätte ich.«

Pavel hielt ihm eine volle Flasche Wasser entgegen.

Und wenn sie vergiftet ist?

Aleksej zögerte.

Pavel grinste vorsichtig, und zum ersten Mal seit Langem wirkte sein Gesicht nicht wie aus Stein. Es war, als würde eine Maske von ihm abbröckeln wie eine Schicht Gips. Ohne ein Wort zu sagen, führte er die Flasche an die Lippen und nahm zwei große Schlucke. Dann reichte er sie an Aleksej.

Und wenn das Gift nur bei Schimpansen und ihren Verwandten wirkt?

Paranoider Blödsinn! Aleksej packte die Flasche und trank gierig. Herrliches klares Wasser.

»Und jetzt?«, fragte Pavel, und sie waren wieder beim Beginn ihres Gesprächs angekommen, nur mit vertauschten Rollen. »Was tun wir jetzt?«

»Ich werde Aragorns Tod rächen. Das habe ich ihm geschworen, als er vor mir explodierte.«

Pavel nickte. »Da bin ich dabei.«

»Gut.« Erleichterung durchströmte Aleksej, die er nicht für möglich gehalten hatte. Endlich war er nicht mehr allein. Er legte Pavel die Hand auf die Schulter und sah ihn an. »Danke.«

»Nichts zu danken. Howard hat es nicht anders verdient. Schade nur, dass Sergej auf seiner Seite ist. Der ist zwar verrückt, aber ...«

»Sergej ist tot.«

Pavel zog eine Augenbraue hoch, er wirkte beeindruckt. »Dann fällt er uns auch nicht in den Rücken. Ich kann uns ins Schiff bringen. Ich habe das neue Codewort.«

Und so machten sie sich auf den Weg, es gab keinen

Grund, länger zu warten, noch hatten sie die Überraschung auf ihrer Seite. Sie wollten sich über den Frachtraum reinschleichen und hofften, möglichst ungesehen zu Howard zu gelangen. Wenn sie ihn erledigt hatten, würde vielleicht der eine oder andere der Crew wieder zu Vernunft kommen. Immerhin wäre damit auch das Kopfgeld aus der Welt geschafft.

Das reicht, um ihnen wieder zu trauen? Keine Bedenken, in ihrer Nähe zu schlafen? Wehrlos zu sein?

Aleksej wusste es nicht. Er würde einfach abwarten, wie sie nach dem Coup reagierten, dann konnten Pavel und er immer noch entscheiden.

Und was machst du, wenn du ihnen misstraust? Sie einfach abballern?

Halt die Schnauze!

Auf dem Weg zur *Baba Yaga* hielt er sich zwei Schritte hinter dem Wolfsbeta, damit bei einer zufälligen Begegnung erst dieser gesehen wurde, nicht er, der Gesuchte. Die Pistole hatte er wieder gezogen. Als das Raumschiff vor ihnen im Nebel auftauchte, waren seine Hände auch feucht von Schweiß. Jetzt würde es sich erweisen, ob er Pavel trauen konnte.

Zumindest war das Wasser nicht vergiftet gewesen, und er hatte ihm ohne Bedenken den Rücken zugewandt, hatte ihm vertraut.

Rasch öffnete der Wolfsbeta die schmale Seitentür und huschte hinein. Aleksej folgte ihm, den Finger am Abzug, die Augen überall. Beinahe sofort bemerkte er den einzigen weiteren Mann im Raum, doch der stellte keine Bedrohung dar. Er baumelte mit zerzaustem blonden Haar und entblößtem Oberkörper an einem weiß ummantelten Kabel, das an der Baggerschaufel befestigt war. Die blaue Zunge hing ihm aus dem Mund, die glasigen Augen quollen aus den Höhlen hervor.

»Dean«, murmelte Pavel.

»Macht nichts«, raunte Aleksej. Der Mann hatte wohl nicht mehr mit der Schande leben können, dass er seine Frau getötet hatte. Oder dass sie ihn mit einem Viertelschimpansen hatte betrügen wollen. Hätte er das doch besser gleich gemacht, dann lebte Elsa jetzt noch, er hätte sie nicht in seine verquere Todessehnsucht und dieses selbstzerstörerische Pathos von der angeblich untilgbaren Schande hineinziehen müssen.

»Einer weniger«, sagte Pavel, er schien ähnlich zu empfinden.

Deine Glückssträhne hält wohl tatsächlich an.

In diesem Moment öffnete sich die Tür zum Inneren des Schiffs, und drei bewaffnete Männer kamen schwatzend herein. Von wegen Glückssträhne.

»Verdammt!«, entfuhr es dem ersten, als er Deans Leiche entdeckte. Sie taten zwei, drei Schritte heran, erst dann bemerkten sie Pavel und Aleksej.

»Ihr Schweine!«, schrie einer und zog seine Pistole. Sie alle rissen ihre Waffen heraus, scheinbar überzeugt, Aleksej und Pavel hätten Dean gehenkt, warum auch immer.

Sofort drückte Aleksej ab, und auch Pavel feuerte, bevor die drei ihre Waffen im Anschlag hatten. Getroffen stürzten sie zu Boden, blutend und stöhnend. Trotzdem erklangen Schüsse, noch im Fallen ausgelöst. Kugeln prallten gegen die Titaniumwände, und Querschläger zischten durch den Frachtraum. Blut breitete sich aus, Hände wurden auf aufgeplatzte Bäuche gelegt, als würde das etwas ändern. Doch mindestens ein zitternder Lauf wurde noch vom Boden aus auf Aleksej gerichtet. Blitzschnell warf er sich zur Seite und schoss das halbe Magazin in die drei liegenden Körper. Auch Pavel gab eine ganze Salve ab, bis sich nichts mehr rührte.

»Das war knapp.« Aleksej atmete durch.

»So viel zum unbemerkten Eindringen«, keuchte Pavel. »Wir sollten hier verschwinden.«

»Also los.«

Sie eilten aus dem Frachtraum, bevor die Nächsten dort nach ihnen suchen würden; die Schüsse waren deutlich zu hören gewesen. An die Wände des Gangs hatte jemand mit Blut *Elsa* geschmiert, mehrmals. Daneben prangten große, rostrote Kreuze.

Sie stürmten in Richtung Brücke, wo Howard seit dem Vortag residierte. Unterwegs schoben sie neue Munition in ihre Waffen. Wenn es nicht mit einer Überraschung ging, dann eben mit unkontrollierter Gewalt.

Als sie sich der Brücke näherten, stand die Tür einen Spaltbreit offen. Waren die Schüsse etwa doch nicht bis hierher gedrungen? Noch bevor sich Aleksej über so viel Glück freuen konnte, dass der Weg frei war, wurden faustgroße Dinge herausgeworfen und gerollt, dann fiel die Tür ins Schloss.

»Granaten!«, brüllte Pavel.

Aleksej packte ihn an der Schulter und zerrte ihn in die nächste Tür, die sich glücklicherweise direkt neben ihm befand. Sie hechteten zu Boden und rollten sich hinter der Titaniumwand in Deckung, draußen erschütterten drei fast zeitgleiche Explosionen den Gang.

»Ihr haltet mich für blind, oder was?«, schrie Howard über die Lautsprecher.

»Klar! Du hast nicht getroffen!«, brüllte Aleksej, obwohl er wusste, dass er nicht gehört wurde. Dann fragte er Pavel: »Alles okay?«

»Ja. Danke.«

Howard hatte neuerdings anscheinend die Kameras in den Gängen und im Frachtraum eingeschaltet und jeden ihrer Schritte beobachtet. Da er die komplette Kontrolle anstrebte, war wohl nichts anderes zu erwarten gewesen. Warum hatten sie nicht selbst daran gedacht? Fast wäre es ihr Ende gewesen.

Aleksej warf sich herum und feuerte mehrmals blind um die Ecke auf die Tür zur Brücke. Er erwartete nicht, jemanden zu treffen, er wollte nur verhindern, dass Howard die Tür ein weiteres Mal öffnete und Granaten warf oder einen Ausfall versuchte.

»Hast du den Code für die Waffenkammer?«, raunte Aleksej Pavel zu.

Der nickte.

»Dann los.«

Noch einmal jagte Aleksej ein halbes Magazin in die Tür, dann spurteten sie los, schossen dabei blindlings aus nach hinten gereckten Pistolen. Doch niemand folgte ihnen, keine weitere Granate wurde geworfen.

Mit der Waffe im Anschlag behielt Pavel die Ecke im Blick, während sich Aleksej in der Waffenkammer bediente. Obwohl sie bereits zur Hälfte geplündert war, war noch ein ordentliches Arsenal vorhanden. Er griff sich ein Gewehr mit Explosivgeschossen.

»Was hast du vor?«

»Ich nehm Howard die Augen«, sagte Aleksej und trat zurück auf den Gang. Oft genug hatte er auf der Brücke auf die Überwachungsmonitore geblickt, er wusste, wo die Kameras verborgen waren. Mit gezielten Schüssen sprengte er sie von der Decke.

»Das wird euch auch nichts nützen!«, kreischte Howard. »Wir sind in der Überzahl!«

Aleksej lächelte in die letzte funktionierende Kamera, winkte und drückte ab.

Eure Überzahl war schon mal größer.

Vorsichtig lugten sie in den Gang zur Brücke. Er war verlassen, an den Wänden prangten die Spuren der Granaten, die Tür am Ende war weiterhin verschlossen. Es roch nach heißem Metall und verbrannt.

Während Pavel ihm Feuerschutz gab, holte Aleksej auch die Kameras hier herunter. Dann trat er an den nächsten Kommunikator in der Wand und sagte: »Du hast Aragorn getötet. Dafür wirst du bezahlen.«

Das war im ganzen Schiff zu vernehmen, und Aleksej wollte, dass es alle hörten.

»Deine Lügen werden die Disziplin meiner Truppe nicht unterwandern!«, schrie Howard.

Aleksej antwortete nicht. Sie stapften zur Waffenkammer zurück, um sich neu auszurüsten. Aleksej schlüpfte in eine leichte *Peltast Alpha I*, die guten Schutz gegen normale Kugeln und Laserpistolen bot, ohne die Bewegungsfreiheit allzu sehr einzuschränken. Pavel war bereits gerüstet. Sie hängten sich je zwei Holster mit Pistolen und ein schweres Kampfmesser an den Gürtel.

»Fertig?«, fragte er und griff sich das schwere Lasergewehr *Lightspear IV*.

»Fertig«, sagte Pavel und packte einen wuchtigen Granatwerfer.

Als sie derart schwer bewaffnet in den Gang vor der Brücke zurückkehrten, war die Tür noch immer verschlossen. Von Kontrolle und Disziplin besessen war Howard ein Ausfall ohne die Kameras wohl zu riskant gewesen.

Wer nichts riskiert, gewinnt auch nichts.

Aleksej nahm mit dem panzerbrechenden *Lightspear IV* die massive Titaniumtür unter Dauerbeschuss, bis sie aus ihren Angeln schmolz. Als sie endlich zu kippen drohte, legte Pavel mit einer schweren Granate nach. Unter lautem Getöse wurde die Tür in den Raum gesprengt, irgendwer schrie vor Schmerz, eine Frau fluchte, und dann erstarb der Schrei in einem Gurgeln.

Ohne zu zögern warfen Aleksej und Pavel die hinderlich schweren Waffen fort, rissen die Pistolen von ihren Gürteln und stürmten unter wildem Geschrei und ununterbrochenem Feuern die Brücke. Auf halben Weg kam ihnen eine Granate entgegen, blind und von Hand geworfen, sodass sie problemlos unter ihr hinwegtauchen konnten. Sie explodierte weit hinter ihnen, ohne großen Schaden anzurichten. Die schwache Druckwelle trieb sie nur noch schneller voran.

Kaum waren sie durch die Tür, orientierte sich Aleksej nach rechts, Pavel sprang wie abgesprochen nach links.

Dabei feuerten sie ohne Unterlass auf alles, was sich bewegte, und erwischten vieles, was sich nicht regte.

Aleksej suchte hastig nach Howard, sein verdammter Skalp gehörte ihm. Die gesprengte Tür war in den zentralen Tisch gekracht, aus den Trümmern ragte etwas, das ein schwarzer Stiefel sein könnte. Aus einem zerstörten Monitor links schlugen Funken, Stühle lagen kreuz und quer, irgendwo dazwischen Arme, die sich nicht rührten. Er wusste nicht, ob sie zu dem Stiefel gehörten.

Etwas traf ihn an der Brust, und er wurde einen Schritt zurückgeworfen, taumelte, fing sich aber ab und entdeckte eine bewaffnete Hand hinter der Steuerkonsole an der seitlichen Wand.

Mit gefletschten Zähnen feuerte er aus beiden Läufen, durchsiebte die Konsole, bis ein Schrei ertönte und die Waffe zu Boden fiel.

Auf der anderen Seite brüllte Pavel.

Aleksej wirbelte herum und sah, dass der Wolfsbeta zu Boden gestürzt war, Blut sprudelte aus seinem linken Unterarm, die weiß-graue Panzerung war zerfetzt und voll dunkler Flecken. Er krümmte sich, während ein bläulicher Laserstrahl nach dem anderen von hinter dem Pilotensessel auf ihn abgefeuert wurde. Über die Lehne ragten eingekerbte Hörnerspitzen heraus.

»Howard!«, knirschte Aleksej, ließ die Pistolen fallen und raste los, hechtete aus vollem Lauf über den Sessel hinweg und riss den dahinter knienden Bisonbeta um. Noch im Sprung hatte Aleksej sein Messer gezogen und rammte es dem überraschten Howard in den breiten Hals. Dann drehte er die Klinge in der Wunde, riss sie hoch und stieß sie von unten mit aller Gewalt in Howards Gehirn, dorthin, wo die Bombe in Aragorns Kopf explodiert war.

Auge um Auge, Hirn um Hirn, auch wenn deins höchstens halb so groß ist, wie seins war.

Ansatzlos schnappte er sich die schwere Laserpistole aus der Hand des Toten und wirbelte herum. Niemand auf der Brücke feuerte noch, niemand schrie, niemand bewegte sich. Zwei Meter von Pavel entfernt lag eine Frau mit aufgeplatzter Brust und blutdurchtränktem Haar.

Pavel hielt sich den Arm, Blut sickerte zwischen seinen Fingern durch. Die Rüstung war an mehreren Stellen zerfetzt, überall breitete sich das dunkle Rot aus. Er fluchte und jaulte, sein Blick flackerte.

»Kumpel!« Aleksej sprang hinüber und presste die Hände auch noch auf die offene Wunde am Arm, als würde das etwas Entscheidendes ändern.

»Tanja«, keuchte Pavel.

»Halte durch!«

Aleksej rannte los, stürmte zu Tanjas Quartier neben der Krankenstation, drückte den Summer und pochte wild gegen die Tür.

»Tanja!«

Niemand reagierte.

»Pavel stirbt!«

Noch immer erfolgte keine Reaktion. Die Tür war gut isoliert, wenn sie nicht auf das *Hören* der Sprechanlage drückte, würde sie ihn nicht verstehen. Hilflos trat er gegen das Metall, bis sein Fuß schmerzte. Die Tür vibrierte unter den dumpfen Schlägen, das musste sie doch einfach mitbekommen.

Idiot!

Er sprang zum nächsten Kommunikationspunkt im Gang und brüllte in den Lautsprecher: »Tanja! Pavel stirbt! Beweg deinen faulen Arsch hier heraus, wir brauchen dich! Und zwar sofort!«

Eine halbe Sekunde rührte sich nichts.

»Tanja!«

Dann wurde die Tür aufgerissen, Tanja taumelte heraus, die Augen blutunterlaufen und tief in den Höhlen. »Was ist passiert?«

Aleksej packte sie an der Hand und zerrte sie mit zur Brücke. Auf halbem Weg kam ihnen Pavel mit fiebrigem Blick entgegen. Er torkelte, aus seinen Wunden tropfte es. Fluchend packte ihn Aleksej, schlang sich seinen gesunden Arm um den Hals, und zusammen mit Tanja schaffte er ihn auf die erste Liege der Krankenstation.

Vorsichtig schälten sie ihn aus der durchlöcherten Rüstung. In Tanja kam plötzlich Leben, sie scheuchte Aleksej nach diesem und jenem, bis sie schließlich ihre Ruhe wollte und sagte, er solle draußen warten.

Mit dem Messer in der Hand bezog Aleksej vor der Tür Stellung, er hatte den Überblick verloren, ob noch einer der Crew lebte. Er konnte sich nicht erinnern, wie viele auf der Brücke gewesen waren, es war zu schnell gegangen, das Durcheinander zu groß. Und wer wusste schon, ob Sergej nicht doch noch irgendwo einen vergraben hatte. Doch mehr als einer von der Crew dürfte nicht mehr leben, wahrscheinlich keiner. Tanja, Pavel und er waren die letzten Lebenden auf diesem Drecksplaneten.

Bei Pavel hoffte er es zumindest.

Unruhig ging er auf und ab, lauschte auf jedes Geräusch, doch alles schien ruhig, so wie erwartet. Irgendwann fiel sein Blick durch die offene Tür in Tanjas Quartier. Dort drinnen herrschte eine unglaubliche Unordnung, und von der Decke baumelte ein fingerdickes Kabel, das zu einer Schlaufe geknotet war. Hatte sie etwa gerade versucht, sich umzubringen?

»Das hängt nur zur Mahnung da«, sagte Tanja zwei Stunden später, als sie zu Aleksej auf den Gang trat.

Zum wiederholten Male stand er vor ihrem Quartier und starrte auf das Kabel.

»Wie geht's Pavel?«, fragte er, ohne auf ihre dünne Erklärung einzugehen.

»Er ist stabil. Aber wenn er nicht bald in ein normales Krankenhaus kommt, verliert er seinen Arm. Mindestens. Ich kann nicht vorhersehen, ob nicht noch Komplikationen auftreten. Er hat furchtbare Verbrennungen erlitten.«

»Kannst du dagegen nichts tun?«

»Ich kann den Arm sofort abnehmen. Aber das gefällt Pavel nicht.«

»Dann muss er eben in ein normales Krankenhaus«, bestimmte Aleksej.

»Und wie? Ich habe da draußen keines gesehen.«

»Durch das TransMatt-Portal. Zwischen den Portalen verrinnt für den Körper doch keine Zeit, oder? Auch wenn ihr erst in fünf Monaten in der *Romanow*-Zentrale eintrefft, an Pavels Status hat sich bis dahin nicht geändert, für seinen Körper ist keine Zeit verstrichen. Sehe ich das richtig? Vom medizinischen Standpunkt aus.«

»Ja, aber ...«

»Kein aber. Dann machen wir das so.«

»Du willst die Mission wegen seines Arms abbrechen? Das bringt Ärger, dafür reißt dir Tymoshchuk den Kopf ab.«

»Wir brechen überhaupt nichts ab. Ihr beide geht, ich bleibe und hole Schmidt ab, dafür benötige ich keine Unterstützung. Außerdem kann Pavel in dem Zustand eh nicht klettern und ist mehr Last als Hilfe.«

»Aber ich bin einsatzfähig.«

»Ich weiß. Aber Pavel braucht dich mehr als ich. Wie gesagt, Schmidt kann ich allein abholen. Wenn uns *Gauss* oder die Rosettis doch noch aufspüren, dann ist es egal, ob wir zu dritt sind oder ich allein, wir sind so oder so chancenlos. Und denk daran, unser Schiff funktioniert nicht mehr. Wahrscheinlich schicken sie irgendwann jemanden nach uns, wenn wir nicht acht Tage nach Schmidts geplanten Auftauchen heimkehren, aber falls nicht, könnt ihr dann Bescheid geben, dass Schmidt und ich abgeholt werden müssten.«

»Du bist sicher, dass du noch drei Monate allein hierbleiben willst?«

»Wollen? Nein.« Er schüttelte den Kopf. »Aber ich will, dass Pavel seinen Arm behält.«

»Dann lass doch mich bei dir bleiben.«

Aleksej warf einen kurzen Blick auf das Kabel. »Nein.«

»Das hängt da seit Tagen, und ich bin nicht ein einziges Mal auf einen Schemel gestiegen, um ...«

»Nein!« Er glaubte ihr nicht. Und selbst wenn, wer sagte denn, dass sie an den nächsten neunzig Tagen dieselbe

Entscheidung traf? Das Kabel gehörte nicht zur Inneneinrichtung.

Tanja holte Luft.

»Das ist ein Befehl«, würgte er sie ab. »Howard ist tot, ich hab jetzt wieder das Kommando. Also nimm dir einen Laser und schweiß Howards Tresor auf. Dort drinnen liegt die Steuerung für das Portal. Ich möchte noch kurz mit Pavel reden, bevor ihr aufbrecht.«

Tanja sah ihn einen Moment lang an, trotz aller Widerworte wirkte sie dankbar, dass sie gehen durfte.

»Tymoshchuk ist ein Arschloch«, sagte sie schließlich, drehte sich um und ging.

Aleksej lächelte und trat in die Krankenstation. »Wie sieht's aus, Kumpel?«

Mühsam erwiderte Pavel das Lächeln. Auf dem bleichen Laken wirkte er schmal und älter, als er war. »Wir haben Aragorn gerächt, was?«

»Ja.« Aleksej trat zu ihm und drückte die Hand seines halbwegs gesunden Arms. »Danke.«

»Hey. Ich habe zu danken, du hast mir das Leben gerettet. Und Tanja ein bisschen.«

»Du hast nicht auf mich geschossen. Trotz Kopfgeld.«

»Läppische 50 Prozent«, sagte Pavel, und seine Lefzen zuckten, als wollte er lächeln. Dann schloss er die Augen, das Sprechen strengte ihn an.

»Tanja bringt dich jetzt heim. Ich komme dich dort besuchen. Mit deinem Anteil für das Heimbringen von Schmidt.«

»Okay«, sagte Pavel, und da er nicht gegen den Abtransport protestierte, wusste Aleksej, dass er sich wirklich dreckig fühlte.

»Tanja hat versprochen, dass du es schaffst.«

Wieder zuckten seine Lefzen, und Aleksej lächelte für ihn, weil er es nicht richtig konnte.

Eine Stunde später hatten sie das Portal aktiviert, die Toten gezählt und festgestellt, dass außer ihnen wirklich keiner mehr am Leben war. Auf dem Planeten selbst gab es also nichts mehr, was Aleksej fürchten musste.

»Außer Langeweile«, sagte er leichthin. Giselles Sporen würden es nicht schaffen, ihn vom Selbstmord zu überzeugen.

Tanja und Aleksej umarmten sich stumm, dann packte sie die Liege mit dem vor sich hindämmernden Pavel und schob sie durch das programmierte Portal.

Aleksej blieb allein zurück. Nun hatte er genug Zeit, um die Leichen fortzuschaffen und um Doreen zu trauern. Was konnte man in diesem elenden Nebel sonst auch tun?

30

10. März 3042 (Erdzeit)
Planet: Bismarckmond Dolphin

Seit beinahe drei Monaten versteckte sich Lydia nun in der Wohnung von Josés Vermieter Nemo. Längst war sie genesen, doch sie wollte nicht gehen, sie sagte, dort draußen sei noch immer irgendwer hinter ihr her, und José warf sie nicht hinaus.

Die Adressen der vier Drecksäcke lagen offen auf ihrem Nachttisch, doch sie hatte lange nicht mehr von ihnen geträumt. Und solange sie verfolgt wurde, stellte sie die Rache zurück.

Drei Filmbotschaften hatte sie bereits im Januar aufgenommen, über Josés Bekannte aus der Anti-Liga auf anderen Planeten schmuggeln lassen und ohne Angabe ihrer Adresse an drei unterschiedliche Sender geschickt. Darin hatte sie nachdrücklich versichert, von vier Männern angegriffen worden zu sein, bei denen es sich nicht um die Mörder der Securityfrau handelte.

»Das war etwas Persönliches«, sagte sie in der Botschaft.

»Ich wurde nicht wegen irgendeines Wissens angegriffen, auch wenn mein Kollege Sörensen dies so dargestellt haben mag. Das war ein bedauerliches Missverständnis, das wohl darin begründet lag, dass ich unter dem Einfluss der Medikamente nicht besonders klar geredet habe, weder was die Aussage noch Artikulation anbelangte. Ich hoffe, ich habe damit nicht der Reputation dieses geschätzten Kollegen geschadet. Würde ich etwas zur Aufklärung der schrecklichen Verbrechen beitragen können, hätte ich das selbstverständlich längst getan.«

Die diplomatischen Formulierungen hatte sie José zu verdanken, der ihr auseinandergesetzt hatte, sie brauche jetzt wirklich keine weitere Front, gerade wenn sie aus der Medienbranche aussteigen wolle.

Dann hatte er ihr geraten, die vier aus der Liga zu verklagen. »Wenn du das tust, ist endgültig klar, dass du sie für die Täter hältst. Wer immer sonst dir auf den Fersen ist, wird danach seine Anschläge einstellen.«

»Ich habe keine Zeugen. Ich werde vor Gericht verlieren.«

»Darum geht es nicht. Du wirst deine Verfolger los sein, die dich umbringen wollen.«

»Und meine Rache auch. Ich will nicht erleben müssen, wie diese vier Drecksäcke grinsend und als Sieger aus dem Gerichtssaal tappen. Das gönne ich weder ihnen noch der gesamten Liga. Und wenn den vier danach etwas zustößt, sei es auch nur ein wenig bedauerlicher Unfall, liegt der Verdacht sofort bei mir.«

»Vielleicht gewinnst du aber doch. Vielleicht gibt es doch Zeugen oder Kameraaufnahmen, die zeigen, wie die vier in der Gasse verschwinden.«

»Ja, vielleicht. Vielleicht ist mir zu wenig.«

Bis heute glaubte sie nicht an diese zufälligen Zeugen und Beweise. Als Justifier hatte sie nicht zugelassen, dass man ihr etwas antat, ohne zurückzuschlagen. Darum hatte sie sich stets selbst gekümmert, oder ihre Kameraden. Es war ein Leben außerhalb der gewöhnlichen Gesetze gewesen, und auch jetzt noch misstraute sie Gerichten, deren Anrufung war nur etwas für unselbstständige Weicheier.

Sie starrte auf das Anklageformular, das José ihr besorgt hatte und das sie immer herauskramte, wenn er nicht da war. Er sollte nicht wissen, wie sehr sie trotz aller Bedenken darüber nachdachte.

Sie war kein Justifier mehr. Was auch immer sie jetzt war, sie musste lernen, nach den neuen Regeln zu spielen. Lernen, wo und wie man diese mit den eigenen Zielen in Einklang brachte.

Vielleicht sollte sie es doch versuchen. Für die Drohungen im Starluck gab es Zeugen, und die vier waren so strunzdumm, die ließen sich vor Gericht bestimmt zu Prahlereien und damit Geständnissen provozieren. Das würde sie hinbekommen. Doch das war nur das eine Problem. Tief im Inneren wollte sie sich nicht als Opfer darstellen, das war ihr zuwider, all das Mitleid und das zu erwartende Gesülze ihres eigenen Anwalts. Andererseits wusste ohnehin jeder, dass sie ins Krankenhaus geprügelt worden war, denn Sörensen hatte es laut genug herumposaunt. Was wollte sie also verbergen? Keiner würde sie zwingen, über vergangene Albträume und Ängste zu reden, es reichte aus, ihre körperlichen Wunden aufzuzählen.

Sie schrieb das Datum auf die oberste Linie und sah zögerlich auf die nächste Zeile.

In den News verkündete der Sprecher aufgeregt einen überraschenden Milliardendeal zwischen *Gauss* und *Romanow*.

»Was?« Sie ließ den Antrag sinken.

»Hatte es vor Kurzem noch Unstimmigkeiten zwischen den beiden Konzernen gegeben, wurde an Weihnachten eine Entspannung eingeleitet, die den Weg für eine Kooperation frei machte, deren Auftragsvolumen mit rund fünfzig Milliarden C beziffert wurde. Über die genauen Hintergründe wurde vorläufig beiderseitiges Stillschweigen vereinbart.«

Schau an, schau an, dachte sie. *Kaum geht es um ein größeres Geschäft, ist alles andere vergessen.* Hoffentlich schlugen sich irgendwo dort draußen nicht ahnungslose Justifiers beider Konzerne die Köpfe ein, während in den Büros längst Waffenstillstand vereinbart war, der nicht überall in den Weiten des Alls verkündet wurde. Wäre ja nicht das erste Mal, dass so etwas geschah. Sie hoffte, dass Aleksej noch am Leben war, auch dieser kauzige Bisonbeta. Er war nicht der Hellste gewesen, schien aber ganz in Ordnung.

Diese Entführung von Dr. Schmidt war eine seltsame Sache gewesen, seit Wochen hatte man nichts Neues mehr gehört. Kein weiteres TransMatt-Portal war manipuliert worden, und so fühlten sich die Reisenden längst wieder sicher. Doch niemand hatte herausgefunden, wie das im Starluck gehackt worden war. Bis heute gab es keine Spur, die zum Täter führte, und das ließ nichts Gutes für die Aufklärung erwarten. Die Ermittler hofften auf Schmidts

Aussagen. Wenn er ihnen nicht würde helfen können, würde die Geschichte wohl niemals aufgeklärt werden können.

Ihr war das noch immer egal. Wenn ein Konzern Geld verlor, war ihr das nur recht, solange es keinem anderen in die Hände fiel, wie üblich.

Sie wandte sich wieder der Anklage zu. Sie konnte sie ja schon mal pro forma ausfüllen und dann entscheiden, ob sie sie abschicken würde. So gern sie in Josés Nähe war, sie wollte nicht länger in einer fremden Wohnung eingesperrt sein.

Ihre Botschaft vom Januar war zwar gesendet worden, doch wer wusste schon, ob das ihre Verfolger gesehen hatten? Es war nicht zur besten Sendezeit gewesen.

»Ich habe die Anklage an den Kommissar gesandt«, sagte sie zu José, als sie am Abend auf dem Sofa lümmelten. Der 3D-Cube lief leise im Hintergrund, und José kraulte sie hinter den Ohren. Sie mochte das leichte Kribbeln unter der Haut, wenn er kurz gegen den Strich ihres Fells fuhr, um sie zu necken.

»Wann?« Seine Hand verharrte, er suchte Augenkontakt zu ihr.

»Vorhin.«

»Weißt du, was ich mir gedacht habe?«, fragte er, und sie war froh, dass er sie nicht auf diese großzügige Art in den Arm genommen hatte, wie das Männer taten, die schwache Frauen bevorzugten und sie so belohnten, wenn die ihren Rat befolgten. Wenigstens er sollte sie nicht als Opfer behandeln, das hatte er seit Weihnachten nicht mehr getan.

»Was?«

»Wenn du diese Typen schon vor Gericht zerrst, dann solltest du auch gewinnen. Wir klappern die ganze Gasse ab, ob nicht irgendwer aus dem Fenster gesehen hat und bereit ist zu reden. Ich nehme mir Urlaub, wir finden heraus, wann sie das Starluck verlassen haben, wann sie zurückgekehrt sind, ob auf den Überwachungsaufnahmen Blut auf ihrer Kleidung zu sehen ist. Ob sie gegenüber irgendjemandem geprahlt haben. Und wenn alles nichts hilft, dann erwischen wir sie danach schon irgendwie. Sie kommen nicht ungeschoren davon, das verspreche ich dir.«

»Ich dachte, du bist grundsätzlich gegen Rache?«

»Ja, grundsätzlich schon. Aber es geht um dich.«

Sie küsste ihn und fuhr ihm mit den Krallen spielerisch über die nackte Haut. Seine Haarlosigkeit faszinierte sie ebenso wie ihn ihr Fell.

In diesem Moment ließ sie am heutigen Tag zum zweiten Mal eine Nachricht aufhorchen.

»Die mutmaßlichen Mörder der Starluck-Securityfrau Nakamura sind gefasst«, verkündete der Sprecher mit dem albernen Pyramidenscheitel.

Lydia wirbelte herum und starrte auf das 3D-Bild. Hastig drehte sie die Lautstärke hoch. José rutschte beinahe vom Sofa.

»Ein anonymer Hinweis hat uns schon vor einer Weile auf die richtige Spur gebracht«, sagte eben Kommissar Omar mit selbstzufriedener Miene einer strahlenden Reporterin. »Es hat ein wenig gedauert, bis wir auch genügend Indizien und Beweise gesammelt hatten, denn wir wollten die Täter richtig festnageln. Alles musste so wasserdicht sein, dass kein windiger Anwalt sie wieder raushauen kann. Heute wurden nun drei Männer festgenommen, die unter Verdacht stehen, mit brutaler Gewalt regelmäßig Informationen für die Rosetti-Familie zu beschaffen. Inwieweit sie diesmal unter Auftrag gehandelt haben, ist nicht erwiesen, doch sie haben das Opfer wohl bei einer Befragung totgeprügelt. Allen Erkenntnissen zufolge befand sich das Opfer nicht einmal im Besitz der gewünschten Informationen. Dabei handelte es sich um die versteigerten Zielkoordinaten des von Unbekannten verschleppten Dr. Schmidt. Ein Vertreter der Rosetti-Familie hatte bei ihrer öffentlichen Versteigerung mitgeboten. Wie aus Insiderkreisen zu vernehmen ist, ist das Interesse an dieser Information inzwischen erloschen. Und das macht diesen Mord in meinen Augen noch deutlich verabscheuenswerter, falls eine solche Steigerung bei Mord überhaupt möglich ist.«

»Das gibt es doch nicht«, stieß Lydia hervor, die sich kurz fragte, ob der Junge, den sie geküsst hatte, den Hinweis gegeben hatte. Sie würde gern glauben, dass er es gewesen war, um ihr Leben zu retten, doch das war wohl Wunschdenken. So viel Eindruck hatte sie bestimmt nicht auf ihn gemacht, er hatte nur einen nachlässigen Schmatzer bekommen.

»Bedauerst du, dass du die Anklage abgeschickt hast?«, fragte José.

»Nein.« Noch immer fassungslos starrte sie auf den Monitor, sie hatte seine Frage nur halb wahrgenommen.

»Hallo?« Er pochte ihr spielerisch mit einem Finger gegen den Kopf.

»Was?«

»Hast du das gerade kapiert? Die Mörder sitzen im Knast. Damit bist du frei zu gehen. Ab jetzt bist du auf den Straßen wieder sicher.«

Als hätte sie seine Worte gebraucht, um wirklich zu begreifen, was ihr Hirn eigentlich schon längst aufgenommen hatte, packte sie wilde Freude. Alles hatte sich geändert! Sie sprang auf, breitete die Arme aus und hüpfte ganz und gar nicht anmutig auf und ab. Dabei schrie sie: »Na, dann los!«

»Sofort?«

»Natürlich! Ich will raus!«

»Und wohin?«

»Irgendwo essen! Was trinken, was auch immer. Komm!« Sie packte seine Hände, um ihn von der Couch hochzuziehen.

»Du willst mit mir weggehen?« Er lächelte vorsichtig und erhob sich.

»Was denn sonst?« Plötzlich verstand sie, was er gesagt hatte, wie er es gemeint hatte. Sie war frei zu gehen und könnte ihn nun jederzeit verlassen. Auch wenn er sich für sie freute, jetzt würde sich zeigen, wie sie zu ihm stand. Egal, was sie in den letzten Wochen gesagt und getan hatte, er hatte nie sicher sein können, dass es nicht gespielt war. Er war ihr Unterschlupf gewesen, nun könnte sie in ihr altes Leben zurück. Nun konnte sie entscheiden, was ihr lieber war, und davor hatte er Angst.

Was für ein Trottel, dachte sie glücklich. *Wohin sollte sie denn so rasend schnell zurückkehren?*

»Ich würde trotz allem gern noch eine Woche bleiben,

wenn das für dich okay ist«, sagte sie und berührte mit den Fingern seine glatten Wangen. »Bis zu deinem Geburtstag. Immerhin schulde ich dir noch einen Stapel Geschenke, die ich jetzt zum Glück gefahrlos besorgen kann.«

Er grinste. »Klar kannst du bleiben.«

»Danke. Außerdem kommt dann ja noch die Gerichtsverhandlung, die wohl hier stattfinden wird. Ich kann mir irgendwo ein Zimmer nehmen, aber wenn ich noch ein wenig bei dir wohnen könnte, wäre das schön.«

»Solange du willst.«

»Vorsicht mit solchen Versprechen.« Sie löste sich von ihm, um sich richtig anzuziehen, Parfum aufzulegen und die Lider zu färben. Das erste Ausgehen musste zelebriert werden. Monatelang hatte sie sich versteckt und gegrübelt, nun hatte ein anonymer Hinweis alles gelöst. Manchmal nahm das Leben seltsame Wege.

»Auf was hättest du Lust?«, rief er ihr hinterher, als sie im Bad verschwand. »Burger?«

»Fleisch ist nie verkehrt!« antwortete sie. Sie schrie es fast, obwohl die Tür offen stand. Es tat gut, nicht mehr leise sein zu müssen.

Zusammen mit José würde sie noch die Drecksäcke von der Liga fertigmachen, und dann wäre sie endlich völlig frei. Morgen würde sie ihre Kündigung an GalaxyView senden. Wenn die sie nicht schon längst rausgeschmissen hatten, ohne dass sie es in ihrem Versteck mitbekommen hatte.

Sie lächelte ihr Spiegelbild an.

31

23. März 3042 (Erdzeit)
Planet: Deadwood

Jede Woche, seit er allein auf Deadwood zurückgeblieben war, war Aleksej mindestens einmal auf einen der hohen Berggipfel gestiegen, die aus dem ewigen Nebel herausragten, um die Sonne zu sehen. Alles andere hätte ihn vollkommen wahnsinnig gemacht.

Er hatte viel mit Doreens gefrorenem Körper gesprochen, auch wenn sie nicht geantwortet hatte, nur die Stimme in seinem Kopf. Mit der redete er schon lange nicht mehr, sie war einfach da wie der Nebel oder der Wind.

Er hatte versucht, aus Giselles Aufzeichnungen schlau zu werden, doch er war kein Wissenschaftler und hatte nur wenig verstanden. Er hatte die Untersuchungen weiterlaufen lassen, die Diagramme füllten sich mit Zahlen und Kurven, die er ignorierte. Irgendwann würde jemand kommen, der sie verstand.

Der alles verstand, was hier geschehen war. Als Justifier

war er für das Handeln zuständig, nicht für das Verstehen. Und er hatte gehandelt.

Seit Weihnachten war es kühler geworden, und der Wind blies nun scharfer und böiger, die feuchte Luft roch frischer. Wenn es hier so etwas wie Jahreszeiten gab, dann wurde es Herbst.

Nicht mehr lange bis zu Schmidts Ankunft.

Er flog mit dem *JVTOL* zwischen die ersten beiden Bergketten, wo er nach mühevoller Suche einen passenden Landeplatz gefunden hatte. Von dort begann er den Aufstieg zur Höhle, in der Dr. Schmidt aus dem Portal treten würde. Aleksej hielt sich eng am Felsen und achtete auf einen sicheren Halt, sodass die heftigen Böen ihn nicht davonwehten. Er hatte ausreichend Zeit, um nichts riskieren zu müssen.

Im ständigen Wind hörte er nun öfter Pavels schmerzerfülltes Heulen oder ferne Todesschreie. Zahlreiche Schemen im Nebel erinnerten ihn an ein tobendes Nashornbeta, manche an einen Bison. Er achtete weder auf das eine noch auf das andere, nichts davon war echt.

Als er die Höhle erreichte, zeigte der rote Counter am TransMatt-Portal noch gut sieben Stunden an. Aleksej legte die Betäubungspistole ab und machte es sich auf einem Felsbrocken so bequem wie möglich. Noch hatte er nicht entschieden, ob er Schmidt betäuben würde, immerhin war er inzwischen nur noch allein auf dem Planeten. Das erleichterte die Tat im ersten Moment, doch falls im Koffer etwas fehlen sollte, würde der Verdacht unweigerlich auf ihn fallen. Selbst wenn nichts fehlen sollte, würde ihm Tymoshchuk wahrscheinlich irgendetwas vorwerfen.

Du kannst doch keinen Mitarbeiter niederschießen, Verlierer! Dafür wird dir deine Belohnung gestrichen!

Von wegen Verlierer. Er war der letzte Lebende auf dem Planeten, verlieren sah seiner Meinung nach anders aus. Wie ein Gewinner fühlte er sich unter all den Toten in der *Baba Yaga* aber auch nicht.

Er ruhte ein wenig, aß einen komprimierten Vitaminriegel und nahm eine weitere Aufputschpille, als der Counter bei einer Stunde angekommen war.

Als er bei einer Minute stand, griff Aleksej nach der Betäubungspistole. Es war zu riskant, er würde nicht schießen, jeder mögliche Bluff wäre zu leicht zu durchschauen. Doch falls sich Schmidt aus irgendeinem Grund komisch verhielt oder sonst etwas Seltsames geschah – er fühlte sich sicherer mit einer Waffe in der Hand. Dem Entführer traute er nicht, der hatte ihn schon einmal ausgeknockt.

Langsam ging er ein paar Schritte zurück, um sich etwas Spielraum und Reaktionszeit zu verschaffen.

Hosenscheißer! Was soll schon geschehen? Da kommt ein verwirrter Wissenschaftler mit Koffer raus, der erwartet, ein Bürogebäude zu betreten, und sonst gar nichts.

Er ignorierte die Stimme, auf diesem Planeten konnte man schließlich nie wissen.

Noch zehn Sekunden.

Plötzlich schien die Zeit zu rennen, und er fragte sich, ob er nicht doch schießen sollte. Einfach so, falls sich zufällig die Chance zur Flucht bieten sollte. Einhundertundzehn Millionen.

Nein.

Noch vier Sekunden.

Drei.

Zwei.

Eins.

Unter lautem Getöse explodierte das Portal.

Aleksej wurde von einer Druckwelle erfasst und taumelte zurück. Reaktionsschnell wandte er das Gesicht ab. Kleine Teilchen flogen rechts und links an ihm vorbei, trafen ihn am Rücken oder streiften ihn. Der Knall, von den Wänden lautstark zurückgeworfen, dröhnte noch immer in seinen Ohren. Als das letzte Steinchen zu Boden geregnet war, herrschte Stille.

Langsam drehte sich Aleksej um, von dem Portalbogen standen lediglich zwei kümmerliche Stumpen auf der verbeulten und zerkratzen Bodenplatte. Überall lagen Bruchstücke herum, Stahl und Kunststoff, dazwischen ausgefranste Kabelreste und herausgebrochene Splitter aus den Felswänden.

»Was?«, schrie Aleksej die Überreste an, als könnten sie ihm eine Antwort geben.

Was sollte das?

Wofür der ganze Aufwand bei der Entführung, um Schmidt bei seiner exakten Ankunft letztlich doch in die Luft zu jagen? Aleksej fluchte. Er schleuderte die Pistole gegen den Fels und tobte, beschimpfte den Entführer aufs Übelste und jeden, der ihm noch einfiel.

»Warum?«

Was bedeutete das für den Wissenschaftler? Steckte er nun für immer zwischen den Portalen fest? Oder hatte sich der Sprung in einen unsicheren gewandelt und er irgendwo in den Bergen materialisiert, auf immer verschmolzen mit grauem Gestein?

Da fiel sein Blick auf einen schwarzen Fetzen, kaum halb so groß wie seine Handfläche. Er bückte sich und hob ihn auf. Er wirkte wie ein Stück von einem Koffer. Konnte das wirklich sein?

Er ging auf die Knie und wühlte sich durch die herumliegenden Bruchstücke. Noch drei weitere Teile entdeckte er, die von einem Koffer stammen könnten, eines schien ein gar ein Viertel des Griffs zu sein. Eine Titaniumkette sah er nicht.

Zudem klaubte er mehrere Bröckchen verschmortes Fleisch zusammen, zu unförmig, um zu erkennen, von welchem Körperteil. Hier und da sah er einen Blutspritzer auf einem Bruchstück. Von allem viel zu wenig, um einen ganzen Menschen zu ergeben, aber Schmidt war bei der Explosion wohl noch nicht ganz angekommen gewesen. Der Rest von ihm flog nun zerstückelt durch das Nichts zwischen den Portalen oder war irgendwo in der Umgebung materialisiert.

Mit einem flauen Gefühl im Magen setzte sich Aleksej. Alles war umsonst gewesen.

Doreen!

Gestorben, damit er allein in diesem verfluchten Nebel einer sinnlosen Explosion beiwohnen konnte.

All die anderen Toten.

Woanders wären sie nicht so durchgedreht, vielleicht wären sie noch alle Kameraden und würden sich bestens verstehen. Howard wäre nie zum Leutnant ernannt worden.

Er verfluchte die Entführer und Tymoshchuk.

Noch immer hing der Geruch nach geschmolzenem Kunststoff und Stahl in der Luft. Mühsam erhob sich Aleksej und sammelte alle Überreste von Dr. Schmidt, seiner Kleidung und dem Koffer ein, die er finden konnte. Er würde sich um ihn kümmern, wie er sich um alle anderen Toten dieser Mission gekümmert hatte.

Bei manchen verschmorten Stückchen wusste er nicht, was es war, von der Hitze gebogenes Isolierplättchen oder Fingernagel. Solche Dinge ließ er liegen, er wollte nicht, dass die Angehörigen versehentlich zu viele Plastikbrocken und Metallteilchen überreicht bekamen, als wäre Schmidt ein halber Androide gewesen.

Schließlich hatte er das Wesentliche zusammen und machte sich an den Abstieg durch den Nebel.

Kein Schmidt hieß keinen Buyback. Wieder war er seiner Freiheit keinen Schritt näher gekommen.

Die Verantwortlichen bei *Romanow* würden hinter geschlossenen Türen fluchen, dann würden sie es als bedauerliches Verlustgeschäft abhaken. So etwas konnte passieren, das Lösegeld war verloren, ebenso ein wenig Material – einschließlich der Justifiers –, und für die Angehörigen von einem Dutzend Angestellter wurde eine Auszahlung aus dem Hinterbliebenenfonds fällig, aber das war durch eine Versicherung abgedeckt. Schließlich gab es Versicherungen für alles.

Vielleicht musste gar ein Anzugträger zurücktreten – mit ein wenig Glück traf es Tymoshchuk – oder er wurde versetzt. Doch ansonsten ging es an den Schreibtischen weiter wie gehabt. Verluste waren nichts weiter als Zahlen, und mit Zahlen konnte man jonglieren.

Und auch für Aleksej ging es weiter wie bisher. Er würde neue Kameraden aus den Laboren und Gefängnissen bekommen und wieder ins All geschickt werden. Ein Weltraumaffe, der für ständig wachsende Zahlen an den Schreibtischen sorgen sollte. Bis auch er irgendwann draufging oder den Buyback knackte.

Innerlich leer erreichte er den Fuß des Bergs und flog zur *Baba Yaga* zurück. Dort versicherte er sich vorschriftsgemäß mit einer DNA-Analyse, dass es sich wirklich um Überreste von Dr. Schmidt handelte, doch wer sollte es auch sonst sein? Die DNA stimmte mit der in der Datenbank aller *Romanow*-Mitarbeiter überein.

Ausgelaugt packte er Schmidts Überreste in ein sarggroßes Kühlbehältnis für Leichen. Es waren gerade mal zwei Handvoll, in der langen Wanne wirkte das kleine Häufchen verloren.

Dann setzte sich Aleksej neben Doreen, nahm sich ein Bier und prostete ihr durch die Glasscheibe ihres Kühlsargs zu. Er war ein Spieler, und deshalb wusste er, dass sich das Blatt irgendwann wieder wenden würde. Niemand verlor für immer. Jetzt konnte er nichts tun als abwarten, bis sie ihn holen würden.

Er leerte die Dose in einem Zug und öffnete die nächste.

Epilog

Irgendwann
System: Irgendwo

Emile Drogba, der ehemalige Securitychef des Starluck, saß an einem weitläufigen Strand fern aller *Romanow*-Welten und ließ sich die rote Sonne auf den Rücken scheinen. Die Wellen des grünen Ozeans rollten sanft heran, der helle Sand leuchtete weithin, und flinke schwarze Vögel flitzten am wolkenfreien Himmel hin und her. Im Wasser tobten vier Mittdreißiger mit einem blinkenden Düsenfrisbee herum wie ausgelassene Jugendliche, zwei Männer und zwei Frauen, einer von ihnen war sein Sohn.

Drogba trug einen weißen, breitkrempigen Hut wie abgemacht, anders würde ihn der Freund, auf den er wartete, nicht erkennen. Er hatte sich operativ verändern lassen: Die Haut war heller, die Nase größer, das Haar länger, die Wangenknochen höher, das Gesicht insgesamt schmaler. Da er weniger Sport trieb als früher, hatte er um die Hüften drei, vier Kilogramm zugelegt. Irgendwann würde er sich wieder um seinen Körper kümmern, doch erst mal würde er sein Geld verprassen. Mit Freunden und Fremden, Männern und Frauen, Champagner und teuren Menüs.

In diesem Moment näherte sich ein Mann über den Strand. Seine Haut war dunkler als früher, die Nase kleiner, das Haar abrasiert, das Gesicht breiter, und das leichte Bäuchlein war verschwunden. Doch an dem schwarzen Koffer erkannte er Dr. Anatoli Edvard Schmidt, der auf Deadwood im eigentlichen Portal in der Höhle unterhalb der Bodenplatte der explodierenden Portalattrappe materialisiert war und durch dieses auch gleich weitergesprungen.

Drogba, der sich seit seiner plastischen Operation natürlich auch nicht mehr Drogba nannte, erhob sich und lüftete den weißen Hut.

Schmidt kam mit einem Grinsen auf ihn zu. Als sie sich gegenüberstanden, sprachen sie kein Wort, nickten nur und sahen einander an. Was gab es auch zu sagen?

»Du siehst gut aus«, behauptete schließlich Drogba mit einem Grinsen. »Nicht mehr so käsig wie zu Laborzeiten.«

»Danke. Aber du hast ein bisschen zugelegt, was? Wohl faul geworden?«

»Passiert, wenn man plötzlich stinkreich wird.«

»Keine Bange deswegen, ich nehm dir einen ordentlichen Batzen ab.«

Lachend umarmten sich die beiden.

»Kann man hier richtig feiern?«, fragte Schmidt, der die letzten Monate zwischen Portalen oder im Interim verbracht hatte.

»Und wie. Du wirst die nächsten Tage keinen Schlaf finden, höchstens Beischlaf.«

»Gut.« Schmidt hob die Hand gegen die Sonne und blickte aufs Meer hinaus, wo seine ehemaligen Bandkollegen herumtollten. Sie hatten ihn noch nicht bemerkt, würden aber sicher bald zur Begrüßung angerannt kommen.

»Wir haben es tatsächlich geschafft«, sagte er und legte Drogba den Arm und die Schulter.

»Hast du daran gezweifelt?«

»Nein. Aber es kann immer etwas schiefgehen. Nur schade, dass wohl nie jemand erfahren wird, wie wir es gemacht haben.« Achtlos ließ er den Koffer in den Sand fallen und schlüpfte aus dem verschwitzten Hemd.

»Was ist da eigentlich drin?«, fragte Drogba.

»Na, was man so braucht, wenn man vereist. Eine Zahnbürste und eine Unterhose zum Wechseln.«

»Mehr nicht?«

»Wozu denn? Ich brauche doch viel Platz für mein ganzes Geld.«

»Stimmt auch wieder.«

Eine leichte Brise wehte über sie hinweg und verschaffte ihnen Kühlung. Die Mittagshitze war längst vorbei, doch noch immer dürfte es im Schatten an die dreißig Grad Celsius haben. Und Schatten war hier weit und breit nicht zu sehen.

Drogba griff sich zwei Kühlflaschen mit süßem White-Melon-Russian, die halb im Sand eingebuddelt waren, und reichte Schmidt eine.

»Weißt du, was mir an der ganzen Geschichte am meisten gefällt?«, fragte der und nahm den Cocktail entgegen. »Wir haben einen riesigen Konzern um beeindruckende einhundertundzehn Millionen erleichtert, und wenn bei der Explosion der Portalattrappe niemand verletzt wurde, haben wir das sogar geschafft, ohne dass jemand verletzt wurde. Ein Coup ganz ohne Gewalt, das ist Wahnsinn.«

Drogba öffnete seine Flasche. »Lieber mit einem Trick als mit Gewalt. Auf uns, die rücksichtsvollen Gentlemen unter den Verbrechern.«

»Auf uns Gentlemen.«

Sie stießen an und tranken. Es war der Beginn einer wundervollen Zukunft.

DIE JUSTIFIERS KEHREN ZURÜCK IN:

DANIELA KNOR

OUTCAST

MARKUS HEITZ

SUBOPTIMAL V

18. Februar 3041 a. D
System: 61 Cygni, Planet: Relax (im Besitz der United Industries), 3. Kontinent (vermietet an StarLook), Stadt: Objective

Xian Dalljin schüttelte die Gedanken an IceMcCool ab. Die Fernsehserie hatte sie für Minuten in eine andere Welt eintauchen lassen, was als Ablenkung gar nicht schlecht gewesen war.

Sie stand nach wie vor im Laden für gebrauchte Ware, den sie als Hehlerhöhle im Verdacht hatte. Und genau so etwas suchte sie: Kontakt zu Verbrechern.

Sie musste zu ihrem eigenen Plan zurückkehren. Fälschlich als Mörderin verfolgt, vom Konzern als Spionin gehetzt und dicht an der Schwelle zum Tod, wollte sie Rache für das, was ihr angetan worden war.

Sicher hatte sie den Chip aus dem Labor von *KreARTificial* gestohlen, aber sie war erpresst worden. Um ihren Vater zu schützen, hatte sie die Tat begangen – und wegen dieser Tat war ihr Vater vom Justifier des Unternehmens getötet worden. Samt seiner Geliebten.

Xian war Wissenschaftlerin mit ein bisschen Kampfsporterfahrung. Aber das würde für ihr Vorhaben nicht ausreichen, also benötigte sie die Hilfe von Kriminellen. Sie wollte denjenigen, der den Tod ihres Vaters befohlen hatte, ausfindig machen und umbringen. Das gleiche Schicksal sollte ihre Erpresser treffen.

Schritt für Schritt näherte sie sich dem Tresen, hinter dem eine junge Frau auf einem Barhocker saß und auf einen Computerbildschirm starrte, als wäre sie von dem Geschehen hypnotisiert.

Sie kaute mit offenem Mund einen Kaugummi – rot, und er roch nach Blumen.

»Hallo«, sagte Xian. Die abgesägte Schrotflinte, die sie auf ihrer Flucht vor den Gardeuren und dem Killer mitgenommen hatte, verbarg sie.

»Hi.« Sie schaute nicht hoch, die kleinen Pupillen zitterten. »Was suchst du?« Sie trug einen schwarzen Overall mit einem weißen Gürtel, der Reißverschluss war bis zum Bauchnabel geöffnet und gab den Blick auf ihre Figur und den weißen BH frei.

»Ich ... suche ...« Xian dachte, dass sie ungefähr im gleichen Alter sein mussten und doch so vollkommen verschieden waren. »Drogen«, stieß sie hervor.

»Gebrauchte Drogen führen wir nicht.«

»Klar. Ich meinte auch mehr ...« Xian kam sich dämlich vor. In ihrem Labor war sie eine angehende Koryphäe, arbeitete mit Geräten, von denen jedes über eine Million Tois kostete, zerlegte Fremdtiere in ihre Bestandteile, bediente Computer und schulte Personal – und bekam es nicht hin, Informationen zu sammeln. »Gibt es so etwas wie einen Dealer?«

Langsam sah die junge Frau vom Bildschirm auf. »Sieht das hier aus wie eine Touristeninformation?«

»Nein. Wie ein schäbiger Laden, in dem illegale Dinge

verkauft werden«, konterte Xian. »Deswegen bin ich ja hier.«

Die Frau lächelte unecht. »Welchen Stoff brauchst du?«

»Ich will nur den Dealer treffen.«

Jetzt verzog die Bedienung das Gesicht. »Wenn du ein Bulle sein willst, musst du noch viel lernen.« Ihr Blick wanderte an Xian entlang. »Zusammengeschlagen worden?«

»So in etwa.«

»Und was willst du dann mit einem Dealer? Solltest du nicht eher zu den Gards?«

Xian schüttelte den Kopf, zog die abgesägte Schrotflinte. »Sag mir, wo ich einen Dealer finden kann!«, schrie sie. Wieder pochte ihr Herz unsagbar schnell, weil sie fast damit rechnete, dass ihr Gegenüber ebenfalls eine Waffe ziehen würde. »Mehr will ich gar nicht.«

Langsam hob die junge Frau die Hände. »Okay, okay. Geh die Straße runter, bis zur nächsten Ecke. Da läufst du nach rechts, bis zu einer Kneipe, dem *Starfuck's*. Frag den Typen am TriChess-Automat nach Cudo und sag ihm, dass Balanja dich geschickt hat.«

Xian nickte ihr zu und verließ rückwärtsgehend den Laden, um ihr neues Ziel anzusteuern.

Kaum hatte sie das Geschäft verlassen, drückte Balanja einen Knopf an der Tastatur, während sie wieder auf den Monitor starrte. Sie spielte Blonky, ein Geschicklichkeitsspiel, bei dem die Steuerung über die Augenbewegung lief. »Ahoi, Cudo. Ich habe dir eine Ische geschickt. Sie ist ein bisschen durcheinander und hat eine Schrotflinte dabei, aber sie sieht richtig gut aus und hat eine starke Figur.

Halbasiatin, würde ich sagen. Hast du nicht nach so etwas für deinen Fickladen gesucht?«

»Ja, habe ich. Danke«, antwortete eine kratzige Männerstimme.

»Keine Umstände. Damit habe ich was gut.«

»Sicher. Die nächsten zehn Schüsse Zzing gehen auf mich.« *Klick.*

Balanja fluchte, als sie die nächste Runde verlor, und sah zur Tür. Da sie keine Kundschaft hatte, konnte sie noch eine Runde zocken, bevor sie an die Inventur gehen würde. Danach würde sie sich ihren ersten Schuss Zzing im *Starfuck's* abholen. Ein schlechtes Gewissen oder Reue empfand sie nicht. Sie mochte ohnehin keine Touristen.

Dann ging die Tür auf, und die breite Silhouette eines Mannes schob sich herein, der in einer Mischung aus abzeichenloser Uniform und Panzerung steckte.

Mit den Jahren hatte Baljana in ein Gespür dafür entwickelt, wann Ärger drohte.

Und das war ein solcher Moment.

Xian wunderte sich, wie heruntergekommen Objective war.

Es kam ihr vor, als hätten alle ausgemusterten C-Movie-Darsteller und die aus noch schlechteren Filmen hier eine Unterkunft bekommen; dabei hatten sie ihre Rollen gleich beibehalten, die sie in der Filmkulisse einer heruntergekommenen Stadt gut gebrauchen konnten.

Sie war nicht mehr ängstlich, aber ihr Puls war gleichbleibend hoch. Die Waffe und die Ersatzpatronen gaben ihr etwas Sicherheit.

Schrottreife Wagen, Schweber und andere Vehikel bevölkerten die Straßen, Menschen jeglicher ethnischer Herkunft liefen herum und schienen ihren Geschäften nachzugehen. In diesem Bereich war Objective belebter als in der Baylane, wo Xian aus dem Wagen des Reporters gesprungen war, aber nicht unbedingt sicherer. Immer wieder erschienen Gruppen von Betas zwischen den Menschen, unzweifelhaft Gangmitglieder, wie die einheitlichen Abzeichen verdeutlichten.

Xian ging den Halbwesen aus dem Weg und achtete darauf, niemanden anzurempeln oder direkt in die Augen zu schauen. Streit hatte sie heute schon genug gehabt.

Das *Starfuck's* tauchte vor ihr auf: Ein penisartiger Stern flog mit einem breiten Grinsen und Augen, die weit aufgerissen waren, in ein schwarzes Loch.

Geschmacklos, fiel Xian dazu ein. Vor solchen Orten hatte ihr Vater sie gewarnt. Die Kehrseite der gesellschaftlichen Medaille und anscheinend von StarLook geduldet, die den Kontinent von *United Industries* gemietet hatten. Den Grund verstand sie nicht – bis sie durch Zufall die Kamera sah, klein und unauffällig, die an einer Laterne angebracht war.

»Ich Idiotin.« Xian fiel die Serie wieder ein, die StarLook unter dem Namen »crime & life« produzierte: Unterschichtenmilieu, Gangster, Huren ... alles echt. Und sie befand sich mittendrin. Man konnte sie also dabei beobachten, wie sie gerade einen Mann mit dem Namen Cudo suchte, um ihre Rache zu planen. Vermutlich hing auch das *Starfuck's* voller Kameras.

Xian hatte beschlossen, dass es ihr egal war. Möglicherweise wurde sie durch crime&life zum neuen Quotenstar und erschloss sich vollkommen neue Möglichkeiten. Kurz kam ihr der Gedanke, ihre Story an StarLook zu verkaufen, um Geld zu machen, doch sie verwarf ihn. Erst wollte sie Cudo suchen, alles andere würde sich später entscheiden.

Xian marschierte über die Straße, vorbei an röhrenden Maschinen und qualmenden Lastwagen, von denen Büffel-Betas herunterjohlten und Fahnen schwenkten. Sie machten Werbung für einen Stierkampf. »Mensch gegen Beta-Torro«, schepperte es aus den Boxentürmen. »Alles ist erlaubt. Wir freuen uns auf euch! Kommt und schaut, wie Kreaturen gegen Menschen kämpfen und ihr Blut vergießen. Keine Fakes, alles echt! Mit Wettmöglichkeit!«

Xian hatte den Slalom geschafft und fasste es nicht, was StarLook für die Quote alles möglich machte. »Wer schaut sich dieses Programm an? Das ist ja pervers!«, sagte sie vor sich hin und betrat das *Starfuck's,* ging an zwei Türstehern vorbei, die sie mit Blicken auszogen. Sie atmete möglichst flach, um nicht zu viel des Duftgemischs aus Schweiß, billigen Deodorants, verschüttetem Alkohol, Tabak und Tabakersatzstoffe einzuatmen, das ihr entgegenschlug. Zu allem Überfluss musste sie durch einen Alkvaporisator gehen, der hochprozentigen Nebel ausstieß. Wer mehr als zweimal die kühle, alkoholvolle Luft einatmete, war direkt angetrunken.

Xian schaffte es hindurch, ohne besoffen zu werden, und orientierte sich.

Links von ihr war die lange Bar, daneben schlossen sich die Spielgänge an, wo die Zocker in kleinen Nischen Geld an den Automaten verprassen konnten. Nach rechts öffnete sich eine Tanzfläche mit Hoverelementen, auf denen sich knapp bekleidete Männer und Frauen räkelten; im hinteren Bereich gab es sogar Betas, mal rasiert, mal nicht. Für die Fetischisten. Das Schild »For Starfuckers!« über einer Rolltreppe wies nach oben, wo die Huren sicherlich auf Freier warteten.

Jetzt musste Xian nur noch den TriChess-Spieler finden. Also ging sie nach links und tauchte in die Gänge ein. Sie kam aus dem Staunen nicht raus. Mal standen alte Arkadestationen herum, an denen gespielt wurde, mal war da nichts als ein kleiner Kasten, mit dem sich der Spieler über Drähte verband. Steckverbindungen im Nacken sorgten für einen direkten Zugang ins Hirn. Andere nutzten Spielbrillen oder trugen Sensoranzüge, es gab Simulationssitze, Mini-Arenen für MultiMassiveGames und vieles mehr. Jede Art Spiel wurde gezockt, von Geschicklichkeit bis brutalem Splatter.

Xian fand den verwaisten TriChess-Automaten, der aus einem Bildschirm bestand. »Scheiße«, entfuhr es ihr. In dem Bereich war sie ziemlich allein. Es würde ihr nichts anderes übrig bleiben als zu warten.

Ein Junge kam angelaufen, in der Hand ein Tablett mit Koffybechern. Bei verschiedenen Leuten machte er Halt und reichte ihnen ein Gefäß, bis er auch zu Xian kam und den Becher vor dem TriChess-Automaten platzierte.

»Nein, danke. Ich möchte nichts«, sagte sie.

»Okay«, erwiderte er gleichgültig und begann, die Konsole zu putzen.

Xian begriff, dass er zur Belegschaft gehörte. »Sag mal,

wann kommt denn der Mann, der normalerweise Tri-Chess spielt?«

Der Junge lachte laut. »Kann es sein, dass du mich gerade mit dem Putzbot verwechselst?«

Sie war irritiert. »Äh …«

»Ich spiele hier meistens.« Er nahm den Koffy und schlürfte daran. »Hab eine Pause gemacht. Was ist? Suchst du eine Herausforderung? Mein Mindesteinsatz sind 50, aber wenn du willst und denkst, du kannst mich schlagen: Scheiß aufs Limit. Wenn du nicht zahlen kannst, wirst du deine Schulden abarbeiten, und zwar bei den Schlampen oben im *Starfuck's.*« Er grinste sie an. »Ich bin Brain. Dein Albtraum.«

Xian war sich im Klaren darüber, dass sie glotzte. Sie schätzte ihn auf höchstens dreizehn oder vierzehn … und ihn sollte sie nach Cudo fragen? Nach einem Dealer? Andererseits sprach er, als wüsste er sehr genau, was in Objective los war. Ob er ein Schauspieler war?

»Willst du schwarz oder weiß?«

»Ich … suche Cudo«, sagte sie zögerlich. »Balanja schickt mich.«

»Ach?« Brains Augenbrauen wanderten synchron nach oben. »Na, dann.« Er ging los, den Koffy nahm er mit. »Mir nach.«

Xian folgte ihm bis zum Eingang, die Rolltreppe nach oben, in den Bereich *For Starfuckers* und dort zwei weitere Rolltreppen empor, bis er vor einer Stahltür stehen blieb, auf die jemand *Biggest cock in town* geschrieben hatte. Xian war sich sicher, dass es nicht die Umgebung war, die ein Halbstarker zum Aufwachsen benötigte. Dass Star-

Look wegen des Sendeformats noch keine Anzeige bekommen hatte, war ein Wunder. Oder auch keins. Ihr war unwohl, weil sie nicht wusste, ob sie gerade eben im 3D-Cube in der ganzen Galaxie zu sehen war.

Brain betätigte die Klingel.

»Ja?«, fragte eine kratzige Stimme aus dem Lautsprecher, der neben der Linse in der Wand eingelassen war.

»Cudo, hier ist eine Dame ...« Auffordernd sah er sie an.

»Xian«, sagte sie rasch und hätte sich ohrfeigen können, ihren echten Namen genannt zu haben.

»... die Balanja zu dir geschickt hat.«

»Ich weiß. Sie wurde angekündigt.« Es surrte, und die Stahltür sprang auf. »Schick sie rein.«

Brain machte einen Schritt zur Seite und deutete mit beiden Händen auf den Eingang. »Bitte sehr. Willkommen.« Er verharrte so, bis sie an ihm vorbeigegangen war, dann schlug die Tür hinter ihr zu.

Xian stand in einem Büro, das im asiatischen Stil eingerichtet war. Ein fetter, weißhaariger Katzen-Beta saß in einem breiten Sessel und streichelte eine schwarze Monsterratte, die sich friedlich und entspannt auf seinem Schoß zusammengerollt hatte. Um den Leib des Betas spannte sich ein roter, bestickter Kimono, der verzweifelt versuchte, die Fülle zu bedecken, was nicht gelang. Zu seinen Füßen lagen vertrocknete, abgebissene Rattenschwänze. Das Schicksal der Ratte war bereits besiegelt.

»Guten Tag, Mister Cudo«, sagte sie und trat näher.

»Hallo Xian.« Der Beta sprach schnurrend und schnaufend, als bekäme er nicht genügend Luft. Die Raubtieraugen waren durch das feiste Gesicht zu kleinen Schlitzen geworden, in denen Verschlagenheit lauerte. »Schön, dass du den Weg zu mir gefunden hast. Was kann ich für dich tun?«

Sie wunderte sich, wie leicht plötzlich alles ging. »Mister Cudo, ich habe ein ungewöhnliches Anliegen. Ich brauche ... Ich habe etwas vor, das vollkommen illegal ist.« Xian sah sich um. »Sind hier auch Kameras installiert?«

Cudo brach in schallendes Gelächter aus. »Nein. Hier nicht. Nur überall sonst, inklusive der Suiten im *Starfuck's*. Für die ganzen Spanner.« Er streichelte die Ratte mit gleitenden, langsamen Bewegungen. »Wir haben selten Touristen, Xian. Die wenigsten trauen sich zu uns, nachdem sie die Schilder und Warnhinweise gelesen haben.«

Xian wusste, dass sie keine gesehen hatte. Das passte zu ihrem bisherigen Glück.

»Zu gefährlich, zu verrucht. Damit können die Spießer nicht umgehen. Sie sehen sich die Serie an, das reicht ihnen.« Cudo musterte sie mit einem Profiblick, der einem Schneider hätte gehören können. »Du hattest Stress, Xian. Das wirst du nach einem schönen Bad und einer Massage vergessen haben. Und frische Kleidung sollte es auch noch geben.« Er hob die Stimme. »Computer. Programm elf.«

»Sehr wohl, Sir«, antwortete eine Frauenstimme.

Xian verstand nicht, was gerade vorging. »Ich bin Ihnen dankbar für Ihre Freundlichkeit, Mister Cudo. Aber ich ...« Sie sammelte all ihren Mut. »Ich möchte jemanden umbringen.«

»Aha. Wen?«

»So genau weiß ich es noch nicht. Es können zwei sein, es können mehrere sein. Konzerngrößen, womöglich. Von

SternenReich und von jemandem, von dem ich noch herausfinden muss, wer er ist und für wen er arbeitet. Sie haben meinen Vater, seine Geliebte und meine Karriere auf dem Gewissen, und dafür müssen sie bluten!«

Cudo schnurrte belustigt. »Das klingt nach einem ganz schönen Pensum für ein Mädchen wie dich. Aber ich helfe dir dabei. Wenn wir ins Geschäft kommen.«

Xian erlaubte sich ein erstes Aufatmen. »Was schlagen Sie vor?«

»Na ja. Du bist hier im Star*fuck's*. Was denkst du?«

»Bitte?« Xian war entrüstet. Sie hatte mit Geldforderungen oder Betriebsgeheimnissen gerechnet, aber nicht mit simpler Prostitution.

»Du machst die Beine breit, sagen wir für ein Jahr. Danach schauen wir, was du verdient hast, und reden darüber, was ich für dich tun kann.« Cudo schien es ernst zu meinen. Er streichelte seine Ratte, als wollte er einen Snack anwärmen.

»Haben Sie einen Kollegen, den Sie mir empfehlen könnten? Ich glaube nicht, dass ich Ihr freundliches, uneigennütziges Angebot annehmen kann.« Ihr Tonfall war ätzend.

»Nein, habe ich nicht. Du kommst auch nicht mehr so einfach aus diesem Raum.« Cudo lächelte und zeigte seine Fänge. »Kommen wir nicht freiwillig ins Geschäft, und ich muss mir etwas ausdenken, um dich gefügig zu machen, verlängere ich deinen Buyback ... nein, deinen FuckBack um ein paar Jahre.«

Xian zog ihre Schrotflinte und richtete die Läufe auf den Beta. »Ich gehe jetzt raus, und du kommst mit«, befahl sie und hoffte, überzeugend genug zu klingen. Zu ihrem eigenen Erstaunen blieb ihre Hand ruhig. »Ich will nur lebend …«

Ein helles Summen erklang, und ein Stich jagte in ihren Handrücken, wo eine kleine, rote Blutkugel entstand. Sofort breitete sich eine Lähmung aus, die es ihr unmöglich machte, den Finger zu krümmen.

»Das war Programm elf«, kommentierte Cudo schadenfroh. »Keine Sorge, das ist nichts Schlimmes. Gefrorenes Sarotoxin, das die Haut durchdringt, sofort taut und in die Blutbahn eindringt. Es lähmt ein bisschen und macht hochgradig abhängig. Der Trip beginnt in zehn Minuten. Bis dahin sollten wir zu einer Einigung gekommen sein.«

Xian kannte Sarotoxin. Sie hatte es in ihrer Ausbildung kennengelernt, wie so ziemlich alle Gifte und Drogen. Sie musste damit umgehen können, um alle möglichen Organismen betäuben zu können. Deswegen wusste sie, dass Cudo log. Zumindest der Trip würde ausbleiben. Da er aber jederzeit den Computer und die damit verbundene Schusseinrichtung befehligen konnte, spielte sie mit. »Wie viel bekomme ich im Jahr?«

»Ich bin ja kein Un-Beta. Sagen wir: Zehn Prozent gehen an dich. Es hängt ganz davon ab, was du leisten möchtest. Jung, unverbraucht, Halbasiatin mit schöner Figur … ich schätze, wir können dich als Edelnutte platzieren.« Cudo sah auf einen Bildschirm an der Wand, wo ihr Gesicht zu sehen war. Darunter ratterten eben ihre persönlichen Daten durch. »Oh, das wusste ich nicht. Du bist eine Berühmtheit?«

Dann blinkte der Haftbefehl von *United Industries* auf,

gefolgt von einem privaten Kopfgeld eines anonymen Spenders in Höhe von 40.000 Credits, dazu auch ein Haftbefehl von SternenReich.

Cudo schluckt und hörte auf, die Ratte zu tätscheln. »Scheiße, Kleine. Xian Dalljin. Was hast du denn angestellt?«, maunzte er und setzte sich aufrecht in seinen Sessel, der von seinem Körper beinahe gesprengt wurde. »Ich glaube, du bist mir zu gefährlich für den offiziellen Betrieb. Für dich haben wir das Spezialprogramm.«

Xian hatte keine Lust auf irgendein Programm, das mit dem *Starfuck's* zu tun hatte. Sie hob die ungelähmte Hand, nutzte die Finger, um den Abzug der Schrotflinte zu ziehen, bevor der Computer reagieren konnte.

Cudo kreischte katzenhaft auf und versuchte, sich zur Seite zu wälzen, aber die Vollgeschosse trafen ihn dennoch. Zwar nur in die rechte Schulter, aber sie wirbelten Fell- und Fleischstücke davon, schlugen durch die rotgesprenkelte Wand und jagten bis in den Raum dahinter.

Alarm schrillte.

Xian rannte zur Tür und wollte sie öffnen – aber Brain kam ihr entgegen. Von unten erklangen die Geräusche eines heftigen Feuergefechts, die sich mit Schreien und Rufen mischte. Er sah sie an, dann auf die rauchende Schrotflinte. »Scheiße«, flüsterte er und sah an ihr vorbei. »Boss? Leben Sie noch?«

»Wo sind Coco und Ramp? Los, hol sie und macht die Schlampe fertig!«, sagte er weinerlich hinter seinem Schreibtisch hervor. »Heiliger Katzengott, sie hat mich angeschossen! Schick mir einen Arzt!«

Brain hob die Arme, damit Xian sah, dass er nicht beabsichtigte, ihr etwas zu tun. »Boss, Coco ist tot, und Ramp hat sich verpisst. Da unten sind ein paar Justifiers, wenn ich richtig liege, die den Laden zerlegen. Mit allem, was drin ist.«

»Daran ist die Schlampe schuld«, maunzte er wieder jämmerlich. »Sie hat sie angelockt!« Sein Arm tauchte aus der Deckung und wies auf den Monitor, wo die Haftgesuche standen.

Von draußen erklangen dunkle Stimmen und erste Schüsse. Das Kommando hatte sie bald erreicht.

»Wie komme ich hier raus?« Xian lud die Flinte nach.

»Über das Dach.« Der Junge zeigte auf das Fenster, lief hin und drückte auf den Öffnungsmechanismus. Zuerst hob sich das Gitter, dann die Eisenlamellen, und danach fuhr das Panzerglas nach unten. Er schwang sich bereits hinaus. »Bis später, Cudo.« Dann war er verschwunden.

Xian folgte ihm und blieb ihm dicht auf den Fersen. Sie hatte beschlossen, Brain nicht von der Seite zu weichen. Er schien hier geboren zu sein und sich extrem gut auszukennen. »Kleiner, ich brauche Hilfe.«

Sie rannten über das Wellblech, sprangen und hüpften über breite und schmale Spalten.

»Das sieht so aus, Lady.« Er sah nach hinten und fluchte, wie sie noch niemals einen Zwölfjährigen hatte fluchen hören. »Die verfolgen uns.«

Xian wagte es, den Kopf zu drehen.

Fünf Personen in abzeichenlosen, schwarzen Uniformen und mit Panzerung und dicken Waffen rannten über die Dächer. Zwei, drei Betas erkannte sie, irgendwas Großes, dazu Männer mit überbreiten Proportionen. Sie befürchtete, dass es SupraSoldiers waren. Und vermutlich jubelten die Macher der Serie gerade. Das dürfte genau nach dem Geschmack der IQ-schwachen Zuschauer sein.

»Du schuldest mir was, Brain«, sagte sie. »Du hättest mich als Hure schuften lassen!«

»Selbst schuld. Wer hierher kommt, trotz der Warnschilder ...« Er sprang über einen Abgrund, landete auf der anderen Seite – und rutschte aus.

Xian setzte über die Lücke, packte ihn am Kragen und schleuderte ihn auf das sichere Dach. »JETZT schuldest du mir was«, stieß sie keuchend hervor.

Brian war schneeweiß geworden, aber er nickte und hielt auf eine Feuerleiter zu. »Ich weiß, wer Ihnen helfen kann.«

Xian sah nach den Verfolgern, die bedrohlich aufgeholt hatten. Der Schmächtigste von ihnen hob eine lange Waffe, die verdächtig nach einem Scharfschützengewehr aussah; gleich danach schlug eine Nadel neben ihr in der Wand ein, die elektrische Funken schlug. Es ging dem Kommando darum, sie lebend in die Finger zu bekommen.

Xian klemmte sich die Waffe unter den Gürtel und ließ sich die Treppe hinabgleiten, wie sie es aus engen Forschungsraumschiffen kannte. Brain hatte bereits etwas Vorsprung, aber sie holte rasch wieder auf.

Die Straßen wurden enger, verwinkelter und labyrinthartiger. Es roch stärker nach Essen, nach Lavendel und Rosmarin, und die Sprache der Passanten wandelte sich und klang noch fremdartiger. Das war nicht TerraStandard.

Brain wandte sich nach links und führte sie in einen Hinterhof. »Hey«, rief er und winkte scheinbar sinnlos. »Ragazzi! Por favore!«

Xian behielt den Durchgang im Auge, die Schrotflinte erhoben und bereit, jederzeit den Abzug zu betätigen.

Lichtschein fiel von vorne auf sie, und sie wurde am Arm gezogen.

»Kommen Sie schon. Wir dürfen rein.« Brain führte sie in einen Raum, in dem ein stechender Geruch schwebte.

An kleinen Tischen saßen Arbeiterinnen und Arbeiter mit Masken vor Mund und Nase, die Pulver in Pressvorrichtungen gaben und Pillen fabrizierten. Neben Brain stand ein Mann in einem Vollschutzanzug und Gasmaske, Panzerung und einem Sturmgewehr, der sie zur nächsten Tür durchwinkte.

»Willkommen bei der Rosetti-Niederlassung in Objective«, erklärte Brain nebenher, als würde er einkaufen oder Sehenswürdigkeiten erklären.

Nach der Tür folgte ein Halle, in der Chemiker damit beschäftigt waren, aus verschiedenen Zutaten Drogen zu mischen; weiter hinten stand eine Wärmelampe, die aus der feuchten, sandartigen Substanz ein Pulver trockneten. Woanders übernahmen leise summende Gebläse diese Aufgabe. Mit Sicherheit waren drei Dutzend Männer und Frauen sowie einige Betas mit der Produktion beschäftigt.

Brain steuerte auf eine Gruppe Männer zu, die unter ihren Schutzoveralls perfekt geschnittene Anzüge und teure Schuhe trugen. Die Capos. »Ah, Senori«, rief er und lief ungebremst auf sie zu. »Ich habe Ihnen etwas mitgebracht. Eine Investition auf zwei Beinen.«

»Brain. Buon giorno«, grüßte einer der Männer lachend. »Wie schön, dich zu sehen.« Drei Augenpaare richteten sich auf Xian. »Ist das etwa Xian Dalljin?«

»Ja.« Xian seufzte. »Ich habe einen schweren Tag hinter mir, und ich brauche dringend ...«

Der Mann im roten Anzug hob den Arm und legte den rechten Zeigefinger ans Ohr. »Scusi, bella. Anruf.« Er verfiel in diese seltsame, singende Sprache, die sich unglaublich schnell anhörte.

»Was mein Cousin sagen wollte«, hakte der Mann im schwarzen Anzug ein, »ist: Was können wir für Sie tun? Ich nehme an, Sie möchten den Planeten verlassen?« Er lächelte geschäftstüchtig.

Xian sah sich im Labor um. »Nein. Also: Doch, schon, aber zuerst muss ich ein paar Dinge vorbereitet haben.«

»Carlo«, sagte der Roter-Anzugträger, »wir haben Besuch im Hof: fünf Gestalten, keine von hier. Bis an die Zähne bewaffnet. Justifiers oder Kopfgeldjäger.« Er sah Xian an. »Ich nehme an, es sind Ihre Bekannte, Miss Dalljin?«

Brain nickte, leckte den Finger ab und tauchte die Kuppe in das weiße Pulver. Bevor er es ablecken konnte, schnappte der dritte Mann, der einen lavendelfarbenen Anzug trug, die Hand. »Was habe ich dir hundertmal übers Naschen gesagt, Kleiner?«

Xian war erleichtert, dass es wenigstens einen unter den Gangstern gab, der so etwas wie Verantwortungsgefühl besaß.

»Nicht das Rohmaterial«, antwortete Brain.

»Weil?«

»Es zu stark ist.«

»Richtig.« Der Lavendelanzug führte den Finger nach unten und wischte ihn am Overall ab. »Nimm dir später ein kleines Päckchen mit, Ragazzo.« Er fuhr ihm durch die Haare und kniff ihn in die Wange. »Aus dir wird nochmal was.«

»Danke, Monsignore.« Er grüßte, zwinkerte Xian zu und lief auf das Ende der Halle zu. Seine Aufgabe war erfüllt und der Gefallen abgearbeitet.

»Wenn er die Nase aus dem harten Stoff lässt«, ergänzte der rote Anzug. »Miss Dalljin, ich habe Befehl gegeben, dass man das Team nicht angreift. Es könnte zu viel Aufmerksamkeit auf unsere Niederlassung lenken, und wenn es Justifiers sind, kommen wieder welche, und dann wieder. Ich lasse das Kommando ziehen.«

Xian nickte konsterniert. Sie hatte sich noch nicht davon erholt, wie locker mit Drogen umgegangen wurde. »Äh ...«

»Erlauben Sie mir, dass ich uns vorstelle: Ich bin Thomasi Rosetti, das sind meine Großcousins Ronaldo«, er zeigte auf den Lavendelanzug, »und Pietro.« Er deutete auf den Mann in Schwarz. »Normalerweise sind wir gar nicht hier, aber heute wollten wir die Fabrik besichtigen.«

»Eine schöne Fügung«, setzte Pietro hinzu.

Thomasi legte einen Arm um Xians Schulter. »Kommen Sie. Gegen wir ins Büro und bereden, wie wir Ihnen helfen können und was uns im Gegenzug geboten wird.«

»Jedenfalls arbeite ich nicht als Hure«, rutschte es ihr heraus.

»Ah! Sie waren bei Cudo«, sagte Pietro. »Die fette Pussy

versucht immer wieder, Touristinnen auf den Strich zu schicken.«

»Wieso ... arbeitet Brain für Sie und für Cudo?«

»Brain arbeitet für viele. Er ist klassischer Straßenjunge. Keiner kennt Objective besser als er, sowohl von der Stadt her als auch von den Turfs und dem, was darin geschieht.« Thomasi führte sie aus der Halle zu einer Schleuse, in der sie die Overalls ablegten. Die Anzüge kamen nun erst vollends zur Geltung und waren im alten, symmetrischen Stil geschnitten. Aus den Umkleideboxen nahmen die drei Männer farblich passende Hüte und setzten sie auf.

Xian wurde um die Ecke geschickt, um sich nach Wechselwäsche umzuschauen. Anscheinend hielten die Rosettis so etwas für ihre Arbeiter vor. Sie wählte Unterwäsche, eine dunkle Hose und ein schwarzes Shirt, dazu eine einfache Jacke. An einem Waschbecken entfernte sie den gröbsten Dreck zumindest aus dem Gesicht, ehe sie zurückkehrte. Die Schrotflinte ließ sie nach kurzem Nachdenken zurück.

»Ah, so gefallen Sie mir schon viel besser.« Thomasi deutete einen Handkuss an. »Kommen Sie. Möchten Sie einen original italienischen Espresso?«

»Sehr gern.«

Mit einem Fahrstuhl fuhren sie nach oben und landeten in einem Aufenthaltsraum, in dem sich außer ihnen niemand befand. Pietro besorgte die Espressi, Ronaldo ein paar Kleinigkeiten zu essen, und Thomasi lauschte derweil ihrer Erzählung.

Xian hatte jegliches Zeitgefühl verloren, spürte Hunger und Durst. Die Stärkung kam also genau richtig. Sie berichtete von ihrer Verfolgung durch den ersten Justifier, vom Mord an ihrem Vater und Lisbetta, von ihrer Odyssee durch Objective. Den Diebstahl des Chips durch sie erwähnte sie ebenso wie den Grund dafür. »Deswegen möchte ich Rache an allen, die verantwortlich sind.«

Die Cousins wechselten rasche Blicke und redeten in der Sprache, die sie für Italienisch hielt. »Bella, Ihre Geschichte ist spannend, ergreifend und tragisch. Als Italiener verstehen wir sehr gut, was Vendetta bedeutet«, begann Thomasi.

»Deswegen möchten wir Ihnen helfen«, fügte Ronaldo hinzu. »Sie brauchen dazu einige Informationen, die wir für Sie beschaffen möchten, sowie Geld, ein bisschen Ausrüstung, mit der Sie in den Krieg ziehen.«

»Wir rechnen zusammen, was uns das kostet, und geben es mit einem kleinen Aufschlag an Sie weiter«, ergänzte Pietro. »Dazu kommen Kost und Logis in einem sicheren Versteck. Das Verlassen des Planeten leiten wir für Sie gern auch in die Wege. Das alles wird eine gewisse Zeit in Anspruch nehmen, in der Sie das Abbezahlen übernehmen könnten.«

Thomasi fasste sich an die Krempe und richtete den Hut. »Was können Sie uns anbieten? Wie sieht Ihr Buy-Back aus?«

Xian fiel nur eine Sache ein. »Wie wäre es mit ein paar neuen Designerdrogen?«

Das entstehende Lächeln auf den Gesichtern der Cousins wirkte sehr, sehr glücklich.

6. April 3041 a. D
System: 61 Cygni, Planet: Relax (im Besitz der United Industries), 3. Kontinent (vermietet an StarLook), Stadt: Objective

Xian schaute auf den Bildschirm, wo das Mikroskopbild angezeigt wurde, danach verglich sie sie Kurven und Diagramme, die durch die Analyse der Substanz entstanden waren. Die Linien und Schwünge des heutigen Ergebnisses waren fast schon poetisch zu nennen.

Wenn es keine Drogen gewesen wären, die sie entwickelte, wäre sie fast der Einbildung erlegen, sie stünde in einem regulären Labor. Sie mischte, untersuchte, ließ sich Xenodrogen und Gifte von Insekten bringen, die sie mit natürlichen Pflanzengiften vermengte und destillierte.

Woche für Woche erzielte sie Ergebnisse, die sie Thomasi ablieferte, der sie wiederum mitnahm und an einem ihr unbekannten Ort prüfen ließ.

An was der Mafioso die Substanzen testete, wollte sie nicht wissen. Aber es war ihr Anspruch, Halluzinogene zu entwickeln, die möglichst kaum schädliche Wirkung auf den Organismus hatten.

Um ihr Gewissen reinzuwaschen, schob sie die Schuld an dem, was sie tat, auf diejenigen, die ihren Vater umgebracht und sie erpresst hatten: auf die Konzerne. Ohne deren Taten wäre sie auf Betterday, würde ihre eigenen Forschungen vorantreiben und mit ihrem Vater zusammen an einer lupenreinen Karriere arbeiten.

Was sie heute tat, war ziemlich das genaue Gegenteil.

Pietro hatte ihr einen Plan gegeben, auf welchen Straßen es keine Kameras gab beziehungsweise welche Winkel sie hatten oder welche man mit einer eigens entwickelten Fernbedienung an- und ausschalten konnte. So gelang es Xian, sich ungesehen durch Objective zu bewegen; zudem trug sie immer eine Maske und wurde von einer Abordnung Bodyguards begleitet.

Die unbekannte Justifiers-Truppe tauchte ebenso auf wie Kalimeropoulus mit einer Sondereinheit, aber die Verstecke der Rosetti-Familie waren zu gut. Xian war sicher.

»Das ist doch mal gut«, murmelte sie und fuhr die Tabellen mit dem E-Pen nach: Rausch, erträgliche Wahrnehmungsveränderung für Menschen zwischen 40 und 90 Kilogramm; die darunter würde es umhauen, die darüber hätten eine Art kleinen Schwips. »Nebenwirkungen: keine«, sagte sie zufrieden und speicherte die Ergebnisse.

Xian erhob sich und streckte sich, dann trat sie durch die kleine Schleuse, in der sie ihre Arbeitskleidung ablegte und sich mit einem Desinfektionsgebläse bepusten ließ. Auf der anderen Seite begann die normale Drogenverpackung. Die Päckchen wurden in farbiges Acrylglas eingegossen und in Paketboxen gestapelt. Wohin diese gingen, wusste Xian nicht und wollte es auch nicht wissen.

Sie schritt durch die Reihen der Arbeiter, was inzwischen fast schon normal für sie geworden war. Lustigerweise saßen unter den Männern und Frauen auch einige, die sie bereits mehrmals in Objective und in Pool gesehen hatte. Vormittags Zimmer sauber machen, abends zwischendurch rasch Drogen verpacken.

Als sie an den Tischen vorbeiging, wurde sie am Handgelenk festgehalten. »Miss Dalljin. Eine Sekunde.«

Xian schreckte zusammen und sah den Mann an, dem eine Verbrennung das Gesicht schwer entstellt hatte; das Gewebe war vernarbt, und das ganze Gesicht wirkte verschoben, als hätte jemand seitlich mit der Faust draufgedroschen. Sie wusste nicht, wie sie reagieren sollte.

Einer ihrer Leibwächter, der vor der Ausgangstür auf sie wartete, hob den Kopf und schaute abwartend zu ihr.

»Miss Dalljin, ich kannte Ihren Vater. Ich weiß, wer ihn auf dem Gewissen hat.« Mit den Fingern der freien Hand fuhr er sich über das Gesicht. »Sein Schicksal verbindet uns: Bei mir haben sie es auch versucht.«

Xian überlief es siedendheiß. Sie kannte den Mann nicht, auch die Stimme sagte ihr nichts. »Woher kannten Sie ihn, Mister …?«

»Ich war auf Betterday, einer der Ausbilder der Betas und sozusagen der Tester derjenigen Kreaturen, die Ihr Vater entwickelt hat. Ich …«

Xian bedeutete ihm, dass er sich erheben sollte. Es gab zu viele aufmerksame Augen und Ohren um sie herum, für die diese Informationen nicht bestimmt waren. »Wir machen ein bisschen Pause und reden.« Sie klärte es rasch mit ihrem Leibwächter, und gleich darauf saßen sie in der improvisierten Kantine vor zwei Bechern Wilmon-Koffy. »Also, wer sind Sie?«

»Mein Name ist Uwe Neuburg. Ich war Sergeant bei *KreARTificial* und zuständig für die Qualitätsprüfung der Betas im Feld zwecks genauer Talentbestimmung. Bis vor ein paar Monaten. Ein Bronco-Kampfläufer hat mich mit einer Garbe bei einem Manöver erwischt. Ein Unfall, hieß es – bis ich mir den Piloten vorgeknöpft hatte. Er gestand mir, dass er auf Anweisung von Van Akkaren gehandelt habe.«

Der Namen ließ es bei Xian klingeln. Akkaran war seit Anfang des Monats in den Vorstand von *KreARTificial* berufen worden, und man handelte ihn sogar als Anwärter für einen Wechsel zum Mutterkonzern *SternenReich.* In eine gehobene Position.

»Zwei Tage danach brannte mein Wagen ab, mit mir drin. Der Bronco-Pilot ist ebenfalls am gleichen Tag bei einem Wartungsunfall ums Leben gekommen. Ich habe es vorgezogen, mich abzusetzen, und bin hier gelandet.« Neuburg nahm sich einen Strohhalm und sog damit den Koffy ein. »Wegen der Lippen«, erklärte er rasch. »Ich kann Hitze an den Lippen nicht mehr ertragen.«

»Sie wollen damit sagen, dass Akkaran meinen Vater hat töten lassen?«

»Ja. Er hat jedem den Tod versprochen, der mit den Geheimnissen der F-Betas ...«

»Welche F-Betas?«

»Die Flesh-Betas.« Erstaunt blickte er sie an. »Ich dachte, Sie wissen davon? Die Abteilung Ihres Vaters hat daran gearbeitet.« Als sie den Kopf schüttelte, erzählte er. »Akkaran berichtete mir von einem Vorfall, der sich während der Reifungsphase zugetragen hatte. Eine PrideFur-Aktivistin hat sich in die Luft gejagt, zusammen mit einem Gardeur und dem restlichen Labor. Die Abteilung Ihres Vaters sollte untersuchen, inwieweit den Betas, die überlebt haben und mit menschlichem Gewebe gefüttert wurden, eine Veränderung im Verhalten nachweisbar ist. Außerdem bestand die Gefahr, dass sie eine Vorliebe für

Menschenfleisch haben würden. Zwei meiner zwei besten Leute gehörten zu den F-Betas. *KreARTifical* hatte beschlossen, diese sogenannten Flesh- Betas am Leben zu lassen und genau zu kontrollieren, ihre Werte, ihr Verhalten. Ich nehme an«, Neuburg drehte den Koffybecher in der Hand, »dass diese Betas in irgendeiner Weise herausragend sind.«

»Prototypen einer neuen Beta-Rasse.« Xian schwieg betroffen. Sie hatte keine Ahnung gehabt, welche Geheimnisse sie transportiert hatte! Vermutlich waren die eigentlichen Informationen chiffriert zwischen harmlosen Infos verborgen gewesen. Das Wissen und die Daten bedeuteten unter Umständen Milliarden von Credits sowie einen Aufschrei der Empörung, wenn bekannt wurde, dass menschliches Fleisch verfüttert wurde. Aber das rechtfertigte für sie nicht den Tod eines geliebten Menschen, den Tod von Lisbetta und die Anschläge auf sie. »Akkaran, sagten Sie?«

Neuburg nickte. »Ich bin mir sicher, dass er Ihren Vater und Lisbetta Engers für ihren Verrat umbringen ließ. Er war früher ein Secutor, ein Major einer Spezialeinheit mit besten Verbindungen, die man für einen solchen Auftrag braucht. Er war früher einer der SupraSoldier, seine linke Hand ist ein Kybernetikteil.«

»Mein Vater hat keinen Verrat begangen.« Xian rang mit den Tränen. »Er war unschuldig.«

»Wie ich.« Neuburg zeigte mit dem Strohhalm auf sein Gesicht. »Geschützt hat es mich nicht vor Akkarans Niedertracht.«

»Wo kann ich ihn finden?«

Er sah sie erstaunt an, weil er wohl an ihren Augen abgelesen hatte, was in ihr vorging. »Sie hätten keine Chance gegen ihn.«

»Ich kenne andere Methoden, Menschen umzubringen. Aber dazu muss ich in seine Nähe gelangen.« Sie nahm seine Hand. »Helfen Sie mir! Sie haben bestimmt noch Kontakte auf Betterday oder bei der Sicherheit des Konzerns.«

Er lachte auf. »Das schaffen Sie niemals.«

Xian deutete nach unten, wo sich das Labor befand. »Ich kann das stärkste Gift zusammenbauen, das Sie sich vorstellen können, Mister Neuburg. Kein Mann, nicht mal ein SupraSoldier, wird es überstehen. Mit einem Hochdruckinjektor befördere ich ihn ins Aus.« Danach würde ihre Suche nach dem Erpresser beginnen. Ein Schritt nach dem anderen. Akkarans Tod schien für sie einfacher zu bewerkstelligen. »Wir können für Sie Rache nehmen, Mister Neuburg!«

Er sah auf ihre Hand, dann legte er seine darauf. »Ich bin dabei, Miss Dalljin. Ich tätige einige Anrufe und schreibe Nachrichten, wenn ich das notwendige ...«

»Thomasi wird uns alles besorgen, was wir benötigen«, unterbrach sie ihn. »Mein BuyBack ist inzwischen hundertmal abgegolten.« Außerdem hatte Xian keine Lust mehr, Drogen für die Unterwelt zu designen. Es gab ein Ziel für ihren Hass und ihre Wut – endlich! *Akkaran.* Diesen Namen würde sie nicht mehr vergessen. »Wir reden miteinander, Mister Neuburg.« Dann küsste sie ihn auf die Stirn. »Vielen Dank!«

Sie stand auf und eilte zurück ins Labor.

Mit Feuereifer zog sie die Schutzmaske an, schüttete sie die Reagenzen weg, die sie angesetzt hatte, und machte sich daran, ein Gift zu kreieren, das dermaßen tödlich war, dass ein Tropfen davon ausreichte, um eine Horde kulintaorischer Ferrofanten in einer Millisekunde zu töten. Zwischendurch redete sie öfter mit Thomasi, um ihn von ihrem Vorhaben zu unterrichten.

Es dauerte keine Stunde, und die Tür zu ihrem kleinen Reich öffnete sich.

Herein kam aber nicht wie erwartet der Anführer der Cousins, sondern Pietro, wie immer in einen schwarzen Anzug gekleidet. »Hallo, Miss Dalljin.« Seine Stimme klang sonor und entspannt. »Hätten Sie wohl ein paar Minuten?« Seine Blicke schweiften über die Apparaturen, in denen es köchelte. »Wir müssen auch nicht rausgehen, wenn Sie gerade arbeiten.«

»Danke, Mister Rosetti.« Xian lächelte hinter ihrer Schutzmaske hervor und schob sie hoch. »Geht es um mein Anliegen?«

»Ja. Das geht es.« Pietro setzte sich mit einer Hinterbacke auf den Schreibtisch, faltete die Hände und legte sie in den Schoß. »Lassen Sie mich vorwegschicken: Sie machen gute Arbeit. Sehr gute Arbeit! Sie haben, das bestätigte mir das Labor, wundervolle Drogen gebaut. Mit ein paar Nachbesserungen kann man sie auf den Markt bringen.«

»Was meinen Sie mit Nachbesserungen?«

»Das abhängig machende Moment wurde von Ihnen vernachlässigt. Wir aber haben Interesse daran, dass wir möglichst viele und dauerhafte Kunden haben. Deswegen werden Sie ein paar Anreize zu Ihren Kreationen hinzufügen, damit die Käufer gar nicht genug davon bekommen können.« Er nickte ihr väterlich zu. »Ich finde es großartig, dass Sie es geschafft haben, die Nebenwirkungen so gering wie möglich zu halten.«

Xian hörte am Tonfall, dass die Nachbesserungen die Voraussetzung dafür waren, dass sie aus den Diensten der Rosettis entlassen wurde. »Ah«, machte sie.

»Wir verstehen uns, Miss Dalljin. Danach und nicht vorher erfülle ich gern Ihre Wünsche, damit Sie Rache nehmen können.« Pietro strahlte sie an. »Sollten Sie bereits mit dem Gedanken spielen, dies nicht tun zu wollen, weil wir Kriminelle sind und Sie die Menschen vor uns und den Drogen schützen wollen, möchte ich Sie darauf hinweisen, dass es nach wie vor ein Leichtes ist, Sie an einen Konzern oder an Getter zu überstellen. Es täte mir zwar sehr leid«, er legte die gepflegte, faltenlose Hand gegen die Brust, »doch wir sind: Kriminelle.« Dazu lächelte er derart charmant, dass Xian ihm seine Drohung beinahe verzieh. Sie hatte gewusst, auf was sie sich einließ, als sie mit den Wölfen einen Pakt eingegangen war.

»Sicher«, erwiderte sie nur und sank in sich zusammen.

»Sehr schön.« Er klatschte in die Hände. »Dann legen Sie los, Miss Dalljin. Ich bin mir sicher, Sie finden etwas, um die Sucht bei einmaligem Konsum ausbrechen zu lassen.« Pietro verließ das Labor.

Xian war zum Heulen zumute. Aber einen Ausweg sah sie nicht. Eine kleine, leise Stimme fragte sie zwar, ob sie allen Ernstes tausendfaches, hundertausendfaches Leid über Menschen bringen wollte, um den Tod von zweien zu rächen, doch sie antwortete ihr einfach nicht. Was hätte sie entgegnen sollen? Rationalität griff hier nicht.

Stattdessen rief sie einige Stunden später die Nummer auf einer Visitenkarte an, die sie fast vergessen hätte. Es konnte sein, dass es eine Möglichkeit gab, die sie weniger schwer in Gewissenskonflikte brachte.

16. April 3041 a. D
System: 61 Cygni, Planet: Relax (im Besitz der United Industries), 3. Kontinent (vermietet an StarLook), Stadt: Objective

»... habe ich erfahren, dass die gesuchte Xian Dalljin sowohl den Sicherheitsbehörden von Relax sowie den Sonderermittlern von TTMS entkommen ist und den Planeten schon vor einigen Wochen verlassen hat.« Salvador Ransom, der Sternenreporter, sah in die Kamera. »Auch die Kopfgeldjäger, die sich erhofft hatten, die von einer unbekannten Privatperson ausgelobte Prämie zu sichern, gehen damit leer aus.« Bilder wurden eingespielt, die Xian auf dem Raumhafen von Kumajon II zeigten, wie sie gerade durch die Kontrollen ging. Es folgten mehrere Einblendungen von Sicherheitskameras, die bewiesen, wie die Frau in ein Taxi einstieg und davonfuhr. »Auf Kumajon II hat nun die Jagd mit Hochdruck begonnen, um die Flüchtige zu stellen. Aber auch hier, so versicherte mir der Leiter der Sicherheitsbehörde Allan Grant...« Ein Einspieler zeigte den breitschultrigen Mann, der versuchte, einen sowohl seriösen als auch kompetenten Eindruck zu vermitteln: »Wir haben die Fahndung bereits eingeleitet. Miss Dalljin wird unseren besten Aufspürern nicht entkommen und von uns bei einem entsprechenden Antrag von TTMS oder *UI* an die Konzerne ausgeliefert. An die Kopfgeldjäger appelliere ich: Bleiben Sie weg! Wir tolerieren keinerlei Gesetzesübertretung durch Privatpersonen. Ohne eine gültige Lizenz, die von einem unserer ...« Ransom kam wieder ins Bild. »Soweit die letzte Neuigkeit. Das war Salvador M. Ransom, Sternenreporter für StarLook, live von Kumajon II.«

Die Aufnahme erstarb. Xian hatte den 3D-Cube ausgeschaltet. »Das ist ...« Sie drehte den Kopf zu Ransom. »Danke!« Erleichterung breitete sich in ihr als warmes Gefühl aus.

»Keine Ursache. Wir haben einen Deal«, lehnte er ab. »Damit haben wir eine sehr verlässliche Nebelgranate gezündet. In wenigen Minuten kommt meine Maskenbildnerin, und dann bauen wir Sie ein bisschen um, Miss Dalljin. Ich habe auf dunklen Pfaden eine falsche Retina und die dazu passenden Fingerabdruckfolien besorgen lassen, was mich ein kleines Vermögen gekostet hat. Es wird nicht lange dauern, und die Rosettis wissen es.«

»Ich habe ihnen geschrieben, dass ich zurückkomme und meine Schulden begleiche. Ich will nicht auch noch die Mafia am Hals haben.« Xian fühlte sich gut.

In ihrem Gepäck hatte sie einhundert Einheiten ihres Gifts, getrennt in zwei harmlose Flüssigkeiten, die ihre Wirkung erst entfalteten, wenn sie gemischt wurden. Neuburg saß bereits im Raumschiff nach Betterday, in einem

Versorgungsfrachter und natürlich undeklariert. Seine Kontakte hatten ihm geholfen, und die gleichen Kontakte würden auch ihr helfen, auf die Welt von *SternenReich* zu gelangen.

Aber erst musste sie von Relax verschwinden.

»Das Justifiers-Team von TTMS ist immer noch da, aber sie haben bereits eine Starterlaubnis beantragt. Ich denke, dass sie morgen nach Kumajon II aufbrechen, um dort nach Ihnen zu suchen. Wir haben einen Vorsprung von einer Woche, bis sich herausstellen wird, dass ich einer Fälschung aufgesessen bin und Ihre Fluchtroute falsch verkündet habe.« Er lächelte. »Wir treffen uns dann auf Betterday, Miss Dalljin.«

»Vielen Dank, Mister Ransom.« Sie umarmte ihn, und er lachte. Er war der Meinung, dass Xian nach Betterday reiste, um der Konzernleitung von *KreARTificial* neue Beweise für ihre Unschuld vorzulegen. Dass sie Akkaran umbringen wollte, ahnte der Reporter nicht. Darauf durfte sie jedoch keine Rücksicht nehmen. Damit würde sein Bericht außerdem noch dramatischer.

Es klingelte.

»Ah, das wird sie sein.« Er ließ die Dame rein, die sich kurz als Dolores vorstellte und an die Arbeit machte. Als Vorlage diente ihr dazu der Ausdruck eines Bildes, das sie neben dem Spiegel auf den Tisch stellte. Die Züge der Frau glichen Xian nicht mal ansatzweise.

Xians halbasiatisches Gesicht wurde mit Hilfe einer formbaren, selbsthaftenden Masse eurasisch, die Augen runder, die Haare verschwanden unter einer Perücke. Die Zweifel waren unbegründet gewesen. Währenddessen setzte sich Ransom ab, um Essen für alle zu kaufen. »Wie heiße ich denn?«

»Die Frau hieß Erica Mitri«, antwortete Dolores und formte die Nase neu: ein kleiner Höcker und eine lange Spitze. »Sie ist bei einem Unfall ums Leben gekommen.«

»Erica Mitri.« Xian wiederholte den Namen mehrmals. Es würde ihr neues Ich sein, mit dem sie den ersten Teil ihrer Rache üben würde.

Doch plötzlich hatte sie eine bessere Idee ...

TO BE CONTINUED ...

GLOSSAR

AHUMANE — Bezeichnung für nichtmenschliche Rassen; früher »Außerirdische«

ALLROUNDER — Leichtes Gewehr

ALPHA — Tier mit menschlicher Intelligenz

ANCIENTS (auch: Uralte) — Nicht mehr existente Hochkultur, die lange vor den Menschen Raumfahrt betrieb und deren Relikte heiß begehrt sind

ANDROID/GYNOID — Bezeichnung für äußerlich menschengleiche männliche bzw. weibliche Roboter

ANTIGRAVITATIONSPULSATOR — Modul, das ähnlich einer Düse ein begrenztes Feld von geringer bis null Schwerkraft unter sich schafft

ARCLIGHT — Laserpistole

AROMATA-SPENDER — Kleines Gerät mit Pillen, die den Geschmack eines Essens/Getränks verändern

ARSTAC — Tochterunternehmen von *KA* und *Hikma*, das sich auf Planetenerschließung und -ausbeutung spezialisiert hat

ARTCO INC. — Konzern, der interstellare Kunstausstellungen organisiert

AUGIE (eigentl. *augmented human*) — Individuen, die eine Genverbesserung an sich haben vornehmen lassen

BETA/BETAS (auch: Beta-Humanoide) — Tier-Mensch-Chimären ohne Rechte; werden speziell für Justifier-Einsätze gezüchtet

B'HAZARD MINING — Konzern, der sich auf Hochschwerkraft-Bergbau spezialisiert hat

BIOKOLUBRINE — Bolzenwaffe aus menschlichem Gewebe

BIOKOS — Tiersendung von *Everywhere Broadcasting*

BIOSCANNER — Einrichtung zum Aufspüren von Lebenssignalen

BOT — Kürzel für Roboter/Robot

C — Credit; Kunstwährung der *TTMS,* die härteste Währung in der Galaxie

CEO — Chief Executive Officer (Generaldirektor)

CHAMELEONSKIN — Hightech-Tarnanzug, der den Träger nahezu unsichtbar macht

CHEMICAL — Meist missgebildete Personen mit starken psionischen Fähigkeiten; oft geht die Missbildung auf den Missbrauch von genverändernden Medikamenten der Eltern während der Schwangerschaft/Zeugung zurück

CHIM — Abfälliger Begriff für Beta

CHOCFROG — Schokoriegel in Froschform

CHURCH OF STARS (CoS) — Zusammenschluss christlicher Konfessionen zur interstellaren Mission

CODECRACKER — Hightech-Gerät zum Datenhacken

COLLECTOR — Bedrohliche und technologisch weit überlegene Fremdrasse, die seit einigen Jahrzehnten Planeten der Menschheit an sich reißt, unter »Obhut« stellt und komplett von der Außenwelt abriegelt

COLLIE/COLLIES — Kürzel für Collector

CYBEROOS — Cyber-Tattoos, bei denen sich langsam verändernde Muster auf der Haut abgebildet werden

DAMN COLLIE, DIE! — Populäre Actionserie von *Everywhere Broadcasting*

DIPSTICK — *STPD Engineering*-Hubschrauber-Typ

DRIVER/CO-DRIVER — Geistwesen, die eine Symbiose mit höher entwickelten Lebewesen eingehen können; Menschen, die derart »besessen« sind, nennt man Co-Driver

EASTERN STARS — Indien, Pakistan, vereintes Korea, Japan, Taiwan und die Emirate

ELEKTROCLOTHS — Kleidungsstücke mit elektronischen Extras

ELEKTROSYNC-PAPIER — Dauerhaftes beschreib- und bedruckbares Kunststoffpapier mit elektrosynthetischen Funktionen

ENCLAVE LIMITED — Hersteller von Material für den Siedlungs- und Wohnungsbau

ENDOKRINER KRISTALL — Geheimnisvolles Material der *Ancients*

EPA — Abk. für Einmannpackung, militärische Feldration

EVAPORATOR — Blasterwaffe

EVERYWHERE BROADCASTING — Familienunternehmen, das Unterhaltungs- und Dokufilme produziert (darunter *Damn Collie, die!* und *Desperate Housewives in Space*)

EXEC — Abk. für Executive Officer, hochrangiger Konzernmitarbeiter in leitender Funktion, bspw. als Gouverneur

EXO — Bezeichnung für Ahumane, Nichtmenschliche

FEC — Feudal European Coalition, bestehend aus Deutschland, Polen, Russland und England

FERROPLASTRIEMEN — Fesseln aus extrem hartem Plastik

FLAMMIFER — Flammenwerfer

FREEPRESS — Großer Nachrichtenkonzern

GARDEURE — Bewaffnete Konzern-Truppen

GAUSS INDUSTRIES — Europäischer Forschungskonzern

GARDNER PHARMACEUTICAL — Pharmazeutik-Konzern

GeRuCa INSTITUTE — Konsortium staatlicher Wissenschaftsstandorte aus Deutschland, Russland und Kanada

GORGONENBAUM — Große fleischfressende Exoart von Atlas II

GUSA — Greater United States of America

GWA — Galaxy Workers Alliance, Gewerkschaft

HAHO High altitude, high opening, militärisches Fallschirmsprungverfahren aus großer Höhe

HALO — Energieschirm zur Abwehr von Raketen und anderen Projektilwaffen

HARDBALL — Körperbetontes Spiel, Mischung aus Fußball, Rugby, Lacrosse und Catchen

HEAVIE — Menschen von Hochschwerkraftplaneten mit gedrungenem Wuchs und kräftiger Körpermuskulatur

HIKMA CORPORATION — Konzern im Besitz der IJAS; einstiger Vorreiter in Sachen Androiden, Kybernetik und Robotik sowie Profi in Sachen Ancient-Artefaktsuche

HIROSAMI TECH — Unabhängiger Kybernetik-Kon, der an Künstlicher Intelligenz und Robotik forscht

HOLE — Überschwere *United Industries*-Pistole

HOLO-KUBUS/3DCUBE/CUBE — Würfel, in dessen Inneres Filme und Bildaufzeichnungen in 3D projiziert werden. Es gibt verschieden große Modelle

IC — Identity Card, engl. für »Ausweis«, enthält allgemeine Angaben und biometrische Daten

IJAS — Indian Japanese Arabian Syndicate, ein Forschungskonsortium

INTERIM — mysteriöse und von ätzendem Schleim erfüllte Sphäre, die Schiffe mit Sprungtriebwerken überlichtschnell durchqueren können

INTERIM-SYNDROM — Krankheit nach zu vielen Interim-Sprüngen; viele Betroffene werden wahnsinnig

INTERRUN LTD — Privatunternehmen in Besitz eines misstrauischen Russen, das sprungunfähige Schiffe in ferne Sternensysteme befördert; verfügt höchstens über zwei oder drei gut bewaffnete Lotsenschiffe

JETPACK — Tragbare Antriebseinheit, mit der sich eine Person frei im Weltall bewegen kann

JUMP — Gesellschaftlich ausgegrenzter Nachkomme von Elternteilen mit Interim-Syndrom; Kennzeichen: granitfarbene Augäpfel; gelten als latente Psioniker

JUST — Justifier Universal Standard Device, implantiertes Kommunikationsgerät für Justifiers

KAWAII — (Jap.) Süß, liebenswert

KINGDOM OF ZULU (KoZ) — Rückständiges Reich, das sich komplett über Mittel- und Südafrika erstreckt und nach seinem Herrscher benannt wurde: einem Albino und Psioniker

KNOWLEDGE ALLIANCE (KA) — Großer und wenig spezialisierter Konzern, der ursprünglich von den Eastern Stars gegründet wurde, inzwischen unabhängig

KSP — Kurzstreckensprung

K-SPRAY — Wund- und Schmerzmittel

LES MAITRES — Exklusiver Parfumeur, Tochter von Romanow Inc.

LIGHTSPEAR — Lasergewehr

LSP — Langstreckensprung

LWA (Last Wildlife Animal) — Die letzten in freier Wildbahn geschossenen Tieren der Erde; Sammelobjekte

MACGUFFIN — Handlungsauslösendes Plot-Element ohne eigene Bedeutung, bevorzugt beim Film

MEDICS — Bezeichnung für Sanitäter

MIRRORGEN SOLUTIONS — Kleiner Kon mit dem Schwerpunkt auf Cryo-Technologie, Altersforschung und Genmanipulation

MOSC — Military Occupational Specialty Code, dient der detaillierten Beschreibung des Spezialgebiets eines Soldaten, ist bei den meisten Konzernen 9-stellig und endet mit dem Kürzel des Konzerns

MOWER — Schwere Maschinenpistole

MOZAMBIQUE DRILL — Bezeichnung für ein spezielles Pistolenkampfmanöver, das einen Aggressor stoppen soll

MULTIBRILLE — Multifunktionsbrille

MULTIBOX — Multifunktionsgerät aus Kom, Uhr, Speichermedium, Kalender, Telefonbuch etc. Wird üblicherweise wie eine Armbanduhr am Handgelenk getragen

NADLER — Schusswaffe, die Pfeile oder nadelförmige Projektile verschießt; gut geeignet gegen engmaschige Körperpanzerungen

NITRAZIT — Markenname eines starken Hypnotikums (Schlafmittels) aus der Gruppe der Benzodiazepine

NOE — Nap of the earth, Tiefflug noch unterhalb des Konturenflug-Niveaus

NONCOM — Non-commissioned officer, Unteroffizier

NOTE-PAD — Kleincomputer, ungefähr DIN-A6 groß

ORDER OF TECHNOLOGY (2OT) — Orden mit dem Ziel der Abschaffung des anfälligen menschlichen Körpers

PACIFIER — Auch *United Industries Pacifier3000*, moderne Schwere Pistole

PATRIOT — *United Industries*-Maschinenkanone

PHONESTICK — Moderne Form eines Mobiltelefons

PLAYCUBE — Spielekonsole

PILOTPET — Starre Laserkanone, die meist bei Raumjägern Verwendung finden

PRAWDA — Schwere Pistole, die gemäß der russischen Waffentradition nahezu unzerstörbar ist

PSIONIKER — Menschen, die über Geisteskräfte verfügen, auch Hexer genannt

R&D — Research and Development, engl. für Forschung und Entwicklung

RACER — Antriebssystem (*STPD-Racer*: hoffnungslos veraltet, aber noch immer weit verbreitet)

REPEATER — Sturmgewehr

REPULSOR-KANONE — modernes Geschütz, das seine Projektile mittels Grav-Generatoren beschleunigt

RESPIRATOR — Atemmaske

RETINA-SCAN — Biometrische Technik, die darauf beruht, dass die Struktur der Netzhaut eines jeden Menschen einzigartig ist

ROBIN — Kleiner Orbitalgleiter von *United Industries*

ROMANOW INC. — Ein Luxus-Kon, der sich auf Metallveredlung, Kunstdiamanten und Lasertechnologie spezialisiert hat

SAMARITER — Abfällige Bezeichnung für Collector

SCHMIERAFFE, SCHRAUBENDREHER — (Ugs.) Mechaniker

SIGNUM VZ2 — Mittelschwere *United Industries*-Pistole

SILVERMAN & SONS — Privatbank

SMAG — Billiges Speichermedien-Abspielgerät von *United Industries*

SONS OF ANCIENTS (SoA) — Nordafrikanischer Staatenbund, bestehend aus Tunesien, Algerien, Marokko, Libyen, Mauretanien und dem Königreich Ägypten

SPEED-AIR-RENNEN — Moderne Form der Formel Eins

SPOTLIGHT — Äquivalent einer Super-Maglite

S-STAR — *United Industries*-Granatwerfer

STARBEAM — *United Industries*-Laserpistole

STARLOOK — Nachrichtensender

STELLAR EXPLORATION (SE) — Tochterunternehmen der *KA*; Konzern, der auf Planetenerkundung und -verkauf spezialisiert ist

STELLARWEB — Das interstellare Internet

STELLAR VOICE RADIO (SVR) — Ermöglicht Kommunikation quasi ohne Lightlag; benötigt riesige Sende- und Empfangsstationen

STERNENREICH (SR) — Großer Konzern der FEC

STERNENSTAHL — Metalllegierung aus Titan, die zunehmend Ultrastahl ablöst

STPD ENGINEERING — Einer der großen Verlierer in den Konzernkriegen; spezialisiert auf Antriebs- und Navigationssysteme

STPD-Racer — Veraltetes, aber immer noch verbreitetes Antriebssystem

STRONTIUM 90 — Hochreaktives Flüssigmetalloid, das als Antriebsmittel bei Sprungtriebwerken Verwendung findet

STYLICOUS — Modemagazin im StellarWeb

SUPERSOLDIER/SUPRAKRIEGER — Genetisch oder medikamentös verbesserte Soldaten, meistens Gardeure; heute sind die dafür verwendeten Medikamente illegal

SVEEPER — Leichte Maschinenpistole

SVR — Stellar Voice Radio, sehr seltene und sehr teure Kommunikationsanlage, die Direktkontakt über weite Strecken ermöglichen kann

SWIPECARD — Plastikkarte mit Chip, z.B. als Schlüssel für Hotelzimmer etc.

SYNTHGIPS — Moderne Form der Gipskartonwand

TAB-SHEET — Millimeterdünne Folie, die wie Papier beschrieben und auf der Dokumente gespeichert werden können

TAU CETI PRIME — Ältester unabhängiger Konzern und größter Produzent von Nahrungsmitteln

TERRACOIN (kurz: TOIS) — Interstellare Währung

TERRA TRANSMATT SPECIALITIES (TTMS) — Ein gewaltiger Konzern mit TransMatt-Monopol

TOI — Währung

TOUCHPAD — Moderner Computer mit Holo-Display, Folienbildschirm

T-STAR — *United Industries*-Unterlauf-Granatwerfer

ULTRALEICHT— Leicht transportables Einmann-Fluggerät

ULTRASTAHL — Speziallegierung für Raumschiffe; das Minimum, mit dem man den Gefahren des Alls entgegentreten sollte

UNIEX3 — *United Industries*-Multitool

UNITED INDUSTRIES (UI) — Junger Konzern, der an Waffentechnologien und Körperpanzerungen forscht

VELOC — Schweres Gewehr

VERSATILE XP — Altmodische schwere Pistole ohne elektronischen Schnickschnack

VERSUCCI — Nobel-Marke

VHR — Vereinte Humane Raumfahrtnationen, eine Art UNO-Ersatz fürs Weltall

WONGAWONGA! — Mysteriöse Bank, die sich unterschicht- und betafreundlich gibt

XENAN — Katalysator für den Treibstoff Xerosin

XEROSIN — Gängiger Raumschiff-Kraftstoff, ausgelegt für Negativtemperaturen